인천 설화 연구

인천 설화 연구

1판 1쇄 펴낸날 2015년 9월 20일

지은이 이영수

펴낸이 서채윤
펴낸곳 채륜
책만듦이 오세진
책꾸밈이 이한희

등록 2007년 6월 25일(제2009-11호)
주소 서울시 광진구 천호대로 798 현대 그린빌 201호
대표전화 02-465-4650 | **팩스** 02-6080-0707
E-mail book@chaeryun.com
Homepage www.chaeryun.com

책값은 뒤표지에 있습니다.
ISBN 979-11-86096-16-1 93800

이 도서의 국립중앙도서관 출판예정도서목록(CIP)은 서지정보유통지원시스템 홈페이지 (http://seoji.nl.go.kr)와 국가자료공동목록시스템(http://www.nl.go.kr/kolisnet)에서 이용하실 수 있습니다. (CIP제어번호 : CIP2015023861)

고구려의 시조 주몽에게는 두 아들이 있었다. 큰아들은 비류이고 작은아들은 온조였다. 그런데 비류와 온조는 본국에서 살 수 없게 되어 많은 백성을 거느리고 남하하여 건국하려 하였다. 그리하여 한산에 이르러 삼각산에 올라가 거주할 곳을 찾아보았다. 비류는 바닷가에 거주할 것을 원하였던바 십신(十臣)이 간하여 가로되 '이 한남의 땅이 모은 한수를 띠고 동은 남악에 접하고 남은 옥택을 바라보며 서는 대해를 마주 보고 있어 그의 천험지리는 찾아보기 드무니 이곳을 도읍으로 정하시면 어떠하겠습니까'라고 하였다. 그러나 비류는 이를 듣지 않고 그 백성을 나누어 미추홀에 거주하였다. 한편 온조는 하남 위례성에 도읍을 정하여 십신을 거느리고 있었다. 비류는 미추홀의 땅이 습하고 물이 짠 고로 안거할 수 없어 위례로 가서 본 즉 도읍이 정안(定安)하고 백성들이 편안하였다. 여기에 이르러 비류는 천회하여 죽고 그 신민들은 모두 위례로 돌려보냈다. 이상의 인천을 중심으로 한 백제 건국의 전설은 민간에 유포된 이외에 『삼국사기』권 23 『백제본기』1 시조 온조왕과 『동국여지승람』권 9 고적 조에 기록

인천 설화 연구

이 영 수

채륜

인천은 일제에 의해 개항된 이래 1960~1970년대 경제개발을 거쳐 단기간에 괄목할 만한 성장을 이룩한 도시로, 1995년에 광역시로 확장·승격하여 현재 2군 8구, 1읍 19면 125개동으로 구성되어 있다. 이들 지역을 세분하면, 서울의 관문으로서 항만과 상업의 중심지인 원인천지구(중구, 동구, 남구, 남동구, 연수구 일대), 농공업의 중심인 부평지구(부평구, 계양구, 서구), 농수산업과 관광의 중심지인 강화지구(강화군 전역)와 옹진지구(영종도, 무의도를 제외한 도서) 등으로 나눌 수 있다. 현재의 인천광역시는 크게 4개의 역사적 행정단위가 합쳐져서 형성된 도시로, 얼마 전까지만 하더라도 독자적인 행정구역으로서의 위치를 점하고 있었다.

인천 지역을 대상으로 하여 채록된 설화의 현황은 크게 3가지 경우로 요약·정리할 수 있다. 첫째는 『인천시사』(하)(1973), 『부평사』(1997), 『옹진군지』(1989) 등과 같이 시사나 구지 또는 군지를 편찬하는 과정에서 채록된 경우,

둘째는 「연평·백령·대청·소청 제도서 학술조사보고」(서울대학교문리과대학학술조사단, 1958)와 『덕적군도종합학술조사』(인천광역시립박물관, 2002)처럼 학술조사차원에서 부분적으로 설화가 채록된 경우, 셋째는 『한국구비문학대계』(1-7, 1-8), 『강화 구비문학 대관』과 같이 구비문학의 자료 수집 및 연구를 위해 채록된 경우가 있다. 이처럼 인천 지역에 전승되는 설화의 채록은 다양한 방식으로 진행되었다.

　설화는 구전을 통해 전승하기에 매체의 속성상 변화를 수반하게 된다. 여기에 사회·문화적 요소와 지리적 특성 등이 가미되어 그 지방 고유의 특색을 지닌 설화로 전승하는가 하면 지역적 한계를 벗어나 전국적인 경향을 띠며 전승하는 설화도 생겨나게 된다. 전승과정에서 설화 전승집단에 의해 끊임없이 재해석되어 새로운 의미를 부여받게 된다. 이것은 인천 지역에 전승하는 설화도 마찬가지이다. 구전되는 설화 중에는 인천 지역의 특색을 잘 드러내는 설화가 존재하는가 하면 전국적인 분포 양상을 보이며 전승하는 설화도 있다. 인천지역에는 다양한 형태의 설화가 존재하기에 그에 따른 설화 연구도 다각적으로 이루어질 수밖에 없는 것이다.

　필자가 인천지역의 설화에 관심을 갖기 시작한 것은 1990년대 중반부터이다. 이때 인천 설화에 매진하겠다고 마음먹었으나, 생각처럼 되지 않았다. 그저 틈틈이 한두 편의 논문을 발표하는 것이 전부였다. 이 책은 기존에 발표했던 논문들 중에서 인천과 관련된 연구 성과들을 정리하여 묶은 것이다. 제목과 게재지명은 다음과 같다. 「인천 문학산 설화 연구」(『인천학연구』 20, 인천학연구원, 2014), 「'풍기문란'형 설화 연구-인천 지역을 중심으로-」(『비교민속학』 36집, 비교민속학회, 2008), 「인천 지역의 산이동 설화 연구」(『비교민속학』 35집, 비교민속학회, 2008), 「'손돌목 전설'에 나타난 역사성과 민중성」(『이근최래옥교수화갑기념논문집 설화와 역사』, 2000), 「'하음 봉씨설화'에 나타난 신화성」(『인천역사』 2호, 인천광역시 역사자료관 역사문화연구실, 2005), 「'심청설화'의 전승과 형성 배경」(『인하어문연구』 4호, 인하대학교 국어국문학과 인하어문연구회, 1999), 「인천지역의 인물전설 연구」(『문명연지』 35집, 한국문명학회, 2015), 「덕

적도의 지명과 구비전승」(『덕적군도종합학술조사』, 인천광역시립박물관, 2002) 등
이다. 기존에 발표했던 글은 『인천 설화 연구』라는 책명에 맞게 제목과 내용
일부를 수정하여 재수록하는 것임을 밝혀둔다.

　이 책이 인천지역의 설화를 연구하는 데 조금이나마 도움이 되었으면 한
다. 끝으로 책을 엮는 데 기꺼이 도와주신 채륜의 서채윤 사장님과 편집·교정
을 맡은 관계자분들께 감사의 뜻을 전한다.

2015년 9월
이영수

차례

이 책을 읽기에 앞서 5

1장 문학산 설화 연구 10

2장 '풍기문란'형 설화 연구 46

3장 산이동 설화 연구 78

4장 '손돌목 전설'에 나타난 역사성과 민중성 108

5장 '하음 봉씨설화'에 나타난 신화성   *132*

6장 '심청 설화'의 전승과 형성 배경   *152*

7장 인물전설 연구   *180*

부록   *212*
덕적도의 구전자료

참고문헌   *261*

1장

문학산 설화 연구

1. 여는말

인천은 삼국시대에 '미추홀彌鄒忽·매소홀買召忽' 등으로 불리던 곳으로, 이후 왕조의 교체와 정치적 상황에 따라 '경원慶源, 인주仁州, 인천仁川' 등으로 지명이 바뀌고 읍호에 변화가 생겼던 지역이다. 역사적으로 인천을 가리키는 지명 중에서 가장 먼저 등장하는 것이 미추홀이다. 『삼국사기』권 23 백제본기에 의하면, 미추홀은 고구려에서 남하한 비류가 도읍을 정한 곳으로 한강유역에 정착한 백제의 건국과정과 밀접한 관련을 맺고 있다. 현재 인천지역에서는 미추홀에 정착한 비류가 도읍을 정한 곳을 문학산으로 추정하고 있다. 그러나 문학산이라는 명칭이 언제 생겼는지는 정확히 알 수 없다. 18세기 중엽(1757~1765)에 펴낸 『여지도서輿地圖書』에 문학산이 처음 등장하는데, 산천조에 '문학산은 부의 남쪽 2리에 있는데, 즉 남산이다.'라고 하였다. 이후의 읍지나 지지地誌에서는 '문학산'과 '남산'이 동시에 기록된 것으로 보아 아마도 18세기 중엽부터 문학산이라는 명칭이 일반적으로 사용된 듯하다.[1]

문학산은 인천의 주산主山으로, 남구의 문학동·학익동과 연수구의 연수동·청학동에 걸쳐 위치해 있는 산으로서 조선시대에는 인천도호부의 남쪽에 위치해 있다고 하여 남산, 학의 모습과 같다고 하여 학산, 산꼭대기에 봉수대가 있어 봉화둑산, 산 정상부에 산성이 있다고 하여 성산, 봉화의 모양이 멀리서 바라보면 배꼽과 같다고 하여 배꼽산 등으로 불렸다. 인천을 동서로 가르는 문학산은 행정적으로 남구와 연수구를 가르는 경계선 역할을 하고 있다. 문학산의 북쪽으로는 기성 시가지로 분류될 수 있는 주안지역, 남쪽으로는 최근에 일종의 신도시로 조성된 연수동 아파트지구, 동쪽으로는 인천의 새로운 중심업무지구로 부상하고 있는 구월지구, 서쪽으로는 해안에 인접한 구도심지역에 둘러싸여 있다. 문학산은 인천의 급속한 도시 성장에 따른 도시기능의 확대과정에서 각 지구들의 경계선 역할의 수행과 함께 녹지

---

1 『문학산의 역사와 문화유적』(인천광역시 남구청·인하대학교 박물관, 2002), 35~36쪽.

공간으로써의 역할을 수행하고 있다.[2]

오랜 세월동안 인천 시민들의 삶의 터전으로 자리 잡고 있는 문학산은 인천의 뿌리이자 문화의 본산으로 비류의 건국 설화를 비롯한 많은 설화와 산성 및 고인돌 등의 고적들이 있다.

현재 인천지역에서 채록된 설화는 크게 4가지 경우로 요약·정리할 수 있다. 첫째 시사나 구지 또는 군지를 편찬하는 과정에서 채록된 경우, 둘째 학술조사 차원에서 부분적으로 설화가 채록된 경우, 셋째 구비문학의 자료 수집 및 연구를 위해서 채록한 경우, 넷째 기존의 설화집에 수록된 설화를 간추리거나 보완하여 재수록한 경우 등이다. 이러한 인천지역의 설화를 토대로 한 연구는 인천의 특정 지역을 중심으로 한 연구, 인천지역에 전승되는 개별 설화를 중심으로 한 연구, 그리고 인천지역 전체를 대상으로 하여 구전 설화의 특성을 살핀 연구 등으로 구분할 수 있다.[3]

이 글은 기존의 연구 성과를 토대로 문학산 관련 설화를 통해 설화 전승 집단이 문학산을 어떻게 인식하고 있으며, 인천에서 문학산은 어떤 의미를 지니고 있는지에 대해 살펴보고자 한다.

2. 문학산 전승 설화

1) 비류의 건국 설화

『삼국사기』 백제본기에는 온조와 비류를 중심으로 하는 두 편의 건국 설화가 수록되어 있다. 두 건국 설화 모두 비류와 온조를 형제로 기술하고 비류가 형, 온조가 동생으로 되어 있다. 그리고 이들 형제가 고구려에서 남하하여 새로운 나라를 세웠다는 점에서 동일하다. 다만 온조전승에서는 온조가 위

2　이영민, 「인천의 지형환경 특성과 문학산의 도시지리적 기능」, 『문학산 속으로 걸어가기』(인천광역시 남구 학산문화원, 2005), 63~64쪽.

3　인천지역 설화에 대한 기존 연구 현황은 이영수의 「인천 지역의 구전 설화 연구」, 『인천역사-인천민속의 재발견』 4호(인천광역시 역사자료관 역사문화연구실, 2007), 147~149쪽 참조할 것.

례성에, 비류가 미추홀에 도읍을 정한 데 비해 비류전승에서는 형제 모두 미추홀에 도읍을 정하고 있다는 점에서 차이를 보인다. 이런 차이에도 불구하고 두 건국 설화에서 확인할 수 있는 것은 미추홀이 한 나라의 도읍지로 기술되고 있다는 점이다. 이 점은 인천지역에서 전승되고 있는 비류의 건국 설화를 통해서도 확인할 수 있다.

필자는 이미 「인천 지역의 구전 설화 연구」에서 문헌 설화에 등장한 비류의 건국 과정에 대해 구체적으로 분석한 바 있다.[4] 우선 건국 설화에 관한 문헌 설화의 내용을 소개하고, 설화의 기술 방식에 관하여 개략적으로 살펴보고자 한다.

비류沸流의 건국建國

고구려의 시조 주몽에게는 두 아들이 있었다. 큰아들은 비류이고 작은아들은 온조였다. 그런데 비류와 온조는 본국에서 살 수 없게 되어 많은 백성을 거느리고 남하하여 건국하려 하였다. 그리하여 한산에 이르러 삼각산에 올라가 거주할 곳을 찾아보았다. 비류는 바닷가에 거주할 것을 원하였던바 십신十臣이 간하여 가로되 "이 한남의 땅이 모은 한수를 띄고 동은 남악에 접하고 남은 옥택을 바라보며 서는 대해를 마주 보고 있어 그의 천험지리는 찾아보기 드무니 이곳을 도읍으로 정하시면 어떠하겠습니까"라고 하였다. 그러나 비류는 이를 듣지 않고 그 백성을 나누어 미추홀에 거주하였다. 한편 온조는 하남 위례성에 도읍을 정하여 십신을 거느리고 있었다. 비류는 미추홀의 땅이 습하고 물이 짠 고로 안거할 수 없어 위례로 가서 본 즉 도읍이 정안鼎安하고 백성들이 편안하였다. 여기에 이르러 비류는 참회하여 죽고 그 신민들은 모두 위례로 돌려보냈다. 이상의 인천을 중심으로 한 백제 건국의 전설은 민간에 유포된 이외에 『삼국사기』 권 23 「백제본기」 1 시조 온조왕과 『동국여지승람』 권 9 고적 조에 기록되어 있다.

생각건대 비류가 거주한 곳이 문학산 부근이고 또 뼈를 묻은 곳도 문

4 위의 논문, 151~156쪽.

학산 부근이 아닌가 한다. 고로 비류의 무덤은 반드시 이곳에 있으리라고 믿는다. 현재 미추홀릉이라는 것이 문학산 남면에 전하여 내려오나 아직 확실치는 않다.[5]

위의 인용문은 이경성의 「학익동·문학산 방면 고적조사보고」에 수록된 〈비류沸流의 건국建國〉의 전문이다. 인천시립박물관장으로 재직했던 이경성은 1949년, 당시 인천 전역을 대상으로 모두 7차례에 걸쳐 고적조사를 실시하였다.[6]

〈비류沸流의 건국建國〉은 순수하게 민간에서 전승되던 이야기를 그대로 채록한 것으로는 보이지 않는다. 비류가 인천에 도읍을 정하는 과정이 『신증동국여지승람』 인천도호부 고적조[7]의 기록과 대체로 일치하기 때문이다. 여기에 "인천을 중심으로 한 백제 건국의 전설은 민간에 유포"되어 있다는 설이 추가되어 있다. 이 설화는 기존의 문헌 기록을 토대로 문학산이 한 나라의 도읍지였음을 강조하는 방향으로 설화의 내용을 윤색한 것이다. 이렇게 문헌을 토대로 비류의 건국 설화가 윤색된 것은 『인천시사』 (하)의 〈비류의 건국 설화〉[8]의 경우도 마찬가지이다.

---

5 이경성 지음·배성수 엮음, 『인천고적조사보고서』(인천문화재단, 2012), 51쪽.

6 「학익동·문학산 방면 고적조사보고」는 1949년 5월 24일 이경성이 관원인 김윤환, 이현숙, 김정희와 함께 실시한 1차 고적조사에 대한 결과물이다.

7 미추홀(彌鄒忽): 주몽의 두 아들 중에 맏아들은 비류(沸流)요 다음은 온조(溫祚)인데, 졸본부여(卒本夫餘)로부터 10명의 신하를 거느리고 남쪽으로 행하니 백성들이 많이 따랐다. 드디어 한산(漢山) 부아악(負兒岳)에 올라 살 만한 땅을 찾았다. 비류가 바닷가에 살고자 하니 10명의 신하가 간하기를, "오직 이 한남(漢南)의 땅이 북쪽으로 한수(漢水)를 띠고, 동쪽으로 높은 산악에 의지하고, 남쪽으로 비옥한 소택(沼澤)지대를 바라보고, 서쪽으로 큰 바다가 막혔으니, 천연(天然)의 험함과 땅의 이로움이 얻기 어려운 형세입니다. 여기에 도읍을 세우는 것이 또한 마땅하지 않습니까."하였다. 비류가 듣지 않고 그 백성을 나누어 미추홀로 돌아가고 온조는 10명의 신하를 거느리고 위례성(慰禮城)에 도읍하였다. 오랜 뒤에 비류가 미추홀은 땅이 비습하고 물이 짜서 편안히 살 수 없으므로 돌아와 위례성을 보니 도읍이 정리되고 백성이 안돈되었다. 드디어 부끄럽고 분하여 죽으니 그 신하와 백성이 모두 위례성으로 돌아갔다(『국역 신증동국여지승람』II(경기·충청도), 민족문화추진회, 1988, 179~180쪽).

8 인천시사편찬위원회, 『인천시사』 (하)(인천시, 1973), 739쪽.

高句麗의 始祖 東明王(朱蒙)이 北夫餘에서 도망하여 華本夫餘(高句麗의 異稱)에 와서 再娶한 후 두 아들을 얻었다.

兄은 沸流이고 아우는 溫祚였다. 沸流兄弟의 異腹兄인 琉璃가 北夫餘에서 찾아오자 東明王이 그를 世子로 삼았다.

이에 沸流와 溫祚는 高句麗에서 살 수 없음을 깨닫고 큰 뜻을 품고 많은 百姓과 더불어 南下하여 漢山에 이르러 負兒岩에 올라 定着할 곳을 찾아 보았던 바, 溫祚는 河南 慰禮城(지금의 京畿道 廣州)으로 가고 沸流는 彌鄒忽(지금의 仁川舊邑)로 가기로 作定 하였다.

위의 인용문은 〈비류의 건국 설화〉의 서두 부분이다. 앞에서 살펴본 〈비류沸流의 건국建國〉설화와 비교했을 때, 비류와 온조가 고구려에서 남하하게 된 이유를 비교적 상세하게 설명하고 있다. 기존의 문헌 중에서 비류와 온조가 고구려를 등지고 남하할 수밖에 없는 이유를 자세하게 기록한 것은 『삼국사기』 뿐이다. 『삼국사기』에 "주몽이 북부여에 있었을 때 낳은 아들이 찾아와 태자가 되매, 비류와 온조는 태자에게 용납되지 못할 것을 두려워해 마침내 오간烏干·마려馬黎 등 열 명의 신하와 더불어 남쪽으로 떠나가자, 따르는 백성들이 많았다"[9]고 한다. 비류와 온조 형제는 태자인 유리에게 자신들의 존재가 용납되지 못할 것임을 염려하여 고구려를 떠나고자 했던 것이다.

〈비류의 건국 설화〉에서 "비류沸流와 온조溫祚는 고구려高句麗에서 살 수 없음을 깨닫"게 된 이유가 『삼국사기』에서는 보다 구체적으로 언급되어 있다. 이렇게 볼 때, 〈비류의 건국 설화〉는 『삼국사기』의 기록을 근간으로 하여 인천구읍에 위치한 문학산을 비류가 도읍한 곳으로 설정한 것이다. 1924년에 한 특파원이 부천군의 근황을 소개하면서 "高句麗王 沸流의 定都地이었다는 文鶴山"[10]이라고 한 것으로 보아 일찍부터 문학산이 비류의 도읍지로 인식되었음을 알 수 있다.

9 김부식, 이강래 옮김, 『삼국사기』 II(한길사, 1998), 487쪽.
10 一特派員, 「일홈조흔富川郡」, 『개벽』 48호(1924. 6), 122쪽.

미추홀과의 관련 유적으로 문학산성이 지목된 것은 『세종실록 지리지』에 인천군의 남쪽 2리에 남산석성南山石城이 있다는 기록에 근거한 것이다. 이후에 『동사강목』에서는 비류성으로, 『증보문헌비고』에서는 예분성으로, 그리고 『경기읍지』 등의 읍지류에서는 문학산성으로 칭하고 이를 비류와 연결시키므로써 '비류의 성'이라는 인식이 정착하게 되었다. 이러한 인식은 오늘날까지 이어져 미추홀의 중심유적으로 문학산성이 제기된다. 이것은 인천의 읍치邑治로서 인천도호부 관아가 지금의 관교동에 세워진 후 비류가 정도定都한 곳을 가까운 문학산성으로 비정한 것에서 비롯되었다.[11]

沸流王陵(恚墳)의 所在

文獻備考: 百濟國條 및 沸流國條에 高句麗王 東明聖王의 아들 沸流와 溫祚 형제는 烏干馬黎 등 10명의 臣下들과 함께 南쪽으로 도주하여 漢山에 이르렀다. 그들 일행이 負兒嶽山(三角山)에 올라 살 곳을 살피니 兄 沸流는 바닷가에 살고자 하였다. 이에 여러 臣下들은 漢南땅이 북쪽에는 漢江이 끼고 동쪽에는 높은 山이 있고 남쪽에는 넓은 沃土가 있고 서쪽에는 바다가 있으니 그곳에 都邑을 권하였다. 그러나 沸流는 臣下들의 말을 듣지 아니하고 彌鄒忽(仁川)에 이르러 沸流國을 세우고 아우 溫祚는 河南慰禮城에 百濟國을 세우고 都邑하였다.

沸流는 仁川 文鶴山에 城을 쌓고 都邑하였는데 땅이 토박하고 또한 물이 짜서 사람살기가 어려웠으므로 나라의 기틀을 잡지 못했다. 沸流가 어느 날 아우가 세운 百濟國에 가보니 기름진 넓은 땅에 百姓이 잘 살고 나라의 기틀이 잡혀있음을 보고 샘이 나고 분통이 터져 인천에 돌아와서 그만 죽고 말았다. 그리하여 沸流王陵을 恚墳(분해서 죽은 사람의 무덤)이라 부르게 되었는데 이 무덤의 소재가 不可思議하다.

興地誌에는 仁川府 남쪽 10里되는 곳에 큰 산소가 있는데 주변에 낮은 담이 둘러싸여 있고 망부석(石人)이 흩어져 있는 古冢이 있는데 이를

11 김상열, 「미추홀에 대하여」, 『인천역사』 1호(인천광역시 역사자료관 역사문화연구실, 2004), 33~34쪽.

예부터 彌邪忽王墓라 일컬어 왔다. 또 金正浩가 만든 大東地誌에는 이 산소가 高麗後妃崇親墓라고 기록되어 있다.

沸流의 都邑地가 文鶴山 정상이라면 반드시 沸流의 陵이 부근에 있어 야 하나 그 위치가 구구하니 不可思議한 일이라 아니할 수 없다.[12]

위의 인용문은 『인천지지』에 수록된 〈비류왕릉(예분)의 소재〉의 전문이 다. "비류는 인천 문학산에 성을 쌓고 도읍하였"다고 하면서 미추홀을 '인천 문학산'으로 단정 짓고 있다. 이는 『문헌비고』의 "미추홀彌鄒忽은 바로 비류 가 도읍하였던 곳으로 지금 인천부仁川府의 남쪽에 산이 있는데, 이름하여 남산南山이라 하고, 또 일명 문학산文鶴山이라고도 한다"[13]는 기록을 근거로 한 것이다.

앞에서 살펴본 비류의 건국 설화가 비류가 미추홀, 즉 인천지역에서 도 읍을 정하는 과정에 이야기의 초점을 맞추었다면, 〈비류왕릉(예분)의 소재〉 는 비류왕이 "백성이 잘 살고 나라의 기틀이 잡혀있음을 보고 샘이 나고 분 통이 터져 인천에 돌아와서 그만 죽고 말았다"고 하는 것에 주안점을 두고 있다. 즉 문학산성의 이칭인 '예분성'이란 명칭이 생기게 된 내력을 설명하고 있다. 따라서 설화의 내용은 앞에서 살펴본 비류의 건국 설화와는 차이를 보인다. 비류의 건국 설화는 어떤 문헌을 참고하였느냐에 따라 설화의 전개 양상이 달라지는 것이다.

비류가 도읍을 정한 곳이 문학산이라고 하는 것은 구전 설화에서도 볼 수 있다.

안관당이라는 것이 뭐냐하면 말이야. 에 거기 인저 옛날에 미치광이 래는 양반이, 거기가 교육지기야, 도포야. 도읍을 했었대. 이 외무부가 (조 사자: 이름이 미치광이예요?) 이름이 미치광인지 성이 미치… 뭔지 모르지.

---

12 李薰益, 『仁川地誌』(대한노인회 인천직할시연합회, 1987), 346~347쪽.
13 『증보문헌비고』 3(세종대왕사업기념회, 1978), 96~97쪽.

그거는 미치광이라구. 인저 그런 얘기를 어른 분들한테 들었으니까 미치광이라는 양반이 그 산꼭대기, 그 거시기 다 돌루다 성을 쌓어. 근데 성이 다 무너지구 지금은 녀러바구리 있거든. 올라가 보니깐 그래 가지구 거기에다 도읍을 하구서 거기 우물가를 팠어. 그 꼭대기에다가 (조사자: 우물요?) 응. 그런데 그 우물이 에 몇 길이나 되는지 모르지. 깊지. 아주 그런데 물맛이 가을에 가 먹어 봐두 그것이 물맛이 좋구 내년 봄에 가서 먹어봐두 그 물맛이 좋다 이런 얘기야. 그믄서 거기가 도읍을 했는데, 이러구서 하여가지구서 우물을 파구해서 성을 쌓구서 인구가 얼마냐믄은 서른 명이였었대그던. (조사자: 삼십 명이요?) 예. 삼십 명. 그런데 인저에 그 전에 그 물이 짰다 이 말이여. 그 전에는 물이 짜구, 또 인제 이 우물을 해서 여기서 해서 먹구 살 게 없다 이말이야. 그렇켄두루 해놓구 보니깐 그래서 몇 해를 살았는지 모르지만 그냥 인저 다른 데루 이젠, 에 같 미추어리(미치광이)라는 양반이 다 인구는 서른, 인구는 서른 명이라구 삼십 명이라는 양반을 다 데리구 갔는지 들어갔는지 갔다구.

　　이런 얘기를 어른들한테 들었다 이런 얘기야.[14]

　　위의 인용문은 〈문학산 안관당(배꼽산·봉화뚝)〉의 서두부분이다. 이 설화의 화자는 12대째 문학동에 거주하고 있는 인천 토박이다. 화자가 "안관당이라는 것이 뭐냐 하믄 말이야" 하면서 문학산에 있는 안관당에 대해 구술하는 과정에서 무의식적으로 비류의 도읍지에 관해 언급하고 있다. 다만, 그에 대한 자세한 사항은 거의 망각하고 있음을 볼 수 있다. 화자는 문학산 꼭대기에 성을 쌓아 도읍을 정한 사람을 '미치광이라는 양반' 내지 '미추어리'라고 하여 건국의 주체인 비류의 이름을 기억하지 못한다. 여기서 화자가 말한 '미추어리'는 사람 이름이라기보다는 인천의 옛 지명인 '미추홀'을 의미하는 것으로 보인다.

---

14 성기열, 『한국구비문학대계』 1-8(경기도 인천시·옹진군편)(한국정신문화연구원, 1984), 143~144쪽, 이하 『대계』라고 약함.

화자는 문학산 정상에 "돌루다 성을 쌓"고 그곳에 도읍을 정한 다음에 "거기 우물가를 팠어"라고 한다. 『세종실록 지리지』에서 문학산성을 남산석성南山石城이라고 지칭하고, 성 안에 작은 샘이 있다고 한 기록과 일치한다. 화자가 말하고 있듯이 문학산성에는 비류가 팠다고 하는 우물이 있었다. 문학산성에 있었다고 하는 우물에 대해서는 다음과 같은 설화가 전승되고 있다.

문학산정文鶴山頂 우물

문학산성 동문으로부터 서북으로 약 150미터 되는 한층 얕은 곳에 석축의 우물이 있다. 현재는 석축이 도괴되어 태반이 매몰되었으니 십 몇 년 전까지도 맑은 물이 항시 넘쳐흐르고 있었다 한다. 표고 280미터 가까운 높은 산 위에 이 같은 우물이 있는 것은 지질학상으로 보아 그리 이상한 것은 아니다. 이 우물을 판 것은 산성의 구축과 때를 같이 하였으리라고 본다. 아니 이곳에 물이 나오는 샘이 있었기에 산성을 구축한 것일지도 모르는 일이다. 그런데 이 우물에 관하여 다음과 같은 우스운 이야기가 동네 사람들의 입에 오르내리고 있다. 즉 이 우물은 어떻게 깊은지 이곳에서 홍두깨를 찌르면 그 끝이 팔미도 바다에서 나온다고. 아마 몹시나 깊은 우물이었었고 또 물이 약간 짰던 것 같다.[15]

문학산정의 우물은 '비류정' 또는 '백제우물'이라고도 불린다. "현재는 석축이 도괴되어 태반이 매몰되었"다고 하는 것으로 보아 이경성이 문학산을 조사하기 훨씬 이전부터 백제우물은 우물로써의 기능을 상실했음을 알 수 있다. 위의 설화에서 동네 사람들의 우스갯소리로 입에 오르내리는 "이 우물은 어떻게 깊은지 이곳에서 홍두깨를 찌르면 그 끝이 팔미도 바다에서 나온다고"한 것은 단순히 우물의 깊이를 말한다기보다는 비류의 세력이 적어도 팔미도까지는 그 영향권에 두었음을 은유적으로 표현한 것이다.

15 이경성 지음, 배성수 엮음, 앞의 책, 47~48쪽.

문학산은 작은 산괴로 동쪽으로는 남동염전의 갯벌, 도장리에서 승학천을 따라 승기로 이어지는 저지대로 고대에는 바닷물이 들어오거나 습지로 되어 있기 때문에 관교동분지는 섬과 같은 지리적 환경을 이루고 있어 초기국가단계의 도읍지로는 좋은 입지조건을 갖추고 있다.[16] 간척사업이 진행되기 이전에 문학산 주변은 삼면이 해수로 둘러싸여 외부로부터의 침입을 효과적으로 막을 수 있는 요새지역의 역할을 수행했을 가능성이 높은 곳이다.[17] 문학산은 비류가 근거지로 삼은 곳이지 영토의 전부가 아니라는 점에 비추어 볼 때 그 영역을 확장할 필요가 있다. 『동사강목』에 "온조溫祚가 난리를 피하여 남쪽의 마한馬韓으로 달아나니, 마한에서 동북 1백 리의 땅을 봉封하여 주었다"[18]는 것으로 보아 온조와 동등한 세력을 구축했을 것으로 여겨지는 비류도 이에 준하는 영토를 확보했을 것이다. 김상열은 온조의 '1백 리'에 준한다는 기록에 근거하여 비류의 영향권에 있었던 지역을 오늘날의 인천 중구, 동구, 남구, 남동구, 연수구 등 원인천지역일 것으로 추정하였다.[19]

이러한 추정을 뒷받침할 수 있는 것이 바로 〈문학산정文鶴山頂 우물〉이다. 설화 중에서 전설의 경우는 역사적 사실을 바탕으로 구성되기도 하고, 전설의 사실성과 진실성을 확보하기 위해 역사와 결합하기도 한다. 물론 전설에 등장하는 역사적 사실과 실제 역사적 사실이 반드시 일치하는 것은 아니다. 그렇지만 역사적 사실에 대한 기록이 온전치 못할 경우, 설화 전승집단에 의해 향유되는 전설을 통해 역사의 일부를 복원할 수 있다. 설화는 역사적 사실을 뒷받침할 수 있는 보조 자료로 활용이 가능하다. 백제우물에서 홍두깨를 찌르면 팔미도 앞바다에서 나온다고 하는 표현은 설화 전승집단이 비류의 영토를 문학산에 국한하지 않고 그 범위를 폭넓게 인식하였음을 보여주는 것이다.

---

16 김상열, 「인천의 중심, 문학산의 역사와 문화」, 『문학산 속으로 걸어가기』(인천광역시 남구학산문화원, 2005), 121쪽.

17 이영민, 앞의 논문, 65쪽.

18 『증보문헌비고』 3, 95쪽.

19 김상열, 앞의 논문, 122쪽.

〈문학산 안관당(배꼽산·봉화뚝)〉의 화자는 "우물을 파구해서 성을 쌓구서 인구가 얼마냐믄은 서른 명이였"다고 하여 비류의 도읍지에 거주한 인구를 집성촌 수준에도 미치지 못한 것으로 구술한다. 이것은 문학산이 위치한 인천구읍이 쇠락하게 된 시대적 배경에서 그 요인을 찾을 수 있다. 인천구읍은 1883년 개항과 함께 인천의 중심이 현재의 중구로 옮겨가면서 인천의 행정과 교육, 생활을 담당하던 중심기능을 상실한 채 한적한 농촌의 경관을 지닌 변두리 중의 변두리로 전락하게 된다. 이것은 일제강점기와 산업화시기를 거치는 동안에도 마찬가지였다. 경인선 철도와 경인 국도, 그리고 고속도로를 중심으로 도시화가 이루어지면서 문학산과 그 주변지역은 그저 인천의 남쪽 외곽으로 전락하여 한적한 시골 동네로 남아있었다.[20] 개항과 더불어 인천구읍은 인천의 역사 속에서 사라졌던 것이다.

화자가 사람들을 "다 데리구 갔는지 들어갔는지 갔다구"한 것은 비류가 독자적인 세력을 구축하지 못하고 소멸한 역사적 사실을 반영한 것이다. 그리고 문학산이 비류의 발상지였다는 증거로 활용되는 '비류의 릉'에 대해 언급하지 않는다. 이것은 화자가 건국의 주체인 비류를 망각한 것과 관련이 있다.

지금까지 살펴본 바와 같이 문헌 설화와 구전 설화에 나타난 비류의 건국 설화의 경우, 『삼국사기』에서 비류가 도읍을 정했다고 하는 미추홀을 문학산으로 인식하고 있다는 점에서는 일맥상통한다. 그런데 건국의 주체인 비류의 경우, 구전 설화에서는 그 이름을 망각하고 있다. 서규환·박동진이 인천지역의 청소년을 대상으로 조사한 '역사 속의 인물 중 인천을 대표하는 인물'이라는 항목에서 맥아더가 20.3%로 가장 많았고, 비류 4.3%, 김활란 여사 3.3%, 강재구 소령 2.7%, 장면 전총리 2.6% 순이었다.[21] 인천지역을 한 나라의 도읍지로 자리매김하게 한 비류가 현대사의 인물인 맥아더에 무려 16% 뒤진 것으로 나타났다. 이러한 조사 결과에 따르면, 비류가 인천을 상징하는 인물로

---

20 이영민, 앞의 논문, 69쪽.

21 서규환·박동진, 「인천 청소년의 비전(I)-인천 청소년 사회의식 조사연구-」, 『황해문화』 '98년 겨울(새얼문화재단, 1998), 176~177쪽.

자리 잡지 못했음을 알 수 있다. 이것은 비류의 건국 설화가 구전상으로는 온전한 형태로 전승될 수 없음을 보여준다.

2002년 실시한 『문학산의 역사와 문화유적』 조사에서 채록된 구전 설화 중에는 비류의 건국 설화를 찾아볼 수 없다. 구전상으로는 비류의 건국 설화가 거의 단절된 것으로 여겨진다. 비류의 건국 설화가 단절된 요인으로는 현대인의 설화의식과 함께 문학산 정상에 자리하고 있는 군부대와 연관지어 생각해 볼 수 있다. 1950년대 후반 군부대가 상주한 이후, 반세기가 넘게 인천시민들은 문학산 정상을 제대로 밟아본 적이 없다. 문학산 정상에 대한 기억은 인천시민의 뇌리에서 사라진 지 오래인 것이다. 따라서 건국 설화에 등장하는 산성과 백제우물의 실체를 확인할 수 없으므로 해서 구전으로서의 전승은 단절되고 만 것이다.

사람들이 문학산 정상을 자유롭게 출입하고 산성과 백제우물을 눈으로 확인할 수 있다면 지금과 달리 비류의 건국 설화는 좀 더 다양한 형태로 전승할 수 있을 것이다. 이를 잘 보여주는 것이 '궁예 설화'이다. '궁예 설화'는 『삼국사기』〈견훤·궁예〉조에 기록된 궁예의 출생과정에 보이는 신이성, 기아棄兒 그리고 극적 구출담과 궁예의 몰락과 비참한 죽음을 토대로 하여 한 편의 허구적인 이야기로 재구성한 것이다. 이런 '궁예 설화'는 전승과정에서 궁예와 관련된 신이성이 제거되어 행적담 위주의 흥미 본위로 재구된 이야기와 궁예의 몰락과 비참한 죽음이 지역에 산재되어 있는 증거물과 함께 활용되어 재구된 이야기가 구전되고 있다.[22] '궁예 설화'는 철원과 그 주변 지역을 중심으로 해서 집중적으로 전승한다. 이것은 철원이 비록 몇 십 년이지만 한 나라의 도읍지였을 정도로 길지라는 자긍심이 설화 전승집단으로 하여금 '궁예 설화'를 전승하게 된 원동력이라 하겠다. 현재 철원과 포천지역을 중심으로 전승하는 '궁예 설화'는 이 지역에 산재해 있는 증거물의 존재로 인해 구체적인 증거물이 제시되는 방식으로 이야기가 전개되고 있으며, 그 밖의 지역에서

---

22 이영수, 「'궁예 설화'의 전승 양상에 관한 연구」, 『한국민속학』 43(한국민속학회, 2006), 321쪽.

는 증거물과 무관하기에 궁예의 행적을 흥미나 재미 위주로 구성한 이야기가 전승하고 있다.[23]

2) 안관당安官堂 설화

안관당은 문학산성 내에 있었던 건물로, 1949년 인천시립박물관의 조사에서 처음으로 그 실체가 확인되었다. 그런데 안관당에 관한 기록은 조선왕조실록은 물론 역대 지지와 읍지 어디에서도 발견되지 않는다.[24] 조사 당시의 기록에 의하면, "지름 13미터의 부지에 동면만 남겨놓고 높이 5척의 석벽이 거의 원형으로 쌓여있고 그 가운데 남북 약 7미터, 동서 약 3미터의 건물 유적이 있어 사방에 초석이 있고 동면 초석 가운데는 석단이 있다. 조선시대의 것이라고 추정되는 약간의 기와와 자기의 파편이 발견되었다"고 한다. 조사단원과 동행했던 문학초등학교 후원회 상무이사였던 이승범씨의 말에 의하면, 안관당에는 사당이 있었고 사당 옆에는 수백 년 묵은 큰 참기목이 울창하게 서 있었으며, 사당에는 목조로 남녀의 상을 만들어 그것에다 의복을 입혔다. 그리고 곁에는 크고 작은 목마·창·검이 놓여 있었으며, 봉수 남면에는 당지기의 집이 있어 항상 이곳을 관리하였다고 한다.[25]

현재 안관당과 관련하여 전승되는 설화 중에서 가장 이른 시기에 채록된 형태는 다음과 같다.

옛적에 인천부사에 김모라는 이가 있었다. 이 사람이 죽은 후 가끔 김모의 영적靈蹟이 내리는 고로 동네 사람들이 이 분을 이곳 안관당에 모시었다 한다. 이것은 마치 연평도의 임경업장군 사당과도 같은 범주에 속한다. 그런데 김 장군에 관하여 또 재미있는 이야기가 있다. 즉 이곳에 병란과 같은 변고가 있을 적에는 김 장군이 목마를 타고 창과 칼을 들고 산을

---

23 위의 논문, 350쪽.
24 『문학산의 역사와 문화유적』, 124쪽.
25 이경성 지음, 배성수 엮음, 앞의 책, 48쪽.

돌아다닌다고 한다. 또 이 사당이 보이는 산 아래를 승마한 채 지나가면
말굽이 붙어서 움직이지 않았다 한다.[26]

위의 인용문은 「학익동·문학산 방면 고적조사보고」에 수록된 〈안관당安
官堂〉 설화이다. "옛적에 인천부사 김모"는 임진왜란 당시 인천부사였던 김
민선을 말하는 것이다. 『여지도서』에 임진왜란 당시 인천부사였던 김민선은
사민을 이끌고 산성을 보수하여 여러 차례 왜적을 물리쳤는데, 선조 26년
(1593) 7월에 병사하였다고 한다.[27] 김민선이 죽은 후 "가끔 김모의 영적靈蹟
이 내리는 고로 동네 사람들이 이 분을 이곳 안관당에 모시었다"는 것이다.
지역주민들은 김민선을 모신 안관당을 "연평도의 임경업장군 사당과 같은 범
주에 속"하는 것으로 인식한다. 김민선을 임경업에 비견될 만한 인물로 여겼
던 것이다.

임경업은 충주 달천 출생으로, 국가를 위해 여러 가지 공을 세웠으나 역
모에 관련된 혐의로 심문을 받다 옥사를 당한 인물이다. 오늘날 임경업은 연
평도를 중심으로 한 해안지역과 충주의 충민사와 낙안읍성의 마을제의에서
신으로 모셔지고 있다. 이들 지역에서 임경업이 신으로 모셔질 수 있었던 것
은 그가 억울하게 죽음을 당했다는 점과 해당 지역의 지역민들을 위해 큰 공
을 세웠기 때문이다. 내륙인 승주군의 경우에는 그가 이 지역의 군수로 있던
시기에 지역민들을 위해 낙안성을 쌓아 주었으며, 서해안 일대에서는 어민들
에게 조기 잡는 방법을 가르쳐준 것이 계기가 되었다.[28]

김민선이 "이곳에 병란과 같은 변고가 있을 적에는 김 장군이 목마를 타
고 창과 칼을 들고 산을 돌아다닌다고" 하는 것은 그가 인천지역을 수호하는
신으로 좌정했음을 의미한다. 그래서 전란이 생길 때마다 주민을 돕기 위해
그의 혼이 나타났다는 것이다. 김민선이 인천지역의 수호신으로 자리매김할

---

26 위의 책, 48~49쪽.
27 『문학산의 역사와 문화유적』, 125쪽.
28 서종원, 『그들은 왜 신이 되었을까-한국의 실존 인물신』(채륜, 2013), 82~85쪽.

수 있었던 것은 임진왜란 당시 왜적의 손에서 인천지역민을 보호해준 공적을 높이 샀고, 여기에 왜군과 대치한 상황에서 병사한 것을 억울한 죽음으로 여겼기 때문이다. 역사적으로 김민선이나 임경업과 같이 실존했던 인물들이 신으로 모셔지는 경우가 드물지 않다. 한국 전쟁 당시 인천상륙작전을 지휘했던 맥아더의 경우도 신으로 모셔져 있다.

안관당에 모셔진 김민선의 영험함을 나타내기 위해 "이 사당이 보이는 산 아래를 승마한 채 지나가면 말굽이 붙어서 움직이지 않았다 한다"고 하는 부연설명을 덧붙이고 있다. 이것은 안관당이 보이면 말에서 내려 김민선의 위국충절에 경의를 표하라는 의미이다. 태종 12년에 "고제古制에 의하여 대소신민大小臣民으로 종묘와 궐문闕門을 지나는 자는 모두 하마下馬하는 것으로써 항식恒式을 삼되, 어기는 자는 헌사憲司가 규찰하여 다스리게 하소서"[29]라는 기사가 있다. 말을 타고 지나가는 것은 예법에 맞지 않는다는 것이다.

1890년대에 쓰인 『조선인정풍속』[30]에서 "태묘大廟 앞을 지날 때에는 말에서 내리고 궁궐 앞을 지날 때에 빨리 걷는 것은 고례古禮이니, 전궁殿宮 앞을 지날 때에도 대소大小 관원들은 모두 말에서 내린다"고 하였다. 말에서 내리는 것은 예를 표하기 위한 방법이었던 것이다. 『조선인정풍속』 '하마下馬'에 "서로 알고 있는 사이인 재상宰相 이하 조관朝官이 말을 타고 가다가 길 위에서 서로 만나면 모두 말에서 내려 인사하고, 보행하는 가난한 선비라도 서로 친지간이면 말을 타고 있던 사람이 말에서 내려 안부를 물"었다고 한다. 승마한 채로 안관당을 지나가면 말굽이 붙어서 움직이지 않는다는 것은 안관당에 경의를 표해야 한다는 것을 우회적으로 표현한 것이다.

'안관 할아버지', '안관 할머니'라는 양반이 그 신을 모셨다 이말이야.
모시구서 인저 연연이(해마다) 거기다 제사를 시월에 시월 달, 시월 달에 초

---

29 태종 12년 11월 5일.

30 『조선인정풍속』은 동양문고 소장의 작자미상의 필사본이다. 본문의 내용을 확인한 바에 의하면, 1890년대 이후에 쓰인 것으로 보인다. 이 책은 '상부상조(相扶相助), 범로(犯路), 하마(下馬)' 등 모두 147개의 소항목으로 구분되어 기술한 것으로, 48쪽 분량이다.

하룻날, 초이튿날, 초사흘, 그 인저 고 임시에 제살 지내. 에 제살 지냈어.

그랬는데 예수가 우리나라에 들어와 가지구 들어와 가지구서 박 호장 박호장이라는 양반이 거기에 살았거든. …(중략)… 그래가지구 살았는데 그 호장이 박 호장이라는 영감님이 예수를 안 믿구, 마누라님이 예수를 믿었다 이 말이야. 그 아들덜 허구 그래서 그 아들이 그저 안관당 그 집을 헐어서 에 불을 놓구 뒤에 또 느티나무, 느티나무래는 나무가 그 서른된 댐에두 썼었는데 그것두 한데 그냥 놓구 불을 질렀다 이 말이야. 불을 질르구서 내려와서 뭐 곧 죽었어. 그 형제가 즉사해 버렸어. 에 그래서 그 집이 자손이 아주 무해(없어) 버렸거든.[31]

위의 인용문은 〈문학산 안관당(배꼽산·봉화뚝)〉의 일부분이다. 앞에서 살펴본 〈안관당〉 설화와는 여러모로 차이를 보이며 전승하고 있다. 먼저 안관당에 모셔진 신의 이름을 '안관 할아버지, 안관 할머니'라고 부른다. 〈안관당〉에서 김민선이 병란과 같은 변고가 있을 때 문학산에 모습을 드러냈다는 것으로 볼 때, 초기 안관당에 모셔진 신격은 호국신적 성격을 지녔을 것이다. 안관당安官堂이란 명칭을 "관의 힘으로 백성을 편안하게 한다는 뜻"[32]이라거나 "안관은 관이 백성의 안정을 위해 순절했다는 뜻으로 해석된다"[33]는 것이 이를 뒷받침한다. 안관당의 건물초석으로 미루어 안관당의 규모는 정면 3칸 정도이며, 규모 면에서 볼 때 관이 주도한 사당으로 추정하고 있다.[34]

숙부께서 재계하시고 문학산신文鶴山神께 치제하셨다. 취침 후에 군교 한 명이 와서 고하기를 "꿈에 노인이 와서 이르기를 '당연히 양적洋賊을 대

---

31 『대계』 1-8, 144~145쪽.

32 李薰益, 앞의 책, 301쪽.

33 『문학산의 역사와 문화유적』, 153쪽.

34 인천광역시, 「문학산성 지표조사 보고서」(1997), 99쪽(『문학산의 역사와 문화유적』, 126쪽에서 재인용).

파할 것이다'라고 했습니다"라고 하여 군중에 널리 알렸다.[35]

　위의 인용문은 신미양요 당시의 상황을 기록한 『소성진중일지邵城陣中日誌』 1871년 4월 20일자 기록의 일부이다. 『소성진중일지邵城陣中日誌』는 1871년 4월 6일부터 같은 해 5월 23일까지 총 48일간 인천 진중陣中에 있었던 일을 기록한 것이다. 진은 문학산에 설치되어 있었다.[36] 인천부사 구완식具完植이 임전을 앞두고 문학산신께 제사를 드리자, 산신이 한 군교에게 현몽하여 서양 오랑캐를 크게 물리칠 것임을 예언한다. 이를 이용하여 군사들의 사기를 진작시키고자 했음을 알 수 있다. 구완식이 문학산 산신께 제사 드린 장소가 명기되어 있지 않지만, 당시 진이 문학산에 있었다는 점으로 미루어 볼 때 제사를 지낸 장소는 안관당일 가능성이 농후하다. 그리고 병란과 같은 변고가 있을 때 김민선의 혼령이 나타났다는 점에 비추어 보아 당시 군교에게 현몽한 노인은 김민선이었을 것이다.

　그런데 세월이 흐르면서 마을의 안녕과 번영, 그리고 풍요를 담당하고 마을 주민의 지역적 단합과 화목을 도모하는 마을신격으로 변모하게 된다. 안관당은 김민선의 전공을 기리기 위한 사당이 아니라 해마다 주기적으로 제사를 지내는 동제적 성격의 신당으로 변모한다. 『문학산의 역사와 문화유적』에서 "안관 할아버지를 문학산의 산신山神으로 믿어 매년 그 앞에서 제사를 지냈는데 이를 안관제라 부른다. 정월 보름 안에 제를 지내는데, 동네 사람들이 모두 모여 마을의 풍년과 평안을 빌며 제사를 지내는 것은 물론, 아이가 없는 사람들은 아이를 낳고자 사당 앞에서 비손을 하였다"[37]고 하는 것이 이를 뒷받침한다.

　왜 안관당에 모셔진 신격에 변화가 생긴 것일까? 『인천지지』에 안관당의 제전은 인천부사가 초헌관이 되고, 읍의 원로들이 아헌, 삼헌관이 되어 제사

35 『譯註 邵城陣中日誌』(인천광역시역사자료관역사문화연구실, 2007), 47쪽.
36 위의 책, 6쪽.
37 『문학산의 역사와 문화유적』, 156쪽.

를 지냈는데 약 200여 년 동안 지속되었다고 한다.[38] 안관당 제의는 인천부사가 제관으로 참여하는 관 주도의 유교식 제사였다. 그런데 1883년 개항이 되면서 관교동에 있던 인천도호부가 폐쇄되고 중구에 감리서가 설치된다. 제물포에 개항장이 마련되고 읍치가 옮겨지게 되면서 문학산 일대는 점차 퇴락하게 되었다. 따라서 안관당 제의에 지방 수령이 참석할 필요가 없어졌던 것이다. 여기에 일제에 의해 국권피탈이 이루어지면서 호국이란 관념이 불필요하게 된 것도 안관당의 신격이 변하게 된 요인으로 작용하였다.

청학동에 살던 아이를 밴 여자가 안관당 할아버지·할머니 흉내를 내었다. 아기가 태어났는데 벌을 받아 그 아이는 얼굴을 찡그리며 다리를 절며 씨익씨익 하고 다니게 되었다. 이런 아이를 보고 마을사람들이 씨익 소리를 내며 다닌다고 식칼래라 불렀다 한다.[39]

위의 〈식칼래 이야기〉에서 임신부가 '안관당 할아버지·할머니'를 무시하는 행동을 하자, 그녀에게 신벌을 내려 '식칼래'라고 하는 천치 같은 아이를 낳게 했다는 것이다. 신의 이름이 '김민선'에서 '안관당 할아버지·안관당 할머니'로 바뀌었지만 그 영험함은 예전 그대로였던 것이다. 이처럼 당에 모셔진 신격에 변화가 생긴 것은 안관당의 경우만은 아니다. 중앙에서 영달한 자신들의 조상을 성황신이나 산신으로 모시는 사례는 많은 지역에서 공통적으로 보인다. 자신의 조상을 신으로 봉사함으로써 지역민들의 자발적인 복종심을 유발하고 단결을 강조하기도 하였다. 또 중앙 관리들이 자신의 고향에 있는 산신 내지 성황신에게 작호를 더하게 하여 관향에서 자기 가문의 영향력을 과시하기도 하였다.[40] 지방의 토착세력 중에는 가문의 위세를 높이기 위한 일환으로 사당이나 성황당에 모셔진 자연신을 실존인물로 교체하여 숭배하

---

38 李薰益, 앞의 책, 301~302쪽.

39 『문학산의 역사와 문화유적』, 153쪽.

40 김갑동, 「고려시대 순창의 지방세력과 성황신앙」, 『한국사연구』 97(한국사연구회, 1997), 84쪽.

였다. 그리고 인물신의 경우, 토착세력간의 흥망성쇠에 따라 그 이름이 바뀌기도 한다.

〈문학산 안관당(배꼽산·봉화뚝)〉에서 안관당은 예수를 믿는 박 호장의 아들들에 의해 헐리고, 주변의 신목들은 불태워진다. 민간신앙과 외래 종교인 기독교 간의 종교적 갈등이 표출되고 있다. 이 설화의 화자는 안관당을 파괴한 박 호장의 아들들이 "불을 질르구서 내려와서 뭐 곧 죽었어. 그 형제가 즉사해 버렸어. 에 그래서 그 집이 자손이 아주 무해(없어) 버렸"다고 한다. 신벌이 내려 박 호장 아들들이 죽었을 뿐만 아니라 그 집안은 절손이 되어 대가 끊겼다는 것이다. 개인주의보다 가족주의를 표방하던 전통적인 사회에서는 자손을 번성케 하여 조상의 제사를 끊어지지 않게 하는 것을 가장 중요하게 여겼다. 그런데 박 호장 집안의 경우, 안관당을 훼손한 대가로 조상의 제사를 모실 사람이 존재하지 않게 된다. 조상숭배를 중요한 미풍양속으로 여겼던 우리나라에서 죽어서 조상을 뵐 면목이 없어진 것이다. 결과론적으로 민간신앙과 외래 종교와의 싸움에서 민간신앙이 우위를 차지하고 있다.

조선시대에는 문학산 정상부에 봉수대가 설치되었고, 임진왜란 중에는 의병이라 할 인천의 사민이 문학산에서 왜병을 격퇴하기도 하였다. 안관당이 위치한 문학산성이 인천의 대표적인 관방시설이었다는 점에 비추어 볼 때, 안관당과 박 호장 아들들의 대립은 단순히 종교적인 갈등으로만 볼 수 없다. 여기서 예수로 대표되는 기독교는 외세를 지칭한다. 안관당 제의를 미신적 행위로 간주한 외세에 의해 사당이 허물어지고 관목이 불탄 것은 조선왕조의 몰락 내지 패망을 의미한다. 그런데 안관당의 신격은 자신에게 위해를 가한 박 호장 아들들에게 신벌을 내려 즉사시킨다. 신벌은 당사자에게만 국한된 것이 아니다. 절손을 시켜 그 집안의 대를 끊어버린다. 자신에게 위해를 가한 세력에게 철저히 응징을 가한다. 외세의 침략으로 인해 당집이 산산조각이 난 상태이지만, 박 호장 집안의 절손을 통해 결코 민족혼은 사라지지 않았음을 표현한 것이다. 따라서 안관당과 박 호장 아들의 대립은 민족 내적 갈등이 아닌 외세에 대한 민족적 저항이라는 측면에서 바라볼 수도 있다.

3) 사모주바위 설화

사모지고개는 문학산 주봉과 연경산 사이에 위치해 있으며, 백제시대에 중국으로 가던 사신이 넘던 고개로 알려져 있다. 해로를 통해 중국으로 가는 백제 사신들은 부평의 별고개를 넘고 사모지고개를 넘어 지금의 송도 옥련동에 있던 능허대 한나루에서 배를 타고 떠났다. 사신들은 사모지고개에 이르러 별고개에 두고 온 가족들을 그리워하며 큰 소리로 세 번 부르며 이별의 아쉬움을 달랬다. 이렇게 세 번 부르고 작별했다고 하여 삼호현이라고도 한다. 『여지도서』에는 사모지고개를 삼해주현三亥酒峴이라고 적혀 있다. 사모지고개에는 큰 바위가 있는데, 이 바위 꼭지에는 마치 동이와 같이 생긴 구멍이 뚫려 있다. 이 구멍에 삼해주가 가득 차 있어 고개를 넘어가는 사람들이 고개를 오르다 숨이 차고 목이 마르면 그 술을 떠서 마셨다. 이 술은 한 잔 이상 마시면 안 되는데, 어떤 사람이 욕심을 부리고 술을 한 잔 이상 마셔서 그만 술이 말라 버렸다고 한다. 사모지고개는 '삼호현', '삼해주현' 등으로도 불리는데, 그에 따른 다양한 이야기들이 전승되고 있다.

사모지고개와 관련된 설화 중에서 가장 대표적인 것이 위에서 언급한 '술바위' 이야기이다. 이 유형에 속하는 설화는 '술이 나오던 바위(또는 샘)가 어떤 연유로 술이 나오지 않게 되었다'는 내용을 기본 줄거리로 하여 전승된다. 최상수는 이런 유형의 설화를 '주천 설화'로 명명한 바 있다.[41] 주천 설화는 전국적으로 전승되고 있으나 대략 스무 곳 미만 정도로 파악되고 있다.[42] 이 글에서 다루는 문학산의 술바위 설화도 그 중의 하나이다. 『인천의 지명유래』에서는 술바위 이름을 '중바위'라고 지칭하고 있으며, 이밖에 '삼해주바위, 사모주바위, 모주바위' 등으로 부른다고 한다. 술바위는 '전설 따라 삼천리'에 소개된 일이 있을 정도로 유명한 바위로, 오랜 세월 구전되어 내려오는 동안에 여러 가지 이름으로 부르게 된 것으로 여겨진다.[43] 이 글에서는 술에

---

41 최상수, 『韓國 民族 傳說의 硏究』(成文閣, 1988), 57쪽.

42 황인덕, 「영월 '술샘(酒泉)' 전설의 장소성과 역사성」, 『구비문학연구』(한국구비문학회, 2004), 240쪽.

43 『仁川의 地名由來』(인천광역시, 1998), 137쪽.

이야기의 초점이 맞춰져 있다는 점을 감안하여 문학산과 관련해서 전승되는 술바위 관련 설화를 '사모주바위' 설화로 통칭한다.

(2) 삼호현三呼峴

① 옛적에 산 넘어 어느 절에 한 중이 있었다. 이 중은 매일 같이 볼일이 있어 이 고개를 넘게 되는데 어느 날 몹시 목이 말라서 혼잣말로 "아- 술 한 잔만 마셨으면 좋겠다"라고 하였더니 난데없는 예쁜 색시가 길가 큰 바위에서 나오며 고운 손 맵시로 맛좋은 술 석 잔을 따라주어 중이 마시고 나니까 또 바위 속으로 사라졌다. 이렇게 하기를 달포나 계속한 어느 날 이 날도 역시 중이 "아- 술 한 잔만 마셨으면" 하니 여전히 색시가 나와 전과 같이 술 석 잔을 따라주고 바위 속으로 들어갔다. 술을 마시고 난 중은 전에 없이 "또 한 잔만 주시오"하니 색시는 바위에서 나와 또 한잔을 부어 주고 바위로 사라졌다. 이 술을 마신 중은 또 "한 잔만 주시오"하고 청하였으나 색시는 안 나온다. 두 번 세 번 암만 고함을 질러도 색시는 종시 나오지를 않았다. 참다못하여 중은 바위를 붙들고 무르팍을 대고 이마로 받았으나 색시는 나오지 않고 말았다. 그리하여 지금 이 바위에는 손자국과 무릎 자국과 이마로 받은 자리가 아직도 있다.[44]

위에서 인용한 〈삼호현三呼峴〉에는 사모주바위와 관련된 3편의 설화가 채록되어 있다. 위의 인용문은 그중의 하나이다. 이 설화는 다른 두 편의 설화보다 술이 나오지 않게 되는 과정이 흥미롭게 구성되어 있다. 〈삼호현〉에 수록된 사모주바위 설화는 크게 두 가지 형태로 구분할 수 있다. 하나는 위에서 인용한 설화처럼 '사모주는 석 잔(또는 한 잔) 이상 마시면 안 된다.'는 금기가 내재되어 있는 경우이고, 다른 하나는 효성과 관련된 경우이다. 금기와 관련된 사모주바위 설화는 술이 나오지 않게 된 이유를 스님이 욕심을 부렸기 때

44 이경성 지음, 배성수 엮음, 앞의 책, 52쪽.

문이라고 하면서 당시의 정황을 설명하고 "지금 이 바위에는 손자국과 무릎 자국과 이마로 받은 자리가 아직도 있다"고 하면서 증거물을 제시하는 일종 의 지명유래담이다.

이 설화에서 행위의 주체는 '스님'이다. 일반적으로 스님은 구도자나 금욕 자로서의 이미지가 강하다. 그런데 이 설화에 등장하는 스님의 경우는 그렇 지 못하다. 사모지고개를 넘던 스님은 목이 말라서 "아- 술 한 잔만 마셨으면 좋겠다"고 한다. 갈증을 해소하기 위해 불가에서 금하고 있는 술을 찾는다. 그리고 불가에서는 여인을 멀리하라 하여 음욕을 금기시한다. 그런데 스님에 게 술을 따라주기 위해 바위에서 나온 사람은 다름 아닌 예쁜 색시이다. "이 렇게 하기를 달포나 계속한"다. 스님은 스님으로서 지켜야 할 본분을 망각하 고 있다. 설화 전승집단은 정상적인 스님이라면 이러한 행동을 해서는 안 된 다고 여긴다. 그래서 〈중바위〉에서는 금기를 파기하는 인물이 '중'에서 '파계 중'으로 바뀌게 된다. '중'에서 '파계 중'으로 인물의 면면이 바뀐 것은 사모주 바위 설화에 등장하는 스님이 승려로서 갖추어야 할 도덕률에서 벗어났기 때 문이다. 사모주바위에서 술이 나오지 않게 되는 것을 합리화시키고자 등장인 물에 변화를 준 것이다.

색시가 스님에게 석 잔의 술을 대접하였다는 것은 누구도 그 이상의 술 을 마실 수 없음을 의미한다. 일종의 금기가 내포되어 있는 것이다. 그런데 어 느 날 스님이 욕심을 부려 넉 잔의 술을 마시자, 술을 부어 주던 색시는 더 이 상 나타나지 않는다. 스님이 욕심을 부린 까닭에 금기가 파기된 것이다. 설화 에는 '보이지 마라', '먹지 마라', '열지 마라' 등 여러 가지의 금기들이 등장한 다. 이런 금기들은 모두 깨어지기 마련이다. 파기되지 않는 금기는 금기가 아 닌 것이다.

② 일설에는 전기와 같은 색시가 아니고 중이 이 고개에서 앉아 쉬느 라니까 어디서 물소리가 나기에 목도 말라 가본즉 바위에서 술이 나오더 라. 그래서 석 잔만 마시었다. 그 후 어느 날은 몹시 조갈이 나서 넉 잔을

마시었더니 술이 뚝 끊이고 다시는 안 나오기에 손과 무릎을 대고 이마로 받았다고.[45]

위의 인용문은 〈삼호현三呼峴〉에 수록된 또 다른 사모주바위 설화이다. 이 설화에서는 앞에서 살펴본 사모주바위 설화와 달리 여인이 등장하지 않는다. 이것은 〈삼호현〉 이후에 채록된 〈중바위〉, 〈사모주고개〉,[46] 〈장사이야기〉[47]의 경우도 마찬가지이다. ①과 ② 중에서 어느 것이 사모주바위 설화의 원형인지 단언할 수 없다. 특정 신화나 전설, 민담의 각 편이 초기의 형태보다 복잡한 형태로 발전된 경우도 있지만, 역으로 복잡한 형태가 전승력이 약화되면서 단순한 형태로 축소되는 경우도 있기 때문이다. 다만, 인천지역에서 전승되는 사모주바위 설화는 ②의 형태가 주를 이룬다는 것이다. 지명전설의 경우, 전승과정에서 증거물의 진실성만을 확보하면 되기 때문에 단순화되는 경향이 있는데, 사모주바위 설화가 여기에 해당한다.

〈사모주고개〉와 〈장사이야기〉에서는 금기를 파기하는 인물이 '장사'로 설정되어 있다. 장사가 등장하는 것은 사모주바위를 "손과 무릎을 대고 이마로 받았다고" 하는 증거물의 존재를 합리화시키기 위한 것이다. 일반인의 힘으로는 지금도 사모주바위에 남아 있는 증거인 손자국과 무릎 자국, 이마로 받은 자리를 만드는 것은 불가능하다. 따라서 설화에 등장하는 증거물의 진실성을 뒷받침하기 위해 장사가 동원된 것이다.

한편, 〈장사이야기〉는 기존의 사모주바위 설화와 동떨어진 형태로 전승한다. 장사는 술맛이 좋아 계속 마시기를 원했으나 술이 나오지 않자, "화가 나 술이 괴는 곳을 부숴버리니 별안간 하늘에서 시커멓게 구름이 몰려오고 땅이 진동하더니 연못에서 용이 하늘로 올라갔다"고 한다. 그러면서 "용이 올라가면서 바람에 흔들흔들하였다 하여 흔들 못이"라는 지명이 생겼다는

45 위의 책, 52~53쪽.
46 『대계』 1-8, 139쪽.
47 『문학산의 역사와 문화유적』, 155쪽.

것이다. 이 설화의 화자는 청학동의 흔들 못이 생기게 된 유래를 사모주바위 설화와 관련지어 설명하고 있다. 우리 사회가 핵가족화되고 대중매체가 발달하면서 설화 전승집단에게 있어 청자의 존재는 유명무실해졌다. 화자에게 있어 청자의 상실은 이야기의 구연 기회를 박탈하게 되고, 이것이 이야기에 대한 부분적인 망각으로 이어진다. 제반 여건상 구전 설화는 많은 변화를 겪으면서 전승할 수밖에 없는 상황이다.[48] 〈장사이야기〉에서 화자가 이야기의 내용을 혼동하고 있는 것은 이러한 설화적 환경을 반영한 것이다.

> ③ 또 일설에는 옛적에 이 동네에 한 효자가 있었다. 이 효자의 아버지는 술을 즐기었으나 집이 가난한고로 술 한 잔 살래야 살 수도 없었다. 어느 날 이 효자가 이곳을 지날 때 어디서인지 똑똑 소리가 들려왔다. 이상하게 생각하여 사방을 돌아다보니 길가 커다란 바위에서 물이 흘러 떨어진다. 목마른 판에 이 물을 받아 마셨더니 의외에도 그것이 술이었다. 그는 기뻐하며 이 술을 받아 아버지에게 드려 효도를 다 하였다 한다.[49]

위의 인용문은 〈삼호현三呼峴〉에 수록된 사모주바위 설화 중에서 효성과 관련된 것이다. 술 한 잔 대접할 수 없을 정도로 가난한 효자가 사모주바위에서 나오는 술을 가지고 아버지를 봉양했다는 것이다. 이 설화와 비교될 수 있는 것이 〈주천교〉 설화이다.

> 이조李朝 말엽에 개성開城 서소문西小門 안에 한 효자가 있었는데, 병든 아버지께서 술을 좋아하셨으나, 돈이 없었으므로 그는 하는 수 없이 샘물이라도 떠다 드리려고 아침저녁으로 길으는 샘으로 갔더니 그 샘물이 갑자기 술이 되어 있으므로 이 효자는 기뻐하며 곧 그 술을 떠다가 병상에 누

---

48 이영수, 「전승 시기에 따른 설화의 변이 양상에 관한 연구」, 『인하어문연구』 7(인하어문연구회, 2006), 334쪽.
49 이경성 지음, 배성수 엮음, 앞의 책, 52~53쪽.

워 계신 아버지께 갖다 드렸더니, 그 뒤부터는 차차 원기를 회복하여 병환이 나아졌다고 한다.[50]

위의 〈주천교〉 설화는 ③ 사모주바위 설화와 여러모로 닮은 점이 많다. 먼저 두 설화에 등장하는 인물이 가난한 효자라는 점, 술을 좋아하는 아버지를 두고 있다는 점, 그리고 바위 또는 샘에서 나온 술을 통해 아버지에 대한 효도가 이루어지고 있는 점이 그렇다. 이러한 공통점에도 불구하고 두 설화 사이에는 차이점도 존재한다. 〈주천교〉 설화의 경우, 샘물이 술로 변하여 이 샘을 "주천酒泉"이라 부르고, 또 그 샘가에 놓은 다리를 "주천교酒泉橋"라고 부르게 되었다고 한다. '주천'이라는 샘을 통해 개성 사회관 동편에 위치한 다리를 '주천교'라고 명명하게 된 내력을 설명한다. 이에 비해 ③ 사모주바위 설화의 경우, 사모주에서 술이 나오지 않게 된 배경과 함께 사모주바위에 생긴 손자국과 발자국 등의 증거물에 대한 언급이 없다. 두 설화는 증거물의 활용도에서 차이가 난다. 전자가 전설의 형태라면, 후자는 민담의 형태에 가깝다. 사모주바위라는 증거물을 활용할 수 없다는 점에서 효성을 강조한 ③ 사모주바위 설화는 전승력을 상실한 것으로 보인다.

사모잿 고개 너머 마을에 효자가 살고 있었다. 그 효자의 아버지는 술을 좋아하는 사람이었다. 그러나 집안형편이 좋지 않아 아버지에게 술을 사드릴 수 없었다는 게 효자는 안타까웠다. 어느 날 효자가 사모잿 고개를 넘다가 마루턱에서 쉬고 있다가 물 흐르는 소리가 들려 주위를 살펴보았다. 바로 옆 길가 바위에서 물이 흘러내리고 있었다. 효자가 그 물을 받아 보니 물이 아니라 술이었다. 효자는 하느님이 도운 것이라 생각하고 아버지에게 술을 갖다 드렸다. 매일 술 석 잔을 아버지께 드렸더니 아주 기뻐했다. 아버지는 효자에게 어디서 술을 가져오느냐고 묻자 효자는 전부 가르쳐드렸다. 아버지는 효자에게 술 석 잔이 아니라 더 많이 받아오라고 하였

50 최상수, 『한국민간설화집』(통문관, 1984), 25쪽.

다. 효자는 술을 더 받았더니 바위의 술이 끊기게 되었다. 효자는 바위에 엎드려 술이 다시 나오기를 기도하였으나 술은 나오지 않고 무릎을 꾼 자국과 손을 짚은 자국만 바위에 남게 되었다.[51]

위의 인용문은 『문학산의 역사와 문화유적』에 수록된 사모주바위 설화의 전문이다. 이 설화는 앞에서 살펴본 ③ 사모주바위 설화와 달리 효행과 함께 금기가 동시에 언급되고 있다는 점이 흥미롭다. "아버지는 효자에게 술 석 잔이 아니라 더 많이 받아오라고" 한다. 아버지의 명에 따라 효자가 "술을 더 받았더니 바위의 술이 끊기게" 된다. 다른 사모주바위 설화와 마찬가지로 술에 대한 욕심 때문에 사모주바위에서 술이 나오지 않게 되었다는 것이다. 자신에게 주어진 것보다 조금 더 갖고 싶어 하는 인간의 욕망이 스스로 자기 복을 차버리는 결과를 낳게 된다.

그런데 술이 나오지 않게 되었을 때, 이에 대응하는 방식이 다른 사모주바위 설화들과는 분명한 차이를 보인다. 여타의 사모주바위 설화에서는 술이 끊기자 바위를 이마로 받거나 손과 무릎을 사용하여 강제로 술을 얻으려고 하는 시도가 뒤따른다. 이에 비해 이 설화에서는 술이 나오지 않게 되자 "효자는 바위에 엎드려 술이 다시 나오기를 기도"한다. 이런 효자의 행동은 자신이 술을 얻게 된 것을 "하느님이 도운 것이라 생각하"기 때문이다. 하지만 술은 다시 나오지 않았으며, 이때 효자가 "무릎을 꾼 자국과 손을 짚은 자국만 바위에 남게 되었다"고 한다. 사모주바위의 증거물을 설명하는 방식이 다른 설화들과 구별되는 것은 효행이 밑바탕에 깔려있기 때문이다. 효행을 강조하다 보니 사모주바위에 남아 있는 증거물이 '손과 무릎, 그리고 이마 자국'에서 '손과 무릎'자국으로 축소되고, 전체적으로 증거물이 생기게 된 과정이 다른 사모주바위 설화에 비해 다소 설득력이 떨어진다. 이 설화의 경우, 아버지의 욕심과 효자의 행동이 극명하게 대비된다는 점에서 온전한 형태로 전승하기

---

51 『문학산의 역사와 문화유적』, 166쪽.

는 쉽지 않을 것으로 생각된다.

지금까지 살펴본 바와 같이 사모주바위와 관련해서는 다양한 설화가 전승하고 있다. 오늘날에도 사모지고개에는 사람들의 발길이 끊이지 않는다는 점에 비추어 사모주바위 설화는 앞으로도 계속 전승할 것이다. 다만 사모주바위 설화 중에서 중과 여인이 등장하여 술이 나오지 않게 되는 과정이 흥미롭게 전개되는 ①이나 효행을 강조한 ③, 그리고 효행과 금기가 함께 언급된 설화의 경우는 더 이상 전승하지 않을 것이다. 현재와 같이 전승과정에서 증거물의 존재를 확인할 수 있는 단순화된 형태인 ②의 설화만이 생명력을 지닌 채 구전될 것이다.

4) 산신産神우물 설화

산신우물은 문학동의 학산마을 뒤 배바위 아래에 있었던 우물로, 물이 잘 나고 물맛이 좋았다고 한다. 산신우물이란 아이가 없는 부부가 이 우물에 치성을 드리면 아들을 낳을 수 있다고 한 것에서 유래된 명칭이다. 산신은 '삼신三神' 혹은 '태신胎神'이라고도 부른다. 옥황상제의 명을 받아 인간에게 아이를 점지하고 출산을 돕고, 인간세상에서 아기의 많고 적음과 있고 없음을 주관하는 신으로 여긴다. 문학동의 산신우물에 대해서는 다음과 같은 이야기가 전해오고 있다.

산신産神우물

어느 부부가 있었는데 소생이 없어 고민하던 차, 이 산신우물에 백일기도를 올리면 효험을 얻으리라는 말을 듣고 부부가 매일 밤 열두 시 이 우물가에서 산신할머니께 정성을 드리었다. 그리하여 백일째 되는 날 아침 밤새 기도를 마치고 부지런히 부정이 타기 전에 집으로 돌아가려고 막 산길을 나서려 할 때 길가 조그만 오막살이집에서 사는 어느 부인이 아침밥을 지을 물을 길으려고 이곳을 올라오다가 이 부인을 만나 "아침 일찍 어딜 갔다 오십니까"하고 인사를 하였다. 그러나 그 부인은 부정이 탈까보아 아무 대답도 없이 집으로 돌아왔다. 그런데 정성을 들인 부인에게는 태기가 없고 길가에서 만난 부인에게 태기가 그날부터 있어 옥 같은 아들을 낳았다 한다. 그리하여 이것을 안 사람들은 태기가 옮겨졌다고 생각한다.[52]

위의 〈산신産神우물〉은 우리나라의 기자습속을 반영한 것이다. 부계 중심의 우리나라 가족제도에서 대를 이어줄 남아의 출산은 무엇보다 중요했다. 그래서 자녀를 갖기 위해 여러 가지 방안을 강구하였다. 그중의 하나가 〈산신우물〉에서처럼 "이 우물가에서 산신할머니께 정성을 드리"는 것이다. 이렇게 특정한 대상에게 정성을 드려서 아들을 얻고자 하는 방법을 치성기자라고 한다. 부부가 백일기도를 올렸다는 것은 그만큼 자식에 대한 소망이 간절했음을 의미한다.

부부가 치성을 드린 장소는 우물이다. 우물은 신성한 공간이자 마을 생활의 중심이 되는 곳이다. 정월대보름 새벽에 닭이 울 때를 기다렸다가 서로 앞을 다투어 우물물을 긷던 풍속이 있었다. 대보름 전날, 하늘에 있는 용이 지상에 내려와 우물 속에 알을 낳는다고 믿었기 때문이다. 그래서 주부들은 새벽부터 우물 속의 용알을 퍼가기 위해 부지런을 떨었던 것이다. 그리고 이 물로 밥을 지으면 풍년이 든다고 믿었다. 물은 생명의 원천이기에 그 자체로 신앙의 대상이었던 것이다.

매일 밤 12시에 산신우물에서 치성을 드리던 부부는 백일째 되는 날, 정성을 드리고 내려오는 길에 오막살이에 거주하는 부인을 만난다. 그녀는 부부에게 "아침 일찍 어딜 갔다 오십니까"하고 안부를 묻지만, 부부는 혹시라도 부정이 탈까봐 대답을 하지 않고 자리를 피한다. 그런데 백일치성을 드린 부부에게는 아이가 없고, 길거리에서 만난 부인이 옥동자를 낳았다는 것이다. 이것을 안 사람들은 태기가 옮겨졌다고 생각한다. 인간이 노심초사한다고 해서 자신이 원하는 바가 꼭 이루어지는 것은 아니다. 〈산신産神우물〉을 통해서

---

52 이경성 지음, 배성수 엮음, 앞의 책, 54쪽.

인간이 간절히 원한다고 해서 삼신할머니가 무조건 자식을 점지해주는 것은 아니라는 설화 전승집단의 사고를 엿볼 수 있다.

우리 속담에 "원님 덕에 나팔 분다"는 말이 있다. 〈산신産神우물〉에서 부부는 자식을 얻기 위해 정성을 다했지만, 그 복은 오두막집 아낙이 받아 옥동자를 생산한다. 정성을 드리는 것과 복을 받는 것은 이렇게 별개의 문제일 수 있다. 이러한 예를 극락 설화를 통해서도 살펴볼 수 있다. 〈십 년 공부 나무아미타불〉에서는 십 년 동안 나무아미타불을 외웠던 사람이 극락에 가기 위해 물에 빠져야 하는 마지막 단계에서 두려움에 머뭇거린다. 이때 그곳을 지나가던 젊은이가 물에 빠져 수행자 대신에 승천을 하게 된다. 〈십 년 공부 도로아미타불〉에서는 십 년간 수행한 스님에게 하늘에서 내려준 줄을 부잣집 노인이 가로채 하늘로 올라간다.[53]

이 우물에 가서 치성을 하면 태기가 없던 사람도 아이를 얻게 되므로 산신産神우물이라 부른다. 산신우물에 관하여 인천시사에는 산신山神우물이라 적혀있으나 삼신우물 또는 산신産神우물이 정확하다. 애를 낳으면 삼신우물에서 물을 떠다 미역과 쌀을 씻어 밥을 해서 산모를 먹이면 아이가 똑똑해진다고 한다. 이 우물과 관련하여 두 가지 얘기가 전해온다.

마을의 한 산모가 아이를 낳고는 젖이 안 돌아서 젖 나오게 해달라고 기도를 했다. 어느 날 바가지를 가지고 우물에 가서 물을 흘리며, 젖을 좀 흘려달라고 빌면서 집까지 왔다. 그러니 젖이 나왔다고 한다. 제보자 중에는 아이를 낳고 초상집에서 해온 밥을 먹어 부정을 타서 젖이 안 나왔다고 한다. 그래서 삼신우물에서 젖 나오게 해달라고 기도하고 집까지 물을 흘리며 왔다고 한다.[54]

위의 인용문은 〈문학동 삼신우물三神井〉의 일부분이다. 문학동의 산신우

---

53 이영수, 「극락설화 연구」, 『한국민속학』 45(한국민속학회, 2007), 230쪽.
54 『문학산의 역사와 문화유적』, 156~157쪽.

물과 관련해서는 두 가지 이야기가 전해온다. 하나는 위의 인용문처럼 젖이 안 나올 때 산신우물에 가서 기도를 드린다는 것과 다른 하나는 앞에서 살펴 본 〈산신産神우물〉 이야기가 그것이다. "애를 낳으면 삼신우물에서 물을 떠다 미역과 쌀을 씻어 밥을 해서 산모를 먹이면 아이가 똑똑해진다고 한다"고 하 는 것은 삼신상차림과 관련이 있다. 삼신은 아이를 관장하는 신이기 때문에 아이를 낳으면 삼신상을 차리는데, 일반적으로 쌀밥과 미역국을 올린다. 삼 신상이 차려지면 간단히 비손한 후에 그 음식물은 산모가 먹는다. 이것은 아 이가 성장과정에서 훌륭하게 자라주길 바라는 뜻과 산모의 건강이 빨리 회 복되기를 염원하는 것이다. 삼신우물에서 물을 떠다가 삼신상을 차리면 아이 가 똑똑해진다고 하는 것은 삼신상차림에 정성을 다해야 한다는 의미로 받 아들일 수 있다.

문학동에서는 산모가 젖이 나오지 않을 때, 산신우물에 가서 젖이 나오게 해달라고 축원하였다는 것이다. 일반적으로 민간에서는 젖이 나오지 않을 경 우 식이요법을 통해 해결하는 경우가 많았다. 『동의보감』에 산후에 모유가 잘 안 나올 때는 '저제猪蹄죽'을 먹으면 좋다고 한다. 돼지족 4개와 통초라는 약 재와 파를 넣고 달인 다음 체에 걸러낸 물로 쑨 죽이다. 저제죽이 모든 여성 에게 효과가 있는 것은 아니어서 1주일을 마셔도 별 효과가 없으면 체질에 따 라 다른 식품이나 한약을 복용해야 한다. 젖이 잘 나오게 하는 식품으로는 찹쌀죽, 메기, 잉어, 계란흰자위, 꿀, 붉은 팥 등이 있다.[55]

〈문학동 삼신우물〉에서는 식이요법 대신에 주술적인 행위를 통해 젖을 나 오게 했다는 점이 특이하다. 젖이 나오지 않는 산모는 산신우물에 가서 산신 께 축원하고, 젖이 잘 나오기를 빌면서 바가지에 담은 물을 졸졸 흘리면서 집 까지 온다. 또 다른 산모는 "아이를 낳고 초상집에서 해온 밥을 먹어 부정을 타서 젖이" 나오지 않게 되자 "삼신우물에서 젖 나오게 해달라고 기도하고 집 까지 물을 흘리며" 왔다고 한다. 젖이 나왔는지의 여부에 대해서는 언급이 없

55 「생활속의 한방」, 「동아일보」, 1998년 3월 28일자.

다. 이야기의 정황상 젖이 나왔을 것으로 생각된다. 산모의 산후조리 기간인 삼칠일까지는 닭고기·개고기·돼지고기 등의 고기 먹는 것을 삼가고, 특히 상 갓집 음식은 부정 탄 음식이라고 하여 먹지 않는다. 음식금기를 어김으로 해 서 젖이 나오지 않게 되었음을 인지한 산모가 부정을 씻기 위해 산신우물을 찾았던 것이다. 물을 흘리는 행위를 통해서 젖이 잘 나오게 한다는 것은 유 감주술적 사고에 기인한 것이다.

물을 이용한 주술적 행위는 기우제에서 흔히 볼 수 있다. 한발이 계속되 면 집집마다 병瓶에 물을 넣고 버드나무 가지로 마개를 해서 거꾸로 매달아 놓는다. 이렇게 하면 가지와 잎을 따라 물방울이 떨어지게 되는데, 이를 하늘 의 빗방울로 여겼다. 인위적인 현상을 통해 비가 내리기를 기원했던 것이다. 〈문학동 삼신우물〉에서 우물물을 이용해 젖이 잘 나오게 하는 방법은 기우 제의 형식을 원용한 것이 아닌가 한다. 이런 주술적 행위가 행해질 수 있었던 것은 삼신우물에 산신이 좌정하고 있다고 믿었기 때문이다. 영흥면에도 〈삼 신우물〉이 있었다. 이 우물의 경우도 〈문학동 삼신우물〉처럼 아이를 못 가진 부인들이 자식을 점지해달라고 기원하던 우물이었다. 그런데 영흥면의 〈삼신 우물〉은 기자의례만 존재할 뿐, 물을 이용해 젖이 잘 나오게 하는 주술적 행 위는 나타나지 않는다. 〈문학동 삼신우물〉에서 주술적인 방법을 이용하여 젖 을 잘 돌게 하는 행동은 이 지역만의 특징으로 보인다.

3. 맺는말

지금까지 인천지역에 전승하는 문학산 관련 설화를 통해 설화 전승집단 이 문학산을 어떻게 인식하고 있으며, 인천에서 문학산은 어떤 의미를 지니 고 있는가에 대해 살펴보았다.

고려 이후 관교동에 읍치가 형성되면서 개항 때까지 문학산 일대는 인천 의 행정·교육·생활의 중심지였다. 인천의 역사적 발전 과정에서 중요한 역할을 담당했던 문학산은 1883년 제물포의 개항과 함께 관교동에 있던 읍치가 현재의 중구일대로 옮겨지면서 퇴락하기 시작하였다. 이렇게 약화된 문학산의 역사적 위상은 일제강점기를 거치면서 그 전통적 원형을 상실하게 되었다. 광복과 더불어 향토사가와 지역민들에 의해 문학산의 위상을 되찾고자 하는 노력이 있었다. 하지만 1959년 미군기지 건설이 발의되고, 1960년에 이를 위한 공사가 진행되어 1962년부터 미군부대가 상주하기 시작하였다. 1979년 미군이 철수한 후에는 한국군이 그 자리를 차지하여 현재에까지 이르렀다. 인천시민들은 반세기가 넘게 문학산 정상을 밟아보지 못했다. 설화 전승집단에게 있어 문학산 정상에 대한 기억은 더 이상 존재하지 않는다. 이러한 역사적·시대적 변화는 문학산과 관련된 설화에도 영향을 미치게 되었다.

　문학산과 관련된 설화 중에서 가장 대표적인 것이 비류의 건국 설화이다. 고구려에서 남하한 비류가 미추홀에 도읍을 정했는데, 그곳이 바로 문학산성이라는 것이다. 『세종실록 지리지』에서 비류와 문학산성을 연결시킨 이래, 오늘날까지 미추홀의 중심유적으로 문학산성을 지목하고 있다. 현존하는 비류의 건국 설화는 크게 문헌 설화와 구전 설화로 이대별할 수 있다. 문헌 설화와 구전 설화에 나타난 비류의 건국 설화는 『삼국사기』에서 비류가 도읍을 정했다고 하는 미추홀을 문학산으로 인식하고 있다는 점에서는 일맥상통한다. 그런데 문헌 설화의 경우, 『삼국사기』, 『동국여지승람』, 『문헌비고』 등을 토대로 문학산이 한 나라의 도읍지였음을 강조하는 방향으로 설화의 내용이 윤색되었다. 이에 비해 구전 설화의 경우, 화자가 건국의 주체인 비류의 이름을 망각하고, 안관당에 관해 구술하는 과정에서 비류의 건국 설화가 등장하고 있다. 이것은 비류의 건국 설화가 구전으로는 온전한 형태로 전승할 수 없음을 보여주는 것이다. 구전 설화로서의 비류의 건국 설화는 사실상 그 전승이 단절된 것으로 여겨진다.

　문학산성에 비류가 도읍을 정했다는 증거의 하나로 활용되는 것이 백제우물이다. 백제우물에서 홍두깨를 찌르면 그 끝이 팔미도 앞바다에서 나온다고 하는 표현은 설화 전승집단이 비류의 영토를 문학산에 국한된 것이 아닌 원인천지역으로 그 범위를 확대하여 생각하고 있음을 우회적으로 표현한 것이다.

문학산 관련 설화 중에서 전승이 가장 활발한 것이 안관당 설화이다. 안관당은 임진왜란 때 인천부사로 재직하다가 병사한 김민선을 위한 사당이다. 이 지역주민들은 김민선을 임경업에 비견될 만한 인물로 여기고 있다. 병란과 같은 변고가 있으면 창과 칼을 든 김민선의 혼령이 목마를 타고 나타났다는 것으로 보아 초기 안관당은 호국신적 성격을 지니고 있었음을 알 수 있다. 그런데 세월이 흐르면서 마을의 안녕과 번영, 그리고 풍요를 담당하는 마을신격으로 바뀌게 된다. 안관당의 신격에 변화가 생긴 것은 개항에 따른 읍치의 변화와 일제에 의한 국권피탈로 호국관념이 불필요하게 된 것에서 그 원인을 찾을 수 있다.

설화 전승집단은 안관당의 영험함이 대단했다고 믿고 있다. 안관당을 미신시하고 사당과 신목에 불을 지른 기독교 신자였던 박 호장 아들들은 산에서 내려와서 즉사한다. 그리고 그 집안은 절손이 되어 대를 이를 자손이 끊긴다. 그리고 안관당의 할아버지와 할머니의 흉을 보았던 예수를 믿던 부인은 천치 같은 자식을 낳았다고 한다. 안관당에 적대적인 사람들은 모두 신벌을 받았던 것이다. 문학산성이 인천의 대표적인 관방시설이었다는 점에서 안관당과 박 호장 아들의 대립은 단순히 종교적인 갈등으로만 볼 수 없다. 예수가 외세를 지칭하는 것으로 본다면, 안관당과 박 호장 아들의 대립은 민족 내적 갈등이 아닌 외세에 대한 민족적 저항이라는 측면에서 접근할 수 있다. 설화 전승집단은 안관당 설화를 활용하여 민족혼을 일깨우고자 했던 것이다.

문학산 주봉과 연경산 사이에 위치해 있는 사모지고개에는 여러 형태의 구전 설화가 전승하고 있다. 그중에서 가장 대표적인 것이 사모주바위 설화이다. 사모주바위 설화는 크게 금기 설화와 효행 설화로 구분할 수 있다. 금기 설화의 경우, 다시 여인을 등장하는 경우와 그렇지 않은 경우로 나눌 수 있다. 여인이 등장하는 경우는 술이 나오지 않게 된 이유를 흥미롭게 구술하고 있다. 현재 전승하고 있는 사모주바위 설화는 여인이 등장하지 않는 단순 구조의 형태이다. 설화에 등장하여 금기를 파기하는 인물은 스님이 일반적이며, 이때 스님은 과욕의 소유자로 그려져 있다. 스님 대신에 장사가 등장하기도 하는데, 이것은 증거물에 남아 있는 손자국과 무릎 자국, 그리고 이마로 받은 자리를 합리적으로 설명하기 위해서이다. 효행 설화의 경우도 다시 효행만을 강조한 경우와 효행과 금기가 동시에 등장하는 경우로 나눌 수 있다. 효행 설화의 경우, 각각 1편씩만이 채록되었다는 점에서 이런 형태의 사모주바위 설화는 전승력을 상실한 것이 아닌가 한다. 지금도 사모지고개에는 사람들의 발길이 끊이지 않고 있다는 점에 비추어 사모주바위 설화는 앞으로도 계속 전승할 것이다.

산신우물 설화는 우리나라의 기자습속을 반영한 것이다. 부부는 자식 갖기를 염원하며 산신우물가에서 백일동안 치성을 드린다. 하지만 태기는 길거리에서 만난 부인에게로 옮겨가서 그녀가 옥동자를 생산하게 된다. 정성을 드리는 것과 복을 받는 것은 별개의 문제라는 것이다. 이 설화를 통해 인간이 간절히 원한다고 해서 삼신이 무조건 아이를 꼭 점지해주는 것은 아니라는 설화 전승집단의 사고를 엿볼 수 있다. 〈문학동 삼신우물〉에서는 젖이 나오지 않을 때, 산신께 축원하고 물을 흘리면서 집까지 오면 젖이 잘 나온다고 믿는다. 이것은 유감주술적 사고에 기인한 것으로, 우물물을 이용해서 젖을 잘 돌게 하는 것은 이 지역만의 특징이 아닌가 한다.

2장

'풍기문란'형 설화 연구

1. 여는말

오늘날 여성들은 다양한 사회경제적 활동을 통해 자신들의 발언권을 강화하며, 그 활동 영역을 넓혀가고 있다. 그렇다고 해서 과거에 비해 그들의 위치나 역할이 월등히 향상된 것은 아니다. 여전히 여성들의 사회경제적 활동에는 여러 가지 제약이 뒤따르며, '여성스러움', '현모양처' 등이 그네들이 지녀야 할 미덕인 양 포장되고 있다. 예나 지금이나 남성들에 의해 만들어진 울타리 안에서 생활할 것을 강요당하고 있다.

과거엔 여성의 행실이 문란한 것을 칠거지악의 하나로 규정하고, 그네들의 성적 충동을 죄악시하였다. 그녀들의 음행은 가문의 명예를 더럽히는 수치스러운 일로 여겼다. 그럼에도 불구하고 지역에 존재하는 자연물 내지 인공물을 이용하여 여자들의 품행이 단정하지 못하게 된 내력을 전하는 이야기들이 전승하고 있다. 일반적으로 이 유형의 설화는 '어떤 대상에 감응한 여성들이 바람이 난다.'고 하는 이야기로, 전국적으로 광포되어 전해지고 있다. 이들 설화에 등장하는 여성들은 불가항력적인 힘에 의해 바람을 피운다는 점에서 의도적인 목적 하에 외간남자와 정을 통하는 외도와는 구별되어야 한다. 그렇다고 하여 이런 현상이 사회적으로 바람직한 것은 아니다. 이에 이 글은 이 유형의 설화를 '풍기문란'형 설화라고 부르고자 한다.[1]

'풍기문란'형 설화에 관해서는 암석전설[2]과 비보풍수,[3] 그리고 성기숭배[4]를 고찰하는 과정에서 논의된 적이 있다. 이 중에서 임재해의 연구를 제외하면, 대부분 관련 자료를 제시하거나 간략하게 언급하는 수준에 머물러 있다.

---

1 여성의 바람기가 자신의 의지와는 상관없이 일어나지만, 그로 인해 마을 공동체의 안녕을 해친다는 점에서 다소 부정적인 어감의 용어를 사용한다.

2 柳增善, 「岩石信仰傳說-慶北地方을 中心으로-」, 『說話』, 교문사, 1989.
趙庚來, 「암석전설의 연구」, 『韓國이야기文學硏究』, 교문사, 1993.

3 최원석, 『한국의 풍수와 비보』, 민속원, 2004.
임재해, 『안동의 비보풍수 이야기』, 민속원, 2004.

4 이종철·김종대·황보명, 『性, 숭배와 금기의 문화』, 대원사, 1997.
이종철, 「韓國 性崇拜 硏究」, 영남대 대학원 박사학위논문, 2001.

임재해는 『안동의 비보풍수 이야기』에서 영남산 성진골과 관련된 다양한 전설과 풍수신앙을 문헌자료와 구전 채록 자료를 통해 고찰하였다. 그는 안동의 여성들이 바람기가 많은 것을 성진골의 여근형국의 지형과 비보풍수라는 관점에서 접근하였다. 이 연구는 그동안 제대로 포착되지 못했던 안동의 인문 지리적 정보와 풍수설에 대한 인식, 그리고 다양한 신앙의 전승양상을 상호 관련성 속에 파악하였다는 점에서 의의를 지닌다. 하지만 '풍기문란'과 관련해서는 성진골의 음기를 다스리기 위한 비보풍수에 국한하여 논의된 관계로, 이 유형에 속하는 설화의 전반적인 양상을 파악하기에는 미흡한 감이 있다.

이 글은 기존의 연구 성과를 토대로 하여 인천 지역에 전승하는 '풍기문란'형 설화를 고찰하고자 한다. 인천 지역의 경우, '풍기문란'형 설화가 다양한 형태로 전승하고 있다는 점에서 이 지역을 대표하는 설화의 한 유형이라고 하겠다. 이 글은 전승하는 '풍기문란'형 설화를 전승 형태에 따라 크게 바위, 비석, 산세, 용천 등으로 구분하고, 각각의 서사구조에 나타난 특징을 살펴본다. 그리고 이 설화에 내재되어 있는 설화 전승집단의 의식을 고찰한다. 이를 위해 필요한 경우, 다른 지역에 전승하는 '풍기문란'형 설화도 함께 논의에 활용하고자 한다. 이 글에서 논의의 대상으로 삼은 인천 지역의 '풍기문란'형 설화는 모두 24편이다.[5]

2. '풍기문란'형 설화의 형태별 고찰

1) 바위형

바위형 설화는 일상에서 아무런 문제없이 생활하던 여성들이 돌의 영험

---

5 '풍기문란'형 설화가 채록된 문헌을 간략하게 정리하면 다음과 같다. 『한국구비문학대계』에 8편(이하 『대계』로 약함), 『강화 구비문학 대관』에 12편(이하 『대관』으로 약함), 『강화군 역사자료 조사 보고서』에 2편(이하 『강화군』으로 약함), 『인천의 설화』와 「인천지방 전설고Ⅰ」에 각각 1편의 설화가 채록되어 있다.

한 힘에 감응하여 바람이 난다는 이야기이다. 이 글에서 논의의 대상으로 삼은 24편의 자료 중에서 8편이 이에 해당한다.[6] 바위형 설화에서 여성들을 바람나게 하는 대상으로 언급된 것은 '간드랑 바위', '부채바위', '바람나는 바위', '삼바윗돌' 등이다.

① 저기 간드랑 바위라는 게 있는데 바위가 그냥 오런거(좁고 길쭉한 바위 모양) 하나 서 있어. 그게 근데 인자 혼자는 어렵겠지, 한 두세 명이라도 흔들면 흔들린단 말이야. 그런데 그게 안 넘어가. 여기서 간드랑 바위라고, 간드랑 간드랑 하면서도 안 쓰러지니까 간드랑 바위라고 하는데 그게 지금은 이북 적지지만 거기서 보면 요기 포구가 개풍군이지, 요 건너가 한강 하류 건너가 개풍군인데, 거기 인제 영종포라는 포구가 있어. 근데 거기가 아주 진통 밴단 말이야. 근데 인제 요기에서 바라보이는 그 자리에 심심치 않게 뭐 지금이야 처녀들 바람나는 거 보통으로 생각하지 뭐. 옛날에야 다 그거 흉으로 생각했잖아. 그게 그 인제 처녀들이 자주 바람이 나고 그러니까는 어떤 지가술 가진 사람(지관)이 저 건너에 저 마주치는 바위가 흔들바위가 있는데 그것 때문에 그렇다, 그래가지고 배로다 사람을 하나 가득 실어가지고 이걸 넘길려고 했대요. 아 넘길려고 하는데, 그래 뭐 여러이 넘길려고 하니까 넘어가겠지. 근데 우르릉 땅땅하고 소나기가 내리 따르면서 뇌성벽력을 하니까 못하고 그냥 갔다는 거야. 그런 전설도 있고 그렇다고.[7]

② 영종도 주산은 백운산白雲山이다. 백운산 북쪽 기슭에는 훤히 높이 솟은 바위봄 하나가 있었다. 이 바위를 부채바위라 불렀다. 바위의 형태가 마치 사람이 부채를 들고 서 있는 것 같이 보였기 때문이다. 그런데 이 바

---

6 〈바람나는 간드렁 바위〉, 〈상여 바위 각시섬, 바람나는 바위〉(『대계』 1-7), 〈처녀들이 바람나는 삼바윗돌〉, 〈처녀가 바람나는 간드랑바위〉, 〈넘어뜨릴 수 없는 간드랑바위〉, 〈처녀가 바람나는 옥녀봉 간들바위〉(『대관』), 〈백운산의 부채바위〉(『인천지방 전설고I』), 〈간드랑 바위〉(『강화군』) 등이다.

7 〈간드랑 바위〉, 『강화군』, 149쪽.

위가 강화도에서 보면 그 형태가 신랑이 사모관대를 쓰고 부채를 펴보고 있는 모습과 흡사하여 강화도에 사는 처녀들이 바람기가 난다는 것이었다. 그래서 강화도 사람들이 하루는 배를 타고 와서 그 부채바위를 부수어 버렸으니 그 바위에서 사람의 피가 흘러내렸다 한다. 그리고 이 바위를 부숴 버린 강화 사람들은 되돌아갈 때 배가 파산되어 죽고 말았다 한다.[8]

③ 여차리 넘어가는데 이 바위가 이상스럽게 영락없이 처녀자지모양으로 그럼콤 생겼어요. 그런데 그 그 전에는 거기서 가무락이 많이 났어요. 그래 거기 넘어오다가 거기에 돌멩이를 끼어 놓는다는구만. 그러면 그 아랫동네에 바람이 났다는구면.(웃음) 화도면에 바람이 났다는 그런 얘기가 있지.[9]

④ 아, 여기 산에 삼바윗돌이라는 것이 있는데, 왜 삼바윗돌인지는 몰라요. 그런데 왜냐면 이 산 낭떠러지에 바위가 떡 하니 막고 있는데, 그것이 동네의 동구 밖을, 아니 동네가 아니라, 언제 저기서 보면은 삼바윗돌하고 마주보고 있는데, 무엇이라고 그러더라? 뭐 바람만 맞춘다는 그런 이야기가 있던데.(조사자: 아, 그 바위를 보면은 처녀들이 바람을 피운다는 말씀이군요.) 예. 그 나무가 앞을 가려주어야 좋다고 그런 것 같고. …(중략)… (조사자: 그 마을 사람들이 이 바위를 쓰러뜨린다는 소문은 없었습니까?) 그런 것은 못 들었어요.[10]

위에서 인용한 바위형 설화를 살펴보면, 바위가 처녀에게 영향을 미치는 것은 그 생김새가 남성 또는 여성의 성기 모습을 닮았기 때문이다. 〈간드랑바위〉에서는 "바위가 그냥 오런게(좁고 길쭉한 바위 모양) 하나 서 있어"라 하

8 〈백운산의 부채바위〉, 「인천지방 전설고 I」, 161쪽.
9 〈상여 바위, 각시섬, 바람나는 바위〉, 『대계』 1-7, 712쪽.
10 〈처녀들이 바람나는 삼바윗돌〉, 『대관』, 283~284쪽.

고, 〈백운산의 부채바위〉에서는 "이 바위가 강화도에서 보면 그 형태가 신랑이 사모관대를 쓰고 부채를 펴보고 있는 모습"을 하고 있으며, 〈처녀들이 바람나는 삼바윗돌〉에서 "이 산 낭떠러지에 바위가 떡 하니 막고" 있다고 한다. 여기서 '간드렁 바위'와 '부채바위', 그리고 '삼바윗돌'은 남성을 상징한다. 이에 비해 〈상여 바위, 각시섬, 바람나는 바위〉의 경우, 화자가 "처녀자지모양으로 그럼콤 생겼어요"라 하여 바위의 형상이 구체적으로 여성의 성기를 닮았음을 밝히고 있다.

　다른 지역의 '풍기문란'형 설화에서도 남성 내지 여성의 성기 모양을 한 바위로 인해서 여성이 바람난다고 한다. "그 바위가 양쪽이 어떻게 묘하게 생겨가지고, 꼭 속말로 여자 그 공알같이 생겼다 해서 공알 바위라고 지금도 내려오고 있그든요"[11]라거나 "큰 덕줄에 큰 바위가 있는데 근데 그 바위가 구멍이 뚫렸어 그게 여자 신이래"[12]라고 하여 여성의 성기 모양을 한 바위의 생김새로 인해서 여성들이 바람나게 된다고 한다. 또는 "옛날에 신랑바위 각시바위가 있어 가지고 언뜻 보면 신랑같이 생기고 그 밑에 각시바위가 있거든"[13]이라거나 그냥 "그걸 화냥바위라고 불렀어요"[14]라 하여 여성들의 바람기가 바위로 인한 것임을 밝히는 선에서 언급된 경우도 있다. 이처럼 남성 내지 여성을 닮은 바위로 인하여 처녀들이 바람이 난다고 하는 것은 유감주술적 사고에 기초한 것이다. 이런 유감주술적 사고에 기초하여 설화 전승집단은 바위에 어떤 작용이 가해지면 그에 따라 유사한 결과를 가져오게 된다고 믿는다.

　　이 바위 위가 이렇게 (두 손으로 흔드는 시늉) 올라 그 바위가 섰어요. 게
　　그건 어린애두 가서 이렇게 흔들면 근등근등했어요. 게 그거 한 번만 건드
　　리면 저 지금 이북이지만 영등포라구 있잖아요? 영등포. (조사자: 연백延白

---

11 〈대밑동 공알바위〉, 『대계』 6-6, 423쪽.
12 김용국, 『경기도 화성시 구비전승 및 민속자료 조사집』 3(화성시 화성문화원, 2006), 269쪽.
13 최웅·김용구·함복희, 『강원설화총람』 Ⅲ(북스힐, 2006), 219쪽.
14 최웅·김용구·함복희, 『강원설화총람』 Ⅷ(북스힐, 2006), 368쪽.

이북이예요?) 네. (조사자: 이북에도 영등포가 있어요?) 네. 영등포, 거기 저 물 건너 있어요. 영등포 처녀들이 하나씩 거기서 바람이 난대요. (조사자: 아 그런 얘기가 있어요?) 네. 그래 영등포 처녀 바람난다 그랬죠.[15]

위의 〈바람나는 간드렁 바위〉에서 사람들이 바위를 흔들거나 ③의 〈상여 바위, 각시섬, 바람나는 바위〉와 같이 "거기에 돌멩이를 끼어 놓"으면 그에 따라 건너편 마을의 여성이 바람이 난다고 한다. 〈바람나는 간드렁 바위〉에서 화자가 "이렇게 흔들면 근등근등했어요"라고 하는 것은 손으로 바위를 흔드는 것을 형상화 한 것이다. 여기서 바위를 흔드는 것은 신체적인 접촉을 의미하는 것으로 볼 수 있다. 이처럼 신체적인 접촉에 의해 바람난다고 하는 설화는 인천 지역 이외에도 여러 지역에서 전승하고 있다. 이들 설화에서 신체적 접촉으로 인해 바람이 나는 대상은 주로 여성이다.

그런데 강원도 영월읍 방절리에 있는 선돌 옆의 '총각바위와 각시바위'에 얽힌 이야기에서는 총각바위를 만지면 동네 총각이, 각시바위를 만지면 처녀가 바람이 난다고 한다.[16] 어떤 형상의 바위를 만지느냐에 따라 그에 상응하는 성별의 사람이 바람이 난다고 설명하고 있는 점이 특이하다. 이것은 바람이 나는 것은 남녀가 따로 없다는 생각을 반영한 것으로 보인다.

일반적으로 설화 전승집단은 모의 성행위를 통해 여성들이 바람나는 것으로 설명한다. 농가에서는 모의 성행위를 통해 풍요를 기원하는 풍습이 있다. 정월 대보름의 과일나무 시집보내기와 단옷날 대추나무 시집보내기가 그것이다. 이때 벌어진 나뭇가지 위에 돌을 끼워 넣는데, 이는 성행위를 모방한 것이다. 이렇게 하면 열매가 많이 맺힌다고 믿었다. '풍기문란'형 설화에서는 풍요를 기원하던 모의 성행위가 음사가 무분별하게 자행됨을 보여주는 방편으로 사용되고 있는 것이다.

그런데 '풍기문란'형 설화의 경우, 모의 성행위를 통해서만 여성들이 바람

15 〈바람나는 간드렁 바위〉, 『대계』 1-7, 123쪽.
16 이학주, 『아들낳은 이야기』(민속원, 2004), 93쪽.

이 나는 것은 아니다. ②의 부채바위는 "이 바위가 강화도에서 보면 그 형태가 신랑이 사모관대를 쓰고 부채를 펴보고 있는 모습과 흡사하여 강화도에 사는 처녀들이 바람기가 난다"고 하며, ④에서는 "저기서 보면은 삼바윗돌하고 마주보고 있는데, 무엇이라고 그러더라? 뭐 바람만 맞춘다" 한다. '부채바위'와 '삼바윗돌'을 보는 것만으로도 여성들이 바람나게 된다는 것이다. 여기서 바위의 바라봄과 여성의 바람기를 연계시킨 것은 우리의 내외하던 풍속과 연관 지어 생각해 볼 수 있다.

내외법에 따르면, 남녀 간에 말할 기회가 있더라도 서로 마주 서서 쳐다보지 않고 비켜서서 이야기해야 한다. 특히 여성들은 남자를 대할 때, 내심으로는 그렇지 않다고 하더라도 겉으로는 부끄러움, 수줍음 등의 징표를 나타내야 정숙한 여자로 평가받았다고 한다.[17] 우리 선조들은 내외법을 통해 혹시라도 생길지 모르는 남녀 간의 불미스러운 사건을 예방하고자 했던 것이다. 이런 내외하는 관습이 설화에 반영되어 여성들로 하여금 남성을 상징하는 '부채바위'와 '삼바윗돌'을 바라보지 못하게 했던 것이다.

예전에는 어느 마을의 여성이 바람났다고 하는 이야기는 단지 한 개인의 불미스러운 행동을 의미하는 것이 아니었다. ①의 화자는 "지금이야 처녀들이 바람나는 거 보통으로 생각하지 뭐. 옛날에야 다 그거 흉으로 생각했잖아"고 하여 처녀가 바람나는 것은 마을 전체의 근심거리였다는 것이다. 그래서 마을 주민들은 여성들의 바람기를 막을 방법을 강구하게 된다. 그 대책의 하나가 바로 여성을 바람나게 하는 대상을 제거하는 것이다. ①에서 마을 주민들은 지관을 통해 '간드랑 바위'가 여성들의 바람기를 발동하게 하는 진원임을 알게 된다. 그래서 배를 타고 와서 간드랑 바위를 넘어뜨리고자 한다. "근데 우르릉 땅땅하고 소나기가 내리 따르면서 뇌성벽력을 하니까 못하고 그냥 갔"던 것이다. 또 다른 간드랑 바위 설화에서는 마을 주민들이 "'이 바위를 쓰러프려라.' 발을 걸어 가지고 쓰러프리려고 와서 이제 그 줄을 다리는데

---

17 朴秉濠, 『韓國의 傳統社會와 法』(서울대학교 출판부, 1985), 106~107쪽.

갑자기 우르르 땅땅 하면서 비가 쏟아지는 바람에 못 쓰러뜨리고 갔다"[18]고 한다. 사람들이 간드랑 바위를 넘어뜨리려고 할 때, 우르르 땅땅 비가 오고 뇌성벽력이 치는 것은 이 바위가 하늘의 보호를 받고 있음을 뜻하는 것이다. 간드랑 바위가 하늘의 보호를 받고 있음을 명확히 보여주는 설화가 〈넘어뜨릴 수 없는 간드렁바위〉이다.

> 그 바위로 인해서 저 건너 영종인가 어디 사람들이 뭐 되질 않으니까 그래서 그 바위를 쓰러뜨려 놓고 갔다는 거예요. 그 동네 사람들이 저 바다 건너. 근데 그 바위를 그 동네 사람들이 동아줄을 매다 잡아 다리니까 넘어간 거 아니에요? 근까 뭐 천둥번개가 와서 도로 올라가 붙었더라는 말도 있고 그래요.[19]

위의 설화에서 마을 주민들은 합심하여 여성을 바람나게 하는 바위를 넘어뜨리는 데에는 성공하였지만, 그것은 절반의 성공에 불과하다. 간드랑 바위는 "천둥번개가 와서 도로 올라가 붙"어 버렸기 때문이다. 결국 주민들의 노력은 실패로 끝나고 만다. 그래서 주민들은 이 바위를 없애려는 노력을 더 이상 기울이지 않는다.

설화 전승집단은 하늘의 보호를 받는 신성한 대상에 위해를 가하면 그에 따른 벌을 받게 된다고 믿는다. 이를 잘 보여주는 것이 ③의 〈백운산의 부채바위〉이다. 마을 주민들은 동네 처녀의 바람기를 막기 위해 합심해서 부채바위를 부순다. 그때 "그 바위에서 사람의 피가 흘러 내렸다 한다." 이것은 부채바위에 영험한 기운이 서려 있음을 의미하는 것이다. 이처럼 영험한 기운이 서린 바위를 부쉈기에 "강화 사람들은 되돌아갈 때 배가 파산되어" 모두 물에 빠져 죽었다고 한다. 설화 전승집단은 신성이 서려 있는 바위를 부쉈기 때문에 마을 주민들에게 신벌이 내린 것으로 여긴다. 결국 마을 주민들은 자신

---

18 〈처녀가 바람나는 간드랑바위〉, 『대관』, 528쪽.

19 〈넘어뜨릴 수 없는 간드렁바위〉, 『대관』, 530쪽.

들의 목숨을 여성의 바람기를 막는 것과 바꿔야 했던 것이다.

한편, 여성의 바람기를 막기 위한 방편으로 사람들이 활용한 것이 바로 비보이다. 최원석에 의하면, "집단 심리적으로 한 집단의 인지환경상에 심리적 불안 요인이 있을 경우에 비보는 이를 적절히 해소하여 그 집단의 환경심리적인 안정과 조화를 이끄는 문화적 장치가 된다"[20]고 한다. ④에서 화자는 여성들로 하여금 바람기가 발동하게 하는 삼바윗돌을 "그 나무가 앞을 가려주어야 좋다고" 한다. 이처럼 나무로 바위를 가려 사람들이 보지 못하게 함으로써 여성의 바람기를 막았다고 하는 이야기는 영남의 '처자바위處子岩'와 전남 안좌도 구대리의 여근석에서도 볼 수 있다.

영남의 처자바위의 경우, 바위가 솔잎으로 덮여 있으므로 아무도 못 보게 되어 있으며, 만약 이 바위를 들썩이거나 만져보면 마을 처녀들이 바람이 나서 도망을 가고 아낙네들이 바람을 피우게 된다. 그래서 아무도 들어 갈 수 없는 금지구역이라고 한다.[21] 구대리 여근석의 경우, 앞쪽엔 소나무를 무성하게 심어 바위를 가리고 있으며, 소나무를 쳐버리면 구대리뿐만 아니라 이웃마을 처녀들까지 바람이 난다고 한다.[22] 비보가 '풍기문란'형 설화에서 여성의 바람기를 잠재우고 마을의 평안을 유지하는 방편으로 이용되고 있다.

이러한 바위형 설화는 인천 지역은 물론 다른 지역에서도 비교적 쉽게 접할 수 있다는 점에서 '풍기문란'형 설화를 대표하는 설화 형태라 하겠다.

2) 비석형

비석은 비, 빗돌, 석비 등으로 불리기도 하며, 돌을 재료로 하여 인공적으로 가공하여 만들어진 것이다. 그래서 돌에 내재되어 있는 신성성은 그대로 비석에 전이된다. 비석형 설화에서 여성들의 바람기를 부추기는 대상인 비석은 일정한 목적 하에 사람들이 인위적으로 갖다 놓은 것이다. 이 글에서는

---

20 최원석, 앞의 책, 56쪽.

21 柳增善, 『영남의 전설』(형설출판사, 1974), 273~274쪽.

22 김대성·윤열수, 『한국의 性石』(도서출판 푸른숲, 1997), 124쪽.

편의상 돌미륵과 망부석과 관련된 이야기도 비석형 설화에 포함시켜 논의하고자 한다. 비석형 설화에 속하는 설화는 모두 10편이다.[23]

⑤ 구읍에 비가 몇이 있는데, 근데 이렇게 삿갓 모양으로 쓴 비가 있었어요. (조사자: 네.) 인제 그걸 어떻게 인제 말이 도냐하면 거기 구읍에 비선데에서 저 영, 어딘가? 어딘가 그 비가 비친대요. 뷘대요. (조사자: 아 영흥에서요?) 아, 네. 근데요, 근데 (청중: 뵈는 게 아니라, 마주 서 비쳤대요.) 네네. 마주 보며 비친 거지. 아, 그 그걸 씌워노면 그걸 씌워노면 거기 여자들이 놀아난답니다. (조사자: 아 옳치.) 네. 그래서 거기 사람들이 일부러 와서 그걸 들어서 베껴논대요. 베껴노면 여기 사람들은 뵈기 싫어서 도로 씌워놓고, 이런 얘기가 있읍니다.[24]

⑥ 옛날부터 전해오는, 거 이 마을 저 마을 패싸움들이 있고 그랬는데, 여기 그 망부석을 가지고 싸움을 했어요. 그 망부석이 파란만장하게 아주 그냥 안 댕긴 데가 없시다, 저거. 저거를 향하고 꽂아 놓으면은 그 동네 여인들이 바람을 난다 그래가지고, 꽂아놓으면은 파다가 갯벌에도 갖다놓으면, 건져다 또 해놓고, 그래 나중에 그게 사람이 죽기 시작하더라구요. 그러니까 지금은 그걸 다치질 않고선 그냥 묻어놨어요. 사람이 다치니까. …(중략)… 지금 묻혀 있죠. (길가에 머리 부분만 나올 정도로 묻혀 있는 망부석을 가리키며) 사고가 없게 해달라고 여기다 모셔놨어요.[25]

⑦ 광대 옆에 재너머라고 있는데, 아마 옛날에 산소가 많아요. 고청인

23 〈석산의 비석〉, 〈홍비석〉, 〈바람나는 비석〉(『대계』 1-7), 〈갓쓴 비석〉(『대계』 1-8), 〈동네 여인들 바람나게 하였다는 비석〉(『인천의 설화(說話)』), 〈여인들이 바람나는 망부석〉, 〈삼산면 여자들이 바람나는 돌미륵〉, 〈부녀자가 바람나는 대빈창 비석〉, 〈동네사람 바람나는 선원사 비석〉, 〈여자가 바람나는 비송고개 비석〉(『대관』) 등이다.

24 〈갓쓴 비석〉, 『대계』 1-8, 461~462쪽.

25 〈여인들이 바람나는 망부석〉, 『대관』, 76~77쪽.

지 아닌지는 몰라도 산들을 많이 쓰고 그러니까 있는 집에서 썼는지 미륵
도 많고 비석도 많고. 그런데 그게 어떻게 지형이 그렇게 돼서 그런지 몰라
도 거기 미륵을 세우고서는 삼산면 여자들이 바람이 났대요. 그래서 거기
사람들이 와서 죄다 그걸 쓰러뜨리고. 근데 여기 사람들이 이렇게 세우면,
거기 사람들이 와서 또 쓰러뜨리고 그렇다는 전설이 있어요. 아마 그렇게
비추면은 그런 게 이는지 모르겠습니다만.[26]

위에서 인용한 비석형 설화에서 여성으로 하여금 바람나게 하는 대상으
로 언급된 '비석, 망부석, 돌미륵'은 남성을 상징한다. ⑤에서 화자는 "아, 그
그걸 씌워노면 그걸 씌워노면 거기 여자들이 놀아난답니다"고 한다. 여기서
화자가 씌워놓으면 바람난다고 하는 것은 비석의 이수를 지칭한다. 비의 모
양은 비신碑身과 이수螭首, 귀부龜趺로 되어 있다. 이수는 비의 갓으로 뿔 없
는 용龍을 조각하고, 귀부는 비의 기석基石으로서 거북모양으로 되어 등에 비
신을 세운다고 한다.[27] 우리가 흔히 보게 되는 비석의 이두는 일반적으로 삼
각형의 형태를 띤 것이다. 삼각형의 이두가 남성을 상징함은 마을 주변에 세
워진 입석의 형태에서 유추해 볼 수 있다. 입석의 모양이 대체로 길쭉하고 상
단이 가늘거나 뾰족하며 세모의 삿갓 모양을 한 것은 주로 남성을 상징하는
것으로 여긴다.[28] 그래서 바위형 설화와 마찬가지로 비석에 감응된 여성들이
바람기가 동하게 되었던 것이다.

비석형 설화에서 여성들이 바람나게 된 것은 "어딘가 그 비가 비친대요.
뵌대요."(⑤), "저거를 향하고 꽂아놓으면은"(⑥), "미륵을 세우고서"(⑦)부터이
다. 남성의 성기를 상징하는 대상물이 일방적으로 여성에게 영향을 미쳐 바
람나게 한다는 것이다. 이를 여실히 보여주는 것이 전북 석교리의 남근석이
다. 석교리의 남근석은 많은 사람들이 치성을 드리는 영험 있는 바위였으며,

---

26 〈삼산면 여자들이 바람나는 돌미륵〉, 『대관』, 225쪽.
27 한국민속사전 편찬위원회, 『한국 민속대사전』 1(민족문화사, 1991), 717쪽.
28 김형주, 『민초들의 지킴이 신앙』(민속원, 2002), 87쪽.

특히 석교마을 하씨댁 부인들은 아들을 점지해 달라고 밤마다 치성을 올려 그 보람으로 대를 잇게 된 이래 하씨댁 후손들이 신주 모시듯 하는 바위다. 그런데 이 남근석의 귀두가 음골을 바라보고 있기 때문에 상등리의 처녀들이 바람난다고 생각한다.[29] 아들을 점지해달라고 빌던 남근석이 여성들의 바람기를 일으키는 원흉으로 지목된 것이다.

과거에는 오늘날과 달리 결혼한 여성이 가문의 대를 이어줄 아들을 출산하지 못하면 칠거지악의 하나인 무자無子에 해당하여 시댁에서 쫓겨나는 수모를 겪어야 했다. 아들의 있고 없음은 여성에게 있어서 결혼 생활의 지속 여부를 결정하는 잣대가 되었던 것이다. 그래서 아들을 얻기 위한 여성들의 노력은 가히 필사적이었다. 그중의 하나가 신교리의 남근석처럼 남성의 성기 형상을 한 돌을 신앙의 대상물로 삼고, 여기에 아들 낳기를 기원하는 기자속을 들 수 있다. 여기서 말하는 기자속은 성 숭배의 일종이다.

성 숭배는 성행위나 남녀 성기에 의해 상징되는 생식 원리를 숭배하는 문화현상으로, 세계적으로 광범위하게 분포되어 있는 주술 종교적 행위를 가리킨다.[30] 이러한 성 숭배는 일반적으로 알려진 것처럼 다산과 풍요 기원뿐만 아니라 지역공동체 구성원의 갈등을 해소하고 화합하는 사회적 기능도 지녔다고 한다.[31] 그런데 시대와 사회, 종교에 따른 의식의 변화는 기존의 성 숭배에 대해 갖고 있던 인식에도 변화를 가져온다. 그 결과, 성 숭배의 위상은 격하되며 그 기능이나 역할이 축소된 채 전승하게 된다. 이러한 전승상의 변화를 보여주는 것이 비석형 설화인 것이다.

비석형 설화에 등장하는 비석이나 망부석, 돌미륵 등은 더 이상 신앙의 대상물이 아니다. ⑤에서 비석을 "그래서 거기 사람들이 일부러 와서 그걸 들어서 베껴 논대요. 베껴노면 여기 사람들은 뵈기 싫어서 도로 씌워놓고", ⑥에서 망부석의 경우는 "꽂아놓으면은 파다가 갯벌에도 갖다놓으면, 건져다

29 김대성·윤열수, 앞의 책, 149쪽.

30 이종철·김종대·황보명, 앞의 책, 147쪽.

31 김선풍 외, 『한국의 민속사상』(집문당, 1996), 119쪽.

또 해놓"았다고 한다. 그리고 ⑦의 돌미륵은 "거기 사람들이 와서 죄다 그걸 쓰러뜨리고. 근데 여기 사람들이 이렇게 세우면, 거기 사람들이 와서 또 쓰러뜨"렸다고 한다.

성 숭배에서 남성 성기의 신앙 대상물에 투영된 의미체계는 불임을 가임으로 전환하는 수태 관념, 아들에 대한 관념, 집안의 무사와 자손의 건강, 동네 안녕과 농사 풍년, 풍수지리상 수구막이에 대한 관념, 건강과 성욕 증진 그리고 음양의 조화를 통한 여성의 바람기 방지 등 다양하게 나타난다고 한다.[32] 그런데 비석형 설화에 등장하는 비석과 망부석, 돌미륵은 신앙의 대상물로서의 역할과 기능을 상실한 채 마을과 마을 사이의 분란을 조장하는 대상으로 그려져 있다. 그래서 ⑥에서 "그 망부석이 파란만장하게 아주 그냥 안댕긴 데가 없시다"라고 화자가 이야기하듯이, 인간들이 가하는 온갖 수난을 감내해야만 했던 것이다.

한 마을에서 비석의 갓을 씌워놓고, 망부석을 꽂아놓으며, 돌미륵을 세우면 이와는 반대로 다른 마을에서는 비석의 갓을 벗기며, 망부석을 파놓고, 돌미륵을 쓰러뜨린다. 여기서 여성을 바람나게 하는 것으로 생각되는 대상물을 사이에 두고 마을 간의 반목이 지속적으로 반복되었음을 알 수 있다. 왜 여성이 바람난다고 하는 대상물을 사이에 두고 마을 간의 반목이 지속되는 것일까. 위에서 인용한 설화뿐만 아니라 인천 지역에 전승하는 다른 비석형 설화에서도 그 이유가 명확하게 드러나지 않는다. 다른 지역에 전승하는 '풍기문란'형 설화의 예를 통해서 그 이유를 살펴본다.

오래 전부터 남근석이 있는 화지마을은 수마을로, 1킬로미터쯤 떨어져 마주보고 있는 갈평리는 암마을로 불려왔다. 갈평리를 감싸고 있는 뒷산이 여성의 은밀한 부위를 닮았기 때문이다. 문제는 암마을의 부녀자들은 수마을의 남근석 때문에 바람기가 심해진다는 것이다.

---

32 이종철·김종대·황보명, 앞의 책, 155쪽.

그 때문에 암마을 남자들이 캄캄한 밤에 수마을로 잠입해 남근석을 쓰러뜨렸다. 남근석이 쓰러지고 나면 신기하게도 암마을 부녀자들은 언제 그랬냐는 듯 얌전해진다는 것이다. 대신 남근석이 쓰러지고 나면 무슨 영문인지 수마을 남자들이 통 힘을 못 쓰고 비실비실거렸다. 그러니 공방전이 계속될 수밖에 없다는 것이다.[33]

위의 인용문은 전남 승주군 월등면 대평리 화지마을에 있는 남근석과 관련되어 전해오는 이야기이다. 이 남근석은 갈평리 마을의 부녀자들이 보면 마음이 싱숭생숭해져서 바람기가 동한다고 한다. 그래서 그 마을의 남자들이 몰래 남근석을 쓰러뜨렸던 것이다. 그러면 이번에는 화지마을의 남자들이 도통 힘을 쓰지 못하게 된다는 것이다. 그런 이유로 해서 두 마을 간에는 공방전이 되풀이된다.

화지마을의 남근석을 통해서 비석형 설화에서 마을 사이의 마찰과 갈등이 증폭되는 이유가 마을의 안위와 관련되어 있음을 짐작할 수 있다. 마을 간의 이해관계의 상충으로 세우고 쓰러뜨리는 상호 간의 공방은 지속될 수밖에 없었던 것이다. 이러한 공방전은 마을의 존립과 관련된 까닭에 어느 한쪽의 일방적인 승리로 끝날 수 있는 것이 아니다. 결국 마을 주민들은 분쟁의 원인을 제공하는 비석과 망부석, 그리고 돌미륵을 없애기로 마음먹는다. 이러한 생각은 신앙의 대상물로써의 돌에 대한 믿음이 약화되었음을 의미한다. 그런데 이를 처리 과정에서 비석·돌미륵과 망부석 사이에는 차이를 보인다.

⑤에서는 지금도 비석이 존재하는지의 여부를 알 수 없다. 비석형 설화에서 비석이 등장하는 이야기는 모두 8편이다. 〈홍비석〉에서는 "근데 지금은 그 비석조차 어디루 갔는지 알 수가 없어요"(204쪽)라고 하여 지금은 비석이 존재하지 않는다고 한다. 〈홍비석〉처럼 비석의 행방이 묘연하기는 〈동네 여인들 바람나게 하였다는 비석〉과 〈여자가 바람나는 비송고개 비석〉의 경우도

33 김대성·윤열수, 앞의 책, 112쪽.

마찬가지다. 그리고 〈바람나는 비석〉에서는 "근데 결국은 뽑아놓는 사람을 못 당해 가지구 그 사람들이 뽑아서 깨뜨렸"(554쪽)고, 〈동네사람 바람나는 선원사 비석〉에서는 "비석을 뽀개 가지고 하여튼 공구리를 쳤"(498쪽)으며, 〈부녀자가 바람나는 대빈창 비석〉에서는 "그래선 나중엔 물에다 수장해 넣었대요. 바다에 집어넣"(412쪽)는다. 비석과 관련된 8편의 설화 중에서 그 행방이 직접적으로 언급된 설화는 모두 6편이다. 이들 설화에 등장하는 비석은 그 존재 자체를 알 수 없다거나 아니면 부수거나 깨뜨려서 지금은 그 흔적조차 찾을 수 없다고 한다. 사람들이 비석에 위해를 가하지만 그에 따른 재앙은 보이지 않는다.

이에 비해서 ⑥에서 망부석을 함부로 취급했던 마을 주민들이 어느 순간부터 "사람이 죽기 시작"하였다고 한다. 이것은 주민들에게 망부석에 대한 공포심을 유발하였으며, 나중에는 망부석을 "길가에 머리 부분만 나올 정도로"만 묻어 놓음으로써 사람이 다치는 것을 예방한다. 땅에 망부석을 묻은 것은 돌의 기운을 억눌러 사람에게 악영향을 미치지 못하게 하고자 하는 의도가 숨어 있는 것이다. 이러한 돌을 함부로 다룬 결과, 사람들에게 사고가 끊이질 않았다고 하는 이야기는 여러 지역에서 전해지고 있다. 정선군 북면 나전의 난향로원에 있는 음석의 이야기가 이에 해당한다. 나전의 난향로원에 있는 음석을 만진 부녀자가 바람이 나는 경우가 많다는 소문이 퍼지자, 마을 주민들이 음석을 흙으로 덮는다. 그러자 교통사고가 많이 발생하고 이유 없이 병을 얻는 사람들이 늘어나 다시 음석을 파낸다. 대신 여성들의 바람기를 막기 위해 다른 곳의 남근석을 옮겨온다. 이로 인해서 음양의 화합을 이루었기 때문에 지금은 사고가 발생하지 않는다고 한다.[34] 난향로원의 음석은 남근석과 한 짝을 이루게 됨으로써 음기가 사라지게 되었다는 것이다.

비석과 망부석에 대한 처리 방법이 다른 양상을 띠는 것은 이들을 바라보는 설화 전승집단의 인식 차에서 비롯된 것이다. 망부석과 같은 입석은 마을

---

34 이학주, 앞의 책, 187~188쪽.

을 중심으로 하여 동구·당산거리와 그 주변의 논·밭이나 언덕배기에 세워졌던 것으로, 신적 영력이 깃들어 있다고 여겨져 민간신앙의 대상물로 숭상되었다.[35] 이에 비해서 비석은 기공·의열·공덕·정려·성곽·교량·제지 등의 각종 기적비와 순수비, 신도비 그밖에 능비와 묘비 등이 허다하게 남아 있다.[36] 이러한 비석은 돌을 인공적으로 가공하여 세운 것으로 망부석과 같은 입석에 비해 상대적으로 신앙적인 측면이 미약하다 하겠다. '풍기문란'형 설화에서 여성들의 바람기를 비석과 관련지어 설명하는 것은 다른 지역에서 찾아보기 어려운 것으로 인천 지역만의 특징이 아닌가 한다.

3) 산세형

산세형 설화는 지형적 특성으로 인하여 여성들이 바람난다고 하는 이야기이다. 이에 속하는 설화는 모두 2편[37]으로, 강화도에 있는 부시미산과 관련된 것으로 내용은 대동소이하다. 여기서는 『강화 구비문학 대관』에 수록된 〈처녀가 바람나서 부신 부시미산〉을 살펴본다.

⑧ 그거는 부시미산이 아니고, 처음에는 말산이에요. 말산. 말형국으로 생겼다고 말산. 그런데 그거이 거기 양갑리라고 거기 처녀들이 바람이 나니까는. (조사자: 그 말산 때문에.) 응. 대사가 와서 "저 산 때문에 양갑리 처녀들이 바람이 난다. 저 봐라." 그래, 보면은 서울 선비가 와서 춤추는 형국이거든. "그러니 여자들이 밤에 저녁 먹고 저기를 안 나가느냐?" 이거야. 그러니 바람이 난다. 그래가지고 "그것을 조금 한쪽만 부셔라. 때려 내라." 그래가지고 그 쪽에 조금 때려내 가지고 부셨다고 해가지고 부시미산으로 된 거야. 전설이.[38]

35 김형주, 앞의 책, 83~84쪽.
36 한국민속사전 편찬위원회, 앞의 책, 717쪽.
37 〈부시미산 이야기 (2)〉(『대계』 1-7), 〈처녀가 바람나서 부신 부시미산〉(『대관』) 등이다.
38 〈처녀가 바람나서 부신 부시미산〉, 『대관』, 121쪽.

오늘날 부시미산이라고 일컬어지는 산은 본래 "말형국으로 생겼다고 말산"이라고 불렸다는 것이다. 우리의 오랜 관습에 의하면, 말은 양을 상징하는 동물로 여겨 왔고 말의 육체미와 건강, 그리고 활기에 넘치는 정력을 찬미해 왔다고 한다.[39] 말은 남성을 상징하는 것이다. 위의 설화에서 산의 생김새를 말의 형상을 닮았다고 하는 것은 산을 남성의 이미지로 받아들였음을 의미한다. 이를 보다 구체적으로 표현한 것이 "서울 선비가 와서 춤추는 형국"이라고 한 것이다. 그래서 산의 정기에 감응된 "양갑리 처녀들이 바람이 난다"고 하는 것이다.

이처럼 지형적 특성으로 인해 여성이 바람난다고 하는 이야기는 다른 지역에 전승하는 설화에서도 찾아볼 수 있다. 강원도 인제군에 전해지는 설화 중에는 "산의 지형이 여자의 치마폭 같아서 여자의 수난이 많다는 말이 많더라구요. 저기 양지마을 건너편의 산이요. 그래서 그런지 여기 며느리들이 별로 없어요. 바람이 나서. 산세가 여자 치마폭 같이 생겨서. 그런 게 구전으로 전해져요. 지금도 며느리들이 바람이 아니더라도 잘 안 살고 가구 그래요"[40]라고 한다. 산의 지형으로 인해서 시집 온 여자들이 바람이 나거나 아니면 정상적인 결혼 생활을 영위할 수 없다고 한다.

일상생활에서 산의 영향을 받게 된다고 하는 것은 마을의 형성과 관련지어 생각해 볼 수 있다. 우리나라에서 산은 마을 형성의 터전이자, 그 공간 구성 및 분할의 기준이 된다.[41] 마을의 터를 정할 때, 흔히 배산임수背山臨水라 하여 산을 등지고 물을 바라보는 지형에 마을을 형성한다. 여기에 마을 전체가 남향의 양지바른 곳이면 더욱 좋은 터가 된다. 마을 뒤편의 산과 그 주변의 산들은 대체로 위압적이지 않고 부드러움을 간직하여 시각적으로나 심리적으로 안정감을 준다. 그리고 사람들은 산에서 실생활에 필요한 식물을 채취하고 건축과 토목 공사에 필요한 돌과 목재를 공급받는다. 또한 산은 심한

39 任東權, 『韓國民俗文化論』(집문당, 1989), 484쪽.

40 최웅·김용구·함복희, 〈142. 여자 수난 지형〉, 『강원설화총람』 II(북스힐, 2006), 667쪽.

41 한국문화상징사전편찬위원회, 『韓國文化상징사전』(동아출판사, 1992), 398쪽.

바람을 막아 주고 홍수의 피해를 줄여주며, 한 생生을 마감한 '죽은 이'들에게는 보금자리인 산소도 마련해 준다.[42] 이처럼 산은 마을을 형성하고 인간이 삶을 영위하는데 있어서 중요한 역할을 담당했던 것이다. 삶의 터전을 제공하는 역할을 산이 하였기에 사람들이 그 영향에서 자유로울 수 없다고 하는 생각은 자연스러운 것이라 하겠다.

산세나 지형을 남성 내지 여성을 상징하는 대상물로 인식한 것은 『삼국유사』 선덕왕 지기삼사조의 여근곡 관련 기사에서도 볼 수 있다. 선덕여왕은 옥문지에 많은 개구리가 모여 우는 것을 적병이 내침한 것으로 판단하고, 이에 군사를 보내어 백제군을 물리쳤다는 이야기다. 훗날 신하들이 이날의 일에 관해서 묻자, 선덕여왕은 "개구리의 노한 형상은 병사의 형상이며, 옥문玉門은 즉 여근女根(여자 생식기)이니 여자는 음陰이요 그 빛이 희고 또 흰 것은 서쪽이므로 군사가 서쪽에 있음을 알 수 있으며, 남근男根이 여근에 들어가면 반드시 죽는 법이라. 그러므로 쉽게 잡을 수 있음을 알"[43] 수 있었다고 한다. 선덕여왕이 개구리의 노한 형상을 병사 곧 남근으로, 개구리가 모여 울던 옥문지를 여성의 생식기로 풀이한 것은 성상징에 기인한 것이다. 그리고 '남근이 여근에 들어가면 반드시 죽는 법이'라고 하여 성교의 원리를 들어 내침한 적을 손쉽게 물리칠 수 있으리라 생각하였다는 것이다.

현재 여근곡은 경주시 건천읍 신평리 맞은편 산에 자리 잡고 있는데, 고속철도 공사를 하면서도 이곳을 우회한 까닭에 지금도 본래의 형상 그대로 남아 있다. 여근女根의 형상은 여성기의 구조와 흡사하여, 신평마을에 바람난 처녀가 많다는 우스갯말과 함께 음기가 강한 탓에 처녀들이 마을에서 견디지 못하고 객지로 나간다고 하는 속설이 있다고 한다.[44]

⑧에서 마을 사람들은 산의 형국으로 인해서 여자들이 바람나게 됨을 알게 된 후에 산의 귀퉁이를 약간 허물게 된다. "그래가지고 그 쪽에 조금 때려

42 이필영, 『마을신앙으로 보는 우리문화이야기』(웅진닷컴, 2004), 21쪽.

43 一然, 李丙燾 역, 「삼국유사」, 『韓國의 民俗·宗敎思想』(삼성출판사, 1979), 75쪽

44 임재해, 앞의 책, 21~22쪽.

내 가지고 부셨다고 해가지고 부시미산으로" 부르게 되었다는 것이다. 여기서 말산의 일부를 부쉈다고 하는 것은 왕성한 양기를 억누르는 행위로 이해할 수 있다.

'풍기문란'형 설화에서는 부시미산처럼 일방적으로 여성에게 바람기를 일으키는 대상의 기운을 약화시키기도 하지만 한편으로는 음양의 조화를 통해 여성의 바람기를 잠재우기도 한다. 군산시 개정면 발산리 대방마을의 총각바위가 이에 해당한다. "원래 이 바위는 마을 뒷산 암메산과 관련이 있다. 평야 건너 서쪽의 삼수동(또는 삼시동)에서 해질녘에 이 산을 보면 마치 여자 음부가 저녁놀에 붉게 물들어 있는 것처럼 보이는데 이 때문에 삼수동 아낙네들이 바람이 자주 나므로 이를 누르기 위해 대방마을 입구 곧 암메산 골짜기 초입에 이 총각바위를 세웠다고 한다."[45] '여자 음부가 저녁놀에 붉게 물들어 있는 것처럼 보'인다고 한 것은 색정이 동하게 됨을 우회적으로 표현한 것이다. 결국 산의 형국이 여성기를 닮았기에 음기를 발산하게 되고, 이에 영향을 받은 여성들이 바람이 난다는 것이다. 그래서 이를 해결하기 위해서 음에 대항하는 양으로, 총각바위라는 남근석을 세웠다는 것이다. 여성의 바람기를 음양의 조화를 통해 해결하고 있다.

앞에서 살펴본 바위형 설화에서 바람나게 하는 대상을 나무로 가려 외부로 드러나지 않도록 주의를 기울이는 소극적인 행위로 여성의 바람기를 막고자 했다면, 산세형 설화에서는 보다 적극적인 방법을 통해 바람기를 일으키게 하는 대상을 제압하고 있는 것이다.

〈처녀가 바람나서 부신 부시미산〉에서 말산을 여자들의 바람기를 일으키는 대상으로 인식하고 이를 훼손함으로써 부시미산이 되었다고 하는 것은 산에 대한 경외심이 약화되었음을 보여주는 것이다. 그래서 산의 한쪽을 부쉈음에도 불구하고 그에 따른 징벌이 내리지 않는 것이다. 산에 대한 인간의 행위가 산의 진노를 부르지 않는 경우는 강원도 평창군에서 전해오는 이야기

---

45 이종철·김종대·황보명, 앞의 책, 126쪽.

에서도 볼 수 있다. "여기 바로 앞에 보이는 앞산에 구뎅이가 하나 있는데 그 앞에 가면 찬바람이 신기하게 나와요. …(중략)… 그래서 예전에 노인들이 진흙을 개어서 그 구멍을 다 막"[46]아 버렸다고 한다. 이렇게 산에 존재하는 구멍을 막았지만, 그로 인해서 사람들이 피해를 당했다고 하는 이야기는 전해지지 않는다.

이것은 산을 신성시하는 사고보다 성의 문란을 경계하는 윤리 도덕적 측면이 보다 더 강조되는 시대적 세태를 반영한 것으로 볼 수 있다. 인간의 윤리 의식이 과거 산에 대해 품고 있던 믿음보다 우월적인 위치를 차지하게 되었음을 산세형 설화는 보여주고 있다. 산세형 설화는 지형적 특성을 고려하여 구성된 이야기이기에 바위형 설화보다는 덜 보편화된 것으로 여겨진다.

4) 용천형

용천형 설화는 여성이 감응하여 바람나게 하는 대상을 '물'로 보는 것이다. 이와 관련된 설화는 모두 4편[47]이며, 강화의 교동에 있는 문무정과 관련된 것이다. 여기서는 『한국구비문학대계』에 실려 있는 〈문무정文武井 (1)〉을 살펴본다.

⑨ 화개산 남쪽 기슭에 두 개의 샘이 있었다고 합니다. 동쪽에 있는 것은 문정, 글월 문文자, 문정文井. 서쪽 편에 있는 걸 무정이라고 불렀대요. 무정, 호반 무武자, 우물 정井잔가 봐요. …(중략)… 근데 이 두 샘물이 솟으면서 이 교동에서는 문관 무관 할 것 없이 높고 훌륭한 그 인재가 계속해서 태어났답니다. 그러다가 어쩌다 한 쪽 그 샘물이 많이 나오면 다른 한 쪽은 줄어들게 되고, 그래서 인제 그 문정에 물이 넘치면 문관이 많이 나고, 무정에 물이 넘치면은 무관이 많이 생겼답니다. 근데 한 가지 이상한

---

46 최웅·김용구·함복희, 〈52. 바람구뎅이 지명 유래〉, 『강원설화총람』 IV(북스힐, 2006), 418쪽.

47 〈문무정(文武井) (1)〉(『대계』 1-7), 〈황청개 여인들이 바람나는 문정·무정〉, 〈삼산면 여인들이 바람나는 문무정〉(『대관』), 〈문무정 이야기〉(『강화군』) 등이다.

것은 이 샘의 물빛이 늘 바다 건너 있는 송가도, 근까 지금 그게 삼산면이죠. 송가도까지 비쳤다 그래요. 게 이 빛을 받은 송도, 송가도 그 부녀자들이 이 물빛만 바라보면은 풍기가 문란해졌답니다. 게 동네 사람들이 모여 가지고 공론한 끝에 '수십 명의 남자들이 이 교동으로 건너가서 어떤 일이 있어도 이 샘을 메우자' 그랬읍니다. 그 뒤에 이 샘을 메우려고 수개월을 두고 많은 사람들이 애를 썼는데 샘물은 더 용솟음칠 뿐 어찌할 바를 몰랐읍니다. 게 초초허구 낙심이 일구 지쳐서 걱정을 하구 있는데, 때마침 어떤 한 노승이 이곳을 지나가다가 그 광경을 보고 까닭을 물었읍니다. 그 중에서 한 사람이 그 사연을 자세히 말하니까 그 노승이 빙그레 웃으면서 하는 말이,

"소금 몇 포만 넣으면 될 것인데 괜히 고생을 한다."

하구 말했읍니다. 그대루 했더니 과연 샘은 말라버리고 다시는 물이 솟지를 않았답니다. 그로부터 교동에는 문무의 재목이 귀하고 높은 벼슬이 딱 끊였다는 얘기죠. 게 그 후 송가도에서는 이 노승에게 감사한 뜻으로 사당을 짓고 제사를 지냈다고 전해지고 있지만 지금은 사당도 없구, 문무정도 찾을 수가 없읍니다.[48]

위의 설화에서 여인들이 바람나는 것은 샘물 때문이라고 한다. 물은 만물의 모태로, 모든 잠재적 형질을 내포하고 있고 그 안에서 모든 생명의 씨가 자라난다고 한다. 그래서 물에 의한 임신이 가능하다고 여긴다.[49] 이것은 우리나라에 전승되는 이야기 속에서도 발견된다. 우리나라 동쪽 2만 1천 리쯤에 여인국女人國이 있는데, 그 나라에는 여자들만이 살고 살결이 희며 장발長髮을 땅에 끌고 다녔다. 이들은 남풍南風을 치마 속에 들이거나 영험 있는 샘을 들여다봄으로써 임신하게 되었다. 아이가 태어나 아들일 경우 없애버리고

48 〈문무정(文武井) (1)〉, 『대계』 1-7, 680~681쪽.
49 엘리아데, 이은봉 옮김, 『종교형태론』(한길사, 1997), 269~270쪽.

딸만을 애지중지 길렀다고 한다.[50] 이처럼 남자와의 신체적 접촉이 없이도 임신할 수 있다고 하는 것은 물이 지닌 생산력[51]에 기인한 것이다.

〈문무정文武井 (1)〉에서 동쪽의 샘을 문정으로, 서쪽의 샘을 무정이라고 한다. 연암 박지원의 「양반전」에 "자고로 무관은 계급을 따라 서반西班에 늘어서고 문관은 서열을 좇아 동반東班에 차례대로 서는지라, 이를 통틀어 양반이라 일컫느니라"[52]고 하였다. 위의 설화에서 문무정이란 이름은 양반의 개념을 이용한 명명임을 알 수 있다. 그래서 문정의 물이 넘치면 문관이, 무정의 물이 넘치면 무관이 많이 배출되었다고 하는 것이다. 이 지역 주민들에게 있어서 문무정은 여인들이 바람나게 하는 원인제공자이기 이전에 교동에 큰 인물을 배출시키는 근원이었던 것이다. 큰 인물이 나게 되는 것을 물과 관련지어 설명하는 것은 물의 신성 관념에서 비롯된 것이다.

그런데 교동에 큰 인물을 배출하는 것으로 여겨지는 문무정이 "송가도 그 부녀자들이 이 물빛만 바라보면은 풍기가 문란해"지게 한다. 물은 음을 상징하는 것으로, 여자에 비유된다. 그리고 물은 밤이기도 하다. 밤의 조건에 적합한 것이 성행위라 하여 이에 대한 묘사가 물과 연관되어 있다고 한다.[53] 이렇게 볼 때, 문무정의 물빛이 송가도에 비춘다고 하는 것은 샘이 여성기를 상징하는 것에 머물지 않고 성적 욕망에 사로잡혀 있는 여성의 생리적 상황을 뜻하는 것으로 풀이할 수 있다.[54] 그래서 문무정의 영향을 받은 송가도의 부녀자들이 성적으로 문란하게 되었다는 것이다. 물에 의해 여성이 바람난다고 하는 용천형 설화는 다른 지역에서도 전승된다. 〈음풍정 이야기〉,[55] 〈음풍정

---

50 이규태, 〈男人國〉, 『눈물의 韓國學』(기린원, 1992), 305쪽.

51 金烈圭, 『韓國民俗과 文學硏究』(일조각, 1988), 209쪽.

52 박지원, 「양반전」, 『한국고전문학전집』 1(희망출판사, 1965), 78쪽.

53 한국문화상징사전편찬위원회, 앞의 책, 286쪽.

54 임재해, 앞의 책, 165쪽.

55 『대계』 2-3, 279~280쪽.

淫風井〉,[56] 〈처녀가 바람나는 우물〉,[57] 〈굴물의 조화 1〉[58] 등이 그것이다.

여기서는 〈음풍정 이야기〉만을 간략하게 살펴본다.

> 구미의 산은 효가리의 남근과 마주치면서 꼭 여자의 음부처럼 생겼다 이거죠. 그 골짜기에 음부처럼 이렇게 생겼다 이거요. 생겼는데, 그 골짜기에 음부처럼 생긴 그 골짜기 맨 아래 쪽에 샘물이 있는데, 이 샘을 보통 그 한재가 오면, 날이 가물면 그 위에 중턱에 물은 말른단 말이야. 마르니 그 밑에 물을 인제 먹었다, 이러면 그기 인제 여자들은 바람기가 나 가지고 말이야. 아주 난리 친다 이거지. 그래서 이것을 음풍정이다.[59]

위의 설화에 등장하는 음풍정은 사람들이 식수로 사용하던 샘이다. 이곳에는 두 개의 샘이 존재하는데, 가뭄이 들면 위쪽의 샘은 마르고 아래쪽의 샘에서만 물이 나왔다는 것이다. 그런데 아래쪽의 샘에서 나오는 물을 마시면 처녀가 바람이 난다고 한다. 음풍정이 존재하는 골짜기의 형상을 여성의 음부처럼 생겼다고 한 것으로 보아 가뭄에도 물이 마르지 않는 아래쪽의 샘에는 음기가 모여 있음을 짐작할 수 있다. 왕성한 음기로 인해서 이 샘물을 마신 처녀들이 바람기가 동한다는 것이다. 즉, 이 설화는 여성의 바람기에 이야기의 초점이 맞춰져 있다. 이것은 〈음풍정淫風井〉, 〈처녀가 바람나는 우물〉, 〈굴물의 조화 1〉의 경우도 마찬가지이다.

〈문무정文武井 (1)〉에서 송가도 사람들은 문무정이 마을 부녀자에게 바람을 일으키는 대상임을 알고, "공론한 끝에 수십 명의 남자들이 이 교동으로 건너"온다. 이들은 문무정을 메워 여성들의 바람기를 잡으려고 하지만, 그들의 노력은 오히려 물이 더 용솟음침으로 해서 수포로 돌아간다. 그때 마침 그

---

56 위의 책, 362쪽.
57 김용국, 앞의 책, 251쪽.
58 최웅·김용구·함복희, 『강원설화총람』 IV(북스힐, 2006), 493쪽.
59 〈음풍정 이야기〉, 『대계』 2-3, 279~280쪽.

곳을 지나가던 노승이 소금을 넣으면 샘을 메울 수 있다고 가르쳐 준다. 노승의 말대로 했더니 샘이 말라서 더 이상 물이 나오지 않았다고 한다. 문무정에 소금을 넣었다고 하는 것은 샘을 오염시키는 행위로, 샘을 더 이상 성스러운 곳으로 여기지 않으며 물이 지닌 신성을 부정하는 것이다.

또 다른 설화인 〈문무정文武井 (2)〉[60]에서는 시주 왔던 노승이 장풍이라는 풀로 발을 엮어 덮으면 샘물을 메울 수 있다고 한다. 장풍발을 이용해서 샘물을 거의 메웠을 무렵, 갑자기 요란한 소리와 함께 용마가 뛰쳐나와 어디론가 사라졌다고 한다. 용마의 등장을 통해 영웅적 인물의 탄생이 좌절되고, 이후로는 이 고장에서 큰 인물이 나지 않았다고 한다.

이들 설화에서 설화 전승집단은 제3자에 의해 문무정이 메워진 것에 대한 진한 아쉬움을 토로한다. 외지인에 의해 문무정이 메워지지 않았다면, 여전히 교동은 큰 인물을 지속적으로 배출했을 것이며, 그만큼 살기 좋은 고장이 되었을 것이라는 인식이 설화의 저변에 깔려 있다. 이들에게 있어서 문무정의 물빛에 감응한 여성들이 바람이 난다고 하는 것은 부차적인 문제인 것이다. 인천 지역의 용천형 설화는 여성의 바람기보다는 지역의 큰 인물의 배출 여부에 이야기의 초점이 맞춰져 있다. 이런 점에서 다른 지역의 용천형 설화와는 구별되는 특징을 지닌다.

3. '풍기문란'형 설화의 전승 의미

'풍기문란'형 설화는 가부장적 사회의 면모를 그대로 반영하고 있다. 손바닥도 마주쳐야 소리가 나는 법이다. 여성이 바람을 피우기 위해서는 그에 따른 상대인 남성이 존재해야 한다. 그것은 여성이나 남성이나 모두 혼자서 바람이 나는 것은 구조적으로 불가능하기 때문이다. 여성의 바람기는 곧 남성

---

60 『대계』 1-7, 681~682쪽.

의 바람기를 동반하며, 그것은 상호 비례하기 마련이다.[61] 그럼에도 불구하고 '풍기문란'형 설화에서 남성을 배제한 채 지역의 자연물과 인공물을 통해 여성의 바람기만을 문제시한다.

> 그 전에 사람이 얼마 살지 않았을 때는 그런 일이 없었는데, 사람이 차차 자은면에 번식함에 따라서, 그 자꼬 부락에 그 남녀관계가 어떻게 나뻐져가지고, 서로 그런 사건들이 많이 생기게 되니까 한번에는 지관이 마치 그 부락에를 왔기 때문에 지관을 데려다 놓고,
> "이 부락에가 자꼬 남녀 부정 관계가 이러코 생겨싸니, 어떤 일이냐?"
> 이렇게 문의를 허니께, 지관이 그 지세를 두루 살펴본 후에 하는 소리가.
> "지금 부락 앞에 있는 저 산이 지금 이것이 공알 바우 산인데. 저 공알 바우를 그대로 보존을 해야지, 공알 바우 앞에 그 나무들을 비어 부른다든지 없애 부린다든지 해서 저 바우가, 아 외부로 보이그나 표나게 되면 부락에 반다시 좋지 못한 일이 생긴다."[62]

위의 설화에서 화자는 "사람이 얼마 살지 않았을 때는 그런 일이 없었는데, 사람이 차차 자은면에 번식함에 따라서" 남녀 사이에 부정이 생겼다고 한다. 여기서 사람이 번식했다고 하는 것은 외지 사람들이 마을에 유입되었음을 의미한다. 사람이 많아지면 자연스레 여러 가지 사회 문제가 발생하기 마련이다. 여성의 바람기도 그중의 하나이다. 그런데 그 원인을 남녀가 정분 난 것에서 찾지 않고 마을 앞산의 공알바위에서 찾고 있다. 여성의 바람기를 자연의 힘과 결부시킨 것은 인간의 능력으로는 이를 제어할 수 없는, 즉 불가항력적인 일로 여겼음을 의미한다. 이것은 여성의 바람기가 단순히 성적 욕망의 표출이라기보다는 우주자연의 섭리에 따른 근원적이고 필연적인 현상임을 말해주는 것이다.

---

61 임재해, 앞의 책, 106쪽.
62 〈대밑동 공알바위〉, 『대계』 6-6, 423쪽.

성에 대해 관심을 갖고 그에 대한 욕구를 분출하는 것은 지극히 자연스러운 현상이다. 그런데 이를 외부로 드러내놓고 자연스럽게 표현하는 것은 남성에게만 가능한 일이다. 가부장제 사회에서 성적인 면에서도 억압된 생활을 강요당했던 여성에게 있어서 성욕은 그 자체가 수치스럽고 부도덕한 것으로 받아들여졌다. 그럼에도 불구하고 '풍기문란'형 설화가 광포되어 전승하는 것은 여성의 성적 욕구의 표출이 자연스런 일임을 시사한다. 그렇지만 가부장적 사고에 젖어 있던 남성들이 이를 용납하기는 쉽지 않았을 것이다. 그래서 여성이 바람피우는 대상을 남성이 아닌 무생물로 설정한 것이다. 이렇게 함으로써 모든 책임을 여성에게 전가하여 가정 내지 가족을 온전히 지키지 못한 상황을 합리화하는 것이다.

설화 전승집단은 여성에게 바람을 일으키는 대상에 대해 어떠한 행위도 해서는 안 된다고 한다. 즉 사람들에게 일종의 금기가 주어진다. 금기는 사회적으로 악한 것이나 위생적으로 더러운 것 또는 물리적으로 위험한 상태의 접근이나 접촉을 못하게 하는 일반적 금지와는 구별해야 한다. 금기는 '~를 해서는 안 된다. 그것을 하면 탈이 난다'는 비교적 간단한 주술적·기제적 전제조건이 따르는 것으로, 탈이 날 것을 전제로 만들어진 금지가 바로 금기인 것이다.[63] 그래서 사람들은 암묵적으로 금기를 인정하고 이를 지키고자 노력한다. 만일 인위적인 방법으로 금기가 파기되었을 때는 일상생활에서 그에 따른 불상사가 일어나게 된다. 이것은 '풍기문란'형 설화에서도 그대로 볼 수 있다. 바위를 흔들거나 구멍을 쑤셔서는 안 된다는 금기가 제시되며, 이를 위반한 사람으로 인해서 마을의 처녀가 바람나서 도망갔다는 것이다. 이와 같은 설화가 전승하는 이유를 유증선은 "절제근신함으로써 윤리적·도덕적 사회를 조성"[64]하기 위한 것이라고 한다. 그런데 여성의 바람기는 전적으로 그녀들에게 책임이 있기에 '절제근신'은 여성에게만 국한된다고 하겠다.

설화 전승집단은 설화의 내용이 실재했던 사실을 토대로 한 것이며, 그것

---

63 김동욱 외, 『韓國民俗學』(새문사, 1988), 210~211쪽.

64 유증선, 앞의 논문, 329쪽.

은 과거완료가 아닌 현재진행형의 이야기라고 생각한다. 영종도의 부채바위나 교동의 문무정처럼 사람들에 의해 부수어졌거나 메워져서 원형이 훼손된 경우는 여성들에게 어떠한 영향도 미치지 못한다. 하지만 교동의 망부석이나 강화의 삼바윗돌처럼 본래의 모양을 보존한 채로 전승되는 대상은 현재도 여성들이 감응하게 되면 바람이 나게 되는 것으로 여긴다. 즉, '풍기문란'형 설화는 여전히 유효한 이야기라는 것이다. 그래서 지역에 따라서 여성의 바람기를 잠재우기 위한 노력이 지금도 계속되고 있다.

　화자들은 구술 과정에서 처녀가 바람났다고 하는 곳의 지명을 구체적으로 언급하는 경향이 있다. 이것은 자신의 이야기가 진실한 것임을 입증하기 위한 것으로, 설화의 진실성을 뒷받침하는 구실을 한다. 하지만 설화 전승집단으로 하여금 설화 속 지명의 여성들에 대해 부정적인 태도를 취하게 한다.

　강원도에서 채록된 〈음풍정〉의 화자는 "그 여자들은 결혼을 해도 화냥끼가 대단하답니다"[65]고 하여, 그 지역 출신의 여성 전부를 싸잡아서 화냥기로 인해 정상적인 결혼생활을 영위할 수 없다고 한다. 이러한 태도는 결과적으로 '풍기문란'형 설화에 등장하는 지역에 사는 여성들로 하여금 일상생활에서 위축된 모습을 보이게끔 한다. 이를 잘 보여주는 것이 안동의 성진골 관련 설화이다. 안동의 성진골은 음기가 왕성하여 여성들이 바람이 난다고 알려진 지역이다. 그래서 이 지역에 사는 여성들은 성진골에 산다는 이유만으로 바람기가 있는 것으로 인식되기 때문에 남들한테 자신이 사는 곳을 창피해서 이야기하지 못한다고 한다. 성진골에 산다는 말은 곧 자신은 행실이 부정한 여자라고 말하는 것과 다름없기 때문이다.[66]

　설화의 진실성을 뒷받침하는 방편으로 사용된 지명이, 이를 여성의 바람기와 동일시하는 설화 전승집단의 인식으로 인해 해당 지역의 여성들에게 정서적으로 악영향을 끼치고 있음을 알 수 있다. '풍기문란'형 설화는 일개인으로서의 여성의 삶을 황폐화시킬 뿐만 아니라 사회 구성원의 일원으로 활동하

---

65 〈淫風井〉, 『대계』 2-3, 362쪽.

66 임재해, 앞의 책, 169쪽.

는데 있어서도 일정한 제약을 주는 구실을 하는 것이다.

4. 맺는말

지금까지 인천 지역의 '풍기문란'형 설화를 중심으로 논의를 전개하였다. 이 유형의 설화는 전국적인 분포 양상을 보이며 전승하는 것으로, 여성이 어떤 대상에 감응하면 그에 따라 바람이 난다고 하는 이야기이다. 인천 지역의 '풍기문란'형 설화에서 여성의 바람기를 유발하는 대상은 '바위·산·비석·망부석·돌미륵·샘' 등 그 종류도 다양하다. 이를 형태별로 분류하면, 크게 바위·비석·산·샘 등으로 구분할 수 있다. 또한 처녀들이 바람나게 하는 행위에 주안점을 두면 흔듦, 쑤심, 바라봄 등의 구체적인 행위를 수반한다. 이 글에서는 설화의 전승 형태에 따라 인천 지역의 '풍기문란'형 설화를 1) 바위형, 2) 비석형, 3) 산세형, 4) 용천형으로 구분하고, 각각의 형태에 속한 설화를 살펴보았다.

바위형 설화는 돌의 신성에 감응한 여성이 바람나게 된다는 이야기로, '풍기문란'형 설화를 대표하는 설화의 형태로 보인다. 이 설화형에서 여성으로 하여금 바람나게 하는 것으로 지목된 대상은 '간드랑 바위, 부채바위, 바람나는 바위, 삼바윗돌' 등이다. 설화 전승집단은 이들 바위의 형상이 남녀의 생식기 형태를 닮았다고 하며, 여기에 모의 성행위나 내외법을 활용하여 여성이 바람나게 되는 원인을 설명하고 있다. 여성이 바람나서 가정을 버리고 도망가는 것은 마을의 안위를 위협하는 것이기에 그 실체를 확인한 마을 주민들이 나서서 이를 없애고자 한다. 하지만 마을 사람들의 노력은 '간드랑 바위'와 '부채바위' 설화에서 보듯이 절반의 성공에 그치고 만다. 그것은 이들 바위에 신성이 내재되어 하늘의 보호를 받는 까닭이다. 이처럼 직접 바위를 파괴하거나 훼손하려는 것 이외에 바위형 설화에서는 바위가 보이지 않게 그 앞을 나무로 가려줌으로써 여성의 바람기를 잠재우기도 한다. 비보의 방법을 활용하여 여성의 바람기를 미연에 방지함으로써 마을의 평안을 유지하기도 한다. 이러한 바위형 설화는 인천 이외 지역에서도 비교적 쉽게 접할 수 있는 것으로 보아 '풍기문란'형 설화를 대표하는 설화 형태로 보인다.

비석형 설화는 인공적으로 가공된 대상물에 감응한 여성이 바람이 나게 된다는 이야기이다. 이 설화형에서 여성을 바람나게 하는 것으로 언급된 대상은 '비석·돌미륵·망부석' 등으로, 이들은 모두 남성을 상징하는 것으로 여겨진다. 비석형 설화에 등장하는 가공물들은 여성에게 바람을 일으키는 동시에 마을과 마을 사이의 마찰과 갈등을 일으키는 대상이 된다. 이 설화형에서 마을 간에 비석과 망부석을 세우고 꽂고 넘어뜨리고 뽑는 행위를 수없이 반복한다. 이처럼 마을 간의 반목이 지속되는 이유는 공동체의 평안과 직접적으로 연관되어 있기 때문이다. 종국에는 비석과 망부석을 없애는데, 이를 바라보는 설화 전승집단의 인식차로 인하여 서로 다른 결말을 보인다. 즉 비석은 사람들에 의해 깨뜨려지며 현재 그 행방을 알 수 없다고 하는 데 비해 망부석은 땅에 묻혀 있으며 지금도 그곳에 존재한다고 한다. 비석에 의해 여성이 바람난다고 하는 것은 다른 지역에서 찾아보기 어려운 것으로, 인천 지역만의 특징이라고 하겠다.

산세형 설화는 지형적 특성으로 인해 여성이 바람난다고 하는 이야기로, 강화의 부시미산과 관련되어 전승하고 있다. 본래 부시미산은 말의 형국을 닮았다고 하여 말산으로 불리던 산으로, 산세가 남성을 상징한다. 사람들은 말산의 형국으로 인해 여성들이 바람난다고 생각하고 귀퉁이의 일부를 허물어 버린다. 이처럼 산의 일부를 훼손했음에도 불구하고 그에 따른 징벌이 내리지 않는다. 이것은 산에 대한 경외심이 약화되었음을 보여주는 것으로, 성의 문란을 경계하는 윤리 도덕적 측면이 강조되던 시대적 세태를 반영한 것이다.

용천형 설화는 여성의 바람기를 '물'에 기인한 것으로 생각하는 이야기이다. 이 설화형에 등장하는 문무정은 교동에 큰 인물을 배출하게 되는 진원지로서의 샘이었다. 하지만 이 문무정의 물빛에 감응한 송가도의 부녀자들이 바람이 나자, 그 지역 주민들에 의해 메워져 지금은 그 흔적을 찾을 수 없다고 한다. 설화 전승집단은 본래 교동은 뛰어난 인물이 많이 배출되었던 지역인데, 이 문무정이 메워진 까닭에 인물이 낳지 않게 되었다고 하면서 진한 아쉬움을 토로한다. 이들에게 있어서 물빛에 감응하여 여성이 바람나게 된다는 것은 부차적인 문제인 것이다. 인천 지역의 용천형 설화는 여성의 바람기보다는 지역의 큰 인물의 배출 여부에 이야기의 초점이 맞춰져 있다.

지금까지 살펴본 바와 같이 '풍기문란'형 설화에서 여성에게 바람기를 일으키는 대상은 자연적 대상물이다. 여성의 바람기를 자연의 힘과 결부시킨 것은 여성의 바람이 단순히 성적 욕망의 분출이라기보다는 우주자연의 섭리에 따른 근원적이고 필연적인 현상임을 보여주는 것이다. 그리고 지역에 여성의 바람기를 부추기는 대상물이 현존하는 경우, 그네들의 바람기는 언제든지 일어날 수 있다. 즉, '풍기문란'형 설화는 과거완료가 아닌 현재진행형의 이야기이다. 이에 따라 사람들에게는 여성의 바람기를 유발하는 대상에 대한 금기가 주어지며, 이를 지키고자 하는 노력이 수반된다.

'풍기문란'형 설화를 구술하는 화자들은 구체적인 지명을 언급하는 경향이 있다. 이것은 해당 지역의 여성들을 부정적인 시각에서 바라보게 하는 계기가 되며, 일개인으로서뿐만 아니라 사회 구성원의 일원으로 활동하는데 있어서도 여러 가지 제약을 받게 한다. '풍기문란'형 설화는 가부장제 사회의 면모를 그대로 반영하며 전승하는 것이다.

3장

산이동 설화 연구

1. 여는말

설화 중에는 "움직이던 산이나 섬, 바위 등이 현재의 자리에 좌정"하게 된 내력을 설명해주는 이야기가 전승되고 있다. 이 유형의 설화는 전국적으로 광범위하게 분포된 것으로, 지역에 따라 산·섬·바위 등이 움직인다고 한다. 이 것은 전국토의 7할 이상이 산악지대이고 삼면이 바다로 둘러싸인 우리나라의 지형적 특성이 설화의 형성에 영향을 미친 것으로 볼 수 있다. 산이나 섬이 움직였다는 설화가 함께 전승하는 것은 설화 전승집단이 자신들의 거주지 주변의 자연 환경을 고려하여 이를 설화에 투영하였기 때문이다. 설화 전승집단의 주거 환경에 따라 움직이는 대상은 다양한 양상을 띠게 되는 것이다.

이 유형의 설화에 대해 기존 연구자들은 산이동, 부래 설화, 부래산, 떠내려 온 섬 등으로 명명하고 있는데, 용어에 대한 정리가 필요하다고 하겠다. 『한국구비문학대계』에 수록된 전체 설화자료를 대상으로 한 『한국설화유형분류집』에 의하면,[1] 산과 섬의 움직임을 다룬 설화 중에서 다수를 차지하는 것이 산의 움직임에 관한 것이다. 그리고 산이 움직일 경우, 강이나 바다에서 떠내려 오거나 아니면 산이 걸어오기도 하며 간혹 날아오거나 땅속에서 자라난다고 한다. 이처럼 여러 가지 방식으로 산이 현재의 위치에 좌정하게 된 내력을 설명하는 것은 설화 전승집단이 산의 움직임과 관련해서 이야기를 풀어나감을 의미하는 것이다. 이렇게 볼 때, 기존의 연구자들에 의해 사용된 용어중에서 산이동 설화가 이 유형의 설화를 지칭하는 명칭으로 적합한 것이 아닌가 한다. 이에 이 글에서는 '산이동 설화'란 용어를 사용하고자 한다.

산이동 설화에 관한 연구에서 선편을 잡은 사람은 최래옥이다. 그는 「산이동설화의 연구」[2]에서 구전과 문헌을 통해 얻은 35편의 자료를 화소로 분석하고, 유형별 분류를 통해 산이동 설화의 전승 의미를 살펴보았다. 최래옥 이

---

1 조동일 외, 『한국구비문학대계 별책부록(Ⅰ)-한국설화유형분류집』(한국정신문화연구원, 1989), 483~486쪽 참조.

2 최래옥, 「山移動說話의 硏究」, 『관악어문연구』 3집, 서울대학교 국어국문학과, 1978.

후에 진행된 산이동 설화의 연구는 일정 지역에 전승하는 설화를 대상으로 한 것과 전국에 분포된 설화를 대상으로 한 것으로 이대별 할 수 있다. 전자의 경우, 정인진[3]은 삼천포시의 '목섬'과 관련된 설화를 3가지 형태로 구분하고 그에 따른 설화의 전승 양상과 전승 의미를 밝혔다. 김의숙[4]은 강원도 지역을 대상으로 한 부래 설화를 ① 부래사계浮來寺系, ② 부래궤계浮來櫃系, ③ 부래암계浮來岩系, ④ 부래산계浮來山系, ⑤ 부래도계浮來島系 등의 5계열로 나누고, 각각의 설화 구조와 변이 양상을 살피고 아울러 거기에 나타난 전승 의미를 고찰하였다. 김의숙의 연구 중에서 ④와 ⑤의 내용이 이 글과 관련된 것이다.

후자의 경우, 조석래[5]는 산이 아닌 섬에 논의의 초점을 맞추고, 이를 7개의 화소와 5개의 모티브로 구분하여 설화를 분석하면서 거기에 나타난 설화 전승집단의 집단의식과 설화의 변모 양상을 살펴보았다. 오강원[6]은 역사고고학적인 입장에서 부래산 유형의 설화를 ① 지형지리적인 설명과 기대감의 반영, ② 역사고고적인 영향관계 및 상황의 반영, ③ 행정구역 변천 및 소속관계 변화의 반영이라는 세 가지 측면에서 종합적으로 검토하였다. 그리고 권태효[7]는 산이동 설화가 거인 설화를 계승하는 후대적 자료라는 관점에서 산이동 설화를 거인 설화와 관련지어 검토하였다. 그 결과 산이동 설화에는 거인 설화의 잔존양상과 소멸과정이 드러나 있음을 밝히었다. 한미옥[8]은 산이동 설화를 모티프의 첨가와 변이에 따라 원형과 기본형으로 정리하고, 이들 구조에 나타난 중층적인 전승의미를 살펴보았다.

산이동 설화와 같은 광포 설화를 연구함에 있어 이에 포함되는 설화 모두

3 정인진, 「〈목섬〉 설화의 전승 양상과 전승 의미」, 『청람어문학』 9집, 청람어문학회, 1993.

4 김의숙, 「강원도 浮來說話의 구조와 의미」, 『강원도민속문화론』, 집문당, 1995.

5 조석래, 「떠내려 온 섬(島) 傳說 硏究」, 『韓國이야기文學硏究』, 학문사, 1993.

6 오강원, 「'浮來山' 유형 설화에 대한 역사고고학적인 접근」, 『강원민속학』 12집, 강원도민속학회, 1996.

7 권태효, 「거인설화적 관점에서 본 산이동설화의 성격과 변이」, 『구비문학연구』 4집, 한국구비문학회, 1997.

8 한미옥, 「'山 移動' 설화의 전승의식 고찰」, 『남도민속연구』 8집, 남도민속학회, 2002.

를 하나의 유형으로 묶어 전체적인 안목에서 일목요연하게 정리하는 작업도 필요하지만, 한편으로는 왜 그와 같은 설화가 그 지역을 중심으로 전승하게 되었는가를 살피는 일도 중요하다고 본다. 이 글은 후자의 입장에서 인천 지역에 전승하는 산이동 설화를 살펴보고자 한다. 인천 지역에 전승하는 여러 유형의 설화 중에서 산이동 설화에 초점을 맞춘 것은 비교적 이 설화가 인천의 지역적 특성을 잘 반영하고 있다고 생각하기 때문이다. 인천 지역의 산이동 설화에 관해서는 소인호가 인천 지역의 구비전설을 다루면서 소략하게나마 언급한 적이 있다.[9] 하지만 원론적인 수준에 그쳤다는 점에서 본격적인 연구라고 보기 어렵다.

이 글은 기존의 연구 성과를 토대로 하여 인천 지역 산이동 설화의 전승 양상을 살펴보고, 전승과정에 나타난 설화적 특징을 고찰하고자 한다. 이 글에서 논의의 대상으로 삼은 설화는 모두 17편이다.[10]

2. 기존의 논의를 통해 본 산이동 설화의 구성과 형태

산이동 설화는 설화 전승집단이 구체적인 증거물을 제시한다는 점에서 전설적 속성을, 산의 생성과 형성과정을 천지창조적 사건과 결부시킨다는 점에서 신화적 속성을 지닌다. 이렇게 산이동 설화에 전설적 속성과 신화적 속성이 함께 내재되어 있다는 것은 이야기의 구성방식과 그에 따른 설화의 형태가 하나로 고정될 수 없음을 의미하는 것이기도 하다. 이것은 기존의 연구자들에 의해 시도된 산이동 설화의 분류에서도 살펴볼 수 있다.

최래옥은 산이동 설화를 산의 이동에 맞추어 'ㄱ. 이동형, ㄴ. 지역형, ㄷ.

---

9 소인호, 「서해안지역 설화의 특성 연구」, 『구비문학연구』 제10집(한국구비문학회, 2000), 95~96쪽.

10 『옹진군지』와 『부평사』, 『한국구전설화5』에 각각 1편씩, 『한국구비문학대계』 1~7에 5편, 『강화 구비문학 대관』에 9편이 수록되어 있다. 이하 『한국구비문학대계』는 『대계』로, 『강화 구비문학 대관』은 『대관』으로 약한다.

실기형, ㄹ. 외입형' 등의 4가지 형으로 나누고, 이 중에서 ㄱ~ㄷ을 대상으로 하여 산이동 설화의 서사 구조를 살펴보았다. 그리고 이러한 산이동 설화가 'a. 희망→b. 방해→c. 좌절→d. 가상'의 4단계로 구성되었음을 밝혔다.[11] 최래옥의 연구는 산이동 설화에 대한 본격적인 연구라는 점에서 의의를 지닌다. 그런데 이 연구의 경우, 화소를 중심으로 논의를 진행한 까닭에 설화의 형태에 관해서는 전체적인 면모를 파악하기가 쉽지 않다.

조석래는 산이동 설화의 각 편의 서사 구조는 대체로 '떠내려 오는 섬(또는 산이나 바위)을 여자가 보고 경솔하게 언동을 하여 현재의 위치에 머물게 되었다.'는 공통점을 지니며, 여기에 제사·발전저해·세금 등의 모티프가 첨가되는 것으로 파악하였다.[12] 이 연구에서는 산이동 설화의 형태에 대한 분류 대신에 서사 구조를 통해 추출된 5가지 모티브를 중심으로 설화를 분석하고 있다. 이러한 논의를 종합해 보면, 산이동 설화를 1) 제사형, 2) 발전 저해형, 3) 세금형 등의 3가지 형태로 구분하고 있음을 알 수 있다. 이 연구는 화소와 모티브를 중심에 놓고 여기에 이들의 변이양상과 속성 및 의미해석, 그리고 전승 집단의 의식 구조를 종합적으로 고찰하다 보니 전반적으로 논의가 체계적으로 전개되지 못한 인상을 준다.

정인진은 '목섬'과 관련하여 전승하는 설화를 검토하고 이를 3가지 형태로 구분하였다. 제1형은 '이동 모티프+방해 모티프+설명적 모티프', 제2형은 '암장 형태+금장 모티프+설명적 모티프', 제3형은 제1형과 제2형을 아우르는 형태를 취하는 것으로 '이동 모티프+방해 모티프+설명적 모티프+암장 형태+금장 모티프+설명적 모티프'로 구성된다. 제3형의 경우, 화자들이 1형을 먼저 구술하고 뒤이어 2형이 나오는 순차적 구성을 지니는 것으로 파악하였다.[13] 정인진의 연구는 특정 지역에 존재하는 하나의 증거물이 그 지역민들에 의해 얼마든지 다양한 형태의 설화로 수용될 수 있음을 보여준다. 다만 이

---

11 최래옥, 앞의 논문, 402쪽.

12 조석래, 앞의 논문, 154~158쪽.

13 정인진, 앞의 논문, 143~145쪽.

연구에서 아쉬운 점은 이들 설화에 대한 전승 및 변이 양상의 고찰 과정에서 설화 자료를 나열식으로 배열하다 보니 본격적인 논의가 미흡하다는 점이다.

김의숙은 산이동 설화는 '금강산의 일원이 되기 위해(사유)-울산에서 왔으나(이동)-다 차서 지금의 자리에 머무르게 되었다(결과)-그래서 울산에서 세금을 받아갔다(세금)-그러나 동자의 기지로 세금을 내지 않게 되었다(해결 모티프)'고 하면서 '사유+이동+결과'로 구성된 설화를 기본형으로 설정하고, 여기에 세금과 해결의 모티프가 추가된 것을 첨가형으로 설정하였다. 이 중에서 기본형이 먼저 이루어지고, 뒤이어 첨가형이 형성된 것으로 보았다.[14] 그런데 실제로 설화를 분석한 것을 보면, 이보다 더 세분화시키고 있음을 알 수 있다. 이것은 산이동 설화에 해당하는 부분인 '부래암계'와 '부래산계'에서 해당 설화 자료를 제시할 뿐, 이에 대한 논의가 진행되지 못했기 때문으로 보인다.

오강원은 산이동 설화의 내용을 (1) 이동방식, (2) 입지, (3) 세금갈등의 유무에 따라 분류하고, 이를 다시 이동방식의 경우엔 7가지, 입지의 경우는 4가지, 세금갈등의 유무는 2가지 경우로 세분하였다. 그리고 산이동 설화의 발생 원인을 지형의 지리적 조건에 대한 설명과 기대, 역사고고적인 영향 관계 및 상황, 행정구역의 변천과 소속의 변화에 따른 3가지 조건으로 설명하였다.[15] 이 연구에서는 산이동 설화에 관한 구체적인 분류가 시도되고 있지 않다. 하지만 설화의 발생 원인에 따라 설화를 종합적으로 검토하고 있다는 점에서 크게 1) 지형지리적, 2) 역사고고적, 3) 행정구역상의 변화에 따른 3가지 형태로 구분한 것으로 볼 수 있다. 이 연구는 우리의 역사와 지형적 특성을 고려하여 산이동 설화를 실증적인 입장에서 접근하였다는 점에서 다른 연구들과 구별되는 특징을 지닌다. 하지만 실증적인 자료들을 중심으로 논의를 전개하다 보니 실제 산이동 설화에 대한 구체적인 분석이 미흡한 편이다.

권태효는 산이동 설화를 '산이동과 산멈춤, 산세다툼' 등 세 가지 구성요

---

14 김의숙, 앞의 논문, 419~421쪽.

15 오강원, 앞의 논문, 57~78쪽 참조.

소로 이루어진 것으로 보고 있다. 그리고 이들 구성요소의 결합에 따라 산이동 설화를 '가. 산이동, 나. 산이동+산멈춤, 다. 산이동+산세다툼, 산이동+산멈춤+산세다툼'의 형태로 구분하였다. 이러한 산이동 설화의 형태 중에서 '가'를 원초적 형태로 보았다. 이것이 후대로 전승하면서 여성의 역할이 강조되어 '나'의 형태를 취하게 되었으며, 산이 스스로 이동하는 점에 대한 의문 때문에 진실성과 흥미를 부여하고자 산세다툼을 추가하여 완결 짓는 '다'의 형태로 발전한 것이라고 하였다.[16] 즉 산이동 설화는 전승 과정에서 산의 이동에 대한 의문을 해소하기 위해 '가'에서 '나'로, 다시 '나'에서 '다'의 형태로 변이되었다는 것이다. 권태효의 연구는 산이동 설화의 구성과 형태를 거시적 안목에서 바라보고 체계적으로 정리하였다는 점에서 의의를 가진다. 그런데 이 과정에서 도출한 거인설화적 면모와 천지창조적 요소를 모든 산이동 설화의 구성과 형태에 동일하게 적용하기에는 무리가 있다고 본다.

한미옥은 기존의 논의에서 공통적으로 언급된 모티브를 근간으로 하여 '산의 이동-여성의 말(방해)-산의 멈춤'의 형태를 기본형으로 설정하였다. 그리고 이 기본형 보다 근본적이고 원초적인 유형, 곧 원형을 설정하였다. 한미옥에 의해 설정된 원형과 기본형의 서사 구조를 보면, 원형은 "산이 움직이다. -산이 멈추다"는 단순 구조이며, 기본형은 "산이 움직이다. -여인이 보고 '산이 움직인다'는 말을 하다. -산이 멈추어 버리다"는 것으로 원형의 단순함이 주는 지루함을 극복한 형태라는 것이다.[17] 그런데 이와 관련된 논의는 원론적인 수준에 머물렀다고 하겠다.

이상으로 간략하게나마 기존 연구자들에 의해 논의된 산이동 설화의 구성과 형태에 관하여 살펴보았다. 기존의 산이동 설화의 연구에 의하면, "산이동설화의 자료를 검토하여 볼 때 지역적으로 뚜렷이 구분될 만한 특징을 나타내지 않고 있다"[18]거나 "각 편들을 아우르고 대표하는 유형적인 차원에서

---

16 권태효, 앞의 논문, 220~225쪽.

17 한미옥, 앞의 논문, 173~174쪽.

18 권태효, 앞의 논문, 219쪽.

의 분류 및 연구가 그동안 여러 학자들에 의해 시도되어 왔으며, 약간의 차이는 보이지만 대체로 일치되는 분류유형을 보여주고 있다"[19]고 하였다. 하지만 정인진과 김의숙의 연구에서 보듯이, 일정한 지역을 중심으로 전승하는 산이동 설화는 그 지역의 특성을 반영하고 있음을 알 수 있다.

설화는 전승과정에서 설화 전승집단에 의해 끊임없이 재해석되고 새로운 의미를 부여받게 된다. 이때 설화 전승집단은 자신들이 거주하는 지역의 사회적·문화적 요소와 지리적 특성을 가미하게 된다. 그 결과, 한 편의 설화는 그 지역의 특색을 살리는 방향으로 이야기가 전개되기 마련이다. 그래서 보편성과 함께 개별성도 염두에 둔 연구가 필요한 것이다.

3. 인천 지역의 산이동 설화의 유형 분석

인천 지역에 전승하는 산이동 설화에는 산의 이동을 방해하는 여성이 등장하지 않으며, 외부에서 들어온 산을 둘러싼 세금갈등이 드러나지 않는다. 여성의 등장과 세금갈등의 경우, 기존의 산이동 설화 연구에서는 핵심적인 구성요소로 인식되어 집중적으로 조명된 바 있다. 인천 지역의 산이동 설화의 경우, 여성과 세금공방과 같은 흥미소가 배제된 까닭에 이야기의 구성이 다른 지역의 산이동 설화에 비해 상대적으로 단순한 형태로 전승한다. 이러한 인천 지역의 산이동 설화를 종합적으로 고찰하면, 단순히 산의 움직임에만 주목한 이야기와 산의 움직임에 동기를 부여하고 그것이 지금의 자리에 안주하게 된 과정을 설명한 이야기로 나눌 수 있다. 전자는 주로 산의 이동에, 후자는 산의 움직임과 멈춤에 주안점을 둔다는 점에서 차이를 보인다.

이 글은 인천 지역의 산이동 설화를 이야기의 구성 방식에 따라 전자를 단순 구조형으로, 후자를 복잡 구조형으로 구분한다. 그리고 복잡 구조형의

---

19 한미옥, 앞의 논문, 172쪽.

경우, 산의 움직임에 부여된 동기에 따라 이를 다시 (1) 건도建都참여 좌절형과 (2) 내침 실패형으로 나누어 설화를 분석하고자 한다.

1) 단순 구조형

인천 지역의 산이동 설화에서 단순 구조형은 정확히 어느 시기인지는 모르지만 떠내려 오던 산이 지금의 자리에 머무르게 되었다는 이야기이다. 대부분 산의 생성과 관련된 이야기라는 점에서 신화적 속성을 지니며 전승한다. 이러한 단순 구조형은 천지창조적 요소를 포함하고 있다. 기존 연구자의 분류에 따르면 권태효의 '가. 산이동', 한미옥의 '원형', 최래옥의 'ㄹ. 외입형(외지에서 들어왔다)'에 해당한다. 이것은 산의 움직임에 이야기의 초점을 맞춘 것으로, 서너 줄의 짧은 형식으로 이루어지는 것이 일반적이라고 한다.[20] 인천 지역의 산이동 설화 중에서 단순 구조형에 속하는 설화는 모두 10편이다.[21] 10편의 설화에 등장하는 산의 이름을 열거하면, '마리산, 상주산, 풍류산, 안남산' 등이다.

먼저 마리산과 관련된 설화를 살펴본다.

> 화도華道에 가며는 만리산萬里山인데 마니산이라고 그러더군요. 그게 만리서 들어왔다고 해서, 여기 지금 여기 것으론 만리서 떠 들어왔다고 만리산이라고 하는 거예요.[22]

> 천지개벽 때 마리산도 만리에서 떠 내려와서 마리산이라는 그런 유래

---

20 권태효, 앞의 논문, 224쪽.

21 〈바다에서 떠내려 온 안남산(安南山)〉(『부평사』), 〈마니산 이야기〉, 〈각시녀와 마니산〉, 〈마니산 전설〉, 〈마니산의 유래〉(『대계』 1-7), 〈만리에서 떠 들어온 마리산〉, 〈떠내려오다 뒤집힌 상주산〉, 〈청지벌에서 떠 들어온 상주산〉, 〈떠 들어온 풍류산〉①·②(『대관』) 등이다. 『대관』에는 〈떠 들어온 풍류산〉이라는 제목으로 두 편의 설화가 실려 있다. 수록된 순서에 따라 임의적으로 ①, ②로 구분하였다.

22 〈마니산의 유래〉, 『대계』 1-7, 707쪽.

도 있어요.[23]

위에서 인용한 두 편의 설화를 보면, 일반적으로 우리에게 마니산이라고 알려져 있는 산의 이름을 '만리산' 또는 '마리산'이라고 부르고 있다. 이것은 강화도 사람들이 마니산을 달리 부르는 이름인 것이다. 설화 전승집단은 "만리에서 떠 내려와서" 마리산 또는 만리산이란 명칭이 유래하게 되었다고 한다. 먼 곳으로부터 떠내려 왔기에 마리산이라고 부르게 되었다는 것은 〈마니산 이야기〉와 〈각시녀와 마니산〉 설화에서도 볼 수 있다. 다만, 〈마니산 이야기〉 설화에서는 마니산 이외에 혈구산, 고려산, 능주산, 진강산 등이 중국에서부터 떠내려 왔다고 한다. 그리고 이들 중에서 마니산이 제일 큰 형이라고 하였다. 이 설화에서는 여러 산들이 떠내려 오기에 다른 설화보다 길게 구술된 편이다. 하지만 산의 움직임에 동기가 부여되지 않았다는 점에서 이를 단순 구조형에 포함시켰다.

지금까지 살펴본 바와 다른 각도에서 마니산의 생성과정을 설명하는 설화가 〈마니산 전설〉이다.

그 마니산이라는 것이 그게 단군이 쌓았는데, 게 단군제가 있잖아? 단군제사 지내는…. 그래 단군이 그거 쌓았는데 그의 누이가 그 만경대하고, 고 옆에 쌓는데 쌓다가 판쳤디야, 아 인제 고건 작지, 좀. (청중: 손으로 쌓는 거예요?) 응, 아 그 마니산 모양으루, 거기 전에 거 단군산성이 더 많은 힘도 많거니오니 그거 다 어떻게 쬑일, 언제 다 쌓는지 근데 그 단군이 흙을 쌓고 그제 그래서인지 요즘엔 그 단군이 쌓았다구 해서 봉화불은 거기서 자꾸 허니까, 여기로 자꾸 으응, 꿍 시방 등산 경기나 이 참 서울사람이라두 거기 귀경을 허구 바람 잘 날이 없으니깐….[24]

23 〈만리에서 떠 들어온 마리산〉, 『대관』, 158쪽.
24 〈마니산 전설〉, 『대계』 1-7, 411~412쪽.

위의 인용문은 〈마니산 전설〉의 전문이다. 이 설화에서 화자는 마니산을 단군이 쌓았으며, 오늘날 전국체전에서 사용되는 불의 채화가 이곳에서 이루어지는 것도 단군과 관련된 곳이기 때문이라고 한다. 여기서 화자가 '단군제, 단군산성, 봉화불' 등에 주안점을 두고 이야기하는 것으로 보아, 마니산 정상에 있는 참성단을 염두에 두고 구술한 것으로 여겨진다. 참성단은 단군왕검이 이곳에 와서 하늘에 제사를 드린 이래 고구려의 유리왕과 광개토대왕, 그리고 을지문덕과 연개소문 장군이 이곳에 와서 하늘에 제사를 드렸다고 한다. 고려와 조선 시대에는 몇몇 왕이 직접 이곳에 오거나, 신하를 보내어 제사를 지냈던 곳이다. 그리고 8·15 광복 후에는 매년 개천절에 강화군에서 주관하여 천제를 드리고, 1953년 전국 체육 대회 때부터는 이곳에서 7선녀에 의해 태양열로 채화된 성화가 체육대회 개최 장소로 옮겨져 대회 기간 내내 불을 밝히고 있다.[25] 이 설화는 마니산을 단군이 쌓았다는 점에서 앞에서 살펴본 마니산 설화들과는 차이를 보이며 전승하는 것이다.

마리산은 국조 단군이 제사한 성산聖山이기에 『고려사』에는 두악頭嶽으로 표기되어 있으며, 이를 '머리산'으로 읽을 수 있다고 한다. 머리는 '믈', 곧 장長, 최崔, 두頭를 의미하는 것으로, 이 단어가 '마리, 머리'로 변천하였다는 것이다. 그래서 『세종실록』, 『성종실록』, 『신증동국여지승람』 등에는 마리산摩利山으로 기록되었던 것이다. 마리산은 우리말의 취음取音이기에 글자 하나하나에는 별 의미가 없다고 한다. 일반적으로 우리에게 알려진 마니산摩尼山이란 표기는 15세기 문헌부터 나타난 것으로, 이는 '마리산'의 다른 표기에 지나지 않는다고도 한다. 그래서 마니산이 아닌 마리산으로 쓰는 것이 옳다고 한다.[26]

이렇게 볼 때, 〈마니산 전설〉을 제외한 설화에서는 "만리에서 떠 내려와서" 마리산 또는 만리산이라는 명칭이 유래하게 된 것이 아니라 오히려 마리산 내지 만리산이란 이름에서 "만리서 떠 들어왔다고" 하는 이야기를 유추

25 최운식, 『함께 떠나는 이야기 여행』(민속원, 2004), 108~109쪽.
26 『仁川의 地名由來』(인천광역시, 1998), 606쪽.

해낸 것으로 볼 수 있다. 설화 전승집단은 마리산이라고 하는 산의 어원 풀이를 통해 설화의 진실성을 뒷받침하고 있는 것이다. 〈마니산 전설〉에서 화자가 단군이 마니산을 쌓았다고 이야기하는 것은 이곳에 단군에게 제사를 지내는 참성단이 존재하기에 가능했던 것이다.

단순 구조형에서 마리산 이외에 산이 움직였다고 이야기되는 산으로는 상주산과 풍류산, 그리고 안남산이 있다. 이들 산에 관해서는 간략하게 언급하고자 한다.

> 이건 상주산, 저건 상봉산이라고 하는데, 상주산이 인화성에 있던 산인데, 고것이 시방 말하지만 홍수에 산이 떠내려 왔다는 거야, 상주산이. 상주산이 떠내려오다 보니까, 요거 상봉산인데, 그 놈이 보니까 거창한 게 떠내려오거든. 이놈이 잃을 것도 같거든. 그래서 이놈이 차버린 거야. 이놈이 찼다는 거야. 그러니까 그냥 떠내려 오던 산이 엎어진 거야. 그러니까 엎어지니까 상봉산이 젓가다리(양반다리로 앉은 자세) 앉아 있는 형상이고, 상주산은 뒤집혔다는 거야. 그래서 상주산 꼭대기에 아직도 굴깍지가 있어. 그래서 이게 뒤집혔다 해서 이런 전설이 있는거야.[27]

위의 설화에서 화자는 상봉산이 자신의 자리를 지키기 위해 홍수로 떠내려 오던 상주산을 발로 찼다고 한다. 이처럼 산을 의인화하는 것은 비현실적인 면모를 상쇄하기 위해서라고 한다.[28] 즉, 상봉산이 발로 찼기 때문에 상주산의 형상이 뒤집힌 모습을 하게 되었으며, 그 증거물로 산 정상에 있는 굴껍데기를 제시하는 것이다. 또 다른 설화인 〈청지벌에서 떠 들어온 상주산〉에서는 "그전에 천지개벽이라는 게 있었잖아요? 그래서 그 산이 한 번 굴러서 거꾸로 박혔다는 거예요. 그래서 산봉우리에 굴깍지 그런게 지금 있어요"[29]라

---

27 〈떠내려오다 뒤집힌 상주산〉, 『대관』, 335쪽.

28 권태효, 앞의 논문, 232쪽.

29 『대관』, 370쪽.

고 한다. 설화 전승집단은 산 정상에 굴 껍데기가 존재하는 것에는 그만한 연유가 있을 것이라고 생각하고 이를 산의 뒤집힘 현상에서 찾고 있음을 알 수 있다.

> 여기 유래는 이 뒷산이요. 풍류산이에요. 옛날에 그러니까 이 산이 떠 들어왔다는 거지요. 떠 들어와서 앉은 산이라서 풍류산이라고 이름이 붙었대요.[30]

위의 설화는 산이 움직이는 동기나 주체 등이 명확하지 않다. 그래서 이야기의 구성이 단순하고, 그로 인해서 의미 파악이 쉽지 않다. 이 설화의 경우는 어떤 면에서 내용이 너무 간단하여 이야기판에서 구술되지 않을 것 같은 간단한 줄거리로 되어 있다.[31] 또 다른 설화인 〈떠 들어온 풍류산〉 설화에서는 화자가 서두에 풍류산에 위치한 옥녀봉에 관해서 서너 줄 정도의 분량을 구술한 다음에 "저 산이. 풍류를 잡히고 들어오다 여기다 놓은 산이랴. 풍류치잖아? 원래 농악. 그 풍류를 잡혀서 여기다 갖다 놓은 산이랴. 그래서 풍류산이래, 풍류를 잡힌다고 그 한참 놀구 하는데, 그 산이 같이 오면서 풍류를 울렸다는 거지, 인제 풍류를 울렸다는 거지"[32]라고 하여 풍류산이란 지명이 풍물놀이에서 유래되었음을 밝히고 있다. 하지만 이 설화의 화자도 풍류산이 왜 움직였으며, 움직이던 산이 지금의 자리에 앉게 된 내력에 관해서는 구체적으로 언급하지 않는다.

풍류산이란 지명이 풍물놀이에서 유래되었음을 짐작하게 하는 설화로는 〈선녀와 용마가 나온 풍류봉〉[33] 설화를 들 수 있다. 〈선녀와 용마가 나온 풍류봉〉 설화에서 화자는 왜정시대까지는 정월 초이튿날부터 보름까지 풍류를 잡

---

30 〈떠 들어온 풍류산〉, 『대관』, 525쪽.

31 한미옥, 앞의 논문, 174쪽.

32 『대관』, 645쪽.

33 위의 책, 646쪽.

으며 놀았다고 한다. 이때 풍류산 주변의 마을을 위아래의 두 패로 나누고, 서로 경쟁적으로 풍물을 놀아 손님이 많은 쪽이 이긴다고 하였다. 이렇게 풍류를 잡으면 옥녀봉에서 옥녀가 나와 춤을 췄다는 것이다. 과거 풍류산 주변 마을에서는 정초에 풍물놀이가 성대히 거행되었으며, 그로 인하여 마을에 위치한 산의 이름을 풍류산으로 불렀음을 짐작할 수 있다.

> 이 산(安南山-필자 주)은 멀리서 떠내려 왔다는 전설이 있는가 하면 또 한 바다에서 떠내려왔다는 전설도 있다. …(중략)… 계양산의 한줄기가 북으로 뻗었을 뿐인데 한강이 그 주위를 둥글게 감돌아 바다로 흐른다. 계양산을 멀리서 보면 이 산이 마치 물위에 서 있는 것 같아서 떠내려 왔다는 전설이 있음직하다. 또한 강화 마니산摩尼山과 마주하고 바다 건너에 있는지라 그런 전설도 그럴듯하다. 그래서 마니산은 형兄산, 계양산은 아우弟산 이라고도 한다.[34]

〈바다에서 떠내려 온 안남산〉 설화는 주변의 지형적 특성을 활용하여 설화가 전승하게 된 이유를 합리적으로 설명하고 있다. 이처럼 합리적 사고에 기초하여 증거물의 존재를 설명하다 보면, 설화 전승집단이 이야기의 진실성을 뒷받침하기 위해 제시한 증거물은 온전히 증거물로써의 역할을 할 수 없게 된다. 위의 설화를 통해서 인지의 발달이 설화의 전승력을 약화시키는 계기가 됨을 알 수 있다.

설화 전승집단이 이야기를 구술하면서 실재했다고 믿는 것이 현실세계에서 실제로 있었던 사실 그 자체를 반영한 것은 아니다. 실제로 있었던 사실과 설화 속에 등장하는 사실은 일정한 거리를 유지하며 전승하게 된다. 이러한 괴리 현상은 설화 전승집단으로 하여금 설화의 내용에 의구심을 갖게 한다. 이를 해소하기 위한 방편으로, 설화 전승집단은 그에 따른 증거물을 제시한다.

---

34 〈바다에서 떠내려 온 안남산〉, 『부평사』, 1257쪽.

설화 전승집단이 제시하는 증거물은 실재적 사실과 설화적 사실 사이에 생긴 간극을 메워주는 구실을 하는 것이다. 설화 전승집단이 증거물을 대하는 태도에 따라서 설화는 계속 전승하기도 하고, 아니면 사람들의 뇌리에서 망각되어 전승이 멈추게 되기도 하는 것이다.

2) 복잡 구조형

복잡 구조형은 산의 움직임에 동기를 부여한 것으로, 움직이던 산이 지금의 자리에 안주하게 된 내력을 설명하는 이야기이다. 즉 '왜 산이 멈추게 되었는가?' 라는 의문에 대한 답을 설정한 형태이면서 동시에 모티브의 첨가를 통해서 이야기의 단순함에서 오는 지루함을 극복하고 있는 형태라고 할 수 있다.[35] 복잡 구조형은 권태효의 분류방식을 따르면 '나. 산이동+산멈춤'에, 한미옥의 분류방식으로는 '기본형'에 해당한다. 인천 지역의 산이동 설화 중에서 복잡구조형에 속하는 설화는 모두 7편이다. 이 글에서는 산의 움직임에 부여된 동기에 따라 이를 다시 (1) 건도建都참여 좌절형과 (2) 내침 실패형으로 나누어 설화를 분석하고자 한다.

(1) 건도建都참여 좌절형

건도참여 좌절형은 산이 서울이 되기 위해 움직이지만 궁극적으로 소기의 목적을 달성하지 못하고 현재의 위치에 좌정하게 되었다는 이야기이다. 건도참여 좌절형은 최래옥의 'ㄱ. 이동형(서울로 가기)'에 해당한다. 인천 지역의 산이동 설화 중에서 도읍이 되고자 하는 동기로 산이 움직였다고 하는 설화는 모두 6편[36]이며, 그 대상은 '마리산, 우렁산(벼락산), 진강산, 선갑도' 등이다. 설화의 편수가 적지만, 4곳을 도읍과 관련지어 설명한 것은 인천이 한 나라의 도읍지로서 전혀 손색이 없는 지역임을 암시하는 것이다.

---

35 한미옥, 앞의 논문, 174쪽.

36 〈한양가다만 선갑도〉(『옹진군지』), 〈만 리에서 들어온 마니산〉(『대계』 1-7), 〈한양 가다 돌아앉은 벼락바위〉, 〈한양으로 머리 안 숙인 벼락산〉, 〈서울 가다 멈춘 우렁산〉, 〈떠 들어온 마리산과 진강산〉(『대관』) 등이다.

옛날 먼 옛날 西海 바다에 가장 멀리 떨어져 있는 한 섬이 큰 꿈을 꾸고 서울로 가서 크게 뽐내고자 한양으로 떠들어 가다가 알아보니 仙甲島가 들어 앉으려는 자리에는 이미 木覓山(南山)이 먼저 자리를 차지하고 있어 서울로 떠들어 가려던 仙甲島는 途中에 머무르게 된 것이라 한다. 이는 허무맹랑한 傳說이다. 그러나 이 仙甲島는 그럴만한 理由를 지니고 있는 것이다. 이 섬에는 6角으로 된 水晶性柱石이 70餘가 뒹굴고 있다. 이 6角 柱石이 마치 大闕의 기둥柱과 같다. 이 數 많은 6모 돌기둥은 宮闕建築資材로 使用할 것 같이 나란히 누워있기 때문이다. 以上과 같은 理由로 그러한 傳說이 생겨났을 것이다.[37]

〈한양가다만 선갑도〉 설화에서 화자는 선갑도에 있는 수십 개의 6각으로 된 돌기둥을 증거물로 제시하면서 설화의 진실성을 뒷받침하고 있다. 선갑도는 "큰 꿈을 꾸고 서울로 가서 크게 뽐내고자" 한다. 그런데 선갑도의 원대한 꿈은 목멱산이 먼저 자리를 잡는 바람에 좌절되고 만다. 이렇게 원대한 꿈이 좌절되기는 다른 건도참여 좌절형 설화의 경우도 마찬가지이다. 〈만 리에서 들어온 마니산〉 설화에서 마니산은 "삼각산이 벌써 들어와 앉혔으니깐 가질 못하구, 그냥 거기 주저 앉"[38]으며, 〈서울 가다 멈춘 우렁산〉 설화에서는 "서울 삼각산이 먼저 들어갔다는 거야. 그래서 드러운 맘먹어 가지고 돌아앉었"[39]던 것이다. 마니산과 우렁산의 계획은 삼각산이 먼저 자리를 잡는 바람에 수포로 돌아간다. 선갑도, 마니산, 우렁산 등은 자신들이 목적했던 바를 달성할 수 없음을 깨닫고 현재의 자리에 멈춰 서게 되었다는 것이다.

선갑도, 마니산, 우렁산 등이 목표로 했던 곳을 차지한 산은 목멱산과 삼각산이다. 목멱산은 오늘날의 남산을 지칭하는 말로, 마뫼·종남산·인경산 등으로 불렀다고 한다. 남산의 다른 이름인 종남산은 조선시대에 변방의 모든

37 〈漢陽가다만 仙甲島〉,『옹진군지』, 1233쪽
38 『대계』1-7, 756쪽.
39 『대관』, 664쪽.

봉수가 서울로 올라와서 횃불 통신이 끝나는 곳이 바로 남산이었기 때문에 붙여진 것이다.[40] 그리고 삼각산은 북한산의 다른 이름으로, 일명 화산·부악산으로 일컫던 곳으로 한양의 진산에 해당한다.[41] 건도참여 좌절형 설화에서 목멱산과 삼각산은 서울을 상징하는 의미로 쓰였음을 알 수 있다.

선갑도와 마니산, 우렁산 등이 도읍을 조성하는데 중추적인 역할을 담당할 수 있었다고 생각하는 것은 과거 인천 지역이 한 국가의 도읍지였다는 자부심의 반영인 것이다. 『삼국사기』 권 23 백제본기 시조온조왕조에는 백제의 시조와 건국의 경위 등이 기술되어 있다. 백제의 시조인 온조는 고구려를 건국한 주몽의 아들이며, 북부여에서 주몽이 낳은 아들이 찾아와 태자에 봉해지자 위협을 느껴 그의 형인 비류와 열 명의 신하, 그리고 많은 백성을 이끌고 남쪽으로 내려온다. 그들은 한산에 이르러 부아악負兒嶽에 올라 살만한 곳을 찾는다. 이때 비류는 해빈海濱으로 나아가 거주하고자 한다. 비류는 십신十臣들의 만류에도 불구하고 백성을 나누어 미추홀로 가서 정착한다. 온조는 하남 위례성에 도읍을 정하고 국호를 십제十濟라 한다. 하지만 비류가 정착한 미추홀은 땅이 습하고 물이 짜서 백성이 안거할 수 없었다. 국가 경영에 실패한 비류는 참회 속에 죽고, 그의 백성은 온조의 위례성으로 돌아간다. 이때 백성들이 즐겁게 따랐으므로 국호를 십제十濟에서 백제百濟로 고쳤다. 그 세계世系는 고구려와 마찬가지로 부여夫餘에서 나왔기 때문에 부여로써 성씨姓氏를 삼았다고 한다.[42] 여기서 미추홀은 인천을 지칭한다. 『신증동국여지승람』에 인천은 "본래 고구려高句麗의 매소홀현買召忽縣이다: 또는 미추홀彌鄒忽이라 한다."[43]고 기록되어 있다.

비류가 미추홀에 세운 국가가 오래 존속하지 못하고 온조 세력에 의해 흡수되었을망정, 인천은 엄연히 한 나라의 도읍지였던 것은 자명한 사실이다.

---

40 김기빈, 『한국의 지명유래』 4(지식산업사, 1993), 27쪽.

41 『국역 신증동국여지승람』 I(민족문화문고간행회, 1988), 254쪽.

42 김부식, 『삼국사기』, 김종권 역(명문당, 1993), 381쪽.

43 『국역 신증동국여지승람』 II(민족문화문고간행회, 1988), 173쪽.

인천이 과거 한 나라의 도읍지였다는 자부심이 건도참여 좌절형 설화에 그대로 반영되어 있는 것이다. 그래서 서울을 향해 가던 산은 자신의 목적을 이룰 수 없음을 깨닫고 스스로의 의지에 따라 이동을 멈추게 되었던 것이다. 한 나라의 도읍지였다는 자부심은 떠들어오다가 멈췄다는 진강산에서도 찾아볼 수 있다.

> 그랬는데 진강산이 퍽 떠들어와서 마니산(자리)에 앉으려고 들어오다 보니깐은 벌써 마니산이 먼저 와 앉았드래요. 그래서 진강산이 자기가 앉을 자리를 못 앉은 거니까 어떻게 되겠습니까? 그래서 진강산이 돌아앉았대요.[44]

〈떠 들어온 마리산과 진강산〉 설화에서 진강산은 지금의 마니산이 위치한 곳을 목표로 떠내려온다. 하지만 마니산이 먼저 자리를 잡는 바람에 현재의 자리에서 이동을 멈추게 되었다는 것이다. 여기서 마니산이 있는 강화도에 주목할 필요가 있다. 강화도는 고려의 무신정권 때에는 몽골의 침략에 대항하기 위해 천도했던 곳이며, 병자호란 때에는 왕자 및 비빈들이 피신했던 곳이다. 강화도는 고려와 조선에서 유사시 제2의 수도로 고려되었던 지역이었던 것이다.[45] 강화도가 수도로서의 위상을 갖춘 곳임을 감안할 때, 위의 〈떠 들어온 마리산과 진강산〉 설화는 도읍과 관련된 것임을 알 수 있다. 이 설화에서의 마니산은 〈한양가다만 선갑도〉나 〈서울 가다 멈춘 우렁산〉 설화에서의 목멱산과 삼각산의 역할을 대신하는 것이다. 진강산은 자신의 목적을 달성할 수 없음을 깨닫고, 자신의 의지를 드러내기 위해 마니산을 향해 돌아앉는다.

이상에서 살펴보았듯이, 인천 지역 산이동 설화의 건도참여 좌절형에 등장하는 선갑도, 마니산, 우렁산, 진강산은 서울의 일원이 되고자 하는 확고한

---

44 〈떠 들어온 마리산과 진강산〉, 『대관』, 770쪽.
45 오강원, 앞의 논문, 67쪽.

신념하에 움직이며, 자신의 목적을 달성할 수 없음을 깨닫고 스스로의 의지로 이동을 멈추게 된다. 건도참여 좌절형 설화에서 움직이던 산과 섬이 스스로의 의지로 움직임을 멈추는 것은 과거 한 나라의 수도 역할을 담당했던 역사적 사실에 기인하는 것으로 보인다. 그래서 서울이 못된 것에 대한 아쉬움을 토로하기보다는 과거 한 나라의 수도로서의 위상을 세우는 방향으로 이야기가 전개되는 것이다.

(2) 내침 실패형

내침 실패형은 위해를 가하고자 하는 목적으로 떠내려 오던 섬이 어찌어찌하여 지금의 자리에 멈추게 되었다는 이야기이다. 이와 관련해서는 1편의 설화가 전해오고 있다.

> 永宗島 옆에는 서풀섬이라는 섬이 있습니다. 이 섬은 中國서 떠들어온 불산이라고 합니다. 이 섬이 떠들어온 것은 永宗島를 불살러 버릴라고 왔다는 것입니다. 무슨 까닭으로 永宗島를 불살르라고 했넌지 모릅니다. 그런데 이 서풀섬이 떠들어오니까 永宗島 龍水洞에 있는 큰 연못에서 용이 나와서 물을 뿜어서 서풀섬의 불을 껐답니다. …(중략)… 이 서풀섬에서는 본토백이보다 他地에서 들어온 사람들이 더 잘삽니다. 이것도 이 섬이 떠들어왔기 때문에 他地 사람을 더 잘살게 하는 것이라고 사람들은 말하고 있습니다.[46]

〈서풀섬〉 설화는 중국과 우리나라의 분쟁을 소재로 한 이야기이다. 그런데 분쟁의 원인이 명확하지 않은 채 중국에 있던 불산이 영종도를 불사르기위해 떠내려 왔다고 한다. 이것은 우리나라와 중국이 서로 교류하는데 있어서 인천이 중추적 역할을 했던 역사적 사실을 반영한 것으로 보인다. 인천이

---

46 임석재, 〈서풀섬〉, 『한국구전설화』 5(평민사, 1991), 36~37쪽.

중국과의 교류에 있어서 관문 역할을 했던 시기는 4세기 중반부터이다. 백제의 근초고왕은 371년에 고구려의 평양성을 공격하여 고국원왕을 전사시킨다. 이를 계기로 백제와 고구려는 서로 적대관계에 놓여 육로를 통해 중국과 통교할 수 없게 된다. 그래서 해로를 통해 중국과 통교하게 되는데, 이때 인천이 관문 역할을 하게 된다. 백제는 한강 하류역인 인천을 출발하여 덕물도德物島(덕적도)를 거쳐 중국 산둥반도의 등주에 이르는 등주항로를 해상교통로로 이용하였다. 이는 백제를 공격할 때 당나라의 소정방이 이용한 항로가 산둥반도의 내주萊州에서 덕물도를 거치는 항로였음에서도 알 수 있다. 이처럼 인천이 백제사신의 출항지가 된 것은 백제의 한산에서 서해로 빠지는 한강 하류 역에 위치하고 있는 지리적인 조건과 함께 인천이 전통적인 해상활동의 중심지였기 때문으로 여겨진다.[47]

〈서풀섬〉 설화에서 중국의 불산이 "영종도永宗島를 불살러 버릴라고 왔다는 것"은 중국과의 교류에 이용되었던 해상교통로에서 인천이 중요한 위치에 있었음을 드러내는 것인 동시에 일방적으로 중국에 당했던 역사적 상황을 반영한 것이다. 그런데 설화에 등장하는 중국이란 나라는 실제 현실에서의 중국처럼 강대국이 아니다. 〈이여송을 혼내준 초립동이〉[48]와 〈중국 사신을 이긴 떡보〉[49] 설화에서 이여송과 사신은 중국을 대변하는 인물이다. 이들 설화에서 조선 팔도의 산혈을 자르던 이여송은 초립동이와의 힘겨루기에서, 우리나라의 인재를 제거할 목적으로 오던 중국 사신은 떡보와의 수문답에서 여지없이 패배하고 만다.

설화 전승집단은 이러한 설화를 통해 비록 문화와 군사적인 측면에서는 중국에 비하여 열세에 놓여 있지만, 중국의 내로라하는 인물들을 손쉽게 물리칠 수 있는 인재가 많다는 점을 내세워 중국에 대한 민족적 우월의식을 드

---

47 「2. 백제의 관문, 능허대」, 『CD-ROM 인천광역시사-제2권 인천의 발자취』(인천광역시, 2002).

48 『대계』 2-7, 111~114쪽.

49 『대계』 7-8, 1098~1102쪽.

러내고 있는 것이다.[50] 이러한 중국에 대한 민족적 우월의식은 〈서풀섬〉 설화에서도 그대로 드러난다. 영종도를 불살라 버리고자 했던 중국 불산의 의도는 용수동의 연못에서 나온 용에 의해 좌절되고 만다. 불은 물을 만나면 사그라지는 것이 일반적인 이치이기에 중국의 불산은 용수동의 용이 내뿜은 물에 의해 식어버려 지금의 자리에 멈춰 서게 되었던 것이다.

한편, 〈서풀섬〉에는 중국과의 분쟁 이외에 토박이와 외지인과의 갈등이 표출되고 있다는 점에 주목할 필요가 있다. 영종도는 본래 자연도라고 불리던 곳으로, 조선시대에는 삼남의 조세선과 선박들이 집결하는 삼남수로의 요충지였다.[51] 조선 이전의 백제시대에도 운남동 토기산포지에서 대표적인 생활토기인 대옹편大甕片이 발견된 것으로 보아 영종도엔 대규모 취락지가 조성되었을 것으로 여겨지고 있다. 인천 지역에는 백제와 중국이 교류했음을 보여주는 여러 편의 설화가 전승된다. 즉, 별리別離고개, 사모지고개三呼峴, 기암妓巖 전설 등이 그것이다.[52] 중국으로 떠나는 사신을 배웅하기 위해 따라 왔던 가족들은 부평의 이별고개離別峴에서 마음 아픈 이별을 고해야 한다. 가족들이 더 이상 배웅하지 않는 것은 풍랑을 만나 불길한 일이 생길지도 모른다는 걱정에서이다. 중국으로 가는 사신은 이별고개를 지나 사모지고개에 이르러서 이별고개에 있는 가족들을 바라보고, "모두들 잘 있거라.", "그동안 잘 있거라.", "다녀올께, 잘 있거라"고 세 번 부르고 넘어갔다고 한다. 이런 연유로 이 고개를 사모지고개라고 일컫게 되었다고 한다.[53]

이상의 여러 가지 정황으로 미루어 볼 때, 인천 지역은 삼국시대 이래로 해상활동이 활발하게 전개되었던 곳임을 짐작할 수 있다. 해상교역이 활성화되면서 영종도와 서풀섬 등에는 선인들을 대상으로 물물교환이나 상거래를 하는 외지인들이 유입되었을 것이다. 이렇게 유입된 외지인들이 선인들을 대

---

50 임철호, 『설화와 민중의 역사의식』(집문당, 1989), 107쪽.

51 『인천의 지명유래』, 49쪽.

52 김상열, 「미추홀에 대하여」, 『인천역사』 1호(인천광역시 역사자료관 역사문화연구실, 2004), 51~52쪽.

53 『인천시사』 (하)(인천직할시, 1993), 747쪽.

상으로 하여 부를 축적하고, 축적된 부를 통해 본토박이들의 경제적 기반을 잠식해 갔을 것이다. 이러한 정황을 "이 섬이 떠들어왔기 때문에 타지他地사람을 더 잘살게 하는 것"으로 표현하고 있는 것이다. 위의 설화에서 불산을 용수동의 용이 잠재우는 것은 외지인의 몰락을 바라는 토박이들의 소망을 우회적으로 표현한 것으로 여겨진다. 결국 이 〈서풀섬〉 설화에서 대외적 관계의 갈등 양상은 대내적 문제 제기를 위한 방편으로 활용된 것이 아닌가 한다.

4. 인천 지역의 산이동 설화에 나타난 전승상의 특징

인천 지역에 전승하는 산이동 설화는 인천 지역의 문화와 역사, 지리적 배경 등의 제반 사항을 고려하여 형성된 것이다. 그래서 전승과정에서 인천의 지역적 특성을 드러내는 방향으로 이야기가 전개되는가 하면, 한편으로는 산이동 설화 자체가 전국적으로 광범위한 지역에 분포되어 전승하는 설화이기에 이들 설화에서 보이는 일반적인 특성도 포함하게 된다.

단순 구조형의 경우는 화자가 산의 생성에 주안점을 두고 비교적 짧게 구술한 이야기로, 신화적 속성을 내포하고 있다. 이러한 신화적 속성은 다른 지역의 산이동 설화에서도 나타난다는 점에서 일반적인 특징이라 하겠다. 단순 구조형에 속하는 10편의 설화 중에서 〈마니산 전설〉에서는 단군이 마니산을 쌓은 것으로, 〈떠내려오다 뒤집힌 상주산〉에서는 상주산이 홍수에 떠내려 오는 것으로 이야기된다. 이들을 제외한 8편의 설화에서는 산을 움직이게 하는 주체가 명확하게 드러나 있지 않다.

그런데 설화 전승집단에 의해 떠내려 왔다고 표현되는 산 중에서 강화도에 있는 '마리산, 상주산, 풍류산' 등은 오늘날에도 기우제나 동제를 비롯한 일련의 제의 대상이자 제단으로 정착되어 명산으로 인식되는 곳이다. 이들 산에는 공히 선녀·장수·용마 등이 현신하거나 거처하고 있으며 신성하다고 인식되는 물이 존재한다. 이 산들과 관련된 설화에서는 구체적인 양상이 드러나 있지 않으나, 원초적으로는 신 내지 신격이 내림하는 장소였을 것이나 후대로 오면서 신 내지 신격이 거처하는 장소로 의미가 전이되었다고 한다.[54] 이렇게 볼 때, 설화에 등장하는 산들은 신의 하강처이자 세계의 중심을 상징하는 것으로 볼 수 있다.

설화 전승집단에 의하면, 이 산들은 떠내려 왔다거나 떠 들어왔다고 표현된다. 이것은 이 산들이 물에 의해 이동하였음을 의미한다. 산의 물에 의한 이동은 〈떠내려오다 뒤집힌 상주산〉에서처럼 홍수로 상정할 수 있다. 산이동 설화에 등장하는 홍수를 거인 설화에서 소변과 같은 배설물로 새로운 지형을 형성하는 모티프가 중요하게 또 흔히 나타난다는 점에 착안하여 산이동 설화의 홍수는 단순한 홍수가 아닌 거인의 배설물에 따른 홍수로 보거나,[55] 남매혼 설화나 서양 노아의 방주 홍수와 마찬가지로 새로운 세상을 만들기 위한 즉 천지만물의 생성에 대한 이유를 해명하는 고대인적 사유에 의한 결과물이라고 한다.[56]

새로운 세상의 시작을 알리는데 홍수가 등장한다는 기존 연구자들의 논의에는 공감한다. 하지만 새로운 세상의 시작은 홍수가 아닌 산을 그 중심에 놓아야 한다. 그것은 이 산들이 신의 하강처이자 세계의 중심을 상징한다면, 이는 우주산을 의미하는 것이다. "우주산의 정상은 단지 지상에서 가장 높은 장소만이 아니라, 창조가 시작된 대지의 배꼽"[57]이기 때문이다. 설화 전승집단은 산을 움직이는 주체는 산 그 자신이며, 홍수는 산을 움직이는 매개물로 생각하는 것이다.

여기서 홍수는 산의 움직임을 합리화시키기 위한 설화적 장치로 보인다. 일상생활에서 홍수로 강이 범람하고 집채 같은 바윗덩어리가 순식간에 물에

---

54 김문태, 「강화 구비문학의 특징」, 『대관』, 795쪽.

55 권태효, 앞의 논문, 227~228쪽.

56 한미옥, 앞의 논문, 177쪽.

57 미르치아 엘리아데, 이재실 옮김, 『이미지와 상징』(까치, 2005), 50쪽.

휩쓸려서 떠내려가는 광경을 심심치 않게 목도하게 된다. 실생활에서의 설화 전승집단의 경험이 거대한 산을 떠내려 왔다고 표현하는 것은 자연스런 현상이라 하겠다.

복잡 구조형에 속하는 설화에서 산을 움직이는 주체는 산 그 자체이다. 이들 설화에 등장하는 산들은 움직이고자 하는 뚜렷한 목적을 갖고 있기에 스스로의 의지에 따라 이동한다. 이 글에서는 산의 움직이는 양상에 따라 이를 건도참여 좌절형과 내침 실패형으로 나누어 살펴보았다. 건도참여 좌절형 설화에서 산이 움직이는 이유는 서울에 도읍을 조성하는 데 있어 주도적 역할을 담당하기 위해서이다.

기존의 산이동 설화의 연구에 의하면 산이 움직이는 동기는 크게 "조물주가 금강산 또는 다른 절경을 만드는데 가기 위해, 진시황이 만리장성을 쌓는데 가기 위해, 서울의 산이 되기 위해"[58]서라고 한다. 최래옥에 의하면, 무명산들이 금강산의 일만이천봉과 만리장성에 참가하려는 것은 다름 아닌 산이 서울을 찾아가서 출세하려는 의도와 일맥상통한다는 것이다. 이러한 산의 이동을 인간의 입장에서 보면, 신분이 낮은 남자가 서울로 가서 출세하여 부와 귀, 색을 얻으려는 강한 성취동기를 갖고 행동하는 것을 의미하는 것으로 파악하였다.[59]

김의숙은 강원도의 산이동 설화를 분석하면서 금강산을 목적지로 하는 설화가 많은 것은 금강산을 최고의 명산으로 인식한 데서 비롯된 것으로, 설화 전승집단이 산들이 주위의 경관과 비교해 볼 때 상대적으로 뛰어난 경관을 갖고 있기에 이를 금강산과 결부시킨 것이라고 한다. 그리고 산들이 금강산을 지향하는 것으로 설정한 것은 신분상승이나 문화지향성이라는 점에서 저변에 깔린 민중의 심리적 욕구가 표출된 것으로 보았다.[60] 이렇게 볼 때, 금강산과 만리장성은 서울의 또 다른 표현인 것이다.

---

58 권태효, 앞의 논문, 228쪽.
59 최래옥, 앞의 논문, 495~496쪽.
60 김의숙, 앞의 논문, 424쪽.

산들이 서울을 지향하는 경우, 서울은 기존의 서울이 아닌 새로 시작되는 서울을 의미하는 것으로 파악하고, 이를 새로운 세상과 질서를 세우기 위한 태초의 창세 모습에 대응되는 것으로 보거나[61] 아니면 기존의 세상을 부정하고 새로운 세상이 도래하기를 기원하는 민중의 의식이 반영된 곳으로 보기도 한다.[62] 산이동 설화에서 산이 지향하는 서울을 최래옥과 김의숙은 현실세계에 실존하는 서울의 의미로 파악하는 데 비해 권태효와 한미옥은 현실세계가 아닌 이상세계로서의 서울을 상정하고 있음을 볼 수 있다.

기존의 산이동 설화에 의하면, 서울로 향하던 산이 멈추게 되는 원인을 여성들의 경솔한 행동 탓으로 돌리고 있다.[63] 산이동 설화에서 산을 멈추게 한 여성의 모습은 여러 가지 형태로 그려지고 있는데 서답하는 여인, 아이 업은 여인, 밥 짓는 여인, 물 길어오는 여인, 임신부 등이 그것이다. 이들 여인들이 산이 이동하는 것을 보고 '산이 걸어온다거나 움직인다.'는 말을 하였기에 지금의 자리에 멈춰 섰다고 한다. 산은 방해자로 등장한 여자의 불의의 기습으로 인해 자신의 꿈이 좌절되는 비극을 맞이하는 것이다.[64] 당시에 여인의 경솔한 행동만 아니었더라면 산은 지금의 자리보다 좋은 곳에 위치했을 것이다. 그러면 지형이 협소하거나 불리하지 않았을 것이며 큰 도시(서울, 항구)로 발전하게 되었을 것으로 여긴다.[65] 그래서 여자의 방해로 산이 제자리를 잡지 못했다는 아쉬움이 설화의 저변에 깔려 있는 것이다.

인천 지역 산이동 설화의 건도참여 좌절형에서 산들이 지향하는 서울은 현실세계에 존재하는 서울로 볼 수 있다. 이 산들은 서울의 일원으로 참여하기 위해 움직인다. 하지만 이들이 목표로 했던 자리는 먼저 들어온 목멱산과 삼각산이 차지하고, 이 소식을 접한 산들은 스스로의 의지에 따라 이동을 멈

---

61 권태효, 앞의 논문, 229쪽.

62 한미옥, 앞의 논문, 178쪽.

63 최래옥, 앞의 논문, 493쪽; 조석래, 앞의 논문, 161쪽; 권태효, 앞의 논문, 221~222쪽; 오강원, 앞의 논문, 57쪽; 한미옥, 앞의 논문, 178~181쪽 참조.

64 최래옥, 앞의 논문, 493쪽.

65 조석래, 앞의 논문, 167~168쪽 참조.

추게 된다. 그래서 인천 지역 산이동 설화의 건도참여 좌절형에는 산의 움직임을 저지하는 방해자로서의 여성이 등장하지 않는다. 이로 인해서 여성에 대한 부정적인 관념 또한 나타나지 않는다.

산이동 설화에서 산이 멈추는데 있어서 여성이 등장하지 않는 경우는 강원도의 산이동 설화에서도 찾아볼 수 있다. 〈춘천 고산孤山〉, 〈원주 유실도流失島〉, 〈영월 삼척산〉, 〈철원 외동산〉, 〈인제 도룡봉〉의 경우가 그것이다.⁶⁶ 그런데 이들 산과 관련된 설화에서는 원래 산이 위치해 있던 마을과 지금의 산이 자리 잡은 마을 사이에 이 산을 둘러싼 세금 공방이 벌어진다. 이들 설화에서는 방해꾼으로서의 여성이 등장하지 않는 대신에 산을 둘러싼 세금 공방이 설화의 주요 화소로 등장하는 것이다. 그리고 산세 다툼은 어린아이의 기지에 의해서 해결된다는 공통점을 지니고 있다.

인천의 산이동 설화에는 산의 움직임을 방해하는 여성이 등장하지 않을 뿐만 아니라 산을 둘러싼 세금 공방도 나타나지 않는다. 〈한양으로 머리 안 숙인 벼락산〉 설화에서 벼락산은 "한양으로 머리를 안 숙여서. 그 산만은 안 숙여서. 이 산은 머리를, 고개를 틀고 있으니까는. 삼각산으로 머리를 뒀어야 할 건데 삼각산으로 안 뒀기 때문에 벼락을 쳤다"⁶⁷고 해서 붙여진 이름이라고 한다. 삼각산을 향해 머리를 숙이지 않겠다고 하는 것은 비록 서울이 되고자 하는 목적은 좌절되었지만 결코 자신의 의지를 꺾을 수 없다는 강력한 의사 표시인 것이다. 이처럼 산이 멈추게 된 요인에 대한 현격한 시각차는 다른 지역의 산이동 설화와 인천 지역 산이동 설화를 구별해주는 특징이기도 하다.

이밖에 인천 지역에는 도읍과 관련해서 또 다른 형태의 설화가 전승되고 있다. 〈원통이고개圓通峴〉⁶⁸와 관련된 설화가 그것이다. 〈원통이고개圓通峴〉 설화에서 이성계가 새 도읍지를 정할 때, 무학 대사는 부평 지역이 들이 넓고 기름지며 멀리 한강까지 끼고 있으므로 나라의 도읍지가 될 만하다고 여긴

---

66 김의숙, 앞의 논문, 411~416쪽.
67 『대관』, 658쪽.
68 『인천시사』 (하), 748~749쪽.

다. 그래서 무학 대사가 골짜기를 세는데 아흔아홉 개였다고 한다. 도읍지가 되기 위해서는 골짜기가 백 개가 되어야 하는데 한 개가 모자라서 "아, 원통하도다, 원통하도다. 한 골짜기가 모자라는구나"라고 하여, 그 후로는 이 고개를 '원통이고개'라고 부르게 되었다는 전설이 전해진다.

또 다른 전설에서는 무학 대사와 이성계가 부평 땅의 골짜기를 세어보니 처음에는 100개였다고 한다. 그래서 산신께 제사를 지내고, 그 뒤에 이성계가 다시 문무백관을 거느리고 이곳으로 와서 골짜기를 세어보니 한 봉우리가 낮은 언덕으로 바뀌었다는 것이다. 그래서 이성계가 "아 원통한지고! 원통한지고! 이 봉우리가 언덕으로 바뀌었다니!"라고 하여 '원통이고개'라 불렀으며, 그래서 부평이 조선의 도읍지가 되지 못했다고 한다.

산이동 설화의 건도참여 좌절형과 달리 〈원통이고개〉 설화에는 도읍지가 되지 못한 것에 대한 아쉬움이 짙게 배어 있다. 이것은 건도참여 좌절형과 〈원통이고개〉 설화가 서울을 지향한다는 점에서는 공통되지만, 그 방법에 있어서는 차이를 보이기 때문에 나타난 현상이다. 건도참여 좌절형 설화에서는 서울이 되기 위한 적극적인 노력을 경주하지만, 〈원통이고개〉 설화에 등장하는 부평은 타인이 서울로 지정해주기를 기다리는 소극적인 자세를 취한다. 서울이 되고자 하는 대상이 품고 있는 염원의 정도가 설화 전승집단으로 하여금 설화 속에서 아쉬움을 토로하기도 하고, 강렬한 의지를 표출하게도 하는 것이다.

한편, 인천 지역의 산이동 설화에서 특이한 것이 〈서풀섬〉이다. 이 설화는 중국의 불산과 우리의 영종도 사이의 분쟁을 통해 인천이 중국과의 왕래에 있어서 중요한 역할을 하였음을 보여준다. 그리고 대외적인 갈등 상황을 통해 대내적인 문제를 풀어간다는 점에서 흥미롭다. 다분히 내부적으로 갈등의 소지가 있는 문제를, 시각을 외부로 돌림으로서 문제의 심각성을 희석시키고자 하는 의도가 엿보인다.

5. 맺는말

　지금까지 인천 지역에 전승되는 산이동 설화를 살펴보았다. 다른 지역의 산이동 설화와 마찬가지로 인천 지역 산이동 설화에서도 설화 전승집단이 관심을 기울이는 것은 산의 움직임과 함께 움직이던 산이 멈추게 된 내력에 관한 것이다. 산이동 설화 자체가 광포 설화이기에 산의 움직임과 산의 멈춤에 관심을 기울이는 것은 보편적인 현상이라 하겠다. 이와 함께 산의 움직임과 산의 멈춤을 그 지역의 사회적·문화적·지리적 특성을 반영하여 이를 합리화시키는 과정에 개별적인 특성이 드러나게 된다. 이 글에서는 인천 지역의 산이동 설화를 이야기의 구성형태에 따라 단순 구조형과 복잡 구조형으로 구분하였고, 복잡 구조형은 산을 움직이게 하는 동기에 따라 이를 다시 건도 참여 좌절형과 내침 실패형으로 세분하여 각각의 설화를 분석하였다. 논의의 대상으로 삼은 설화는 모두 17편이었다.

　단순 구조형에 속하는 설화는 정확히 어느 시기에, 어느 곳에서인지는 모르지만 떠내려 오던 산이 지금의 자리에 멈춰 서게 된 내력을 설명하는 이야기이다. 이 유형에 속하는 설화는 10편이며, 움직이는 대상은 '마리산, 상주산, 풍류산, 안남산' 등이었다. 그런데 이 산들의 움직임에는 특별히 동기가 부여되지 않는다는 공통점을 지니고 있다. 설화 전승집단이 이 산들을 떠내려 왔다고 표현한 것으로 보아 천지개벽 때 홍수와 같은 매개물을 이용하여 이동한 것으로 상정해볼 수 있다. 단순 구조형에서는 산을 움직이게 하는 주체가 명확하지 않다. 다만 강화도에 있는 '마리산, 상주산, 풍류산' 등이 오늘날에도 기우제나 동제를 비롯한 일련의 제의의 대상이자 제단으로 정착되어 명산으로 인식된다는 점에서 산은 신의 하강처이자 세계의 중심을 상징하는 것으로 볼 수 있다. 이것은 산을 움직이는 주체가 산 그 자신임을 암시하는 것이다. 설화 전승집단이 물을 매개로 하여 산이 움직인다고 하는 것은 실생활에서의 경험이 설화의 형성에 영향을 미친 것으로 여겨진다.

　산을 움직이는 주체가 산 그 자체임은 복잡 구조형에서 보다 분명하게 드러난다. 이 유형에 속하는 설화에서 산의 움직임은 뚜렷한 목적의식하에 이루어진다. 건도참여 좌절형에 속하는 '선갑도, 마니산, 벼락산(우렁산)' 등은 서울의 일원이 되고자 하는 염원을 갖고 움직인다. 하지만 먼저 자리 잡은 목멱산과 삼각산으로 인해 자신들이 서울을 조성하는 데 주도적 역할을 담당할 수 없음을 깨닫고 스스로의 의지에 따라 이동을 멈춘다. 즉, 움직이던 산이 멈추게 되는 동인이 자발적인 의지에 따른 것이라는 점에서 제3자에 의해 이동이 멈춰지는 다른 지역의 산이동 설화와는 구별된다.

제3자에 의해 산 이동이 저지되는 설화에서는 대부분 방해꾼으로 여성이 등장한다. 그래서 산이동 설화에서 여성들은 부정적인 이미지로 그려지며, 그들로 인해 좌절된 꿈에 대한 아쉬움을 토로한다. 산의 움직임을 방해하는 인물이 등장하지 않는 산이동 설화는 강원도에서 전승되는 설화 속에서도 찾아볼 수 있다. 그런데 이들 설화에서는 방해꾼으로서의 여성이 등장하지 않는 대신 떠내려 온 산을 둘러싼 마을 간의 세금 다툼이 이야기의 핵심을 이룬다. 이에 비해서 인천 지역의 산이동 설화에서는 방해꾼으로서의 여성이 등장하지 않으며, 산을 둘러싼 산세 다툼이 벌어지지 않는다. 그래서 여성으로 인해 꿈이 좌절된 것에 대한 아쉬움과 산을 둘러싼 마을 사이의 대립양상이 눈에 띄지 않는다. 오히려 서울이 되고자 하는 꿈은 좌절되었지만 자신의 의지만은 꺾일 수 없다는 강력한 의사를 표출하는 방향으로 이야기가 전개된다. 이와 같은 설정은 한 나라의 수도였다는 자부심에서 비롯된 것이 아닌가 한다.

내침 실패형은 바다를 끼고 있는 인천의 지리적 특성을 이용하여 섬의 형성을 설명한 설화이다. 〈서풀섬〉 설화는 중국과의 다툼을 통해 본토박이와 외지인의 갈등을 묘사하고 있다. 대외적인 갈등 양상을 통해 대내적인 문제를 풀어간다는 점에서 흥미롭다 하겠다.

4장

'손돌목 전설'에
나타난 역사성과 민중성

1. 여는말

손돌목은 인천 앞바다에서 마포나루까지 올라가자면 반드시 거쳐야 하는 길목으로, 김포군 대곶면 신안리에서 강화군 광성진 사이에 있는 좁은 해협을 일컫는다. 이곳은 평상시에는 세곡미를 운반하는 뱃길로 이용[1]되었으며, 전시에는 적을 방어하는 진지로 사용되었다.[2] 손돌목은 고려 이래 조선말까지 경제적 측면에서뿐만 아니라, 군사적으로도 중요한 비중을 차지하던 곳이었다.

세시풍속에 의하면, 동절기에 속하는 음력 10월 20일을 전후해서 부는 바람을 '손돌바람', 추위를 '손돌추위'라고 부르며, 손돌이 죽은 장소를 손돌목孫乭項이라고 부른다. 손돌목에는 손돌이라는 뱃사공과 연관시켜 이렇게 부르게 된 연유를 설명하는 전설이 전승되고 있다. 이 손돌목 전설은 김포와 강화지역을 중심으로 전승되는 것으로, "손돌목이라는 여울과 관련된 지명전설이며, 동시에 손돌 풍신風神 즉 손돌추위 또는 손돌바람의 배경전설"[3]이기도 하다. 손돌목에는 일제강점기까지 손돌의 사당과 묘가 있어서 매년 제사를 지냈다고 한다. 지금의 손돌묘는 1970년 신안리의 토박이인 김기송(전 김포문화원장)씨가 주축이 되어 사적 제292호로 지정된 덕포진 내의 현 위치에 복원한 것이다.

김포군은 김포의 3대 얼의 하나로 손돌공의 충성심을 선정하여 교육자료로 활용하고 있다. 손돌공 진혼제는 1983년 제2회 경기도 민속예술경연대회에 출품되었으며, 최우수상을 수상(대곶중학교 학생 500여 명 참석)하여 도지정 민속놀이로 인정받았다. 그리고 1984년에는 제25회 전국민속예술경연대

---

1 조선 시대에 들어와서는 삼남의 세조를 실은 배가 모두 손돌목을 지나서 서울에 올라오는 까닭에 바닷길의 요충이라 하여 留守官을 두어 지키게 하였다(李重煥 著, 『擇里志』, 李翼成 譯, 을유문화사, 1994, 103쪽).

2 강화연안에는 12개의 포대와 53개의 돈대가 설치되어 연안경비를 담당하였다. 손돌목에는 돈대가 설치되었으며 위로는 문수산성(文殊山城)이 아래로는 덕포진이라는 포대가, 강화도 쪽에는 광성보가 설치되어 있었다.

3 薛盛璟, 「손돌 傳說의 變異類型 硏究」, 『說話』, 민속학회 편(敎文社, 1989), 215쪽.

회에 경기도 대표로 출연한 바 있다. 1989년부터는 김포문화원이 주관하여 매년 음력 10월 20일을 택해 손돌공 진혼제를 봉행해 오고 있다.[4] 이러한 손돌목 전설이 김포군민에게 자긍심과 애향심을 심어 주는 역할을 하고 있음을 알 수 있다.

이 글은 문헌과 현장조사에 의해 채록된 손돌에 관한 자료를 통해, 손돌이 죽은 음력 10월 20일을 전후해서 부는 바람과 추위를 '손돌바람' 또는 '손돌추위'로 부르게 된 역사적인 연유를 살펴보고 그 속에 내재되어 있는 민중 의식을 고찰해보고자 한다. 필자는 손돌목 전설의 분석과 현장을 통해 이 전설이 가지는 의의를 분석한 바가 있다.[5] 이 글은 필자가 기존에 발표한 손돌목에 관한 연구논문에서 누락된 부분을 보완·수정한 것이다.

손돌목과 관련된 문헌 소재 자료와 현장 조사를 통해 채록된 자료는 다음과 같다.[6]

번호	제목	수록문헌	페이지	비고
1	孫乭項	與地圖書 江華府 古蹟條		
2	孫石項	열양세시기 10월조		
3	孫石風	동국세시기 10월조		
4	孫乭目	한국민속전설집	23~25	
5	선돌목과 벼슬 없는 양반	한국구비문학대계 1-5	460~463	
6	선돌이 이야기	한국구비문학대계 1-7	120~122	
7	선돌이 이야기	한국구비문학대계 1-7	192~193	
8	손돌목 이야기	한국구비문학대계 1-7	319~320	
9	고향에 간 선돌이	한국구비문학대계 1-7	556~558	
10	손돌목	한국구비문학대계 1-7	705~706	

4 김포군지편찬위원회, 『金浦郡誌』(김포군, 1993), 1198~1199쪽.

5 이영수, 「뱃사공 손돌공의 원혼-'손돌바람'과 '손돌추위'에 대하여-」, 『황해문화』 8, 1995년 가을호.
   이영수, 「손돌목[孫乭項] 전설의 분석과 현장」, 『比較民俗學』 13, 比較民俗學會, 1996.

6 이밖에 설성경의 '손돌 전설의 변이유형 연구'와 최운식의 『전설의 현장을 찾아서』에 손돌과 관련된 전설들이 수록되어 있다. 필자들이 현지 조사를 통해 채록한 것이나 제목이 없어 위에 나열하지 않았다.

번호	제목	수록문헌	페이지	비고
11	손돌목 전설	한국구비문학대계 1-7	877~879	
12	손돌목 이야기	한국구비문학대계 6-12	178~179	
13	손돌목	기전문화연구 15집	149~150	
14	손돌풍(孫乭風)	세시풍속	119	강화문화원, 1990년 발행
15	손돌공(孫乭公)	金浦郡誌	1,201~1,202	
16	손돌목(孫石項)의 전설	江華史	830	
17	선돌이 전설	김포시의 역사와 문화유적	163~164	

2. 손돌목 전설과 역사적 사실

먼저 문헌에 수록된 손돌목 관련 기사를 살펴보면 다음과 같다.

② 강화도로 가는 바다 가운데 암초가 있는데, 그곳을 손돌목孫石項이라 한다. 그리고 방언에, 산수가 험하고 막힌 곳을 목이라 한다. 일찍이 뱃사공 손돌孫石이란 자가 있었는데 10월 20일 이곳에서 억울하게 죽었으므로 그곳에서 이런 이름이 생긴 것이다. 지금도 이 날이 되면 바람이 세게 불고 추위가 매우 극렬하므로 뱃사공들은 경계를 하고, 집에 있는 사람도 털옷을 준비한다.[7]

③ 20일에는 매년 큰 바람이 불고 추운데 그것을 손돌바람孫石風이라 한다. 고려의 왕이 해로로 강화도에 들어갈 때 뱃사공 손돌孫石이 배를 한 험한 곳으로 몰고 들어갔다. 고려왕은 의심이 나 노하여 그를 죽이게 했다. 그리하여 이윽고 위험을 벗어났다. 그러므로 지금도 그곳을 손돌목孫石項

---

7 江華海中 有險礁曰孫石項 方言謂山水險隘處謂項 嘗有梢工孫石者 以十月二十日冤死于此 遂以名 至
   今値是日 多風寒栗烈 舟人戒嚴居者亦謹備衣裘(金邁淳,「洌陽歲時記」, 李錫浩 옮김,『朝鮮歲時記』,
   東文選, 1991, 171쪽).

이라 한다. 손돌이 해를 입었으므로 이 날은 그의 노한 기운이 그렇게 하는 것이라 한다.[8]

②는 『열양세시기』, ③은 『동국세시기』의 10월 조 기록이다. 이 자료들은 10월 20일에 큰 바람이 부는 연유를 손돌의 억울한 죽음과 연관시켜 간략하게 기술하고 있다. 이에 비해 『여지도서』의 기록은 위의 자료들과는 달리 양적인 면에 있어서 풍부할 뿐만 아니라, 전개 과정이 구전 전설과 비슷하다.

① 광성진에 위치한 손돌항은 암초가 많아 뱃길이 매우 험난하다. 월변 통진 근처의 강기슭에 언덕이 있고 그 위에 손돌총이 있다. 그곳을 지나가는 사람은 반드시 제祭를 올리고 무사히 건널 것을 기원했다. 구설舊說에 고려 공민왕이 몽골병에 쫓기어 바다로 나아가 섬으로 피신하고자 배를 타고 나아갈 때 손돌이 고사篙師가 되어 배를 몰아 갑곶진에서 광성에 다다르자, 바닷물이 선회하여 왼쪽도 오른쪽도 막히고 앞으로 나아갈수록 더욱 더 길이 가리워져 앞길이 없는 것과 같았다. 왕이 크게 노하여 이는 손돌이 나를 속여 험지로 유인한 것이라고 생각해 참수할 것을 명하였다. 뱃사람들이 그의 시체를 강변에 묻고 그 땅을 손돌항이라 이름 붙였으며 무덤의 형태는 지금도 완연하다. 바닷가 사람들은 매년 10월 20일에 풍랑이 있음을 미리 알았는데, 이는 모든 사람들이 이 날(10월 20일)을 손돌이 형을 받은(죽음을 당한) 날이라 여겨서 말한 것이다.[9]

8 二十日每年有大風寒謂之孫石風 蓋麗王由海路入江華 舡人孫石進舟入一險口 麗王疑怒命斬之 未幾脫險 至今稱其處曰孫石項 孫石之被害卽是日而怨氣使然也(洪錫謨, 「東國歲時記」, 위의 책, 115쪽).

9 孫乭項在廣城津上 石嶼多露 舡路極險 越邊通津境 臨水有崗 上有孫乭塚 過者 必澆祭以求利涉焉 舊說高麗恭愍王 爲蒙兵所迫 出避海島 行舡之時 孫乭爲篙師運舡 自甲津至廣城 海水迴回 左遮右隔 愈往愈翳 若無前路 王大怒 以爲孫乭瞞我引入險地 命斬之 舡人埋其屍於江邊 名其地曰孫乭項 墳形至今宛然 海邊人 每於十月二十日 預知有風浪 蓋以其日爲孫乭受刑之日云(국사편찬위원회 편, 「輿地圖書」上, 탐구당, 1973, 14쪽).

①은 『여지도서』 강화부 고적조에 실려 있는 손돌목에 관한 기록이다. 이 기록에 의하면 손돌은 고려 공민왕이 몽골의 침입으로 인해 강화도로 천도할 때, 왕을 모신 뱃사공이었다. 손돌이 공민왕을 모시고 갑곶진에서 광성에 이르렀을 때, 바닷물이 소용돌이치고 앞으로 나아갈수록 길이 없는 것처럼 보이자, 왕은 손돌이 자기를 속여 험지로 끌고 가는 것으로 생각하고 그를 참수했다는 것이다. 동료 뱃사공들이 그의 시체를 강변에 매장하고 이곳을 손돌목이라 부르게 되었다는 것이다. 그리고 매년 손돌이 참수당한 날인 10월 20일에는 풍랑이 일어나는데, 뱃사람들은 억울하게 죽은 손돌의 혼이 일으키는 것으로 생각했다는 것이다. 이러한 내용이 구전 전설에는 더욱 극적이게 묘사되어 있다.

⑬ 해마다 음력 10월 20일이 되면 심한 바람과 추위가 닥쳐오니 이 추위를 "손돌추위"라고 전해 온다.

고려 23대 고종이 몽고병의 침공으로 인하여 송도에서 강화도로 파천하게 되어 배를 몰아 가는데 강화도의 광진성을 거쳐 현 초지포로 향할 무렵 해협이 협소하고 급류가 선회하여 앞길이 막히자 왕이 대노하여 배사공인 손돌에게 주의를 환기시켰던바 손돌은 아뢰기를 '이곳은 바다의 자연암초가 선회하여 앞목이 막힌 뱃길이오니 절대로 염려를 마시옵소서'하고 진언하였으나 왕은 국난 중 파천하는 때라 초조한 심정에서 손돌이 무슨 흉계를 품은 것이라 착각하고 대신에게 크게 명하여 손돌의 목을 베이라 명함에 손돌은 '배길 앞에 바가지를 띄우고 그 바가지가 떠나가는 대로 따라가면 자연 뱃길이 트일 것이옵니다'라는 마지막 한마디 충언을 남기고 형을 받았다 하며 왕은 그 바가지를 따라 진로를 택하여 무사히 난을 피하였다 한다.

고종은 그 험한 뱃길을 피한 후에야 충성스런 손돌을 참수한 잘못을 후회하시고 정절을 지켜 슬프게 돌아간 손돌의 혼을 위로하기 위하여 나라에서 현 대곶면 신안리 덕포 하류現大串面新雁里德浦下流 손돌목상봉孫乭

項上峰에 묘지를 만들고 사당을 건립하여 제사를 지냈다 한다. 그로부터 이 좁은 물길을 손돌목孫乭項이라 부르게 되었고 그 기일忌日이 되면 매년 강풍과 혹한이 닥쳐오니 이는 필시 원통한 죽음을 당한 손돌의 넋이 바람을 일으킨다 하여 '손돌의 추위'라고 전하여 오고 있다.

⑬은 몽골의 침입에 의해 강화도로 피신하는 왕이 고려 공민왕이 아닌 23대 고종으로 되어 있으며, 구전되는 특성상 험지를 벗어나는 부분이 허구 내지 과장되게 묘사되어 있다. 손돌은 왕이 자신을 참수시키려 하자 "뱃길 앞에 바가지를 띄우고 그 바가지"를 따라갈 것을 간언한다. 이 바가지를 따라가자 길이 열려 위험에서 벗어날 수 있었다는 것이다. 이에 왕은 자신의 행동이 잘못되었음을 후회하고 손돌의 넋을 위로하기 위해 사당을 건립하고 제사를 지냈다는 내용이 첨가되어 있다. 바가지를 이용하여 험지에서 벗어난다는 모티프는, 현실적으로 실현 가능한 사건이라기보다는 초자연적인 현상을 합리적으로 설명하려는 민중적 사고의 반영으로 보아야 한다.

현장 답사를 통해 확인한 바에 의하면, 손돌의 묘는 잘 단장되어 있으며 묘 옆에 세워진 묘비 전면에는 「주사손돌공지묘舟師孫乭公之墓」라고, 뒤에는 ⑬의 내용이 새겨져 있었다. 김기송씨에 의하면, 손돌공묘가 복원된 이후로는 한 해도 거르지 않고 매년 음력 10월 20일 정오에 '손돌공 진혼제'를 봉행한다고 하였다. 그런데 복원된 손돌의 묘 어디에도 이것이 손돌묘임을 입증할 만한 구체적인 기록은 남아 있지 않다. 그렇다면 전설에서처럼 손돌이라는 뱃사공이 강화천도길에 오른 고종을 모셨을까.

『고려사』(권 23) 고종 19년 7월 초에 "을유일에 왕이 개경을 출발하여 승천부에서 쉬고 병술일에 강화 객관에 들었다"[10]고 한다. 강화도로 천도할 당시에 고종 일행은 일상적으로 사용되던 해로를 이용했을 것이다. 당시 개경에서 강화도를 이어주는 나루는 승천포진昇天浦津이었다. 『대동지지』 개경 진

---

10 '乙酉王發開京 次于昇天府 丙戌入御江華客館'(古典硏究室 編纂, 『北譯 高麗史』 第二冊, 신서원, 1992, 549쪽).

도조津渡條에 '승천포진 남사십리 통강화昇天浦津 南四十里 通江華'란 기록과 동서同書 강화 진도조에 '승천포진 북십오리 통개경대로昇天浦津 北十五里 通開京大路'란 기록으로 보아 개경과 강화도에 있는 포구가 모두 승천포라고 불리었음을 알 수 있다. 고종이 승천부에 행차하여 강화도로 천도할 때, 개경 남쪽 40리 거리에 있던 승천포진에서 출발하여 강화도의 승천포로 상륙했을 것이다. 개경 쪽의 승천포진을 출발한 고종이 일상적인 해로를 우회하여 갑곶진으로 상륙하였을리 만무하며, 더욱이 갑곶진에서 남쪽으로 35리나 남하하여 손돌목에 이르렀을 것으로는 보이지 않는다.[11] 전설에서처럼 고종을 모시고 천도하는 상황에서 편안한 뱃길을 놓아두고 일부러 물길이 험한 곳을 택하여 우회했을 것으로는 생각되지 않는다. 더욱이 고종은 7월에 피난길에 올랐으므로 손돌바람과 손돌추위가 온다는 10월과는 시기적으로도 많은 차이를 보인다.

손돌목은 안흥의 관장항冠丈項과 더불어 삼남 조선漕船들의 조로漕路 가운데 2대 험로였다고 한다. 대명↔초지간이 1,180m, 덕포↔덕진간이 770m이던 폭이 손돌목에 이르면 570m로 좁아지며 수심은 5m 안팎에 불과하지만 3노트의 강한 조류가 소용돌이 쳐서, 크고 작은 해난사고가 많이 일어났다고 한다.[12] 김기송씨도 손돌목 주변은 물살이 빨라서 배들이 전복되는 사고가 종종 일어나며, 손돌목 가운데 바위가 있어 전설에서처럼 갑곶진에서 오다 보면 마치 앞이 막힌 것처럼 보인다고 하였다.

손돌목에 관한 명칭 유래는 손돌 전설 이외에 손광유孫光裕와 손도항巽渡項 설이 있다. 『대동지지』 강화 산수조에 "손량항 남삼십오리孫梁項 南三十五里 …(중략)… 우왕삼년왜란 만호손광유중류시사 인호손량항禑王三年倭亂 萬戶孫光裕中流矢死 因呼孫梁項"이라 하여 손량(돌)항이 고려의 우왕 3년에 만호인 손광유가 외적과 싸우다가 죽었는데 이로 인하여 이 지역을 손량항이라고 불렀

---

11 朴廣成, 「孫乭項에 대하여」, 『기전문화연구』 9, 인천교대 기전문화연구소, 1978, 10쪽. 『신증동국여지승람』에도 강화도에서 개경으로 통하는 곳은 승천포진으로 되어 있다(『국역 신증동국여지승람』, II, 민족문화문고간행회, 1988, 380쪽).

12 『김포군지』, 1198쪽.

다는 것이다. 그리고 『여지도서』 강화부 산수조에 손돌항의 유래에 대하여, "본군천맥 개출어경내지산 이산맥혹운자유도전양 수중잠월 위월곶후봉 혹운자손돌항월래 이어본부손방 고일칭손도항 지가지설 유미가지야本郡川脈 皆出於境內之山 而山脈惑云自留島前洋 水中潛越 爲月串後峰 惑云自孫乭項越來 而於 本府巽方 故一稱孫渡項 地家之說 有未可知也"라 하여 강화도의 산맥이 혹은 유도 전양으로부터 수중으로 잠월하여 월곶 후봉이 되었다고도 하고, 혹은 손돌 항으로 월래 하였다고도 하는데, 손돌항이 강화부의 손방이 되므로 일명 손 돌항이라고 부른다는 것이다. 그러나 이것은 지가地家의 설로서 알 길이 없다 고 하였다.[13] 손돌목의 유래에 대해서는 이상의 세 가지 설이 있으나, 현지 조 사와 문헌 및 구전 전설에 의하면, 손돌목은 손돌이라는 주사舟師와 관련되 어 있음을 알 수 있다.

3. 손돌목 전설의 구조 분석

설성경은 손돌 전설은 다른 전설과는 달리, 풍신신앙과 결부되어 있으므 로 풍신신앙의 생성과 소멸에 따른 전설이 공존하고 있다면서, 이를 손돌 풍 신의 신력에 대한 존재 이유를 서술하는 생성계生成系의 전설과 그의 신력神 力이 소멸되는 이유를 서술한 소멸계消滅系의 전설로 이대별하였다.[14] 그러나 설성경의 논의가 손돌목 전설의 풍신적인 성격을 규명하는 데까지는 이르지 못한 것으로 보인다.

손돌목 전설에서 풍신적인 성격이 존재한다는 것을 부정할 수는 없다. 그 러나 앞에서 제시한 문헌과 구전 자료를 종합해 볼 때, 손돌목 전설은 지형 적인 특성에 역사적인 사건을 결부시켜 손돌목이라는 지명이 생기게 된 유래 를 설명하는 것으로 보아야 한다. 이것은 안면도가 섬이 된 까닭을 설명하는

---

13 박광성, 앞의 논문, 13~14쪽.
14 薛盛璟, 앞의 논문, 246쪽.

〈판목전설〉에서도 찾아볼 수 있다. 충남 서해안에 위치한 안면도는 조선 인조 때 영의정 김유가 세곡선 항해의 불편을 덜기 위해 인위적으로 잘라 섬이 되었다. 그런데 전설의 수용자들은 이러한 판목의 절단 사실을 외면한 채 풍수사상·이민족에 대한 저항의식과 민족자존의식을 바탕으로 하여 재구성하면서 이곳에서 큰 인물이 나지 않는 것을 자신들의 가치관과 기대에 따라 자신들의 합리성으로 해석하여 형상화하고 있다.[15] 이것은 전설이 역사적·사회적·문화적인 제 현상들을 수용하더라도, 민중들이 자신들의 입장에 맞게 변용하며 전승시킨다는 것이다.

앞에서 살펴본 '손돌목 전설'은 다음과 같이 정리할 수 있다.

1) 고려 때 손돌이 고사로서 몽골병에 쫓기어 강화도로 피신하는 공민왕(또는 고종)을
   모셨다.
2) 손돌이 자신을 함정에 빠뜨리는 것으로 생각한 왕의 명에 의해 참수되었다.
3) 손돌이 준 바가지를 이용해서 위험에서 벗어났다.
4) 죽은 손돌의 혼을 위로하기 위해서 손돌의 묘를 만들고 제사를 드렸다.
5) 이 좁은 물길을 손돌목이라고 부르게 되었다.
6) 음력 10월 20일에 부는 바람을 '손돌풍', 추위를 '손돌추위'라고 하였다.

이러한 줄거리를 바탕으로 '손돌목 전설'은 1)을 "변란", 2)를 "왕의 오해", 3)을 "고난극복", 4)를 "원혼해소", 5)를 "지명유래", 6)을 "부연설명"의 단락으로 구분할 수 있다. 손돌목 전설이 모두 이러한 전개 과정을 거치는 것은 아니다. 그것은 문헌과 구전, 구전 자료간의 지역적인 차이 등으로 인해 각각의 자료들은 변이과정을 거치기 때문이다. 본항에서는 이를 토대로 '손돌목 전설'의 구조 분석을 통해 전설 속에 수용되어 있는 민중의식을 고찰하고자 한다.

---

15 崔雲植, 『韓國說話研究』(집문당, 1994), 88~89쪽.

1) 변란

① 舊說高麗恭愍王 爲蒙兵所迫 出避海島 行舡之時 孫乭爲篙師運舡

⑤ 대원군이 아니라 선조대왕, 인저 대왕이야. 선조대왕 적이지. 그 인제 서울서 인제 급작하니까 배를 타구 인천 바다루 나왔단 말야.

⑨ 선돌이래는 사람이 인제, 뱃사공인데 어찌 피란처루다 인제, 임금님이 한강에서 배를 타구서 인제 내려오는데

⑪ 거 어느 때, 아마이 그이 병인양요 될 거야.

⑫ 그런디 충청남도 아룡이라는 데가 관장곡이라서 정기를 타고난 장군이 거그서 싸우다가 패전을 당했어요.

⑬ 고려 23대 고종이 몽고병의 침공으로 인하여 송도에서 강화도로 파천하게 되어

손돌목 전설 중에서 ①·⑪·⑬은 외적의 침략으로, ⑫는 전투에서 패전했기 때문에 강화도로 피난할 수밖에 없는 상황이 전개되며, 그 밖의 자료에서는 강화도로 파천하는 이유가 불분명하다. 이것은 손돌이라는 인물에 주목한 결과로 보여진다. 따라서 파천하는 대상이 구체적인 인명성을 획득하지 못한 채 임금이나 왕, "정기를 타고난 장군"(⑫) 등으로 구술된다. 전설상에서 이름이 구체적으로 거론된 경우는 고려 공민왕(①)·조선 선조(⑤)·고려 고종(⑬)이다. ⑤의 화자는 결말에 "인조, 인조대왕 때 맞아"라고 하여 파천한 왕의 이름을 혼동하고 있다. 위에서 거론된 고려의 고종·공민왕과 조선의 선조·인조 등은 모두 외적의 침략 때문에 파천을 단행한 임금이라는 공통점을 가진다.

①에서 공민왕 때 우리 나라를 침략한 것은 몽골이 아니라 원나라에 쫓긴 홍건적이다. 홍건적은 공민왕 8년(1359)과 10년(1361)에 걸쳐 2차례 침입하는데, 공민왕이 파천을 단행한 것은 홍건적의 2차 침입 때이다. 『고려사절요』(권 39) 공민왕 10년 11월·12월 조에 의하면, 공민왕은 공주와 더불어 태후를 모시고 11월 19일에 임진강을 건너 24일에 이천현에 도달하였는데, 이날 홍건적이 개경을 함락시켰다. 공민왕은 다시 음죽陰竹·충주를 거쳐 12월 15일에 복주福州(안동)에 도착하며 홍건적의 침입이 평정되자 12년 2월에 환도하였다.[16] 공민왕은 육로를 이용하여 피난길에 올랐을 뿐이다. 손돌바람과 손돌추위가 온다는 시기만을 고려할 때, 고종보다는 공민왕이 연관되었을 가능성이 크다. 그러나 역사적인 사실에 입각해서 볼 때 공민왕과 손돌을 연관시킬 수 있는 근거는 아무것도 없다. 이것은 시대를 달리하는 조선의 선조나 인조의 경우도 마찬가지이다.

선조는 1592년 4월에 15만의 왜군이 부산에 상륙해 파죽지세로 서울을 향해 밀고 올라오자 의주를 향하여 피난길에 올랐으며, 인조는 1636년 12월에 청 태종이 대군을 친히 거느리고 조선을 침략하자 왕자를 비롯한 왕족·양반들은 강화도로 피난시키고 인조와 관료들은 길이 막혀 남한산성에 머물게 된다. 그러나 강화도가 함락되고 왕족이 청군의 포로가 되자, 인조는 45일 만에 남한산성에서 나와 청군에 항복하고 만다.[17] 선조나 인조 또한 고려 공민왕과 마찬가지로 육로를 통해 파천하였으므로, 뱃사공인 손돌을 상면할 기회는 없었을 것이다.

한편, 최상수는 「손돌목 전설」에서 "몽고군의 침입으로 강화도로 들어간 왕은 고려의 고종이며, 또 손돌이란 자의 존재와 그 죽음에 대한 한 사건에 대하여서는 가능한 일이므로 구태여 이에 대하여 왈가왈부할 필요"[18]없다고 하여 '손돌목 전설'이 고려 고종 때 생겼음을 말하고 있다.

16 朴廣成, 앞의 논문, 8~9쪽.

17 韓㳓劤, 『韓國通史』(을유문화사, 1978), 297~303쪽.

18 崔常壽, 『韓國民族傳說의 硏究』(成文閣, 1988), 109쪽.

⑰ 선돌이 뱃사공이야. 선돌이 근데, 일본시대에 인제 왕을 실고서 배를 타고 가는 데, 거기 강이 별나대.

⑰은 손돌목 자료 중에서 시대적 배경이 가장 뒤처지는 '일본시대'로 되어 있다. 이것은 화자가 경험적으로 잘 알고 있는 시대와 손돌이라는 인물을 연관시켰기 때문이다. 그래서 시대적으로 상관이 없는 일제강점기가 등장하는 것이다. 따라서 '손돌목 전설'의 생성 시기를 굳이 고려의 어느 왕 때로 못 박을 필요는 없다고 본다.

전설 속에 나오는 연대를 역사적 사건과 관련지어 생각할 수도 있으나, 그것은 특정한 시대 자체를 뜻하는 것이라기보다는 전설이 생성될 수 있는 시대적 상황으로 이해하는 것이 좋을 듯하다.[19] 전설은 특정지역에 존재하는 일정한 증거물을 대상으로 하여 전승되는 것으로 '지역성과 역사성'을 띠고 있다. 전설이 신화나 민담과 달리 역사성을 띤다고 해서 역사적 사실을 기술하는 것은 아니다. 여기서 역사성이라고 할 때, 역사상의 인물이나 역사적인 사건에 관한 이야기 또는 민중이 현실로 있었다고 생각되는 바가 정확하게 묘사된 것을 말하는 것은 아니다.[20] 전설 속의 역사적 사실이 실제로 일어났던 역사적 사실과 일치하지 않을 수도 있다는 것이다. ⑰은 전설이 역사와 관련되었다고 하더라도 전승되는 동안에 민중들에 의해 이야기가 첨삭되면서 역사적 사건과 인물이 변화를 겪게 되는 과정을 여실히 보여주는 자료라 하겠다.

2) 왕의 오해

피난길에 오른 왕은 "강화도의 광성진을 거쳐 현 초지포로 향할 무렵 해협이 협소하고 급류가 선회하여 앞길이 막히자 왕이 대노하여 뱃사공인 손돌에게 주의를 환기시켰던 바 손돌은 아뢰기를 '이곳은 바다의 자연암초가 선회하여 앞목이 막힌 뱃길이오니 절대로 염려를 마시옵소서'하고 진언하였으

---

19 이영수, 「'아기장수 전설'의 일고찰」, 『仁荷語文硏究』 創刊號(仁荷語文硏究會, 1994), 240쪽.
20 블라디미르 프로프, 박전열 역, 『구전문학과 현실』(교문사, 1990), 152쪽.

나 왕은 국난 중 파천하는 때이라 초조한 심정에서 손돌이 무슨 흉계를 품은 것이라 착각하고 대신에게 크게 명하여 손돌의 목을 베이라 명"⑬하여 참수 시킨다. 손돌을 참수했다는 설정은 ②를 제외한 모든 자료에 나타난다.

> ⑤ "죽이지 말라."
> 구, 손질하구 소릴하구 오는 걸 갖다,
> "어서 죽여라."
> 소리래는 줄 알구 그냥 팍 쳐버렸단 말야, 그냥

⑤는 1) 변란단락에서 파천하는 대상을 선조 또는 인조라고 하는 등 혼동을 일으킨 화자가 "왕의 오해"단락에서도 손돌의 말을 확인하러 갔던 사람들과 의사소통에 문제가 생겨 손돌을 참수하였다고 하여 다른 자료들과 다르게 구술하고 있다. 이것은 전설의 전개과정에도 영향을 끼쳐서 화자는 손돌이 죽고 난 다음에 풍랑이 일어나 배가 파손되며 인조는 최씨 성을 가진 어부에 의해 구조된다고 구술한다. 손돌목 전설 중에서 ⑤의 경우에 변이 현상이 가장 심하게 일어난다.

> 한강은 통진通津의 서남쪽에서 굽어져 갑곶甲串 나루가 되고, 또 남쪽으로 마니산 뒤로 움푹 꺼진 곳으로 흐른다. 돌맥이 물 속에 가로 뻗쳐서 문턱 같고, 복판이 조금 오목하게 되었는데 여기가 손돌목孫石項이고 그 남쪽은 서해 큰 바다이다. 삼남 지방에서 거둔 세조稅租를 실은 배가 손돌목 밖에 와서는 만조되기를 기다려서 목을 지나는데, 조금이라도 미처 주선하지 못하면 문득 돌맥에 걸려서 파선하게 된다.[21]

이 기록은 삼남 지방에서 서울로 올라오는 과정을 기술한 것이다. 김기송

---

21 李重煥, 앞의 책, 102쪽.

씨에 의하면, 위의 기록과 같이 손돌목 가운데에 바위가 있는데 이 바위로 해서 북쪽에서 배를 타고 내려오다가 보면 마치 바다가 막힌 것처럼 보인다고 하였다. 물론 절박한 상황하에서 손돌목과 같은 험로에 봉착하게 되면 순간 적으로 바다가 막힌 것처럼 보여 의구심을 갖는 것은 당연하다. 그러나 일반 인도 아닌 피난길에 오른 왕을 위해 배를 몰았다면 손돌은 그 지역의 물길을 잘 아는 뱃사공이었을 것이다. 그럼에도 불구하고 손돌을 의심하여 참수한다.

전설에 등장하는 왕은 목숨을 걸고 외적에 대항하는 것이 아니라 자신의 목숨을 유지하기 위해서 백성을 버리고 도망치는 나약한 존재이다. 민중은 손돌목 전설에서 바로 이런 점을 부각시키고 있는 것이다. 민중은 손돌의 참 수를 통해 임금의 근시안적 안목과 민중들을 저버리고 자신들의 목숨을 부 지하기에 급급한 위정자들을 비판하고 있는 것이다.

임금을 위시한 위정자들은 외부의 적들이 침입할 때마다 이들과 맞서 싸 우는 것이 아니라 살길을 찾아 도망치는 존재며, 외부의 적을 물리치는 항전 의 주체는 민중이라는 인식이 은연 중에 내포되어 있다. 즉 위정자에 대한 비 판 의식이 손돌의 참수를 통해 드러나는 것이다.

3) 고난극복

구전 자료에는 문헌 자료에 없는 '고난극복' 단락이 설정되어 있다. 이 '고 난극복' 단락은 문맥 그대로 받아들이기 어려운 것으로 초자연적 경이로 보 아야 한다.

⑪ 인제 목을 칠 텐데. 그 손돌이라는 사람이,

"그저 이리 가시면 골실이 있는데, 애예 염려마시고 이리 가시요. 그리 면 내 바가지 하나를 띠워 놓갔으니."

설상, 또 임금의 명령이라면 뭐 잘 했든지 못 했든지, 그건 뭐 참하는 거니까. 다시 거두지 않으니까. 그래, 이 박아치 하나 올라가는 데로 올라 가시라구. 그제 이 바가지를 쫓어서 물을 올라오니깐, 아야 골목뎅이가 요렇게 됐거등.

그때, 임금께서 탄복을 혀.

"아하, 이거 내가 잘못했구나, 어허- 애매한 사람을 죽였구나."

구전 전설 중에서 ④·⑤·⑨·⑫·⑭·⑯의 6편을 제외한 자료에 위와 같이 '바가지'를 이용해 위험에서 벗어나는 모티프가 들어 있다. 바가지가 등장하지 않는 자료에서는 '고난극복' 단락이 생략된 채 "해마다 이 날이 되면 큰 바람이 일어나서 바다에는 배가 뜰 수 없다"는 '부연설명' 단락이나, "갑자기 큰 바람이 일어나 도저히 뱃길을 노저어 갈 수 없"어 "싣고 가던 왕의 말 머리를 베어 억울하게 죽은 손돌의 영을 위로하는 제사를 지내고서"야(⑭) 그곳을 무사히 벗어났다는 '원혼해소' 단락으로 넘어간다.

⑫는 앞에서도 살펴보았듯이 등장인물이 다른 전설과 다를 뿐만 아니라, "손돌목 바위를 넘어닥친게 폭포수 밑으로 배가 자꾸 들어"간다고 하여 바가지가 등장할 수 없는 상황으로 보인다. 그리고 아이 화장이 등장하여 "'보시요. 안 갈라지요.' 대차 석벽이 갈라져갖고 보로 한강물 떨어진 거가 갑고지를 떡 가서 본께, 그래서"라고 구술하여 험로에 관한 설명과 이를 빠져 나오는 과정이 다른 자료들과 다르게 되어 있다.

　　왕의 신하들이 손돌의 목을 베자, 곧 적이 뒤따라오며 왕이 탄 배를 공격하므로 왕은 손돌의 유언을 생각하고 붉은 바가지를 물에 띄웠다. 그러자 뒤따르던 적들은 번쩍이는 붉은 바가지를 보자 큰 보물이 들어있는 것으로 생각하고 열어 보았다. 그런데 그 속에서는 많은 벌떼가 쏟아져 나와 뱃속은 일시에 대혼란을 당하게 되었다. 이렇게 되니 적들의 분노는 격증하고 왕은 또다시 적의 추격을 당하게 되었다. 얼마 후에 적의 배가 왕에게 접근하자 왕은 이번에는 푸른 바가지를 띄우게 하였다.

　　이번에는 푸른 바가지가 떠내려오자 적들도 속지 않으려고 그 바가지에다 불을 질렀다. 그러자 갑자기 폭음을 내면서 터지고, 적의 배는 침몰

되고 말았다. 그 이유는 푸른 바가지 속에 화약이 들어 있었기 때문이다.[22]

바가지가 등장하는 경우, 손돌이 준 바가지를 이용하여 험로를 벗어나는 것이 일반적인데, 이 전설에서는 바가지가 적을 무찌르는 도구로 설정되어 있다. 설성경은 위의 화약투입형火藥投入型은 적과의 접전을 통한 위기의식을 핵심으로 하여 손돌의 충성을 강조한 것으로, 바가지를 이용하여 손돌목의 험로를 벗어나는 추적형追跡型은 투입형投入型보다 위기의식은 적으나 손돌 목이란 지역적 특성을 가장 핵심적 사실로 형상화한 것이라고 하였다.[23] 많은 자료들이 바가지를 이용하여 험로를 벗어나는 것으로 보아 '바가지 추적형'이 손돌목 전설의 일반적인 형태로 보인다.

위의 화약투입형은 바가지 추적형과는 달리 상황이 긴박하게 전개되는 것으로 설정한 것이 특징이다. 화자는 "초지를 조금 지나가니 그곳의 지형이 산으로 막혀 길이 없는 것처럼" 보여 왕이 손돌을 참수했다고 구술한다. 그 러면서 적의 추적으로 위급한 상황에 이르자, 왕은 손돌이 준 바가지를 물에 띄워 적을 물리쳤다는 것이다. 이러한 상황설정은 물때를 기준으로 볼 때 구 조적 모순을 지닌다. 손돌목이 막힌 것처럼 보이는 경우는 간조 때이며, 바가 지가 적을 향해 흘러갔다면 이는 만조 때일 것이다. 이것은 화자가 손돌목의 상황을 잘 모르는 경우거나 아니면 왕이 험로를 벗어나는 상황을 극적으로 표현하기 위해서 꾸며낸 이야기일 것이다. 이 전설의 경우는 흥미성을 강조한 후자일 가능성이 크다.[24]

바가지로 인해서 험로를 벗어났다는 것은, 물살이 빠른 손돌목이라는 지 형을 생각했을 때는 '초자연적인 경이'현상으로 받아들일 수 있다. 이러한 초 자연적인 경이현상에 동원된 바가지는 우리나라 가정에 있어서 필수품일 뿐

---

22 설성경, 앞의 논문, 248쪽.

23 위의 논문, 250쪽.

24 설성경은 "투입형은 역사적 사실로서의 손돌 사건보다는 허구적 과장이 삽입된 것으로 보아야 한다"고 하 였다(위의 논문, 250쪽).

만 아니라, 시조의 탄생담과 주술적인 대상이 되는 것으로 실용성의 한계를 지나 민족신앙으로까지 발전한 물건이다.[25] 민중의 손에 의해 쓰여진 전설의 경우, 역사적 사실을 사실 그대로 전승하는 것이 아니라 전승자들의 구미에 맞게 이야기에 흥미성을 가미하면서 자기 식대로 해명하고 있음을 볼 수 있다.

4) 원혼해소

손돌은 상황을 올바로 파악하지 못한 위정자에 의해 억울한 죽음을 당한다. 억울한 죽음을 당한 손돌의 혼은 원한을 품게 된다.

⑭ 그러자 갑자기 큰 바람이 일어나 도저히 뱃길을 노저어 갈 수 없으므로 싣고 가던 왕의 말 머리를 베어 억울하게 죽은 손돌의 영을 위로하는 제사를 지내고서 무사히 강화도에 도착하였다.

⑭는 왕이 손돌을 참수 후에 일어난 상황을 설명한 것이다. 원한을 품고 죽은 '손돌의 혼' 때문에 큰 바람이 불어 배가 앞으로 나갈 수 없자, 왕이 말 머리를 제물로 바쳐 그의 넋을 위로하고 있다. 이러한 현상을 현실적인 방법으로 규명하기란 사실상 불가능하다.

민중들은 현실적으로 규명할 수 없는 초자연적인 현상을 자신들만의 사고방식으로 설명한다. 손돌의 억울한 혼이 "뱃길을 노저어 갈 수 없"게도 하며, 그가 죽은 날에는 억울한 혼령이 "강풍과 혹한"(⑬)을 몰고 온다는 것이다. 비명횡사한 사람은 원한을 지닌 채 죽었기 때문에 넋이 하늘로 오르지 못하고 떠돌다 귀신으로 나타나 원한을 호소하는데, 불만이나 원한이 사무친 혼령이므로 인간에게 여러 가지 해를 끼친다고 생각한다.[26] 그래서 그들의 원혼을 달래는 의식을 치른다.

손돌목 전설에도 "墳形至今宛然(①)"과 "사당을 건립하고 제사를 지냈다

25 한국민속사전 편찬위원회, 『한국 민속대사전』1(민족문화사, 1991), 585쪽.
26 위의 책, 1107쪽.

(⑬)"는 것으로 보아 억울하게 죽은 손돌의 혼을 위로하는 진혼제를 지냈음을 알 수 있다. 이러한 손돌의 원혼을 위로하는 제사가 정기적으로 거행되었는지는 확실하지 않다. 일제강점기에 파괴되기 전까지만 해도 사당지기가 있어 매월 초하루와 보름에 제사를 지냈다[27]는 것으로 보아 전설이 생긴 초기부터 어느 시점까지는 손돌의 넋을 위로하는 제사를 정기적으로 지냈던 것으로 보인다.

이렇게 원혼을 진혼하는 것은 우리의 민간신앙에서 흔히 볼 수 있는 형태로 원혼의 한을 풀어줌으로써 복을 받고자 하는 믿음이 밑바탕에 깔려 있다. 즉 손돌의 원혼을 해소하기 위해 손돌에게 진혼제를 올리고, 그 대가로 배의 안전 운항을 기대했던 것이다. 단절되었던 손돌공 진혼제는 1970년부터 김포군민이 중심이 되어 봉행하고 있는데, 오늘날에는 진혼제가 충성심을 선양할 목적으로 이루어지고 있다.

5) 지명유래

전설은 발생목적에 따라 설명적 전설·역사적 전설·신앙적 전설로 구분하는데, 설명적 전설은 민중들이 어떻게 자기를 둘러싸고 있는 자연이 이루어졌는가, 사물들이 생겨나게 되었는가 하는 것을 설명할 목적으로 만들어 낸 것이다.[28] 이 단락은 손돌목이라는 지명이 유래하게 된 연유를 설명하는 부분이다.

① 海邊人 每於十月二十日 預知有風浪

③ 至今稱其處曰孫乭項

⑬ 그로부터 이 좁은 물길을 손돌목孫乭項이라 부르게 되었고

---

27 『金浦郡誌』, 1198쪽.

28 장덕순 외, 『구비문학개설』(一潮閣, 1985), 42쪽.

손돌이 억울하게 죽은 장소이기 때문에 이곳을 손돌목이라고 부르게 되었다는 것이다. 그런데 손돌목이라는 명칭이 등장하는 것은 조선 후기의 일이다. 즉 조선 초기에 편찬된 『고려사 지리지』나 『세종실록 지리지』, 『동국여지승람』 등에는 손돌목이라는 지명이 보이지 않고 조선 후기에 편찬된 『만기요람』·『대동지지』·『여지도서』 등에 이르러서야 비로소 손돌목이라는 지명이 등장한다.[29] 『대동지지』 강화 산수조에 수록된 손돌목에 관한 기록이다.

孫乭項 (中略) 卽自江出海之口 石梁桓亙 水中如閾 中央稍凹 潮之進退 水勢甚急 舟舡至此 俟潮滿而過 水底石角嶙峋 波濤洶瀧 舡路極險이라 하여 손돌항에는 돌다리가 굳세게 뻗쳐 있어 물 밑이 마치 문지방과 같은데, 중앙이 약간 오목하여 조수가 들고 날 때 수세가 심히 급하여 또한 물 밑 돌부리가 마치 깊은 斷崖와 같으며 파도가 굽이치며 흐르는데 여울과 같이 빠르게 흐르기 때문에 뱃길이 극히 험난하다고 하였다.[30]

손돌목은 물이 빠르고 물살이 거세어서 이곳을 통과하는 선박은 전복할 위험성이 많은 곳이다. 이러한 기록과 위에서 살펴본 내용을 종합해 볼 때, 민중들은 지형적인 특성과 억울하게 죽은 손돌이라는 인물, 그리고 강화천도라는 역사적 사건을 함께 결부시켜 손돌목이라는 명칭이 유래하게 된 것으로 설명하고 있다.

6) 부연설명

"부연설명"단락은 화자들이 구술한 '손돌목 전설'이 구체적인 증거를 제시하면서 진실임을 입증하는 부분이다.

③ 孫乭之被害卽是日而怨氣使然也

---

29 박광성, 앞의 논문, 15쪽.
30 위의 논문, 17쪽에서 재인용.

⑧ 그 전에 시월 스무 날이면 선돌이 추위를 했잖아요? 그런데 그 선돌이가 인제는 저 아랫녘으로 이사 갔대요.

⑬ 그 기일忌日이 되면 매년 강풍과 혹한이 닥쳐오니 이는 필시 원통한 죽음을 당한 손돌의 넋이 바람을 일으킨다 하여 '손돌의 추위'라고 전하여 오고 있다.

⑭ 위 손돌풍은 과거 1940년 전까지는 10월 20일을 앞뒤로 반드시 불어대어 손돌바람이 불 때라고 수긍하였는데 그 후 천후의 이상변이도 있는지 최근에는 적중되지 않고 다만 강풍이 몰아치는 계절은 차이를 나타내고 있다.

화자들은 음력 10월 20일을 전후해서 나타나는 강풍과 혹한을 증거물로 제시한다. 매년 10월 20일을 전후로 해서 부는 바람이 굳이 고려 때부터 불기 시작했을 리는 만무하다. 손돌바람이 분다는 음력 10월 20일께는 대체로 양력 11월 말에서 12월 초로 절후상으로는 소설(11월 22·23일)·대설(12월 7·8일)에 해당하며, 기온도 이 무렵을 중심으로 급강하한다. 민중들이 이 무렵에 부는 바람이나, 바람이 몰고 오는 추위 같은 것은 어떤 연유를 간직하고 있을 것이라고 생각하고 그것이 바로 손돌이라는 젊은 뱃사공과 그의 억울한 죽음에서 비롯된 것으로 유추하여 설명한 것이 아닌가 한다.[31]

전설은 화자들이 증거물에 대해 확신을 갖고 구술해야 생명력을 지닌 채 전승될 수 있다. 그런데 시대적·사회적 환경이 변화함에 따라 증거물에 대한 믿음은 약화될 수밖에 없다. ⑭에서 화자는 1940년까지는 '손돌풍'과 '손돌 추위'가 있었으나, 기상 이변으로 해서 지금은 계절적으로 차이를 보인다고 한다. 이것은 김포지역에서 일제강점기에 손돌공 진혼제가 봉행되지 않은 것

---

31 成耆說, 『韓國口碑傳承의 硏究』(一潮閣, 1982), 42~43쪽.

과 관련이 있는 듯하다.

⑧은 계절적으로 맞지 않는 것을 손돌이 "아랫녁으로 이사" 갔기 때문이라고 설명한다. 이것은 ⑨에서도 보인다. 손돌이 충청도 당진 땅으로 이사를 갔는데, "그 다음서부턴 그 다음해서부터는 아주 선돌 추위가 없어졌다는군. 지금 없어, 지 한 20여 년" 되었다고 한다. 화자들이 증거물을 제시하면서 과학적·합리적인 사고에서 자유롭지 못함을 보여주는 대목이다. "전설은 시간과 공간적인 면에서 구체성을 띠면서도 이야기의 서술이나 사건의 결과에는 비약"[32]이 있어야 하는데 이들 자료에는 그렇지 못하다.

손돌추위가 없어졌다는 부연설명은 자연현상을 합리적으로 설명하고자 하는 것으로, 화자 자신이 사실처럼 믿는 '의식'과 구술을 하는데 있어서 사실답지 않은 '표현' 사이의 대립구조를 해소시키기 위한 장치로 보인다. 이러한 장치의 설정은 전반적으로 증거물에 대한 믿음이 약화되는 상황을 반영하는 것으로 전설에서 민담으로 이행되는 과정으로 볼 수 있다.

4. 맺는말

손돌목은 세곡미인 호남미와 영남미를 운반하던 뱃길로 안흥의 관장항과 함께 지형적인 여건으로 인해 크고 작은 해난 사고가 끊임없이 일어났던 험로의 하나이다. 손돌목은 이러한 자연적인 조건과 함께 군사적으로도 외적의 방어를 담당했던 지역으로 '손돌목 전설'과 같은 전설이 형성될 수 있는 여건을 두루 갖춘 곳이다. 전설이 어느 특정지역의 증거물을 대상으로 한 것으로 '지역성과 역사성'을 갖는 설화의 한 유형이라고 할 때 '손돌목 전설'은 이를 잘 반영하고 있다.

김포와 강화지역을 중심으로 전승되는 손돌목 전설은 이 지역 사람들에

---

32 최운식, 『한국설화연구』(集文堂, 1991), 79쪽.

게는 실제로 있었던 사건으로 믿어질 뿐 아니라, 김포군에서는 김포의 3대 얼의 하나로 손돌의 충성심을 선정하여 받들고 있다. 손돌목 전설은 손돌이라는 인물에 역사적 사건이 첨가(반대로 역사적 사건에 손돌이라는 인물의 일화가 첨가된 것일 수도 있다.)된 지명전설이다. 이러한 손돌목 전설은 김포군민에게 지역에 대한 자긍심과 애향심을 함양하는 역할을 담당하고 있다.

김포군민들은 「주사손돌공지묘」에 기록된 ⑬을 토대로 해서 진혼제를 봉행하고 있다. 고종은 1232년 7월에 몽골의 침입을 피해 강화도로 천도를 단행한다. 이 시기는 손돌이 참수 당해 기일로 여기는 음력 10월 20일과는 거리가 있을 뿐 아니라, 일상적으로 강화를 왕래하던 해로를 놓아두고 멀리 남쪽으로 우회했을 것 같지는 않다. 다만 문헌기록과 구전 채록된 전설에 손돌의 묘가 있었다는 것과 지역주민들이 실제로 있었던 사건으로 믿고 있는 것으로 보아 손돌이란 인물이 실존했을 것으로 추측할 수 있다. 그리고 손돌이라는 인물의 죽음이 처참했거나 억울하게 비명횡사한 것을 더욱 극적으로 승화시키기 위해 국가의 존립이 풍전등화에 있던 시기와 왕을 등장시킨 것이 아닌가 한다. 그것은 고종 이외에 등장하는 공민왕이나 선조·인조 등이 모두 외적의 침략으로 인해 파천의 길을 떠났던 임금들이기 때문이다.

손돌목 전설은 '1) 변란'→'2) 왕의 오해'→'3) 고난극복'→'4) 원혼해소'→'5) 지명유래'→'6) 부연설명'의 순으로 전개된다. 이 글에서 제시한 모든 자료들이 이러한 전개과정을 순차적으로 밟는 것은 아니다. 문헌과 구전, 구전 자료 간에 차이를 보이면서 전승되고 있다. 문헌 자료 중에는 ①이 비교적 전설적인 요소를 많이 포함하고 있으며, 구전 자료의 경우는 "역사적 사실을 줄거리로 삼아 한편의 생생한 이야기가 되도록"[33] 하는 전설의 기능을 충실하게 수행하고 있다.

그런데 전설 속에 나타난 사건을 그대로 받아들여 사실로 인정해서 역사의 범주에서 포함시키는 것은 곤란하다. '1) 변란' 단락에서도 살펴보았듯이

---

33 민속학회, 『한국민속학의 이해』(문학아카데미, 1994), 331쪽.

전설에 수용된 역사적 사건은 실재했던 역사적 사실과는 거리가 있기 때문이다. 다만 이러한 전설을 통해 지배층 중심으로 기술한 문헌사료에서 등한시되었던 민중의 역사적·사회적·문화적 인식의 편린을 엿볼 수 있다.

손돌의 비극적 죽음이라는 상황설정은 위정자의 근시안적 안목을 비판하는 민중들의 의식을 반영한 것이다. 그리고 억울하게 죽은 손돌의 넋을 위로하고 복을 비는 민간신앙의 기저에 흐르는 원령사상을 보여준다. 손돌바람과 손돌추위를 설명하는 부연단락에서 시대적·사회적 환경의 변화에 순응하는 화자들의 태도를 볼 수 있다. 이것은 화자들이 과학적·합리적인 사고를 바탕으로 전설을 전승시키고자 하는 모습을 반영한 것이다. 이러한 화자들의 태도는 전설에서 중요한 증거물에 대한 확신을 결여하게 함으로써 전설이 민담으로 이행되는 과정을 밟게 되는 계기가 되고 있다.

5장

'하음 봉씨설화'에
나타난 신화성

1. 여는말

우리나라에서 한 씨족임을 표상하는 성이 언제부터 사용되었는지 그 연원을 정확히 알 수는 없다. 다만 『삼국사기』와 『삼국유사』에 수록된 건국신화의 기록을 보면, 우리나라에서 성이 사용된 시기는 삼국 초기로 거슬러 올라간다. 그러나 진흥왕순수비와 진지왕 3년(578)에 건립된 무술오작비戊戌塢作碑와 남산신성비南山新城碑 등 7세기 이전의 금석문에 나타나 있는 인명에는 성을 쓴 사람이 한 명도 없음을 알 수 있다.[1] 이것은 건국신화와 관련해서 등장하는 고구려의 고씨, 백제의 부여씨, 신라의 박·석·김씨 그리고 이·최·정·배·손·설씨와 같은 성씨가 삼국 초기부터 사용된 것이 아니라 중국에서 한자를 수입한 이후에 만들어 쓴 것으로 추정해 볼 수 있다. 후대에 중국식 한자성을 갖는 과정에서 각각의 씨족들은 '왜 그러한 성씨를 사용하게 되었는지' 그 연원을 밝힐 필요성을 느꼈을 것이다. 그래서 등장한 것이 성의 유래를 시조와 연관지어 설명하는 성씨시조설화이다.

봉두산(하음산) 일대의 유적과 관련되어 전승되는 봉씨시조설화는 하음 봉씨가 생기게 된 내력을 밝혀주는 성씨시조설화의 하나이다.[2] 하음 봉씨는 강화도의 하음을 본관으로 하는 토착 세력으로, 설화가 생성된 시기에는 상당한 부를 축적하여 중앙에 진출해서 권력을 누렸던 집안이었다. 이런 하음 봉씨 집안은 여타의 씨족과는 변별되는 명문으로서의 우위성을 확보할 필요성을 느꼈을 것이고, 그래서 만들어진 것이 시조 우佑와 관련된 〈봉씨설화〉이다. 〈봉씨설화〉에서 하음 봉씨의 시조인 봉우의 탄생 과정은 신비스럽게 묘사되어 있다. 이렇게 시조의 출생과정을 신이하게 묘사하고 신격화하는 것은 조상에 대한 신성성과 당위성 및 씨족에 대한 자존을 높이기 위한 것으로 다른 성씨시조설화에도 나타나는 일반적인 현상이다.

현재 〈봉씨설화〉는 문헌과 구전을 통해 전승되고 있다. 문헌의 경우는 시

---

1 이수건, 『한국의 성씨와 족보』(서울대학교출판부, 2004), 96쪽.
2 이하 하음 봉씨 시조설화를 〈봉씨설화〉라고 한다.

조의 신성성이 강조되어 있는 데 비해 구전되는 설화의 경우는 시조와 관련된 증거물의 유래를 설명하는 전설적인 색채를 띠고 있다. 이러한 〈봉씨설화〉에 대한 기존의 연구로는 현지답사를 통해 시조 설화로서의 의미를 밝힌 연구[3]와 문헌 전승의 씨가 설화를 고찰하는 과정에서 간략하게 언급된 경우가 있다.[4] 기존 연구를 통해 〈봉씨설화〉는 건국 설화와는 대별되는 성씨시조설화의 특징과 의미를 갖고 있음을 알 수 있다.

이 글에서는 문헌에 기록된 하음 봉씨 시조설화의 서사구조를 분석하여 설화 속에 내재되어 있는 문학적 의미와 신화적 상징을 살펴보고, 시조 우의 출생과정에 드러난 통과제의적 면모를 고찰해보고자 한다.

2. 〈봉씨설화〉의 서사구조 분석

성씨시조설화 중에서 성씨의 유래담이 개국과 관련되면 이때 등장하는 성씨는 국가시조이면서 동시에 성씨시조가 되고, 이를 통상적으로 건국신화라고 부른다. 이에 비해 건국으로 이어지지 못한 성씨 유래담은 한 씨족의 성씨가 생기게 된 내력을 설명하게 되고, 시조의 탄생 과정에 드러나는 신성성도 건국신화에 비해 상대적으로 약화된 모습을 보이게 된다. 이러한 현상은 이 글에서 다루고자 하는 〈봉씨설화〉에도 그대로 나타난다.

〈봉씨설화〉가 수록된 문헌 자료로는 『성씨의 고향』[5]과 『한국족보대전』,[6] 「시조하음백봉공우사적비始祖河陰伯奉公佑事蹟碑」 등이 있으며, 이들 문헌에

---

3 성기열, 「퇴색한 건국신화-봉씨시조설화의 경우」, 『한국설화의 연구』(인하대학교 출판부, 1988), 32~46쪽.
   최운식, 『전설의 고향을 찾아서』(민속원, 1997), 198~203쪽.
   李瑛洙, 「河陰 奉氏 姓氏始祖說話 硏究」, 『한국학연구』 10집(인하대학교 한국학연구소, 1999), 95~116쪽.

4 허경회, 『한국씨족설화연구』(전남대출판부, 1990), 154~155쪽.

5 『성씨의 고향』(중앙일보사, 1989), 891~892쪽.

6 한국씨족사연구회 편, 『한국족보대전』(도서출판 청화, 1989), 1100쪽.

기록된 내용들은 대체로 대동소이하다. 이 글에서는 『성씨의 고향』에 수록된 시조 우와 관련된 내용을 토대로 해서 논의를 진행하고자 한다. 이를 단락별로 요약하면 다음과 같다.

> ① 1106년(예종 1년) 어느 날, 강화군 하점면 장정리 하음산 기슭의 연못가(龍淵池)에 상서로운 광채가 나더니 이어서 비가 내렸다.
> ② 물을 길러 왔던 노파가 수면 위에 떠 있는 석함을 발견했다.
> ③ 노파가 상자 속에 들어있는 귀여운 사내 아기를 왕에게 바쳤다.
> ④ 노파가 봉헌했다고 하여 성을 '봉奉', 국가를 보위할 인재라 하여 이름을 '우佑'라 하였다.
> ⑤ 문과에 급제하고 관직에 올라 후에 하음백에 봉해졌으며, 봉우는 하음을 본관으로 하여 하음 봉씨의 시조가 되었다.
> ⑥ 시조 묘는 강화군 하점면 장정리 석상각 뒤편에 있으며, 매년 3월과 10월에 제사를 지낸다.

이상의 서사 단락을 살펴보면, 〈봉씨설화〉는 시조 우의 탄생 과정에 이야기의 초점이 맞춰져 있음을 알 수 있다. 시조 우의 탄생담은 크게 탄생의 전조를 보이는 예시부·하음 봉씨가 유래되는 본담부·시조의 신성성을 담보하는 증시부의 3단계로 구성되어 있으며, 이들 서사 구조는 서로 유기적으로 연계되어 있음을 알 수 있다.

1) 탄생의 전조를 통한 신성성 확보

〈봉씨설화〉에서 예시부에 해당하는 단락은 ①과 ②로, 시조 우가 탄생하기 전에 일어난 여러 가지 신이한 현상들을 기록하고 있다. 시조 우의 출생과 관련된 단락에서는 부모에 대한 구체적인 언급이 생략된 채 석함의 형상으로 연못을 통해 지상으로 출현하고 있다. 연못은 물이 고여 생긴 것이다. 엘리아데에 의하면, 물은 만물의 모태로서 모든 생명의 씨가 자라나고 있기에 신화와 전설에서 물로부터 인류와 특정의 인종이 발생했다고 보는 것은 쉽게 이해가 된다고 한다.[7] 물은 생명을 잉태하고 있기에 하음 봉씨의 시조인 우가 연못에서 출생했다는 것은 인류의 보편적인 의식에서 비롯된 것임을 알 수 있다. 여기서 연못은 신성한 공간을 상징하고 있다.

우리 민족의 사고에 의하면, 물을 용과 연관지어 생각하는 경향이 강하다. 일상생활에서 부엌에 정화수를 떠놓고 비는 행위나 정월의 '용알뜨기' 풍습, 풍어제·기우제를 지내는 습속은 용에 대한 신앙심에서 비롯된 것이다. 용은 가정에서부터 마을과 지역적 범위를 넘어 국가단위에 이르기까지 숭배되었던 것이다. 우리나라에서 용은 수신의 기능을 하며 신앙의 대상이었다. 따라서 시조의 출생 과정에 부모의 존재가 언급되지 않은 채, 시조 우의 출생을 물과 연계시킴으로써 하음 봉씨는 신성성을 확보하게 된다.

우리 설화 중에서 용신사상이 특정 성씨와 연관된 것은 크게 두 가지 경향을 띠게 된다. 하나는 주몽 설화, 왕건 설화, 이성계 설화와 같이 개국의 당위성을 합리적으로 설명하는 것과 남평 문씨, 충주 어씨와 같이 새로운 씨족의 출현을 설명하는 과정에서 여타의 씨족과는 구별되는 변별성을 강조함으로써 씨족 자체의 우월성을 부각시키고자 한 것이 그것이다.

〈봉씨설화〉에서 출생의 전조인 "상서로운 광채가 비치더니 이어서 비가 내리쳤다"는 것은 천부지모의 관념을 형상화한 것으로 볼 수 있다. 햇빛이 주몽의 출생과정에 등장해서 유화부인을 잉태시키는 역할을 하고, 비가 정액을 상징하여 "하늘은 비를 내려 땅을 포옹하고 수정시킨다"[8]는 것은 성적 결합의 은유적 표현이라고 할 수 있다. 이러한 전조 현상은 신성혼을 의미하는 것으로 볼 수 있다. 신성혼에 의해 출생하는 인물들은 생의 근원을 모두 하늘에 두고 있다는 징표를 가진다. 신성혼에 의해 생의 근원을 하늘에 두는 경우는 크게 세 가지 경우가 있다. 신성혼의 소생으로서 의신화擬神化된 인물 요소를 지닌 전승(동명왕東明王·단군檀君), 강천降天한 난자卵子의 소생으로서 인간적 차원을 넘어선 징표를 갖고 있는 전승(혁거세赫居世·수로首露), 이와는

7 엘리아데, 이은봉 옮김, 『종교형태론』(한길사, 1997), 269쪽.

8 위의 책, 270쪽.

달리 강천이라는 징표만을 지닌 전승(알지閼智)이 있다.[9] 〈봉씨설화〉에서 출생의 전조인 '광채'와 '비'를 통해 시조 우의 출생이 하늘에 근원을 두고 있음을 알 수 있다.

천계에 출생의 근원을 둔 시조 우는 석함의 형상으로 연못의 수면을 통해 세상에 모습을 드러낸다. 이것은 '광채'와 '비'로 상징되는 하늘이 지상의 만물을 생성하는 땅을 잉태시켜 그 결과 하음 봉씨의 시조가 출생했다는 것이다. 이것은 천부지모의 관념을 반영한 것으로, 시조 우가 탄생하는 장소가 연못이라는 점과 일맥상통한다. 인간의 출생을 천부지모 관념과 결부시킨 것은 비교적 앞선 시대의 신화적 사고를 반영한 것이다. 이러한 출생 과정을 거쳐 태어난 우는 비범성과 영웅적인 면모를 지닌 인물이기에 한 씨족의 시조로서 전혀 손색이 없음을 강조하고 있다.

한편, 시조 우는 천계에 기반을 둔 신성적 존재의 출현임에도 불구하고 그는 석함의 형상을 빌어서 태어나고 있다. 일반적으로 부모의 존재가 명확하지 않은 인물은 신이한 출생을 배경으로 하여 건국주 내지 왕으로 좌정하는 내력을 담고 있다. 이는 개국 과정에 필요했던 강력한 카리스마적 힘의 필요성에 의거한 것이다.[10] 이때 이들은 알의 형상으로 태어난다. 부모의 존재를 모르면서 알의 형상으로 출현한 인물로는 혁거세와 수로를 들 수 있다.

> 전한 지절地節 원년 임자(기원전 69)-고본古本에는 건무建武 원년이라 했고 또는 건원建元 3년이라고도 했으나 모두 잘못이다-3월 초하루에 6부의 조상들은 각기 자제들을 거느리고 알천의 언덕 위에 모여서 의논했다.
> "우리들은 위에 백성을 다스릴 임금이 없으므로 백성들이 모두 방자하여 제 마음대로 하게 되었소. 어찌 덕 있는 사람을 찾아 임금을 삼아 나라를 세우고 도읍을 정하지 않겠소."[11]

---

9   金烈圭, 『韓國民俗과 文學硏究』(일조각, 1998), 64쪽.

10 장장식, 「〈곽씨 시조설화〉의 형성과 신화성」, 『한국민속학보』 제9호(한국민속학회, 1998), 223쪽.

11 일연, 이재호 옮김, 『삼국유사』 권 1 신라시조 혁거세왕조(솔출판사, 1997), 110쪽.

천지가 개벽한 후로 이 지방에는 아직 나라 이름도 없고 또한 왕과 신하의 칭호도 없었다.[12]

위의 인용문은 혁거세와 수로가 건국하기 이전의 국가 상황을 기술한 것이다. 혁거세와 수로가 알의 형상으로 출생하기 이전에는 이 지역이 국가의 형성에 이르지 못한, 촌장 지배의 부족국가 수준의 사회였음을 알 수 있다. 따라서 알의 형상으로 혁거세와 수로가 출생하는 것은 새로운 지배세력의 등장과 함께 새 국가 건설이 이루어지게 되었음을 보여주는 상징적인 사건이라 하겠다.

이밖에 알의 형상으로 출현한 인물로는 주몽·동명·탈해 등이 있다. 이들은 혁거세·수로와는 달리 부의 존재는 모르나 모의 존재가 알려진 인물들이다.

우리 부왕 함달파含達婆가 적녀국積女國의 양녀를 왕비로 삼았는데, 오래도록 아들이 없으므로 기도하여 아들을 구했더니, 7년 후에 알 한 개를 낳았소. 이에 대왕이 여러 신하를 모아서 묻기를 사람으로서 알을 낳은 일은 고금에 없는 일이니, 아마 좋은 일이 아닐 것이다 하시고 이에 궤를 만들어 나를 그 속에 넣고 일곱 가지 보물과 종들까지 배에 실어 바다에 띄우면서, 인연이 있는 곳에 닿는 대로 나라를 세우고 집을 이루라 축원했소.[13]

위의 인용문은 왕비가 아들 얻기를 축원하여 7년 만에 알의 형상으로 탈해가 태어난 정황을 설명한 것이다. 여기서 왕은 탈해가 알의 형상으로 태어난 것을 상서롭지 못한 일이라 하여 배에 태워 바다에 버리고 있다. 난생과 함께 버림을 받기는 동명과 주몽도 마찬가지이다. 동명과 주몽의 경우는 왕에 의해 상서롭지 못한 것으로 판단되어 버려졌다가 다시 그 어미에게 되돌려주고 사회에 수용되는 과정을 겪는다는 점에서 탈해와 구별된다.

12 『삼국유사』 권 1 가락국기조, 341쪽.
13 『삼국유사』 권 1 탈해왕조, 122쪽.

동명·주몽·탈해는 다같이 부의 존재를 하늘에 두고 알의 형상으로 출현한 인물이다. 그런데 이들은 끝내 자신이 태어난 사회에 수용되지 못하고 축출되어, 새로운 곳으로 이주해서 나라를 세우거나 다른 나라에서 왕위를 이어받는다. 즉 동명은 부여를, 주몽은 고구려를 건국하며 탈해는 신라로 와서 제4대 왕으로 즉위하게 된다. 이들의 경우 새로운 국가의 건설과 왕위 즉위 과정에서 토착세력과의 경합이 기술된 것으로 보아 건국과 왕위 계승이 결코 순탄치 않았음을 보여준다. 이처럼 같은 난생임에도 불구하고 혁거세와 수로, 동명·주몽·탈해의 행적은 확연히 구별되는 것이다. 혁거세와 수로는 토착세력과 융화에 의해서 새로운 국가를 건설하지만, 동명·주몽·탈해는 기존의 지배질서를 부정하고 새로운 세계를 건설한다는 점에서 차이를 보인다. 난생에 의한 출생이 기존 지배질서의 수용 여부에 따라 다르게 받아들여지고 있음을 볼 수 있다. 이처럼 난생으로 태어난 인물이 건국이나 왕위와 관련된 것으로 미루어 알이 왕권을 상징함을 알 수 있다.

난생이 왕권을 상징하기 때문에 〈봉씨설화〉의 시조인 우는 알이 아닌 석함의 형상으로 태어나는 것이다. 이것은 왕이 지배하는 질서에 순응하는 것으로, 왕을 도와 새로운 사회를 건설하겠다는 의지의 표상이라 하겠다. '석함'은 하음 봉씨 시조인 우의 출생에 신성성을 부여하는 상징적인 매개물이며, 아울러 돌의 영원불변성에 착안하여 씨족 집단의 영광이 항구적이기를 기원하는 하음 봉씨의 염원을 반영한 것으로 볼 수 있다. 이렇게 볼 때, 〈봉씨설화〉에서 시조 우가 탄생하게 되는 과정을 설명하는 예시부가 이 설화의 핵심부분임을 알 수 있다.

2) 득성과 영웅적 면모의 누락

석함 속에 있던 아이가 노파에 의해 발견되고 노파가 어린아이를 왕에게 받쳐 궁중에서 양육되어 종국에는 하음을 본관으로 하는 성씨가 출현한다는 이야기의 전개 과정인 ③~⑤단락이 〈봉씨설화〉의 본담부에 해당한다. 노파에 의해 받쳐진 아이는 왕의 명령에 의해 왕궁에서 길러지게 된다. 왕궁은 왕이 머무르는 공간으로 왕권을 상징하는 곳이다. 시조 우가 왕궁에서 양육되었다는 것은 석함에서 우가 태어난 것과 동일선상에 놓고 음미해볼 수 있다. 〈봉씨설화〉에서 시조 우의 탄생과정에 신성성을 부여하는 일련의 행위들로 점철되어 있지만, 이것은 기존의 지배세력인 왕권을 인정한 상태에서 이루어지는 것이다. 왕권에 순응하고 체제를 인정한 하음 봉씨의 시조인 우는 왕에 의해 '봉'이라는 성을 사성 받게 된다. 하음 봉씨가 사성을 받는 과정은 우리나라에서 성이 사용하게 된 내력의 일면을 보여준다는 점에서 귀중한 자료라고 하겠다.

『삼국유사』의 〈김알지설화〉는 알지가 금궤에서 나와 훗날 경주 김씨의 시조가 되었다는 점에서 〈봉씨설화〉와 동궤의 설화로 볼 수 있다.

> 영평永平 3년 경신(60-혹은 중원 6년이라고 하나 잘못이다. 중원은 모두 2년뿐이었다) 8월 4일에 호공瓠公이 밤에 월성 서리西里를 가다가 큰 광명이 시림始林-혹은 구림鳩林이라고도 한다-속에서 흘러나옴을 보았다. 자주색 구름이 하늘에서 땅에 뻗쳤는데, 구름 속에 황금궤가 있어 나뭇가지에 걸려 있고, 그 빛은 궤에서 나오는 것이었다. 또 흰 닭이 나무 밑에서 울고 있었다.
>
> 이 모양을 왕께 아뢰자 왕이 그 숲에 가서 궤를 열어보니, 그 속에 사내아이가 있어 누웠다가 곧 일어났다. 마치 혁거세의 고사故事와 같으므로, 혁거세가 알지라고 한 그 말로 인하여 알지閼智라고 이름했다. 알지는 곧 우리말의 아기를 이름이다. …(중략)… 금궤에서 나왔으므로 성을 김金씨라 했다.[14]

위의 인용문에서 보듯이 시조의 탄생 과정은 〈김알지설화〉와 〈봉씨설화〉가 유사한 서사 구조를 지니고 있음을 알 수 있다. 두 설화가 서사 구조의 유

---

14 『삼국유사』 권 1 김알지조, 127~128쪽.

사성에도 불구하고 득성 과정에서 차이를 보이고 있다. 〈김알지설화〉에서는 '알지'라는 이름을 먼저 짓고 다음에 그가 태어난 물체의 형상을 따라 '김'이라는 성을 얻게 된다. 이것은 신성혼에 의해 탄생한 건국주인 혁거세의 경우도 '혁거세'라는 이름이 생기게 된 내력을 설명하고 난 뒤에 태어난 물체의 생김새를 통해 박이라는 성을 갖게 되었음을 말하고,[15] 수로의 경우도 세상에 처음 나타났다고 하여 이름을 '수로'라고 지었으며,[16] 주몽도 부여의 풍속에 활을 잘 쏘는 사람을 주몽이라고 한 까닭에 이름을 '주몽'이라고 하였다.[17] 이 것은 진흥왕 순수비와 무술오작비, 남산신성비에 이름만 보이고 성이 보이지 않는 것과 비교할 수 있는 것으로, 당시엔 성보다 이름이 중요시되었음을 보여주는 좋은 사례라 하겠다.

〈봉씨설화〉에서는 왕에 의해 '봉'이라는 성을 사성 받은 다음에 나라를 보위할 인재라는 뜻으로 '우'라는 이름을 갖게 된다. 〈김알지설화〉에서는 이름이 성에 앞서 생기는 데 비해 〈봉씨설화〉에서는 득성을 이룬 다음에 이름을 붙이고 있다. 이것은 성이 보편적으로 사용된 시기의 관습에 따른 것으로 〈김알지설화〉가 〈봉씨설화〉보다 앞선 것임을 직접적으로 보여주는 사례라 하겠다.

한국 족보의 역사를 통해 씨족제도의 구조와 성격 및 발달과정을 고찰한 연구에 의하면, 실질적인 시조는 예외 없이 다 관직자였으며 그들의 생존연대는 대체로 12~13세기경이었다고 한다. 그리고 각 씨족의 명목상의 시조와 실질적인 시조와의 사이에는 짧게는 3~4대로부터 길게는 10여 세대 또는 그 이상이 끼어 있으며, 족보에서는 이 부분의 계보가 대개 단선(즉 독자의 계속)으로 표기되어 있다고 한다.[18] 『한국족보대전』에 실려 있는 하음 봉씨의 세계표와 문헌을 종합해보면, 시조인 우는 고려 예종 원년인 1106년에 태어나 인

15 『삼국유사』 권 1 신라시조 혁거세왕조.
16 『삼국유사』 권 2 가락국기조.
17 『삼국유사』 권 1 고구려조.
18 申奭鎬, 「韓國姓氏의 槪說」, 『韓國姓氏大觀』(창조사, 1971), 25쪽.

종 때 문과에 급제하고 정당문학과 위위시경을 지내고 좌복야에 올라 하음
백에 봉해져 식읍을 하사받은 인물이다. 그리고 「세계표」에 의하면 우로부터
그의 칠세손인 천우天祐까지는 단선으로 표시되어 있다. 이것은 득성 과정과
함께 〈봉씨설화〉가 고려 중엽에 창작되었음을 뒷받침해 주는 것이다.

본담부는 하음 봉씨의 시조인 우의 출생부터 하음을 본관으로 하게 된
내력을 밝히고 있다. 〈봉씨설화〉에서 예시부가 시조 우의 신성성을 확보하기
위한 예징으로 가득한 데 비해, 신이한 존재의 현현인 시조 우의 행적을 다룬
본담부에서는 그의 출생에 걸맞은 행위가 구체적으로 드러나지 않는다. 시조
의 출생과정이 신화적 요소를 포함하고 있음에도 불구하고 〈봉씨설화〉의 본
담부에서 이를 뒷받침해주는 사건이 보이지 않는 것은 무엇 때문일까.

앞에서도 언급했듯이 시조의 출생담에 신화적 요소가 내재되어 있고, 이
러한 과정을 거쳐 탄생한 인물의 영웅적 행위는 개국이나 왕위의 승계와 연
계되어 있기 때문이다. 국가 형성 이전의 단계에서 탄생한 인물은 토착세력과
화합하여 새 국가를 건설하거나 기존의 지배질서가 구축된 경우는 이들과의
대결을 통해 새로운 세계의 건설을 이루게 된다. 만약 하음 봉씨의 시조인 우
가 영웅적인 행위를 한 것으로 묘사되었을 경우, 〈봉씨설화〉는 세계와의 대
결이라는 대립 양상의 서사 구조를 지니게 되었을 것이다. 이렇게 재구되었을
때, 기존 지배질서와의 대결은 불가피한 것으로 세계와의 대립을 통해 하음
봉씨는 멸문의 화를 당했을 것이다. 따라서 시조 탄생시의 신성성에도 불구
하고 시조의 영웅적 행위가 설화에 등장하지 않는 것이다. 이러한 설정은 건
국 설화와 씨족 설화가 갖는 위상에 따른 차이로 볼 수 있다.

건국 설화와 씨족 설화의 위상에 따른 차이는 서사 구조에서 혼인과 사후
에 대한 이야기의 유무로써도 판별할 수 있다. 씨족 설화에는 시조의 영웅적
인 행위가 구체적으로 드러나지 않는 것과 궤를 같이해서 혼인과 사후에 관
한 언급이 전무하다. 〈봉씨설화〉의 ⑤단락에서 보듯이 일정한 관직에 올라
그로 인해 식읍으로 하사 받은 지역을 본관으로 하는 성씨가 유래되었다는
것이 일반적인 성씨시조설화의 본담부에 해당한다. 이러한 〈봉씨설화〉의 시

조 우에 대한 본담부는 기존의 지배질서에 순응하면서 그 속에서 새로운 질서를 구현하고자 하는 씨족 집단의 염원을 반영하고 있다.

3) 증거물의 제시를 통한 진실성의 확보

ⓖ단락은 〈봉씨설화〉의 증시부로, 시조인 우의 묘가 존재한다는 구체적인 증거물을 제시함으로써 씨족 설화의 진실성을 뒷받침하고 있다. 이때 〈봉씨설화〉에 등장하는 증거물은 일반적으로 전설의 진실성을 뒷받침하기 위해 제시되는 증거물과는 구별되는 것이다. 일반적으로 전설의 경우는 구체적인 증거물이 존재하기 때문에 이야기 역시 실제로 있었다고 주장하는 것으로 증거물에서부터 출발하여 그 유래와 특징을 이야기로 꾸며낸 것이기 때문이다.[19] 〈봉씨설화〉에 등장하는 구체적인 증거물은 하음 봉씨로 하여금 긍지를 갖게 하는 것으로, 이는 신성을 담보로 해서 생겨난 것이다. 따라서 시조의 탄생과정에서 보이는 신성성과 증거물을 통한 진실성으로 인해 〈봉씨설화〉는 신화성을 확보하여 씨족신화로서 계속 전승하게 되는 것이다.

「시조하음백봉공우사적비始祖河陰伯奉公友事蹟碑」에 의하면, "공의 묘소가 당초 화도면 덕포리 마니산 북록치곡하 삼천촌 후강에 봉안하였던 것을 부득이한 사정과 중의에 의하여 임술(1983년- 필자 주) 2월 16일에 공의 석상각 후록인 임좌 병향원으로 이장하였다"고 한다. 사적비의 기록에 따르면, 애초에 하음 봉씨 시조묘가 있던 장소와 현재의 시조묘가 있는 장소와는 거리가 있음을 알 수 있다.

본래 마니산은 강화도의 남쪽에 있던 옛 명칭이 고가도라는 섬에 위치한 산으로, 고가도와 강화도 사이에는 좁은 해로가 가로지르고 있었다. 이것을 서쪽에 가릉포 대제를 쌓고 동쪽에 선두포 대제를 축조하여 지금의 강화도와 같은 모습을 띠게 되었다고 한다.[20] 하음 봉씨의 시조인 우는 강화도의 본도인 봉가지에서 태어나서 사후엔 강화본도에서 떨어진 고가도의 마니산록

---

19 張德順·趙東一·徐大錫·曺喜雄, 『口碑文學槪說』(일조각, 1985), 18쪽.

20 鄭旲日, 「마리산 참성단 연구」, 『靑藍史學』 창간호(한국교원대학교 청람사학회, 1997), 97쪽.

에 묻혔던 것이다. 봉우의 묘가 있었다는 마니산은 강화군에서 가장 높은 산으로 산정에는 단군왕검이 하늘에 제사를 지내기 위해 마련했다는 참성단(사적 136호)이 있으며, 고려 때 왕과 제관이 찾아가 하늘에 제사를 올렸다는 기록과 조선조에도 사신을 보내어 제사를 지냈다는 기록이 보이는 곳이다. 오늘날에도 성역으로 보호되어 매년 개천절에 제전을 올리고 전국체육대회의 성화를 채화하는 곳이기도 한다.[21] 봉우의 묘가 강화본도가 아닌 고가도의 마니산록에 있었고, 그곳은 천신을 위해 제사를 지냈던 신성한 장소였음을 감안하면 하음 봉씨는 강화도에서 상당한 세력을 구축한 토착세력이었음을 짐작할 수 있다.

하음 봉씨가 상당한 재력을 바탕으로 한 강화도의 토착세력이었음을 보여주는 또 다른 증거물이 하음산정에 있는 봉천대이다. 봉천대는 현재 인천광역시 기념물 제18호로 지정되어 있으며, 높이가 5.5m에 밑넓이가 7.2m²의 정방형 사다리꼴 모양으로 축조된 것이다.(안내판 참조) 봉천대는 하음 봉씨의 칠세손인 봉천우가 "시조의 발상지인 강화도의 하음산상에 봉천대를 구축하여 천제를 봉행하였"다고 한다. 현재 봉천대가 있는 봉두산 정상에는 나무로 만든 봉천정이라는 국적 불명의 쉼터(정자)가 자리 잡고 있다. 이 쉼터는 원래 우리나라 정통 양식으로 만들려 했던 것이나 자금의 부족과 산길의 급경사로 인해 자재의 운반이 어려워 지금과 같은 형태로 지어졌음을 보여주는 설명문이 정자에 붙어 있다. 이처럼 조그만 쉼터 하나를 만드는데도 많은 자금과 노동력이 필요하여 본래 설계한 대로 정자를 짓지 못하는데, 하물며 봉천대와 같은 거대한 단을 쌓기 위해서는 상당한 부의 축적과 권력을 필요로 했을 것이다.

하음 봉씨의 칠세손인 천우에 의해 축조된 봉천대는 하늘에 제사를 지내기 위해 만들어진 것이다. 하늘을 신격화하여 천신으로 숭배한 것은 고대사회에서부터이며, 고려시대에도 태조 10년(927) 후백제군과의 동수桐藪전투

---

21 김용덕, 『한국민속문화대사전』(상권)(도서출판 청솔, 2004), 580쪽.

를 앞두고 제천한 것을 필두로 하여 이후 원구제圓丘祭·팔관회八關會·초醮 등의 각종 국가 제사를 통하여 숭배하였다. 한편, 천신은 국가적 차원에서 치제되었으나 현종 15년(1024) "봄부터 가뭄이 심하여 백성들이 모여 하늘에 부르짖으면서 기도하였다"는 문헌 기록으로 보아 민간에서도 이에 대한 제사가 행해졌음을 알 수 있다.[22] 하늘에 대한 제사가 국가적 차원에서 주로 거행되었다고는 하지만, 하음 봉씨처럼 특정지역을 기반으로 세력을 구축하고 부를 축적한 호족세력의 경우는 국태민안이라는 명목하에 시조를 추앙하고 씨족의 번영과 안녕을 기원하는 제의를 거행되었을 것으로 생각된다. 이러한 제의를 거행했던 장소가 바로 봉천대인 것이다. 탄생의 징표를 하늘에 두었던 하음 봉씨 시조인 우의 출현과 그의 후손들이 봉천대를 축조하여 하늘에 제사를 지냈다는 것은 결코 무관한 것이 아니다.

이밖에 시조와 관련된 구체적인 증거물로는 석상각과 봉은사를 들 수 있다. 석상각은 보물 제615호로 지정된 것으로, 안내판에 의하면 고려시대에 조각된 석조여래입상으로 되어 있다. 이러한 석상각을 하음 봉씨 문중에서는 시조의 존영을 음각해 놓은 것으로 믿고 매년 3월과 10월에 제사를 지낸다고 한다. 〈봉씨설화〉와 관련해서 증거물로 제시되는 것 중에서 원형을 그대로 보존한 상태로 전승하게 되는 것이 바로 이 석상각이다. 그리고 봉은사의 경우는 현재 그 터만이 남아 있을 뿐이며, 그곳에 자리 잡고 있는 오층석탑의 경우도 본래의 모습을 유지하지 못하고 후대에 새로 고쳐서 세운 것이다.

3. 통과제의를 통해 본 〈봉씨설화〉

이 글에서는 〈봉씨설화〉에 내재되어 있는 신화성에 주목하여 논의를 진행하였다. 〈봉씨설화〉의 예시부에 해당하는 ①과 ②단락에서 시조인 우는

---

22 『한국사』 16(국사편찬위원회, 1994), 333~336쪽.

봉가지라는 연못에서 석함의 형상으로 출현하게 된다. 여기서 시조의 탄생과정에 드러난 신성성 이외에 또 다른 신화성에 주목할 필요를 느낀다. 하음 봉씨의 시조 우가 탄생한 봉가지는 신성성을 상징하는 장소이며, 석함은 밀폐된 공간이자 격리된 공간으로서 제의적 의미를 부여할 수 있는 곳이기 때문이다. 제의를 통해 일정한 수련을 거친 인물이 사회의 일원으로 편입되는 과정을 통과의례라고 한다.

통과의례의 특징은 종래의 상태로부터의 '이탈', 사회적으로는 어떤 지위도 인정되지 않는 그대로의 '중간상태', 그리고 새로운 사회적 지위로의 '통합'이 단계적으로 이루어지는 것을 의미한다. 이러한 일련의 과정을 통과한 자만이 공동체의 구성원에게 자기의 지위를 인정받게 된다.[23] 통과의례를 위해서는 일상의 공간과는 구별되는 특별한 장소를 필요로 하게 된다. 〈봉씨설화〉에서 시조 우가 탄생했다는 장소인 봉가지는 "우주적, 생물적, 구제론적 계기에 의하여 새로운 창조, 새로운 생명, 새로운 인간이 그로부터 나타나게 되는"[24] 물이 고여 형성된 곳으로 일상의 공간과는 격리된 신성한 장소를 의미한다. 이러한 공간은 일상적 경험에 의해서는 세계 가운데의 한정된 한 점에 불과하지만, 성의 관점에서 볼 때는 세계의 축도이거나 특권을 지니고 있는 세계 안의 한 지점을 상징하는 것이다.[25] 봉가지가 신성성을 담보로 하는 성역이기에, 하음 봉씨와 같은 한 씨족을 대표하는 시조의 출현을 가능하게 했던 것이다. 봉가지는 통과의례에서 '이탈'을 준비하게 되는 단계에 해당하며, 성속의 세계를 구분 짓는 성소를 의미하는 것으로 볼 수 있다.

봉가지로부터 석함이 출현했다는 것은 석함이 성역에 존재하는 격리된 공간을 상징하는 것이다. 여기서 석함은 빛이 존재하지 않는 깜깜한 상태의 공간으로 죽음을 의미하는 것으로 볼 수 있다. 석함과 같이 제의적 죽음을

23 김동욱·최인학·최길성·최래옥, 『한국민속학』(새문사, 1988), 110~111쪽.

24 엘리아데, 앞의 책, 295쪽.

25 시몬느 비에른느, 이재실 옮김, 『통과제의와 문학』(문학동네, 1996), 23쪽.

상징하는 장소로는 묘혈·동굴·오두막[26] 등을 들 수 있다. 우리 신화에서도 동굴이 제의적 죽음을 표징하는 장소로 사용된 예를 단군신화에서 찾아볼 수 있다. 단군신화에서 곰·호랑이가 깜깜한 동굴에 머무는 것은 제의적 죽음을 뜻하는 것으로, 생명·생성 이전에 존재했던 태초의 카오스의 재현인 것이다.[27] 통과의례에서 죽음을 경험하는 것은 새로운 존재 양태로 접근하기 위해서 필요한 것으로, 이러한 죽음을 통해 새로운 인간으로 거듭나게 된다.[28] 이러한 제의적 죽음이 존재의 소멸을 뜻한다는 점에서 통과의례의 '중간상태' 단계에 해당하는 것으로 새로운 인간의 탄생을 준비하는 과정인 것이다.

하음 봉씨의 시조인 우가 석함에서 아이의 형태로 출현하는 것은 돌이 갖는 생산력에 기인한다. 돌은 성스럽고 풍요로운 곳에서 왔기 때문에 종교적 의미를 갖는다. 예를 들어 신생아를 돌구멍으로 통과시키는 풍습은 자궁을 상징하는 돌을 통해 신의 자궁으로부터 탄생한다는 의미 혹은 태양의 상징을 통한 재생을 의미한다.[29] 이때의 재생은 일반적으로 사용되는 재생의 개념과는 구별되는 것이다. 일반적으로 설화에 나타나는 재생은 죽었다가 다시 살아나거나 혹은 죽은 사람이 다른 사람의 몸을 빌어 태어나기도 하고 동물·식물 또는 신·정령으로 변하여 생명을 연장하는 것으로 사용된다.[30] 이에 비해 〈봉씨설화〉에서의 재생은 죽음을 전제로 한 일반적인 재생과는 달리 상징적 죽음을 통해 새로운 인간으로 거듭난다는 점에서 차이를 보인다. 새로운 인간형으로 거듭난다는 것은 새로운 지위를 부여받는 것과 연관되어 있다. 따라서 이러한 의식을 거친 자만이 새로운 지위를 부여받아 기존 사회에 '통합'될 수 있는 것이다.

통과의례가 '이탈-중간상태-통합'의 단계를 거친다고 보았을 때, 〈봉씨설

---

26 위의 책, 44~45쪽.

27 김열규, 앞의 책, 79쪽.

28 시몬느 비에른느, 앞의 책, 64쪽.

29 엘리아데, 앞의 책, 310~311쪽.

30 최운식, 「재생설화의 재생양식」, 『설화』(민속학회 편, 교학사, 1989), 33쪽.

화〉에서 시조인 우가 출현한 봉가지는 하음 봉씨 집단에게는 성스러운 공간으로 일상생활에서 범접하기 어려운 신성한 장소를 의미한다. 그리고 석함은 새로운 인간으로 거듭나기 위한 전단계로 기존 사회에 대한 지식을 습득하는 장소인 것이다. 이곳에서의 학습을 통해 하음 봉씨의 시조인 우는 고려 왕조를 인정하고 이를 토대로 그들 나름의 세계를 구축하는 계기를 마련하였던 것이다. 석함에서 새로운 인간으로 거듭난 하음 봉씨의 시조는 왕으로부터 '봉'이라는 성을 사성 받고 임금을 도와 큰일을 성취하라는 뜻에서 '우'라는 이름을 갖게 된다. 이처럼 하음 봉씨의 시조인 우는 일상에서 분리된 성의 세계에서 일정한 수련을 거쳐 새로운 사회에 통합된다는 점에서 〈봉씨설화〉는 통과의례적 면모를 갖추고 있음을 알 수 있다.

4. 맺는말

이 글은 하음 봉씨의 시조 설화인 〈봉씨설화〉의 서사 구조를 분석하여 설화 속에 내재되어 있는 신화성에 주목하여 그 의미와 상징성을 살펴보았으며, 아울러 〈봉씨설화〉가 통과의례적 면모를 지니고 있음을 고찰하였다. 〈봉씨설화〉는 하음을 본관으로 삼는 봉씨가 유래하게 된 과정을 밝힌 씨족 설화로써, 시조가 탄생하기 전의 전조를 통해 신성성을 부여하는 예시부와 시조가 출생하여 세계世系를 일으키는 과정을 설명하는 본담부, 그리고 이야기에 진실성을 부여하는 증시부의 3단 구성으로 되어 있다.

시조가 탄생하기 전의 정황을 기술한 예시부는 〈봉씨설화〉의 핵심부분이다. 하음 봉씨의 시조인 우는 봉가지라는 연못에서 출현하는데 이것은 물이 생명과 연관되었다는 인류 보편의 관념을 바탕으로 한 것이다. 우리의 정서상 물은 용과 연계시켜 생각하는 경향이 강하다. 이러한 용신 사상은 주몽 설화·왕건 설화·이성계 설화의 경우는 건국의 당위성을 설명하기 위해, 남평 문씨·충주 어씨와 같은 경우는 씨족의 우월성을 강조하기 위해서 활용되고 있다. 그리고 봉가지를 비추는 '광채와 비'는 성적 결합의 은유적 표현으로, 신성혼을 상징하는 것이다.

하음 봉씨의 시조인 우는 신성혼에 의해 잉태된 인물임에도 불구하고 난생이 아닌 석함의 형상으로 봉가지에서 출현한다. 이것은 난생이 왕권을 상징하기 때문이다. 난생의 형상으로 태어난 인물의 경우, 혁거세·수로와 동명·주몽·탈해의 경우는 그 행적이 확연하게 구분된다. 전자의 인물들이 기존의 토착세력과 화합하여 새로운 국가를 건설하는데 비해 후자의 인물들은 기존 세력과의 대결을 통해 독자적인 세계를 구축하는 것이다.

〈봉씨설화〉에 등장하는 '석함'은 기존의 지배 질서에 순응하고 왕을 도와 새로운 사회를 건설하겠다는 표현이며, 돌의 영원불변성에 착안하여 씨족의 번성을 기원하고 광영이 오래도록 지속되기를 바라는 하음 봉씨의 염원을 반영한 것이다.

〈봉씨설화〉의 본담부는 하음을 본관으로 하는 봉씨가 유래하게 된 과정을 설명하는 부분이다. 이러한 하음 봉씨의 득성 과정은 우리나라에서 성이 보편적으로 널리 사용하게 된 내력의 일면을 보여준다는 점에서 시사하는 바가 크다. 주몽·혁거세·수로·알지의 경우는 먼저 이름이 생기게 된 내력을 설명한 다음에 그가 태어난 형상에 따라 특정의 성씨가 생겨나게 되었음을 밝히고 있다. 이에 비해 〈봉씨설화〉에서는 왕에 의해서 먼저 '봉'이라는 성이 하사된 뒤에 '우'라는 이름을 붙인다. 삼국시대에 건립된 여러 사적비에 성이 기록되지 않은 것으로 보아, 〈봉씨설화〉는 성이 보편적으로 사용되었던 시기에 형성되어 전승한 것임을 알 수 있다. 따라서 한 씨족을 상징하는 성과 개인을 표시하는 이름의 선후관계를 통해 설화의 생성시기를 유추해 볼 수 있다.

그리고 〈봉씨설화〉의 본담부에서는 시조의 신성성을 강조한 예시부의 여러 요소에도 불구하고 시조인 우가 영웅적 행위를 통해 자신을 드러내지 않는다. 그것은 시조의 영웅적 행위 묘사가 자칫 기존 세계와의 대립을 초래할 수 있기 때문이다. 그래서 시조의 영웅적 행위에 대한 묘사가 탈락된 것이다. 이러한 설정은 건국 설화와 씨족 설화가 갖는 위상에 따른 차이로 이해할 수 있다.

〈봉씨설화〉의 증시부는 시조 우의 묘가 실제로 존재하는 것을 근거로 해서 하음 봉씨가 생기게 된 당위성을 설명하고, 이를 통해 씨족 설화의 진실성을 뒷받침하는 부분이다. 이밖에 〈봉씨설화〉에 드러난 신성성과 진실성을 뒷받침하는 증거물로는 봉천대와 석상각, 봉은사 등이 있다. 신성성이 내재되어 있는 구체적인 증거물의 제시를 통해 하음 봉씨는 긍지를 갖고 성씨시조 설화를 계속해서 전승할 수 있었던 것이다.

한편, 〈봉씨설화〉의 시조인 우가 출현하는 과정은 통과의례와 연관지어 설명할 수 있다. 일반적으로 통과의례의 특징이 '이탈-중간상태-통합'의 과정을 거쳐 새로운 인간으로 거듭나 사회를 구성하는 일원으로 받아들여지는 것을 의미한다. 하음 봉씨의 시조인 우가 봉가지라는 성역에서 성속이 분리된 상태를 경험하고, 석함이라는 격리된 공간에서 일정한 수련을 거쳐 세상에 나옴으로써 새로운 인간으로 거듭나서 고려 사회에 수용된다는 점에서 통과의례적 면모를 엿볼 수 있다.

6장

'심청 설화'의
전승과 형성 배경

1. 여는말

구전문학은 언어를 매개로 전승되는데, 본래부터 구전으로 존재하는 것이 있는가 하면 기록문학에서 소재를 취하여 구전문학화된 것도 있다.[1] 예를 들어, 전기수가 「심청전」을 대본에 충실하게 구송口誦한 것은 구전문학으로 볼 수 없다. 그러나 이들에 의해 구송된 것을 들은 청자가 화자의 입장에서 임의대로 내용을 첨삭하면서 구술한 것은 구전문학의 범주에 포함시킬 수 있다.

「심청전」이 전국적으로 널리 애독된 것에 비해, 이를 토대로한 구전 설화인 '심청설화'는 백령도라는 특정 지역에 편중되어 전승되고 있다. 우리나라의 대표적인 구전문학 자료집인 『한국구비문학대계』에도 '심청설화'는 수록되어 있지 않다. 필자가 수집한 '심청설화'는 모두 89편이다. 이 중에서 구전으로 전승되던 것을 채록하여 활자화시킨 것이 68편인데, 『"심청전" 배경지 고증』에 63편,[2] 『명칭과학』 5호에 4편,[3] 『설화 화자 연구』에 1편[4]이 수록되어 있다. 이밖에 현지 조사를 통해 채록되었으나 활자화되지 못한 것으로 필자가 채록한 14편[5]과 인하대학교 국문과 학생들이 채록한 7편 등 모두 21편이 있다. 이 중에서 『설화 화자 연구』에 수록된 1편만이 경기도에서 채록된 것이다.

---

1   최인학, 『구전설화연구』(새문사, 1994), 12~13쪽. 구전과 기록의 이행과정을, ① 구전에서 구전으로, ② 구전에서 문자로, ③ 기록문학에서 구전으로 ④ 기록에서 기록의 4가지 이행하는 과정을 설정하여 설명하고 있다.

2   한국민속학회, 『"심청전" 배경지 고증』, 인천광역시 옹진군청, 83~175쪽. 이 중에서 5편은 최운식·백운배 공저, 『백령도』(집문당, 1997)에 재수록되었다.

3   崔仁鶴, 「白翎島 傳說」, 『명칭과학』 5호(명칭과학연구소, 1988), 141~160쪽. 여기에 실린 설화는 1997. 10. 9~11일까지(2박 3일) 인하대학교 국문과 3학년 학생들이 주축이 되어 백령도 지역을 답사하여 채록한 것이다.

4   李秀子, 『설화 화자 연구』(박이정, 1997), 271~275쪽. 이 설화는 경기도 구리시에 사는 이성근 할아버지(남 79세)에 의해 구술된 것이다.

5   필자는 1999년 8월 25일부터 27일까지 2박 3일 동안 백령도 현지답사를 통해 14편의 '심청설화'를 채록하였다.

'심청설화'가 백령도 지역을 중심으로 집중적으로 전승되는 것은, 백령도 주민들이 「심청전」에 나오는 인당수가 백령도에서 바라다보이는 장산곶 앞바다라고 믿고 있기 때문이다. 여기에 심청과 관련된 것으로 여겨지는 연봉 바위·연화리의 연못과 같은 전승물이 백령도에 존재하는 것도 이들 주민에게 영향을 미쳤을 것으로 생각된다.

현장에서 채록된 '심청설화'를 「심청전」과 연관 지어 처음으로 논의를 전개한 사람은 최운식이다. 그는 '심청설화'는 백령도 지역의 지형과 해류의 흐름, 민속을 바탕으로 하여 구성된 전설임을 밝히고, 이러한 '심청전설'을 토대로 하여 백령도 주변이 소설 「심청전」의 배경이 된 곳으로 추정하였다.[6] 이러한 최운식의 연구는 문헌적인 연구에서 벗어나 현장 답사를 통해 얻어진 자료를 바탕으로 해서 「심청전」의 배경과 형성과정을 고찰하였다는 점에서 의의를 가진다.

이 글에서는 기존의 연구 성과를 토대로 하여, '심청설화'가 백령도와 관련되어 전승하게 된 지리적·역사적 배경에 대하여 고찰하고자 한다. 이 글에서 심청과 관련된 설화를 '심청설화'라고 명명한 것은, 이 설화가 현재 특정 지역에 국한해서 전승되고 있지만 전국 어디에서나 쉽게 채록될 수 있다는 전제하에 사용한 용어이다. 자료는 필자가 채록한 '심청설화'를 위주로 하면서 필요한 경우 기존에 채록된 자료를 활용하고자 한다.

2. '심청설화'의 화자의 구술 태도

필자가 '심청설화'를 채록하면서 만난 대부분의 화자들은 백령도가 어떠한 형태로든지 「심청전」과 관련되었다고 믿고 있었다.

---

6 최운식, 「현지 조사 자료를 통한 「심청전」 배경이 된 곳 고증」, 『"심청전" 배경지 고증-용역 결과 보고서-』, 인천광역시 옹진군청, 76~79쪽.

필자에게 이 이야기를 한 구연자들 중에는 고소설 「심청전」이 있다는 사실이나 그 내용을 아는 사람도 있었다. 그러나 대부분의 사람들은 소설 「심청전」에 관해서는 잘 모르거나 전혀 모르고, 그저 전해들은 내용을 구연하였다. 이것은 필자가 채록한 심청이야기의 대부분이 소설 「심청전」과 관련 없이 전해 오는 전설이라는 것을 말해준다. 그래서 이를 편의상 '심청전설'이라고 하겠다.[7]

최운식은 '심청설화'를 "소설 「심청전」과 관련 없이 전해 오는 전설"로 보고 '심청전설'이라는 용어를 사용하고 있다. 비록 '심청설화'를 구술한 화자들이 고소설 「심청전」이 있다거나 그 내용을 잘 모르고, 또는 전혀 모르고 그저 전해들은 내용을 구술하였다고 하더라도 결코 소설과 무관한 것으로 볼 수 없다.

　① 그러면 심청이가 여기서 빠졌다고 하는데, 이리 떠밀려 와서 어부가 연꽃을 주서서 연화리로 들어왔다고 그러는데. 그 저게 우리가 볼 적에는 이게 조류가 쎄니까 이것을 배경으로 소설로 쓴 거겠지, 실화로 그렇게 보이지는 않아요.[8]

　② 연화리 연꽃은 심청이하고 관련이 없어. 연화리는 그 연꽃은 전에 옛날에 무신 사람이 살다가 나가라고 하니까. 연봉이라고 바위가 있거든. 연꽃이 떠내려가다가 거기가 머물렀다. 연봉이라구 한다. 하니까 연화리서 연꽃이 있었는데, 그때 홍수에 떠내려갔는지 떠내려 갔디야. 우리는 아주 옛날 사람이 아니라 몰라. 공부를 많이 핸 것 같으면 책을 보고 알지. 근데 공부를 못한 사람들이라 몰라.(웃음)[9]

7　위의 글, 41쪽.
8　김현규(남, 51세), 1999년 8월 25일 필자 채록.
9　장성녀(여, 69세), 1999년 8월 26일 필자 채록. 고추밭에서 고추를 따고 있는 화자에게 심청이야기를 청함.

③ 심소자. 심청이에 심소자지 뭐유? 게 즈이 아버지헌테 그렇게 효자 노릇을 했대요. 심소자 책 보문 그거 아주먼네들은 눈물을 흘리고 웁디다. 그전에. (조사자: 그럼 할아버지두 그거 책으루 보신 거예요?)

아, 난 얘기만 들었지요 뭐. 대충 얘기만 들어두 알어요. 그건. 얘기만 해두 그전에 다 알었어. 이 얘기두 남 허는 얘기 듣구 알지 내가 뭐 글을 아나 뭐. 접 때두 내 그랬잖우? 글루는 이렇게 낫놓구 기역자두 모른다구 그러지 않았어요. 다 읃어 들은 소리라구 그랬지.[10]

위의 인용문에서 볼 수 있듯이 화자들은 '심청설화'를 구술하면서 「심청전」에 대해서 직접적으로 거론하지는 않았지만 대부분이 「심청전」의 존재를 알고 있는 것처럼 보였다. ①에서 화자가 "우리가 볼 적에는 이게 조류가 쎄니까 이것을 배경으로 소설로 쓴 거겠지"라고 한 것이라든지 ②의 화자처럼 공부나 책을 운운하면서 연봉과 연화리가 심청과 관련이 없는 것으로 구술하는 것으로 보아 이미 「심청전」의 존재를 알고 있는 것이다. 그리고 ③의 경우처럼 화자 자신이 직접 「심청전」을 읽지 않았다 하더라도 남에게 들어 그 내용을 알고 있는 경우도 있다. 오늘날의 화자들이 「심청전」에 관한 지식이 전무하다해서 「심청전」에서 자유로울 수 있는 것은 아니다. '심청설화'를 구술하는 화자가 어떠한 태도를 취하든 간에 이들에게 '심청설화'를 들려준 사람들은 「심청전」의 존재를 알고 있었을 것이다. 그것은 현장에서 채록된 '심청설화'가 「심청전」과 유사한 줄거리로 전승되는 것으로도 알 수 있다.

④ 공양미 삼백 석에 딸이 팔려간 거야. 그러니께. 거기서 결국은 말하자면 효녀상을 탄거지. 그리고 중국 갔다 오면서 말하자면 연꽃으로 거기서 나타나 가지고서는 무언가. 이 부모에게 효도한 여자야, 사실은.[11]

10 李秀子, 앞의 책, 275쪽.
11 이두칠(남, 68세), 1999년 8월 25일 필자 채록.

⑤ 처음에 빠지니까 그거 빠지는데 거시기한 사람이니까 안 죽고 꽃이 되야서 나와서 임금-, 바치니까. 임금님한테 바쳐서 그거, 지아버지 눈 띄웠다고 하잖아요. 전설에는 그렇게 나와서요. …(중략)… 자기들 같으면 하나님이 살려내지 않았을 것을 효녀였기 때문에 하나님이 살리신 것이다.[12]

⑥ 그랬는데, 용왕이 떠억 봤을 적에 "네가 어떻게 여길 들어왔느냐." 하니까 사실 그 얘기를 했단 말이야. "참 착한 효녀다." …(중략)… 그 용왕께서 연꽃을 하나 주면서 "너 이 안에 들어가라." 연꽃을 띄웠다고.[13]

화자들은 심청이 살아난 것이 그녀의 지극한 효심 때문이라고 한다. ⑤의 화자는 자기들 같으면 하나님이 살려내지 않았을 것인데 심청이 효녀였기 때문에 하나님이 살려냈다고 부연설명을 한다. 그리고 심청의 효행에 의해서 심봉사가 개안했다는 것이다. 화자들이 효행의 표본으로 심청을 인식하고 있음을 보여주는 것이다.

필자가 현지 조사를 하면서 '심청이야기'를 부탁드리면, 이를 구술하는 것에 대해서 거부감을 표시하는 화자들을 만날 수 있었다. ①의 화자도 필자에게 '심청전설'의 진위여부를 묻고, 이야기를 시작하였다. 이것은 「심청전」에서 악인의 형상으로 묘사된 뺑덕어미와 관련이 있다.

⑦ "○○대 교수팀들이 장촌마을이 뺑덕어미의 고향이다"라고 이야기하고 갔는데, 어떤 근거로 이야기 했는지 모르겠어요. 배경이 황해도 장산곶을 기준으로 한 것이란 말이예요. 여기 사람들도 몰라요. 뭘 근거로 했는지 그건 모르겠어요.[14]

---

12 장옥신(여, 73세), 1999년 8월 26일 필자 채록.
13 김종설(남, 70세), 1999년 8월 26일 필자 채록.
14 장형수(남, 57세), 1999년 8월 25일 필자 채록.

화자들 중에서 '심청설화'의 구술을 꺼리는 것은 뺑덕어미가 백령도에 살았다거나 고향이 장촌이라는 설이 제기된 때문이다. 이러한 설은 현지 주민들로 하여금 '심청설화'를 타지 사람에게 들려주는 것에 대해서 거부감을 지니게끔 하였던 것이다.

⑧ 심청이의 고향이 백령도에 나서, 저 연봉바위에서 나와서, 뺑덕어미가, 장촌에 지금도 있잖아요. 뺑덕어마이, 뺑덕어마이 집이 거기 있대요. 그때 심봉사 젖을 심청이 얻어 먹이러 댕길 적에, 뺑덕어미는 심봉사를 못 살게 굴던 사람예요. 그 옛날예요. 이게 진짠데 선생님들 말이예요. 여기 영감(오라고 연락한 매형 김광호씨를 말하는 것임) 오면은 알 것인데, 이거 진짜인데, 장촌에 뺑덕어미가 살았대요.

(조사자: 장촌에 사는 뺑덕어미가 어떻게 했다는 이야기는 못 들었어요? 살아서 어떻게 했다는 얘기는 못 들었어요?)

못 들었죠. 전설로 내려오니깐.[15]

⑨ (조사자: 그 다음에 장촌하고 「심청전」하고 얘기는 못 들어 보셨어요?)

그 얘기는 들은 얘기 없지요 뭐.

(조사자: 뺑덕어미가 장촌에 살았다고 하는 그런 얘기는 들으신 적이 없으십니까?)

예, 들은 적이 없어요. 장촌이 뭐 심청이 하고 관계라는 건 못들었어요.[16]

⑩ 그 뺑덕어미라는 사람은 약삭빠르고 그런 사람이라고 그럽니다. 김치만 할아버지 말씀에 따르면은. 그래서 공양미 삼백 석이 절로 옮겨진다는 말을 듣고 재빨리 중화동에 가서 얘기하던 데가 그 중화동 절터라고 그럽니다. 그러니깐 심학규씨는 공양미를 바칠까 말까하던 그런 순간이 되

15 「"심청전" 배경지 고증」, 95쪽.
16 위의 책, 113쪽.

겠지요. 그러니깐 심청이가 벌써 몸을 던졌으니까 쌀은 나왔겠고. 그러니깐 심청이 몸을 던진 후가 되겠습니다. 그래 뺑덕어미는 그 심학규씨, 심봉사를 보고

"이걸 절에다 바치지 말고 우리끼리, 쌀 삼백 석을 가지면 행복하게 살 수 있으니까 바치지 말자."

고 꼬였다는 얘깁니다.[17]

⑪ 뺑덕이라든가 뺑덕이할멈이 장촌으로 왔다 갔다 했다고 하는 전설도 있는데, 요건 좀 희박합니다마는, 근래에 나오는 게 있습니다. 그거는 근거는 없는 이야기이지요.

(조사자: 뺑덕어미가 장촌에 살았다는 이야기를 과장님도 듣기는 들으셨지요?)

예, 그것이 왜냐하면, 심청이가 인당수에 빠져서 연봉에서 환생할 때까지 전설이 있다고 그러면 그것도 가능하지 않느냐 하는 느낌을 갖고 있습니다.

(조사자: 연화리는요?)

뺑덕이할머니가 연화리 그쪽에서 장촌으로 도망갔다는 얘기도 들었거든요. 제가 알기로는. 그래서 구체적인 얘기는 잘 안 들었지만, 그런 것도 가능하지 않느냐.[18]

⑫ 그 심봉사라는게 판사(판수)야, 판사고, 할머니는 그 판사가 아닌데 결과적으로 할머니는 세상 떠나고, 거기가 아주 못된 할머니가 있었는데 뺑덕엄마라고. 뺑덕엄마, 그 할머니를 얻어 가지고 살면서 심청이가 무지무지하니 판사의 딸이니까

…(중략)…

---

17 위의 책, 140쪽.

18 위의 책, 155~156쪽. 백원배 교감은 충남 서산 태생으로 1975년에 백령도에 들어와서 이화칠 장군, 김치만씨, 우기업씨에게서 들은 이야기라고 한다.

게를 결혼식 날짜를 잡으면서, 게 심청이의 소원이 모이냐 할 것 같으면 "니 소원을 말해라." 우리 아버지는 시방 말할 것 같으면 장애인이고 몸 군포(몽금포) 도화동 이라고 주소를 알려줬단 말이야. 아 그러냐고 하여튼 고 가서 찾아보니께 영감이 없더란 말이야. 뺑덕엄마는 그 나쁜 할마이가 돈 다 가지고서 딴 데로 시집가고 말고 심청이는 또 물에 빠져 죽었다는 거 다 알고.[19]

위의 인용문은 기존에 채록된 자료 중에서 뺑덕어미가 등장하는 부분이다. ⑧에서 화자가 "뺑덕어미는 심봉사를 못살게 굴던 사람"이라고 말하는 것은, 그녀가 심봉사의 재산을 탕진했기 때문이다. 그러나 「심청전」에 나오는 뺑덕어미의 행실에 대한 언급은 보이질 않는다. ⑩에서 뺑덕어미는 공양미 삼백 석을 빼돌린 인물로 구술되고 있다. 그래서 그녀는 "송동본이나 완판본 계열의 「심청전」에 나오는 뺑덕어미보다 더 간교한 여인으로 표현된다."[20] 그런데 ⑩은 일반적으로 전해지고 있는 '심청설화'와는 차이가 있다. "심학규 씨는 공양미를 바칠까 말까하던 그런 순간이 되겠지요"라고 하여 심청이 아닌 심학규가 공양미를 바치며, 절에 공양미를 바치는 시점을 심청이 인당수에 투신한 이후로 설정하고 있다. 이러한 상황 설정은 뺑덕어미의 나쁜 행실을 강조하기 위한 것으로 보인다.

그리고 ⑪은 "요건 좀 희박합니다마는, 근래에 나오는 게 있습니다"라고 했지만, 화자가 구체적인 증거를 제시하지 못한다. ⑫에서 뺑덕어미가 서두에 두서없이 나왔다가 맹인연 앞부분에 다시 나오는 것은, 화자가 맹인 잔치를 열 수밖에 없었던 이유에 대해서 논리 정연하게 설명하고자 했기 때문이다. 그래서 「심청전」과 달리 심청이 왕비가 되기 전에 아버지를 찾으러 도화동으로 사람을 보냈으나, 뺑덕어미로 인하여 가산을 탕진한 심봉사가 고향을 떠났기 때문에 어쩔 수 없이 맹인 잔치를 열었다는 것이다. 이것은 화자의 경험

---

19 崔仁鶴, 「백령도 전설」, 141~143쪽.
20 최운식, 앞의 글, 66쪽.

에 비추어 보아 왕비가 된 심청이 나중에 아버지를 찾기 위해 맹인 잔치를 여는 것이 불합리하게 느껴졌기 때문일 것이다.

⑨의 화자는 뺑덕어미가 장촌가 연관되는 것을 부정한다. 그것은 현재 화자가 살고 있는 곳이 설화 속에서 뺑덕어미가 살았다는 장촌이기 때문이다.

⑬ 제가 들어와서, 앞에서 얘기했던 그런 내용들을 여과 없이 '여기는 당연히 심청전의 설화가, 이야기들이 당연히 일어났던 이야기다. 그런데 그게 옛날이야기가 아니고 실제로 있었던 이야기'라는 걸 저는 받아들였고, 그 중에 장촌이라는 마을에 뺑덕이 엄마가 살았다는 이야기를 앞에 근무했던 사람들이나 마을 주민들 이야기를 들어 보니까, '그 마을에 뺑덕이 엄마가 살았다.' 그 심청전에 나오는 뺑덕이 엄마는 우리가 느끼는 통상 심술궂은 아주머니라는 그런 이야기를 들었었습니다.

그런데 하루는 장촌이라는 마을에서 마을 주민들, 나이 드신 분들하고 이렇게 술자리를 한 기회가 있었는데 저는

"옛날에 나오는 그 설화가 같은 그 이야기로, 이 마을에, 장촌이라는 마을에 뺑덕 엄마가 살았다는 걸로 그렇게 알고 있습니다. 맞습니까?"

그렇게 물으니까, 그 자리에 참석했던 그 주민 중에 나이 한 오십 넘은 분이 상당히, 그 뺑덕이 엄마가 살았다는 말에 상당히 거부 반응을 보이면서 화를 내고 술상을 엎으면서,

"뺑덕이 엄마가 사는 것 같이 그렇게 험악한 동네가 아니다."

라는 것을 술상을 엎으면서 이렇게 하니까, 막 당황한 적이 한 번 있었습니다.[21]

⑬에서 화자는 다른 사람한테서 들은 대로 장촌을 뺑덕어미가 산 마을로 이야기를 했다가 장촌 주민에게 곤욕을 치렀다는 것이다. 뺑덕어미가 살았다

---

21 『"심청전" 배경지 고증』, 110~111쪽.

고 하는 장촌 사람들은 자기네 마을이 뺑덕어미가 살았다고 전해오는 것에 강한 거부감을 표시하고 있다. 이러한 주민 의식은 뺑덕어미와 관련된 부분에 대한 전승을 활발하지 못하게 하였을 것이다.[22]

그밖에 백령도와 경기도에서 채록된 대부분의 '심청설화'에는 뺑덕어미 부분이 생략되어 있다. 이것은 지역 주민들이 뺑덕어미와 같은 악인이 백령도에 살았던 것을 의식적으로 외면한 채 '심청설화'를 전승한 결과이거나 아니면 화자들이 경판본 계열의 「심청전」을 먼저 접한 결과로 추측된다.[23] 어느 경우이든지 설화에서 뺑덕어미가 등장하는 부분은 그 의미를 잃어가고 있는 것이 사실이다.

⑭ 다 들은 이야기지요. 뭐 그 얘기가 그 얘기죠 뭐. 다를 게 있어요. 고증을 수집하실려면요 저보다도 여기 백령도 원주민들 나이 드신 분들-. 저희들이야 상식적인 이야기죠. 국민학교 책에 나오는 거나 똑같죠.

(조사자와 몇 마디 이야기를 나누다가 다시 이야기를 시작했다.)

여기서 보이는 몽금포 앞 보이는 저 촛대바위가 지금 여기서 사는 사람들 말로는 심청이가 저기서 뛰어내렸다는 저 따이빙때라구 그러죠. 저 잘 보이잖아요. 저 따로 떨어져 있는 섬. 거기서 뛰여 내려가지구 이제 썰물이면 물이 이렇게 빠지거든요. 남쪽으로(조사자: 양쪽으로 흐른다고 하던데요.)

갈라지잖아요, 이렇게. 갈라져가지구 저 만나는 곳이 저 대청도 앞에 연봉바위에요. 거기서 연화리 사람들이 건져가지구-. 연꽃을 연꽃봉우리를 주서 왔다죠. 그래 가지구 거기서 피어난 게 지금 지금도 연꽃이 백령도에서 유일하게 연화리 연못 연꽃이 피잖습니까. 지금 그 단지를 만들려고 근데 아마 연꽃단지를 만들 모양이예요. 지금은 그 농로 정리하느라고 많

22 최운식, 앞의 글, 67쪽.

23 최운식, 『沈淸傳研究』(집문당, 1982), "II. 沈淸傳의 異本"을 참조할 것. 최운식은 한남본 계열의 이 이 글을 통해 선후관계가 "경판 초간본(미발견)→大英A본→한남본→大英B본" 순임을 밝히고 있다. 대영A본이 현재까지 발견된 이본 중에서 가장 앞선다는 것이다.

이 메워졌어요. 그래 가지고 다시 정리하고 있어요. 그거죠 뭐 자세한 것은 저도 여기 노인네에게…(말끝을 흐린 화자는) 전설이라도 전혀 근거 없는 것은 아닌 것 같다. 엉터리없는 얘기는 아닌 것 같다. 연봉바위라고 하는 데를 가보면 정말 연꽃처럼 보인다고 하였다.[24]

여기서 화자가 '심청설화'를 구술할 때, 「심청전」을 밑바탕에 깔고 있다고 하더라도 그들은 자신들의 경험에 비추어 「심청전」을 재구성시켜 전승시키고 있음을 알 수 있다. 화자는 "연봉바위라고 하는 데를 가보면 정말 연꽃처럼 보인다"면서 부연설명으로 이야기를 끝낸다. 이러한 화자들에게서 엿볼 수 있는 것은, 백령도는 「심청전」의 배경이 되었던 것으로 굳게 믿으면서도 뺑덕어미와 같은 악인과 연계시키는 것에는 강한 거부감을 표시한다. 따라서 뺑덕어미와 관련해서 문제를 제기할 때는 신중을 기해야 한다. 그것은 이 문제가 자칫하면 백령도민 간의 불화로 이어질 수도 있기 때문이다.

3. '심청설화'의 지리적 배경

대부분의 '심청설화'가 백령도에서 채록된 것은 심청이가 살았던 동네와 그녀가 투신한 인당수가 이곳에서 바라다 보이는 황해도 지역이라고 믿기 때문이다.

⑮ 《(3) 심청전①》
심청이가 그 심봉사라는게, 여기서 볼 것 같으면 산이 쑥 들어간 데가 있어 장산곶에서 요렇게 쭉 올라오다보면 돌아서서 볼 것 같으면 쑥 들어간 골짜기가 있어요. 거기가 도화동이라고 있어.[25]

24 김정원(남, 58세), 1999년 8월 25일 필자 채록.
25 崔仁鶴, 앞의 글, 141쪽.

⑯ 〈3. 비단에 싸여 살아난 심청〉

황해도 황주군 도화동 걀추머리라는 그 동네에, 앞 못 보는 맹인 심학규씨가 부인하고 살아서 딸을 하나 난 것이 바로 심청이지요.[26]

⑰ 〈심청전〉

심봉사가 그랬구료. 본래 그 냥반이 참, 본래 장님에 황해도 사람이예요. 그래 그 냥반 아들은 읎구, 둘이 영감 마누라해서 딸 하나를 낳았는데,[27]

백령도에서 채록된 ⑮와 ⑯은 심청 부녀가 살던 동네이름을 '도화동'이라고 하여 「심청전」과 동일하며, 경기도에서 채록된 ⑰은 심청 부녀가 살던 곳을 막연하게 "황해도"라고 이야기한다. ⑰은 민담에 포함시킬 수 있는 것으로 증거물의 제시보다는 이야기 자체가 지니는 흥미성에 초점을 둔 결과로 보인다. 그래서 화자는 심봉사의 고향을 황해도라고 이야기하는 선에서 그치고 자세한 설명은 생략한다. 자료 ⑮~⑰에서 보듯이 화자들은 심청을 황해도 지역과 연관시켜 구술하고 있음을 볼 수 있다. 그리고 화자들은 심청이 몸을 던졌다는 '인당수(또는 임당수)'를 직접 가서 보았다거나 또는 어른들한테 이야기를 들어서 알고 있다고 구술한다.

⑱ 《(4) 심청이 이야기 ②》

심청이는 내가 알기로, 백령도 요기 보면, 이북 장산곶이 있어. 그곳이 이북이거든. 거시기가 임당수댔어. 옛날에 심청이가 거기에 빠졌다는 얘기지. …(중략)… 나도 얼마 전에 심청각에 올라가봤는데 아아 좋긴 좋더라고. 옛날에는 거기가 군부대였기땜에 거기 얼씬도 못했다고. 근데, 나도 올라가보니까, 아아 과연 좋긴 좋구나. 아 그러니까 임당수라는 이북 장산곶 빤히 뵈지. 연봉이라는데 빤히 뵈지. 거기 아니고 딴 데 가서는 그렇게 뵈

26 최운식·백원배 공저, 앞의 책, 91쪽.
27 李秀子, 앞의 책, 272쪽.

지 않는다고. 저짝으로 옹진반도 다뵈지. 안 뵈는 데가 없어.[28]

⑲ 〈6. 심청이 살아난 연화리〉

장산곶 앞에 물살이 센 곳이 있는데 '인당수'라고 합니다. 그 곳에서 옛날에 상인들이 제사를 지냈다고 하는 그런 얘기를 들었어요. 우리 마을에 연세 드신 분이 계시는데, 장산곶에 어업하며 다니셨거든요. 60여 년 전에. 그 때는 지금같이 통제도 안 하고 그러니깐, 그곳까지 어업을 하러 다녔대요. 쳐다보면 장산곶이 가깝고 백령도가 먼 정도로 어업을 나갔단 말이예요.[29]

백령도의 진촌에 짓고 있는 심청각에 올라가 보면 사방이 탁 트인 것이 화자들이 이야기하듯이 장산곶에서부터 대청도까지 환히 볼 수 있다. 화자들은 「심청전」이 황해도 지역을 배경으로 창작된 것의 진위를 떠나서 백령도에서 바라다보이는 장산곶을 심청이 빠졌다는 인당수로 믿는다. 그리고 화자들은 장산곶의 조류의 방향으로 보았을 때, 심청이가 인당수에 빠졌다가 연꽃으로 환생해 연화리나 연봉바위로 떠내려 왔다며 그 증거물로 연화리의 연꽃과 연봉을 제시한다.[30] 설화는 그 지역의 지세·해류 등의 자연환경 조건에 따라 그에 맞도록 꾸며진다. 그래서 어떤 지역에서 처음으로 설화가 생겨날 경우, 그 지역의 자연환경에 맞도록 구성되며 다른 지역에서 전파되어 온 설화의 경우는 화자들이 경험적으로 알고 있는 자연환경이나 지역 주민의 정서에 맞게끔 변화되는 것이다.[31] 심청각에 올라가서 인당수라고 일컫는 곳을 보면, 물살이 다른 곳보다 빠르게 흐르는 것을 육안으로 확인할 수 있다. 이곳을 장산곶이라고 한다. 장산곶에 대한 문헌기록을 보면,

28 崔仁鶴, 앞의 글, 143~144쪽.
29 최운식·백원배 공저, 앞의 책, 106쪽.
30 물론 연화리의 연꽃과 연봉바위가 심청과 관련이 없다고 구술하는 화자들도 있다. 이 문제는 다음 기회에 논하고자 한다.
31 崔雲植, 『韓國說話研究』(집문당, 1994), 55쪽.

⑳ 지장연현사知長淵縣事 남혼南渾과 대곶 만호大串萬戶 서의진徐義珍 등이 군사 53인을 거느리고, 백령도白翎島에 들어가서 말을 점검點檢하고 돌아오다가 바람을 만나 모두 물에 빠져 죽었다.[32]

㉑ 한성부윤 이명덕李明德이 상소하기를,

"황해도 장연長淵 지경인 장산곶長山串은 남쪽으로 바다에 4, 5식息쯤 이나 들어가 수로水路가 험난하기 때문에 경기도京畿道로부터 평안도平安道에 이르는 조전漕轉이 통하지 못하오니 진실로 염려하지 않을 수 없는 일입니다. 청컨대 송화현松禾縣을 해안 고현海安古縣에 옮겨 창고를 짓고, 본도 각 관官의 조세租稅를 이곳에 운수해 바치도록 하여, 만일 평안도에 급한 일이 있으면 장산곶長山串 서쪽에 있는 병선兵船으로 아랑포阿郞浦에 실어 가면 평양平壤의 패강浿江과 안주安州의 살수薩水의 조운漕運이 가히 통할 것이오며, 만일 경기京畿에 급한 일이 있으면 장산곶長山串 동쪽의 병선으로 한곶大串에 실어 가면 평안도平安道의 조세租稅를 또한 경강京江으로 가져올 수가 있을 것입니다. 아랑포阿郞浦 강변에서 한곶 강변에 이르기까지와 한곶 강변에서 해안현海安縣에 이르기까지는 육로陸路가 가깝고 또 평탄하여 수레로 운반할 수도 있습니다."

하니, 명하여 호조에 내려 그 도의 감사로 하여금 친히 가서 살펴보고 계하도록 하였다.[33]

⑳은 남혼·서의진 등이 군사 53명과 함께 백령도에서 돌아오다가 물에 빠져 죽었다는 기록이며, ㉑은 경기도에서 평안도까지의 조운漕運을 개선하자는 한성부윤 이명덕의 상소이다. 이 기록에 의하면, 장산곶은 물살이 빠르고 조수의 차가 심한 험난한 항로임을 알 수 있다. 이곳을 지나던 배들이 자주 침몰했음을 짐작할 수 있다. 그래서 이명덕이 해로를 이용한 조세의 운송을

32 증보판 CD-ROM 국역 조선왕조실록 제1 집 세종 17년 10월 11일(기유)조.
33 증보판 CD-ROM 국역 조선왕조실록 제1 집 세종 34년 12월 15일(갑술)조.

폐지하자는 상소를 올리게끔 되었던 것이다.

평안도와 함경도에는 고을 세조稅租를 서울로 수운하는 예가 없고, 그 지방에 그대로 두어서 칙사勅使가 오갈 때와 국경을 수비하는 데 대한 경비로 한다. 그런 까닭에 관에서 배로 수운하는 것이 없고, 또 사대부가 살지 않는 곳이어서 사적으로 운송하는 것도 아주 없다. 오직 본도本道의 장삿배가 가끔 서울에 통래하고, 가끔 딴 곳의 장삿배가 오기도 하나 삼남과 같이 많지 않다. 그러므로 뱃사람이 물살을 넘는 데 익숙하지 못하여, 장산곶을 두려워하는 것이 남쪽 뱃사람이 안흥곶을 두려워하는 것보다 훨씬 심하다.[34]

『택리지』의 기록에는 조세의 폐지로 인하여, 장산곶을 항해하는 일이 없었던 뱃사람들이 이곳을 지나는 것을 몹시 두려워했다는 것이다. 이러한 장산곶에 대한 두려움은 '심청설화'를 구술하는 화자들에게서도 찾을 수 있다.

옛날 노친네들이, 장산곶 말래는 노을이 심해서 배가 못 지나간다. 배가 못 지나가면(김보득할머니: 잔잔하던 것도 배가 지나가며는 물살이 센다.) 잔잔한데도 그냥 넘어갈려면 배가 못 넘어가고 배가 뒤집어 얻어서, 치니를 한 놈씩 사가지고, 씰어 넣고야 무사히 잘 너머간다. 바다가 고와서.[35]

그래 여게 인당수, 새길 인자에 나라 당자를 썼더라구요. 새길 인자에 날 당자. 그러니까 당나라 다니면서 지금 인당수라는 데가 왜 인당수가 생겼나면, 우리나라에서 조류가, 강한 곳이 여기에요, 물의 흐름이. 바다물의 흐름이 백령도가, 장산곶이 가장 쎄고 그리고 두 번째가 진도 울돌목이란 말이예요. 조류의 흐름이 가장 쎄게 흐른 데가요. 그-다 보니까 북쪽에

34 李重煥 著·李翼成 譯, 『擇里志』(을유문화사, 1994), 131쪽.
35 김보아(여, 75세), 1999년 8월 26일 필자 채록.

서 내려오는 물과 남쪽에서 가는 물이 합쳐지는 부분이 있을 거 아니예요. 그래 바로 장산곶인데, 인당수. 그게는 커다란 소용돌이가 생긴대요. 큰 물길이 마주치는 곳에는 반드시 소용돌이가 생길게 아니예요.[36]

그런데 옛날부터 전해 내려오는 그런 일설로 보아서는. 요기가 저기가 바라다보이지요. 장산곶이라고요. 거기가 물졸이가 셉니다 아주. 심지어는 들물, 그겐 밀물이죠. 밀물 올라오고 썰물 내려가고 할 때 부지일이 되기 때문에요, 구 구녕이 뻥 뚫려서 그냥 물이 내려가요. 하두 조류가 쎄니까니, 이런 도랑에 물 내리갈 적에 물 쎈 데서는 구녕이 뻥뻥 뚫리잖아요. 조그마니, 거기는 큰 바다니께 큰 구녕이 뚫려서 빙빙 돌면서 내려간다는 말이 있읍디다. 한데 내가 못 가봤어요. (조사자: 예.) 근데 에 거기서 옛날에 거 뭐 고래라 뜻이 진남포 아니예요. 진남포하가 이 인천지방하가 뭐 그전에 범선가지고 무역을 했으니까, 그렇면서 소위 여기서 곶돈다 곶돈다 하는데, 음- 거기를 돌다가, 뭐 좀 풍랑이 심하고 또 물줄기가 쎄니까니 조용, 바람이 조용하다고 해더라도 파도가 일어요, 거기는.[37]

뭐냐면, 백령도가 이렇게 있잖아요. 저게 장산곶 몽금포가 이렇게 있다구요. 거게 몽금포, 장산곶이 몽금포가 뾰족하고 이렇게 되어 있죠. 그러면 요기가 물 조류가 우리나라에서 제일 쎄다고 그러는데, 이게 이제 사리 때 이제 아주 쎌 때는 한 35노트 이렇게 물, 속력이 된다고 그래. 실제 우리가 봐도 그 파도가 이렇게 치는 게 보인다구요. 물 한참 조용한 날도. 물 흐름이. 이게 뭐 완전히 폭포 내려오는 것같이, (조사자: 예) 그래서 아마 고게 갈 적에는 제사를 지내구 그러던 모양이예요.[38]

36 장형수(남 57세), 1999년 8월 25일 필자 채록.
37 박성두(남 71세), 1999년 8월 26일 필자 채록.
38 김현규(남 51세), 1999년 8월 25일 필자 채록.

화자들이 장산곶에 대해서 자세히 구술할 경우에는, 위의 설화와 같이 장산곶은 물살이 험해서 소용돌이가 치는 곳이므로 웬만한 배로는 통과할 수 없다고 이야기한다. 이러한 물의 흐름은 이 지역 주민들에게 경외심을 불러일으켰을 것이다. 그래서 이곳을 지나기 위해서는 인고사를 지냈을 것이라고 말하는 것이다. 바다를 생계의 수단으로 삼았던 사람들에게 있어서 해상에서의 활동은 각종 위험이 노출될 수밖에 없는 곳이다. 특히 인당수와 같이 바닷물이 소용돌이치면서 각종 사고가 일어나는 곳이라면 바다에 존재할 것으로 믿는 신에게 제사를 지내 신을 위로하고 그 신이 내리는 재앙을 피하고자 하는 것은 당연한 일일 것이다.[39]

'심청설화'를 구술한 화자들은 「심청전」이 황해도 지역을 배경으로 창작된 것의 진위를 떠나 백령도에서 바라다보이는 장산곶을 심청이가 빠졌다는 인당수라고 믿고 있다. 그리고 장산곶의 조류의 방향으로 보았을 때, 심청이가 인당수에 빠졌다가 연꽃으로 환생해 연화리나 연봉바위로 떠내려 왔다며 그 증거물로 연화리의 연꽃과 연봉을 제시한다. 화자들은 장산곶이 「심청전」과 같은 소설이 창작될 수 있는 지리적·자연적인 조건을 갖추고 있다고 여기는 것이다.

해상활동을 하는데 있어서 초래될 재난을 미연에 방지하고자 하는 인간의 심성이 인당수와 관련된 설화를 만들어 냈을 것으로 여겨진다. 여기에 효의 상징인 심청이야기를 수용한 것이 아닌가 한다. 자연적인 현상에 효의 상징인 심청을 수용함으로써 이 지역 사람들에게는 자긍심과 함께 자기 고장에 대한 애향심을 심어 주는 역할도 할 수 있기 때문이다.

---

39 蝟島, 安眠島, 江華島 및 그 주변의 작은 섬과 高敞 東湖里, 扶安 竹幕洞과 같은 해안가에서는 航海 중의 無事故와 豊漁를 기원하는 제사를 지냈다고 한다(俞炳夏, 「扶安 竹幕洞遺蹟의 海神과 祭祀」, 서울大學校 大學院 碩士學位論文, 1996, 12쪽).

4. '심청설화'의 역사적 배경

    장산곶과 마주하고 있는 백령도는 중국과의 교류에 있어서 중요한 곳에 위치해 있었다. 이것은 구전 설화를 통해서도 확인할 수 있다.

    이 백련에서 옛날에는 여기까지가(연화리-필자 주) 전부 바다였어, 바다. 지금 벼 심은 데가 전부 바다였는데. 배가 중국 배가 여기 들어왔다가는 그때는 동력선이 아니라 기계화가 안되어서 바람으로 풍선달구서 이렇게 바람으로 중국으로 왔다갔다 왕래하는데. 바람, 저기서 인제, 올려 부는 바람을 만나서 그 바람이 언제 오냐 하면 말이지. 그 동지라고 있죠.(조사자: 예.) 이 동지라고 하게 되면 크리스마스 사흘 전에 그 동지라고 있죠.(조사자: 예.) 그 동지 때는 매 마바람이 붑니다. 하믄 그 마바람을 타고서 그 사흘 동안 가면 중국 산동반도라는 데를 대거든. 그러니까 백령도 와서 연화리 와서 등치고 있다가 동짓마가 불게 되면 뱃뿌리를 놓구서 여기서 떠나요.(조사자: 예.)

    저기 나가서 큰 바다 망망대해루 중국을 내놓고 나갈려구 하면 바람이 들이 불거든. 갑자기, 바람이 들이 불어서 파도가 일어나서 하믄 다시 들어오거든 다시 들어오구 들어오구. 야단났단 말이야. 근데 하루는 잠이 낮에 잠이 들었는데, 잠이 들었는데 허연 영감이 나타나서 "여보게- 자네한테 청이 하나 있네." "무슨 말씀이냐구, 저한테 청이 무슨 청입니까" 하니까. 지금 그 머슴아 총각이지. 머슴아를 하나 펴놓고 가게. 그러지 않으면, 선물로 그 머슴아를 여기에 내놓고 가지 않으면 자네가 가다가도 고생을 하게 대구 또 가질 못해야. 그러니까니 그 머슴아를 냉겨놓구 가게 되면, 자네가 아주 순하게 그 고향 땅을 갈 수가 있네. 중국을 들어갈 수가 있네.

    그러니까니 쓰-으, 그래구 딱 깨 보니까 꿈이야. 희하얀 신선 영감이 나타나서 그랬는데 꿈이건든. 아 뭔가 있구나. 그 머슴아는, 그 배에서 제일 화장이라구 하는 것은 밥 해주구 밥 하는 사람을 화장이라구 하는데.

화장하는 머슴아를 보구서 여기서 저 거리가 한 천 미터, 천 오백 미터쯤 될 거야. 천- 천- 이삼백 미터. 너 저기 가서 물을 길어오너라. 배에 물을 싣고 와야 하니께. 물을 길어오너라. 천 오백 미터 거리에 물 길러 가게 되면 시간이 적어도 물 길어가지고 오는 시간이 한 삼십분, 이십분 내지 삼십분 시간이 걸린단 말이야, 소요된단 말이야. 그 순간에, 슬그머니 뱃머리 내고 갈라고. 이 아이는 선장의 명령이니까니 "예-." 자기 퍼놓고 갈진 모르고. 물지게 지구서 이렁이렁하면서 여기까지. 바로 여기에 지금 중의 기소라고 있었는데, 여기 말이 왔다 갔다 합니다.

옛날에 중들이 와서 저 중화동에다 절을 세워놓구, 여기에 중의 털. 중들이 시주하고 자기들이 먹고 하는 그 쌀을 제물을 구하기 위해서 중들이 하던 논이 있어요. 그 논을 가지고 중의 털, 중의 털 그랬는데. 그 중들이 파놓은 괘수가 있기 때문에 그땐 중도 없었지. 중들이 와서 정착을 해서 맡았지. 그때는 그 우물 웅덩이에서 물이 샘물이 자꾸 나거던. 여기서 두구 왔다갔다 하던 배들이 그때는 백련도진 뭔지 모르갔지. 연화리, 백령도라는 섬에. 오다보면 섬이 있는데, 그 섬에 가게 되면 어드메 쌀과 식수가 있다 해서 배를 대구, 식수를 길어먹구, 나중에는 그것이 이 중들이 와가지구서 그 물로 농사를 지었어요.

근데 바로 그걸 말하는데. 거기 가서 물을 길어 오너라 하니까니, 물 길러 왔다. 보내 놓고서 왔다가는 순간에 뱃뿌리를 풀어놓고서 유유히 중국으로 지나갔단 말이야. 이 놈이 떠억 물을 길어 와서 보니까 배가 없어졌거든. 그때 뛰어 나가서 지형이 여기서는 뵈질 않는데, 뛰어나가서 뛰어나간 자리가 있어. 뛰어나가서 "나를 실고 가요. 나 좀 실고 가요." 그럴 꺼 아니야. (조사자: 예) "나 좀 실고 가요. 날 이렇게 버리면 어떡합니까. 어떡합니까" 하구 소리소리 질렀지. 소리소리 지르면서 "나 실고 가요, 나 실고 가요" 하지만 이건 이 사람은 선장이 계획적으로 그 신이 나타나 가지고 계시, 명령을 했기 때문에 이 일부러 한 사람이니까니, 이 사람을 실고 가겠어요.

하지만, 선장도 사람이라, 마음에 가책을 받지. 똑같은 인명인데, 사람을. 무인고도, 백련에 아무도 안 살았어요. 그 사람을 퍼놓고 떠났는데. 사실 이 이야기는 백련 사람도 지금 모릅니다. 이 우리 연화리 사람들도 하나도 몰라요. 이 얘기는 일부러 내가 학생이라니까 들려드리는데. 그러구선 갔는데, 이 사람이 중국을 들어갔는데. 지금도 그렇지만 중국에 뭐 호적이나 있어요. 그때야말로, 죽으면 그걸로 끝나구 그냥 살면 자식을 낳아도 그냥 짐승같이 길르고 그냥 혼인하고 그냥, 그때 신도 안 신고 다닐 땐데. 사람이라 양심, 마음의 가책을 받거던. 쓰-윽 게가 죽었을 거야. 먹을 것도 없지. 에 몇 십 년 후에 조선을 나온다는 사람이 있으니까. 나오게 되면 그 섬이 있는데, 그 섬에 이 섬 상태가 어떻게 되구, 그게 어디 배 댈 데가 있구. 어디에 물 기를 때가 있다. 거기서 우리 배 실었던 머슴아를 하나 퍼놓았는데, 그 얘기를 안하고. 어쨌든 그 섬엘 가길 꼭 한번 들러서 오너라. 그 물이 그렇게 좋더라. 그 말만 하고서 부탁해 뒀는데. 아 이 사람이 우연하게 중국 들어갈려면 여기서 날을 기다리다가 이 바람을 만나야 됐거든. 전에는 바람가지고 들어가는 배니까는.

이 놈이 그동안, 지금은 고구마도 심고, 감자도 심구, 무도 심구, 벼도 심지만 그때 인구가 있어요. 아무도 없지, 백련도가. 하니까 갓 도토리, 나무니까 도토리 따먹구 배암도 잡아먹구 닫는대로 먹는 거야. 그냥 그냥 산에 가서 뭐야, 칡뿌리도 캐어 먹구 그냥 짐승이랑 똑같이 어울리는데. 자, 가우가 있다구 이건 짜르기나 하갔어. 머리는 머리대로 좋지 수염은 수염대로 좋았을 거 아니야. 그러니 사람 같을 리가 없지. 그야 항시 내다볼 거 아니야. 그 지 고향, 중국 땅을. 내다보면서 한숨만 쉬고서 그날 그날을. 그저, 낙엽 속에 들어가서 자구, 뭐 어떠하겠어. 그렇게 나날을 보낸 게 몇 십 년을 보냈는데. 아 이 사람이 이 떠억 배를 대니까 나타났는데. 배암은 길잖아, 또 호랑이는 형태가 네발로 기잖아. 형체가 사람이 아니야.(이야기가 잠시 중단됨)

해서 흥미 있어. 흥미 있지. 떡 나타나서 떡 마주치니까. 물론 대사 아니면 장삿꾼인데, 중국에서 한국 나오던 사람이. 당연히 "네가 짐승이

냐 구신이냐.", "네가 구신이냐 짐승이냐"고 하니까, "사람이고, 사람이시
다" 했단 말이야. 네가 어인 사람이냐. 네가 무슨 사람이냐. 이 섬에 무신
사람이 있느냐 했다 말이야. 사람이라는 네 근거, 근본이 어디에 있느냐
하니께, 그 얘기를 쭈욱했어. 하니까 몇 달이 갔는지 몇 십 년이 흘렀는지
모르지. 낮에는 해 뜨니까 낮인줄 알고, 해지면 밤인줄 알고 날짜 가는 것
은 알 수가 있나. 지금 무슨 날이지, 춘하추동도 그저 눈 오고 비 오고하
면, 이건 여름 거고, 눈 오면 겨울이라. 춘하추동을 알 망정. 그때 그 얘길
했어. 사실은 내가 그때 한, 조선을 나왔다가, 여기 들어와서 못된 선장을
만나가지구 여기다 퍼 놓구서, 물 길러간 사이에 배가 떠나구 말았어. 내
가 몇 십 년이 된 줄 모릅니다. 여기서, 그저 풀벌레, 벌레도 잡아 먹구 풀
도 캐먹구, 그러면서 살아, 중국 사람입니다 하구.(조사자: 예) 역사가 그렇
게 되어 있어요. 그래서 그런 역사가 전설로 되어 있구. 전설이 아니라 그
사실이구.[40]

　　이 설화는 백령도가 해난의 피난처 내지 중간기항지 구실을 했음을 보여
준다. 이 설화에서 화자가 역사적으로 우리나라가 중국과 왕래할 때 이용했
던 황해횡단항로의 실상을 구술하고 있다는 점에서 주목된다. 신라에 의해
삼국은 통일되었으나, 통일신라의 북쪽에는 고구려를 대신하여 발해가 건국
하였다. 그래서 신라는 중국과 교통함에 있어서 가장 안전한 요동연안항로(한
반도→발해만→산동반도)를 이용하지 못하고, 황해를 횡단하는 항로를 이용하
게 되었다. 이 항로를 황해횡단항로라고 한다.[41] 이 황해횡단항로는 "황해도연
안 특히 옹진구로부터 바다를 건너 登州(山東蓬萊縣)·密州(山東諸城縣) 등지
에 상륙하는 항로"[42]로 신라 이래로 만주지역에 새로운 세력이 등장할 때마다
이용되었다. 고려는 초기에 이북에 건국된 요의 이목을 피하기 위해, 그리고

---

40 김종설(남, 70세), 1999년 8월 25일 연화리에서 필자 채록.

41 徐永大, 「白翎島의 歷史」, 『西海島嶼民俗學』 1(인하대학교박물관, 1985), 4~9쪽.

42 李丙燾, 『韓國史(中世篇)』(을유문화사, 1961), 390쪽.

조선은 17세기 초에 청이 등장하면서 육로 대신에 이 항로를 이용하였던 것이다. 이 항로상에서 백령도가 주목되는 것은 황해도 연안을 거쳐 중국宋을 연결하는 황해횡단항로상의 경유지 내지 중간기항지 구실을 하였기 때문이다.[43]

매년 4, 5월이면 중국 등래登萊 바다에서 배를 타고 오는 자가 많다. 관官에서 장수와 이속吏屬을 보내 쫓으면, 이들은 바다로 나가 닻을 내리고 있다가, 사람이 없는 틈을 타 다시 언덕에 올라와서 해삼을 따 간다.

장산곶 앞바다에는 또 복어鰒魚와 흑충黑蟲이 잡힌다. 흑충이란 것은 뼈가 없고 다만 한 덩어리 검은 살고기가 오이 같으며 전신에 살가시가 있다. 중국 사람은 피륙을 검게 염색하는 데 이것을 이용한다. 복어는 한서漢書에 왕망王莽이 먹었다는 것으로, 등래에도 있지만 우리나라에서 잡히는 것보다 진기한 맛이 못하다. 까닭에 해삼을 딸 때 함께 잡으며, 이익이 많은 까닭에 등래 배가 해마다 더 많이 와서 바닷가 백성에게 제법 해를 끼친다.[44]

『택리지』의 내용으로 보아 중국 어선들이 등래에서 바다를 건너 우리나라의 근해까지 왔다면, 이들은 황해횡단항로를 이용했을 것이다. 그리고 천재지변을 당했을 때, 이 횡단항로를 이용하던 우리 어선이나 중국 어선이 피난할 곳이 필요했을 것이다. 이때 피난처로 이용되었던 곳이 백령도였다.

진성여왕 때의 아찬 良貝는 왕의 막내아들이었다. 당나라에 사신으로 갈 때 後百濟의 해적들이 津島에서 길을 막는다는 말을 듣고 활 쏘는 사람 五〇명을 뽑아 따르게 했다. 배가 鵠島(우리말로는 骨大島라 한다)에 이르니 풍랑이 크게 일어나 一〇여일 동안 묵게 되었다. 良貝公은 이것을 근심하여 사람을 시켜서 점을 치게 하니, "섬에 神池가 있으니 제사를 지내

43 徐永大, 앞의 글, 20쪽.

44 李重煥 著·李翼成 譯, 앞의 책, 48~49쪽.

면 좋겠읍니다"했다. 이에 못 위에 제물을 차려 놓으니 못물이 한 길이나 넘게 칫솟는다. 그날 밤 꿈에 노인이 나타나서 良貝公에게 말한다. "활 잘 쏘는 사람 하나를 이 섬 안에 남겨두면 순풍을 얻을 것이요." 良貝公이 깨어 그 일을 좌우에게 물었다. …(중략)… 군사 居陁知의 이름(명패-필자 주)이 이 물에 잠기었으므로 그 사람을 남겨두니 문득 順風이 불어서 배는 거침없이 잘 나갔다.[45]

위의 설화는 『삼국유사』 권 2에 실려 있는 거타지설화居陁知說話의 일부이다. 이 설화는 거타지가 생지로 바쳐졌다는 것, 용왕이 등장하고 처녀가 꽃으로 화하였다는 점 등이 「심청전」과 유사하다고 하여 「심청전」의 근원 설화 탐구에 동원되기도 한다. 그러나 거타지와 용녀의 결혼은 사악한 여우를 물리친 영웅적인 행위에 뒤따르는 대가라는 점에서 「심청전」과는 사뭇 다르다. 양패 일행이 "풍랑이 크게 일어나 10여 일 동안 묵"은 곡도鵠島는 백령도의 옛 이름으로 『삼국유사』, 『고려사』, 『신증 동국여지승람』에 의하면 고구려에 속한 땅으로 고려 태조가 백령으로 고쳐졌다고 한다. 거타지 설화에서 양패 일행이 백령도에 정박한 것은, 이곳이 중국으로 가는 중간기항지 구실을 했으며 또한 풍랑이 일어났다는 것으로 보아 해난의 피난처 역할을 함께 했을 것으로 추측할 수 있다.

황해도 백령진白翎鎭이 일찍이 문화현文化縣에 합쳐져 있었는데, 그 고을의 아전衙前·관노비官奴婢를 새로 설치한 영강진永康鎭에 옮겨 소속시키고, 강령진康翎鎭이라 일컽게 하였다. 처음에 백령진白翎鎭이 해도海島로서 주위 1백 80여 리里에 비옥肥沃한 땅이어서, 고려 때에 현縣을 설치하고 진장鎭將과 부장副將을 두어 다스리게 하였다. 그 후에 수로水路가 험저險阻하여 왜구倭寇에게 침략당해도 능히 스스로 보전하지 못하므로, 온 고을이 육지로 나와서 문화文化·신천信川 두 고을의 사이에 우거寓居해 있었는

45 一然 著·李民樹 譯, 『三國遺事』(乙酉文化社, 1993), 141쪽.

데, 경인년에 진鎭을 혁파革罷하고 문화현文化縣에 합쳐졌다.[46]

천연적 자원이 풍부함에도 불구하고 왜구들의 노략질에 의해서 백령도는 황폐화될 수밖에 없었다. 국운이 기울어 백령도를 지킬 힘이 없자, 공민왕 2년(1390)에 백령도에서 백성들을 문화·신천의 고을로 우거하여 살게 하고 진을 혁파하고 진촌으로 삼았다. 오랫동안 황폐화되었던 백령도에 주민을 입주시킨 것은 세종 10년(1428)의 일이다.[47] 『조선왕조실록』에 백령도를 위시한 대청·소청도에 왜구가 나타나 이들을 토벌하는 기록이 자주 나오는 것으로 보아 이들에 의한 피해가 고려시대 이래로 계속되었음을 알 수 있다. 백령도가 속한 황해 본도는 고려시대에 전란과 병마가 끊임없이 일어났던 곳임을 주목할 필요가 있다. 「심청전」과 '심청설화'에 등장하는 황해도 황주와 관련된 기록을 보면,

> 고려 때에 극성이 여러 번 병란을 겪어, 백골이 들판에 드러나 있으므로 하늘이 음침하고 비가 오면 귀신이 원통함을 부르짖고 모여서 여기厲氣(전염병)가 되어 점차로 버져가니 황해도 지역에 백성들이 많이 죽었다. 때문에 나라에서 매년 봄 가을로 향 축을 내려 보내어 제사 드리게 하였다. 본조 문종 때에, 그것이 경기京畿에까지 전염되니 왕이 근심하여 친히 글을 지어 관원을 보내어 제사 드렸다.[48]

황해도 황주목에 속한 극성진棘城鎭에 대한 기록이다. 이 극성진棘城鎭은 봉산鳳山 황주黃州 두 고을 접계接界에 위치하여 옛날부터 국방國防의 요지要地가 되었으며, 산을 등지고 남서북 삼면으로 대야大野와 강류江流를 인접隣接하여, 천병千兵 만마萬馬가 결전을 시도할 만한 지리적 여건을 갖추었다

46 『조선왕조실록』 CD-ROM 세종 2009년 1월 19일(무신)조.
47 『옹진군향리지』(옹진군향리지편찬위원회, 1996), 292쪽.
48 민족추진위원회 편, 『신증 동국여지승람』 5(솔, 1996), 283쪽.

고 한다.[49] 극성진에 대해 "민간에서 전하기를 관군官軍이 홍건적紅巾賊을 여기서 방어하던 중 모두 적에게 섬멸되었다"[50]고 한다. 기록에서 보듯이 극성진은 고려시대에 여러 차례에 걸친 전란으로 말미암아 백골이 들판에 널렸으며, 이로 인해 전염병이 본도에 퍼져 많은 백성들이 죽었을 뿐만 아니라 이웃 경기도에까지 전염병이 퍼져 문종이 친히 제문을 지어 받쳤다는 것이다. 이것으로 보아 극성의 피해는 조선시대까지 이어졌음을 알 수 있다.

역사적으로 황해도는 전란과 병마로 인하여 많은 피해를 입었던 지역으로 『조선왕조실록』에 기록된 것에 의하면, 황해도는 다른 지역에 비해 제단이나 이와 관련된 것들이 많이 나타난다.[51] 이중환의 『택리지』에도 이와 관련된 기록되어 있다.

> 성에서 동남쪽으로 십여 리 되는 곳에 덕적산德積山이 있고, 산위에는 최영崔瑩의 사당이 있다. 사당에는 소상이 있는데 지방 사람이 기도하면 영험이 있다 한다. 지방 사람들이 사당 옆에다 침실을 만들고 민간의 처녀를 두어 사당을 모시게 한다. 그 처녀가 늙고 병들면 다시 젊고 예쁜 사람과 바꿔서, 지금까지 삼백년 동안을 하루같이 그렇게 하고 있다. 그런데 그 시녀가 스스로 말하기를 "밤이 되면 신령神靈이 내려서 교접交接한다." 하는 바,[52]

이것은 최영사에 처녀를 제물로 바치는 풍습에 대한 기록이다. 이중환李重煥은 "영은 꾀 없는 용부勇夫로, 제 딸을 왕후의 비妃로 삼게 하였고, 국사를 잘못하여서 끝내는 사직社稷을 남의 손"에 넘어가게 한 인물로 "교외郊外의 신이 되어 있으면서 아직도 남녀 간의 도락道樂을 잊지 못하는 바, 그가 자신의

---

49 김용국, 『황해도지』(황해도, 1970), 485쪽.
50 『국역 신증 동국여지승람』, 284쪽.
51 『국역 조선왕조실록』 제1집 CD-ROM, 세종 12년 8월 6일(갑술)조 참조.
52 李重煥 著·李翼成 譯, 앞의 책, 117쪽.

잘못으로 죽었음에도 심복心服하지 않았음을 알 수 있으니, 또한 어리석고 음탕하다"고 하면서 최영사가 수십 년 이래로 영험함이 없다고 비판하고 있다.[53] 그러나 고난을 당하는 민중의 입장은 이와는 달랐을 것이다. 최영은 억울하게 죽어 신이 된 존재로 그 영험함이 대단해서 자신들의 소원을 성취시켜줄 것으로 믿었던 것이다. 이것은 전란과 병마가 만연하는 불안한 현실을 살아가는 민중들이 고난을 타개하기 위해 신적인 존재에게 의탁하고자 하는 모습을 보여준 것이다. 즉, 신에게 인간을 제물로 바침으로써 그들에게 내린 모든 재앙이 사라지기를 기원하는 민중의 의식을 반영한 것이다.

「심청전」에서 심청을 사지로 몰고 가는 '인당수의 투신'과정의 설정은 황해도 장산곶 일대의 지리적인 환경과 전란과 병마에 시달렸던 황해 본도의 역사적인 사실이 반영된 것으로 보인다. 심청이 인당수에 투신하는 것은 민중들이 겪고 있던 고초를 신에 의탁하여 해소하고자 하는 모습을 보여준 것이다. 그래서 「심청전」에서 심청이 제수祭需로 팔려 인당수에 투신하는 것이다. 이것은 신에게 인간을 제물로 바침으로써 그들에게 내린 모든 재앙이 사라지기를 기원하는 민중의 의식을 반영한 것이다. '심청설화'에도 인당수 투신이 중요한 모티프로 설정되어 있다.[54] 현재 구전되는 설화에는 지리적인 환경이 주가 되어 심청의 효를 부각시키는 역할을 하고 있다. 그러나 현재의 화자들이 '심청설화'를 구술하는데 있어서 이러한 역사적 사실을 의식하지 못하더라도 그러한 사실로부터 자유스러울 수는 없는 것이다.

5. 맺는말

지금까지 '심청설화'가 백령도를 중심으로 해서 구전으로 전승되게 된 배경에

---

53 같은 곳.

54 『"심청전" 배경지 고증』에 실린 63편 중에서 61편, 『명칭과학』에 실린 4편 중 4편, 경기도에서 채록된 1편과 필자가 채록한 14편 중에서 12편에 인당수 투신 모티프가 내재되어 있다.

대해서 살펴보았다. 이 설화가 백령도 지역에서 집중적으로 채록되는 것은, 「심청전」의 공간 배경이 황해도인 것과 무관하지 않다. '심청설화'를 구술하는 대부분의 화자들이 「심청전」에 나오는 인당수가 백령도에서 눈으로 확인할 수 있는 장산곶 앞바다라고 믿고 있다. 그리고 조류의 방향을 설명해 보이면서 연화리와 연봉바위가 심청과 관련해서 생긴 것이라고 구술하는 화자들도 있다. 백령도가 행정구역상 황해도와 분리해서 생각할 수 없는 곳이기에 이러한 생각을 갖게 된 듯하다.

「심청전」의 주제가 시대적·사회적인 변화에 따라 '효'라는 관점에서 벗어나 다양하게 평가되는 데 비해, '심청설화'에서 심청은 효의 표상으로 구술되고 있다. 심청이 인당수에서 살아나올 수 있었던 것은 효심이 지극했기 때문이라는 것이다. 현재 채록된 '심청설화'에는 악인의 형상으로 그려진 뺑덕어미와 관련된 부분이 대부분 망각되거나 축소된 형태로 구술되었다. 이것은 뺑덕어미가 백령도에 살았다거나 고향이 백령도라는 것과 연관이 있다. 뺑덕어미가 살았다는 마을 이외에서도 그와 같은 악인이 백령도에 살았다는 것에 대해서 거부감을 표시하는 화자들이 있다. 이러한 화자들의 태도로 보았을 때, 설화 속에서 뺑덕어미는 곧 자취를 감추고 말 것이다.

역사적으로 보았을 때, 백령도는 중국과 왕래하는 중간지점에 위치해 있었다. 이 지역에서 구전되는 설화를 통해서도 이를 확인할 수 있었다. 이와 함께 황해도 지역이 전란과 병마로 인하여 고통 받던 곳이라는 것도 주목할 필요가 있다. 심청이가 아버지의 눈을 뜨게 하기 위해 인당수에 몸을 던진다는 설정은, 크게 보면 재난에 고통 받던 민중들이 신에 의탁하여 그들이 겪고 있던 고초를 해소하고자 하는 의식의 반영으로 볼 수 있다.

끝으로 옹진군에서 군비를 지원하여 백령도 진촌에 심청각을 건립함으로써 이 지역 주민들에게 '심청설화'의 존재를 가시적으로 보여주고 있다. 이러한 일련의 작업은 「춘향전」이나 「흥부전」의 공간 배경을 현장적 고찰을 통해 고증하고자 하는 의도와 무관하지 않다. 따라서 '심청설화'가 백령도 지역을 중심으로 구전될 수 있는 것은 지리적인 배경, 역사적인 사실과 함께 인위적인 작업이 병행한 결과로 보여진다.

7장

인물전설 연구

1. 여는말

인천이라는 지명이 역사적으로 처음으로 등장한 것은 조선 태종 13년 (1413)의 일이다. 인주仁州에서의 '인仁'자와 지방행정구역의 이름에 특별한 경우가 아니고는 산山이나 천川을 붙이도록 한 행정구역 개편 원칙에 따라 '천川'자가 합해져서 '인천仁川'이라는 행정구역명이 생기게 된 것이다.[1] 하지만 인천에 제법 오래 살고 "남산, 학산, 배꼽산"이라는 명칭을 기억하는 사람들은 인천 역사의 뿌리를 비류백제에 두고, 한 나라의 도읍지였다는 사실에 자부심을 느낀다. 그래서 비류백제의 도읍지였다는 '미추홀'이라고 하는 지명에 남다른 애착을 보인다.

인천은 일제에 의해 개항된 이래 1960~1970년대 경제개발을 거쳐 단기간에 괄목할 만한 성장을 이룩한 도시로, 1995년에 광역시로 확장·승격하여 현재 2군 8구, 1읍 19면 125개동으로 구성되어 있다. 인천광역시와 같이 과거 독자적인 행정체제를 유지하던 지역이 '인천'이라는 하나의 광범위한 행정구역으로 통廢합된 경우, 이들 지역에 전승하는 설화를 단일 범주로 설정하여 논의하는 것은 결코 쉬운 일이 아니다. 그렇다고 전혀 불가능한 것도 아니다. 『향토인천』,[2] 『인천의 설화』[3]와 같이 인천시민이 알아두어야 할 대표적인 설화들을 모은 자료집이 존재하기 때문이다.

이들 자료집에 수록된 설화는 전설이 대부분이다. 신성성과 진실성을 담보로 하는 신화의 경우는 과학적·합리적 사고를 중시하는 현대인의 입장에서 액면 그대로 받아들이기가 어렵다. 그리고 교훈성과 흥미성이 중요시되는 민담의 경우는 인천의 지역적 특성을 드러내는데 한계가 있다. 이에 비해서 전설은 '섬·산·고개·바위'와 같은 자연물과 '산성·묘·사찰'과 같은 인공물 등 지역에 있는 구체적인 증거물들을 활용하기에 신화나 민담에 비해 상대적으

---

1 인천광역시사편찬위원회, 『인천광역시사』 2(인천광역시, 2002), 3쪽.

2 향토인천편찬위원회, 『鄕土仁川』, 인천직할시, 1988.

3 『인천의 설화』, 인천문화원, 2000.

로 인천의 정체성을 파악하기가 용이하기 때문이다.

이 글은 인천지역의 전설 중에서 '인물'에 국한해서 살펴보고자 한다. 인물전설은 자연물이나 인공물 대신에 인물 자체가 증거로 제시되는 설화로, "어떤 인물이 어떤 사회적 환경과 부딪히면서 살아간 이야기"[4]이다. 특정 인물의 행적에 대한 신뢰가 인물전설의 성패를 좌우하기에 역사상 실존인물이거나 실존했을 것으로 여겨지는 사람이 주인공으로 등장하게 된다. 실존인물의 대부분은 문헌을 통해 그 실체를 확인할 수 있는 상층의 인물인데 비해, 실존했을 것으로 여겨지는 사람은 문헌을 통해서는 그 존재 여부를 확인하기 어려운 하층의 인물인 경우가 많다.

기존의 인천지역 인물전설에 대한 연구로는 손돌과 하음 봉씨 시조와 같은 개별 인물에 관한 연구[5]와 인천의 구전설화를 다루면서 부분적으로 인물전설이 언급된 연구[6]로 나눌 수 있다. 개별적인 인물 연구는 한 개인에 국한된 것이기에 인천지역 인물전설 전반에 대한 논의에까지는 이르지 못했다.

인천지역 인물전설을 비교적 폭넓게 다룬 연구로는 소인호의 「서해안지역 설화의 특징 연구」와 이영수의 「인천 지역의 구전설화 연구」를 들 수 있다. 소인호는 인천에 전승되는 설화를 '1) 광포 전설과 2) 지역 전설'로 구분하고, 다시 지역 전설을 '(1) 자연 전설, (2) 인문전설, (3) 지명·인물 전설, (4) 풍속·신앙 전설, (5) 문헌재래구비설화'의 5개 항목으로 나누어 인천 전역을 포괄하는 설화적 특성을 찾고자 하였다. 이영수는 인천의 구전설화를 6개의 항목으로 나누고, 그 중의 하나로 '인물전설'을 다루었다. 여기서는 조중봉·정희

---

4   조동일, 『인물전설의 의미와 기능』(영남대학교 민족문화연구소, 1994), 7~8쪽.

5   薛盛璟, 「손돌 傳說의 變異類型 硏究」, 『說話』, 민속학회 편, 교문사, 1989.
    이영수, 「손돌목[孫乭項]의 傳說의 分析과 現場」, 『비교민속학』 13집, 비교민속학회, 1996.
    성기열, 「퇴색된 건국신화 – 하음 봉씨 시조 전설」, 『정신문화연구』 5-4, 한국정신문화연구원, 1982.
    이영수, 「하음 봉씨 성씨시조설화 연구」, 『한국학연구』 10, 인하대학교 한국학연구소, 1999.
    이영태, 「인천 채동지(蔡同知) 이야기를 이해하는 방법」, 『인천고전문학의 현재적 의미와 문화정체성』, 인천대학교인천학연구원, 2014.

6   소인호, 「서해안지역 설화의 특징 연구-인천광역시의 구비전설을 중심으로-」, 『구비문학연구』 10집, 한국구비문학회, 2000.
    이영수, 「인천 지역의 구전설화 연구」, 『인천역사』 4호, 인천광역시 역사자료관 역사문화연구실, 2007.

량·박천봉의 일화를 중심으로 개략적인 논의가 이루어졌다. 따라서 인천지역의 인물전설 전반에 대한 본격적인 연구는 미흡한 편이라 하겠다.

이 글은 본격적인 논의에 앞서 『인천시사』를 비롯한 『향토인천』, 『인천의 설화』 등 인천지역에서 출간된 자료집에 등장하는 인물전설을 개관한다. 이는 인천지역에 전승되는 인물전설의 실상을 파악하기 위해서이다. 그리고 이들 자료집에 반복해서 등장하거나 의미 있다고 생각되는 인물을 선정하여 그와 관련된 전설의 내용을 살펴보고자 한다. 이 글에서 논의의 대상으로 삼은 인물은 기존 연구에서 다루어지지 않은 인물을 우선적으로 선정하였으며, 기존 연구에서 다루어졌다고 하더라도 개략적으로 언급되었거나 관점을 달리하는 인물의 경우는 논의의 대상에 포함한다.

2. 인천 출간 자료집에 나타난 인물전설 개관

우리나라의 대표적인 구비문학 자료집인 『한국구비문학대계』[7]에 수록된 인천지역의 인물전설을 살펴보면, 왕건·궁예·이성계 등의 창업주, 임경업·강감찬·최영 등의 장군, 황희·제갈량·율곡·토정·박문수·김삿갓 등의 재상이나 학자, 사명당·서산대사 등의 고승에 관한 이야기가 주를 이룬다. 그런데 『한국구비문학대계』에 수록된 인물전설은 전국 어디서나 채록된다는 점에서 인천지역을 대표하는 인물전설로 보기는 어렵다.

인천지역을 대표하는 인물전설을 고찰하기 위해서는 인천에서 출간된 자료집을 검토할 필요가 있다. 『인천시사』(하)(1973), 『향토인천』(1988), 『옹진군지』(1989), 『인천의 설화』(2000), 『인천광역시사』6(2002) 등에는 인천을 대표하는 인물전설이 수록되어 있다. 『인천시사』(하)에는 24편의 전설이 수록되어 있는데, 이중에서 〈비류의 건국 설화〉, 〈장사 박창보의 무용담〉, 〈오닭이

---

7 성기열, 『한국구비문학대계 1-7(경기도 강화군편)』, 한국정신문화연구원, 1982.
　성기열, 『한국구비문학대계 1-8(경기도 인천시·옹진군편)』, 한국정신문화연구원, 1984.

의 정녀〉, 〈시로 출세한 노론 이구령〉, 〈허암 선생의 죽엄〉, 〈이도명 열녀비〉, 〈역사 박천봉〉 등 7편이 인물전설에 해당한다.

『향토인천』에는 90편의 전설이 수록되어 있다. 이중에서 〈비류의 건국신화〉, 〈율도栗島를 개간시킨 조중봉趙重峰〉, 〈부평 땅에 당唐 좌수〉, 〈용두 헐어 역적이 된 구선복〉, 〈호랑이 잡아 병 구완한 효자 서씨〉, 〈오닭이의 곧은 딸〉, 〈줄타기 명수 김상봉〉, 〈명포수 오강산〉, 〈도술가 이병로〉, 〈도둑질 비법 유언한 조두목〉, 〈장사 박창보朴昌輔〉, 〈장사 박천봉朴天奉〉, 〈고현리의 최장사〉, 〈인두로 지져 죽인 지池아기 장사〉, 〈큰 뱀을 활로 쏜 류柳 장사〉, 〈삼각산 장사〉, 〈철마산의 장수〉, 〈자기의 귀를 자른 과부〉, 〈동첩 열녀〉, 〈무당 열녀〉, 〈채동지〉, 〈시 한구로 출세한 이구령〉, 〈허암 선생의 죽엄〉, 〈용마가 난 천마산〉, 〈하일과 유령의 흑백마黑白馬〉 등 25편이 인물전설에 해당한다. 이중에서 비류 전설을 포함한 5편은 『인천시사』(하)에 수록되어 있는 것을 띄어쓰기와 표현 일부만을 수정하여 재수록한 것이다.

『옹진군지』에는 43편의 전설이 수록되어 있는데, 이중에서 〈장광용 장사〉, 〈임장군과 명당〉, 〈백령도와 거타지〉, 〈최·박 두 장사의 힘겨루기〉, 〈매鷹목과 임청년〉, 〈비운의 김장사〉 등 6편이 인물전설에 속한다.

『인천의 설화』에는 50편의 설화가 수록되어 있는데, 이중에서 〈허암지 이야기〉, 〈유비무환으로 율도를 개간한 사연〉, 〈시아버지 버릇고친 지혜로운 며느리〉, 〈장사가 태어난 흔들못〉, 〈관가에서도 잡지 못한 장사〉, 〈아기장사의 죽음〉, 〈등극을 꿈꾸다 역적이 된 사연〉, 〈관가 대신 도둑을 잡은 장사〉, 〈백령도 신지와 거타지〉, 〈원순제와 신향의 전설〉 등 10편의 인물전설이 수록되어 있다. 그런데 여기에 수록된 10편의 인물전설은 『인천시사』(하), 『향토인천』, 『옹진군지』 등에 있는 전설을 읽기 편하게 윤색 내지 개작한 것이다.

『인천광역시사』 6에는 인물전설이라는 항목으로 35편의 전설이 수록되어 있는데, 〈쓰러졌다 세웠다 한 중심성 사적비〉를 비롯한 9편은 인물전설로 보기 어렵다. 따라서 『인천광역시사』 6에 수록된 인물전설은 26편이다. 이중에서 〈임경업장군 일화〉, 〈송장군 전설〉, 〈황장군의 전돌〉, 〈황장군 이야기〉,

〈이동휘 이야기〉, 〈김동엽 충절〉, 〈손돌목 전설〉, 〈손돌목 이야기〉, 〈선들이 추위〉, 〈고현리의 최장사〉, 〈도술가 이병노〉, 〈이도명의 처 열녀비〉, 〈단군의 세 아들이 쌓은 삼랑성〉, 〈무지개 타고 석함에서 태어난 봉씨 시조〉 등 14편은 새롭게 채록하여 수록한 것이다. 나머지 12편은 『인천시사』(하), 『인천의 지명유래』, 『옹진군지』에 있는 전설을 재수록한 것이다.

지금까지 인천에서 출간된 자료집에 수록된 인물들을 정리하면, '단군 아들, 비류, 봉씨 시조, 조헌, 정희량, 구선복, 임경업, 이구령, 거타지, 원순제, 박창보, 박천봉, 오닭이의 정녀, 효자 서씨, 이도명의 처, 이병로, 하일, 채동지, 최장사, 지池아기 장사, 오강산, 김상봉, 황장군, 송장군, 손돌, 추연도, 기타 인물' 등이다. 위로는 왕으로부터 아래로는 일반 서민에 이르기까지 다양한 형태의 인물전설이 전승한다.

인천에서 출간된 자료집에 수록된 인물전설의 경우는 전설을 떠나서도 알 수 있는 인물이나 여러 전설에서 되풀이 되어 등장하는 인물보다는 인천지역, 그중에서도 그 지역주민이 아니면 잘 알 수 없는 인물들이 대부분을 차지하고 있다. 그리고 '조헌·정희량'과 같은 상층의 인물보다는 '박창보·박천봉'과 같은 하층에 속하는 인물들에 관한 전설이 더 많은 편이다. 활동한 시대적 배경에서도 상하층의 인물은 차이를 보인다. 전설에 등장하는 시대적 배경은 상층 인물의 경우는 임진왜란 이후 정조까지가 주요 활동 무대이고, 하층 인물의 경우는 구한말에 활동했을 것으로 여겨지는 인물들이 주를 이룬다.

한편, 어느 지역이나 그 지역을 대표하는 명문거족이 있고, 그 가문과 관련된 이야기가 전승하기 마련이다. 그런데 인천지역에서는 그와 같은 설화를 접하기가 어렵다. 인천지역을 대표하는 명문거족으로는 인주 이씨를 들 수 있다. 인주 이씨는 고려왕실과 혼인을 통해 왕의 외척으로서 권력을 장악하고, 인천은 경원군(숙종 때) 인주, 경원부로 순으로 격상한다. 이자겸이 '십팔자도참설十八字圖讖說'을 맹신하여 난을 일으켜 멸문이 되어 몰락하기 전까지 인천의 위상을 높이는데 기여한 집안이다.[8] 이 지역을 대표하는 권문세가였던 인주 이씨에 대한 설화가 보이지 않는다. 〈용두 헐어 역적이 된 구선복〉과 같은 전설이 전승하는 것과 대비된다.

3. 인천지역의 인물전설

『향토인천』의 '내 고장의 인물'에 수록된 인물들의 선정 기준을 보면, 첫째 인천에서 출생하고 자라서 활약한 사람, 둘째 인천 출생은 아니지만 이 고장에서 자라서 활약한 사람, 셋째 인천에서 출생하지도 자라지도 않았지만 이 고장에 와서 자리 잡고 활약한 사람을 대상으로 하여 이들 중에서 기억할 만한 인물을 가려내어 수록하였다고 한다.[9] 이러한 기준은 인물전설에도 그대로 적용할 수 있을 것으로 보인다.

개항 이전의 역사적 인물들 중에서 인천을 대표할 만한 인물로는 '비류, 대각국사 의천, 이허겸, 이자연, 김민선, 조헌, 채수, 정희량, 이단상'을 꼽을 수 있다.[10] 인천과 관련지어 거론되는 인물들의 대부분은 관직에 있던 사람들로, 그 수효 역시 많은 편은 아니다. 이들 중에서 '비류, 조헌, 정희량'은 인물의 행적과 관련된 전설이 자료집에 수록되어 전해지고 있다. 비류에 관해서는 기존에 자세하게 언급한 바 있으므로 여기서는 논외로 한다.[11]

『인천 역사의 자랑』의 제1부 역사 속의 인천인에 실린 인물들의 면면을 살펴보면, 1) 근대 인천인으로 '고유섭, 홍진, 조봉암, 이은호, 장면, 곽상훈, 백범 김구'를, 2) 인천의 항일 투사로 '정재홍, 유인무, 심혁성, 나월환, 김도

---

8 김상열, 「인천의 중심, 문학산의 역사와 문화」, 『문학산 속으로 걸어가기』(인천광역시 남구학산문화원, 2005), 131쪽.

9 향토인천편찬위원회, 앞의 책, 260쪽.

10 『仁川 歷史의 자랑』, 인천광역시, 2001, 33~43쪽.

11 이영수, 「인천 문학산 설화 연구」, 『인천학연구』 20호, 인천대학교 인천학연구원, 2014, 197~207쪽 참조.

수, 이민창, 김진옥, 윤경렬'을 선정·수록하고 있다.[12] 이들은 역사적 행적이 뚜렷한 사람으로 인천을 위해 조금이나마 업적을 남긴 인물들이다. 그런데 이들 인물과 관련된 전설은 자료집에서 찾을 수 없었다. 오히려 박창보나 박천봉처럼 문헌이나 기록을 통해 그 행적을 확인할 수 없는 인물들에 관한 전설이 상당수 자료집에 실려 있다.

이 장에서는 인천지역에서 출간된 자료집에 수록된 인물전설을 종합적으로 검토하여, 인천을 대표할 만하다고 여겨지는 자료를 선정하여 전설의 내용을 살펴보고자 한다. 이 글에서 논의의 대상으로 삼은 인물전설은 모두 9편이다.

1) 조헌趙憲

조헌은 중종 39년(1544)에 김포에서 태어난 조선 중기의 문신이자 의병장이다. 본관은 배천白川이고 자는 여식汝式이며 호는 중봉重峯·도원陶原·후율後栗이다. 1592년 8월 조헌은 700명의 의병을 이끌고 전라도로 진격하려던 고바야가와小早川隆景의 왜군과 금산에서 전투를 벌였으나 중과부적으로 700명의 의병과 함께 전사한다.

조헌의 행적은 구전과 문헌을 통해 전해지는데, 임진왜란이 일어날 것을 예견하고 그에 대처했다는 점에서 공통점을 지닌다. 그런데 임진왜란의 대처 방식은 구전과 문헌 간에 현격한 차이를 보인다. 먼저 인천지역에 구전되는 전설을 살펴보겠다.

조중봉과 김총각의 장인은 세 번이나 장사 밑천을 김총각에게 대어 주었다. 그런데 조중봉이 김총각에게 장사를 시키자고 제의한 것은 한갓 핑계에 지나지 않았다. 그는 벌써 머지 않아 임진왜란이 일어날 것을 예견하고, 김총각을 율도栗島에다 보내어서 몰래 그 섬을 개간하게 했다. 이것은 조중봉과 김총각만의 묵계默契였다.

12 『仁川 歷史의 자랑』, 44~63쪽.

김총각은 조중봉의 영을 받아 장인에게는 장사를 하러 나간다고 했지만, 실은 율도로 와서 개간 사업에 힘썼다. 바다를 막아 논을 일구고, 황무지를 개간하여 밭을 일구었다. 그리고 집 두 채를 지었는데, 그 벽을 모두 찹쌀을 찧어서 만들었다. 그것은 피난을 와서 양식이 궁하면, 그 찹쌀을 떼어 먹을 수 있게 하기 위해서였다. 이 모두가 조중봉이 시킨 일이었다.

그뒤 얼마 아니하여 아니나다를까 임진왜란이 일어났다. 조중봉은 온 가족을 율도에다 피난을 시켜놓고 그는 의병대장으로 싸움터로 나갔다. 그리고 율도의 또 한 채의 집에서 김총각과 김총각 처가 식구를 피란케 하였다.

율도에는 지금도 조중봉네 일족의 산소가 있는데, 그 아래켠엔 김총각네 집안의 산소가 남아있다고 한다.[13]

위의 인용문은 〈율도栗島를 개간시킨 조중봉趙重峰〉의 일부이다. 조헌은 "임진왜란이 일어날 것을 예견하고" 김총각을 시켜 율도에 피란처를 장만한다. 그리고 집을 지을 때 "그 벽을 모두 찹쌀을 찧어서 만들"어 양식이 궁할 때를 대비하게 했다는 것이다. 위의 전설에서는 조헌이 이인적인 능력을 지녔음을 강조하면서 임진왜란의 대한 방비를 철저히 한 인물로 묘사하고 있다. 임진왜란이 발발하자 조헌은 의병대장이 되어 전쟁터로 달려갔지만, 그의 예지능력은 궁극적으로 국가의 위기를 타개하는데 쓰이지 못한다. 전쟁의 소용돌이에서 자기 가족과 그 외의 몇 사람의 안위를 돌보는, 지극히 개인적인 차원에서만 자신의 탁월한 능력을 발휘한다.

위의 전설에서는 역사현장에서 탁월했던 선견지명으로 장차 임진왜란이 일어날 것을 예언하고, 그에 대한 대비책을 강구할 것을 여러 차례에 걸쳐 적극적으로 건의했다가 미친 사람 취급을 받으면서 수차례 유배를 당했던 조헌의 모습을 찾아볼 수가 없다.[14] 오히려 이 전설에서 눈여겨 볼만한 대목은 '율

---

13 향토인천편찬위원회, 〈율도(栗島)를 개간시킨 조중봉(趙重峰)〉, 『鄕土仁川』, 310~311쪽.
14 임철호, 『설화와 민중의 역사의식-임진왜란 설화를 중심으로-』(집문당, 1989), 27쪽.

도'를 개간하였다는 것이다. 율도에 사람이 살게 된 내력을 조헌의 예지능력을 활용하여 설명하는 한편, 율도가 전란에서도 목숨을 보전할 수 있는 십승지지에 비견할 만한 길지임을 강조하고 있다.[15] 이로 인해 구국을 위해 목숨을 바친 조헌의 영웅적인 모습은 상당 부분 희석되고 만다.

① 조헌은 천문을 보고 임진왜란이 일어날 것을 미리 알아서, 매일 밤 제자들에게 무거운 것을 지고이고 산을 오르내리게 하여 훈련을 시켰다.

임진년 정초에 선조의 묘에 제사하고 마을 어른들을 모아 술을 대접한 뒤 눈물을 뿌리고 고별을 했다. 임진년 3월 밤, 유성流星이 큰소리를 내고 떨어지니, 조헌은 놀라면서 제자들에게 오늘 적군이 육지를 떠나 배를 탔다고 말했다. 일본군이 쳐들어오니 관군들은 모두 도망을 가는데, 조헌은 의병 수백 명을 모아 일본군과 대전하여 한 사람도 도망가지 않고 싸워 전원이 전사했다. 아아, 장한 의사로다.

② 연안延安 성안에는 본래 물이 없었다. 신묘辛卯(1591) 연간에 조헌이 왜구의 침입을 예측하고, 연안성은 반드시 지켜져야 되는 지역이라고 생각하여, 부사 신각申恪에게 글을 보내어 북쪽 신당神堂의 물을 땅을 뚫고 끌어들이라고 했다. 신각이 이 뜻을 받아들여 물을 끌어들여 놓았기 때문에, 이듬해 임진왜란 때 이 성을 지킬 수가 있었다. 그 뒤 사람들은 연안성 사수를 신각의 공적으로 생각하고 있지만, 사실은 조헌의 계책에 의한 것이었다.[16]

조헌 이야기는 『어우야담』에 실린 이후에 『기재사초』(하), 『지봉유설』, 『대동기문』, 『풍암집화』 등의 여러 문헌에 수록된다. 그의 행적이 『해동명신록』에 기술되면서 후대의 설화집에서는 약간씩 과장된 표현이 가미된 형태를

---

15 이영수, 「인천 지역의 구전설화 연구」, 184쪽.
16 김현룡, 『한국문헌설화』 1(건국대학교출판부, 2009), 289쪽.

띠게 되었다.[17] 위의 인용문에 나타난 조헌의 모습은 실제 그의 역사적 행적을 재구한 것에 가깝다. 1591년 일본의 도요토미豐臣秀吉는 겐소玄蘇 등을 사신으로 보내어 명나라를 칠 길을 빌리자고 한다. 이에 조정의 상하가 어찌할 바를 모르고 있을 때, 조헌은 옥천에서 상경하여 지부상소로 대궐문 밖에서 3일간 일본사신의 목을 벨 것을 청한다. 이를 조정에서 받아들이지 않자 시골로 내려와 탄식한다. 하지만 조중봉은 자신의 뜻이 관철되지 않았다고 해서 좌절하지 않는다. 그는 ①에서는 "매일 밤 제자들에게 무거운 것을 지고이고 산을 오르내리게 하여 훈련을 시켰"고, ②에서는 "부사 신각申恪에게 글을 보내어 북쪽 신당神堂의 물을 땅을 뚫고 끌어들이라고" 하면서 훗날을 도모한다.

구전전설에서 조중봉은 임진왜란이 일어날 것을 미리 알고 피란지를 마련하는 소극적인 태도를 취하는데 비해 문헌설화에서는 임진왜란을 국가적인 변란으로 인식하고 이에 대한 대비책을 스스로의 힘과 노력으로 강구하고자 했다는 점에서 보다 적극적인 자세를 보인다. 구전전설과 달리 임진왜란에 대해 적극적인 대응의지와 대응행위를 통해 자신의 예지능력을 국가적·민족적 차원으로 승화시켜 발휘한다.

한편, 일제의 식민지배가 고착화되어가는 현실에서 지식인들은 현재의 상황과 연동될 수 있는 과거의 역사적 사건을 통해 민족이 처한 위기를 극복하고자 한다. 당시의 상황과 쉽게 연동 가능한 과거의 사건이 바로 임진왜란이었다. 임진왜란 당시 일본을 격퇴한 민족의 영웅을 복기하는 것은 국권상실과 식민지화 과정에서 상처받은 당시의 조선 민족을 조금이나마 위로할 수 있는 소재가 되었다.[18] 이러한 시대적 상황에서 민족의 영웅으로 부각된 인물 중 하나가 바로 조헌이다.

1921년 10월 7일자 『동아일보』 「이조인물약전(사팔)선조조(속)」에서 조헌

---

17 위의 책, 290쪽.

18 한정훈, 「설화에 나타난 실존 인물의 의미화와 전승 주체의 의식−김제 정평구 설화를 대상으로−」, 『구비문학연구』 36집(한국구비문학회, 2013), 158~159쪽.

은 "고종후·정발"등과 함께 기사화되는데, 조헌의 임진왜란에서의 활약상을 비교적 소상하게 소개하고 있다. 그리고 10월 11일자 『동아일보』 「이조인물 약전(오일)선조조(속)」에서 다시 조헌은 "이양원·김명원·한응인·정곤수·박순· 노수신"과 함께 다뤄지는데, 이전보다는 간략하게 조헌의 죽음과 그 후의 일들을 간략하게 소개하는 정도였다. 그리고 이은상은 『국조명신록』에 수록된 조헌의 이야기를 1931년 12월 13일자 『동아일보』 「독서기문-조헌의 고학」을 통해 소개한다.

1931년 10월 17일자 『조선일보』 「야담구락부회」에서는 "柳光烈씨의 趙重峯 이야기가 잇스리라 한다."는 기사가 보인다. 류광열은 『삼천리』에 「칠백의사의 순절」[19]이라는 제목으로 조중봉에 대한 야담을 게재한 인물이다. 이보다 먼저 조중봉의 야담을 발표한 사람은 김진구이다. 김진구는 1931년 7월부터 「천고비장, (야담)금산 칠백의사총」라는 제목으로 조헌의 일대기를 『별건곤』에 5회에 걸쳐 게재한다.[20]

일제강점기 신문잡지에서는 조헌의 임진왜란에서의 활약상에 주목하여 이를 기사화하거나 야담이라는 이름으로 연재를 한다. 조헌은 우리 민족의 구국의 영웅으로서 한자리를 차지하였던 것이다. 그런데 인천지역에 전승하는 조헌 관련 전설에서는 위에서 살펴본 임진왜란에서의 활약상에 대한 내용을 찾아볼 수 없다.

2) 정희량鄭希良

정희량은 연산군 때의 문신으로, 본관은 해주海州이고, 자는 순부淳夫이며 호는 허암虛庵이다. 1498년 무오사화戊午史禍 때 난언을 범하고 난을 고하지 않았다는 혐의로 의주義州에 귀향을 갔다가 1500년 5월 김해로 이배되었으며 1501년 유배에서 풀려난다. 그해 모친이 돌아가시자 수묘守墓하다가 산책을 나간 뒤 다시 돌아오지 않았다. 그는 갑자년甲子年에 큰 사화가 일어날

---

19 柳光烈, 「七百義士의 殉節」, 『삼천리』 제4권 제4호, 1932. 04.

20 『별건곤』 제41호~제43호, 제50호~제51호.

것을 예언했다고 한다. 이런 정희량에 관한 이야기는 구전과 문헌을 통해 전해지고 있다. 『인천시사』 (하)에는 〈허암 선생의 죽엄〉이라는 제목으로 정희량의 '둔세遁世와 축지법'에 관한 이야기가 실려 있다.

③ 虛菴이 1502年(燕山君 8年)에 母喪을 當하였는데, 그해 5月 5日에 갑자기 집을 나갔다. 黔岩洞 향나무에 喪服을 걸어 놓고 金浦江邊에다 신을 벗어 놓은 다음 온데 간데 없이 자취를 감추어 버렸다. 그때 향나무에는 다음과 같은 시 한 首가 걸려 있었다.
"日暮滄江上 天寒水自波 孤舟宜早泊 風浪夜應多" 이를 풀이 하면 "해 저문 江上에 찬 물결 절로 이는데, 쪽배는 이미 강가에 대였으며 밤 사이 風浪은 사납겠구나."
虛菴은 性質이 剛健하고 文章과 詩에 能하고 陰陽學에 밝았으며 榮達에 마음이 없는 사람이었는데 뒤에 사람들이 말하기를 虛菴이 甲子士禍가 있을 것을 미리 알고 俗世를 떠난 것이라고 했다. …(중략)… 鄭希良은 그후 李千年으로 變姓名을 하고 山寺를 遊歷하다가 晚年에 平安道 定州 深遠洞에서 죽었다는 말도 있다.[21]

④ 허암선생 부친은 강원도에 계셨는데 하루저녁 밥을 먹고 어머니에게 "아버지한테 갔다오겠습니다."하고 길을 떠나더니 몇 시간 후에 아버지의 편지를 갖고 돌아왔다.[22]

위의 ③에서는 "김포강변에다 신을 벗어 놓고" 자취를 감춘 것을 뒤에 일어난 갑자사화와 연관 지어 "허암이 갑자사화가 있을 것을 미리 알고 속세를 떠"났다고 한다. 정희량은 1497년 대교待敎 벼슬을 할 때 왕에게 경연經筵에 충실할 것과 신하들의 간언諫言을 받아들일 것을 상소하였다가 연산군에게

21 인천시사편찬위원회, 〈虛菴의 遁世〉, 『인천시사』 (하), 753~754쪽.
22 이경성 지음, 배성수 엮음, 〈축지법(縮地法) 허암선생〉, 『인천고적조사보고서』, 인천문화재단, 2012, 202쪽.

밈보인다. 그는 갑자년의 사화 때 연산군의 화가 자신에게 미칠 것을 미리 알고 고의로 죽음을 위장하여 피화被禍로 인한 가정의 몰락을 막았다는 것이다. 인천지역에 전해오는 이야기에 의하면, 정희량은 실제로 죽은 것이 아니라 집을 나와서 서구 검암동의 허암봉 자락에서 은둔 생활을 한다. 계양산의 줄기에서 갈라진 허암산이 그의 호에서 비롯된 지명이라는 것이다.

　④에서는 축지법을 이용하여 강원도를 한나절에 왕복할 수 있는 신이한 능력을 가진 인물로 묘사되고 있다. 이 전설은 이경성이 인천시립박물관장으로 재직하던 1949년 10월 23일 서곶지방의 고적을 조사하는 과정에서 채록한 것이다. 『인천시사』 (하)에 수록된 〈허암의 축지법〉은 위의 ④의 내용에서 축지법이 좀 더 부각되도록 내용을 첨삭한 것이다. 정희량은 선견지명의 안목과 남다른 능력을 소유한 인물이지만, 시대적 상황은 그로 하여금 자신의 역량을 마음껏 발휘하지 못하게 한다. 그는 세상에서 쓰일 수 없는 처지였기에 자신의 신분을 숨긴 채 살아간다. 지배계층에 속했던 그는 은둔이라는 소극적인 방법을 통해 당시의 불합리한 현실에 저항할 뿐, 사회적 변혁을 꾀하지는 않는다.

　정희량이 미래를 예언하고 이인적인 행적을 보였다고 하는 것은 문헌설화에도 나타난다. 정희량 이야기를 가장 먼저 싣고 있는 『용천담적기』에는 정희량이 점을 잘 쳤고 미래의 일을 예측하고, 연산군의 화를 피해 죽음을 가장하고, 승려가 되어 묘향산에서 숨어 지냈다고 한다. 이런 정희량의 이야기는 임진왜란을 지나고서 몇 가지 새로운 이야기가 첨가된다.[23] 임진왜란 이전의 설화에서는 점복에 관한 이야기만 있는데, 임진왜란을 지나고 다시 구성된 설화에서는 신선사상과 관련된 도술적 내용의 이야기가 첨가된다. 김륜 설화에서는 주문을 외워 방 밖에서 울고 있는 여우를 즉사하게 하고, 김유신 이야기에서는 원수 갚는 원귀를 물리치고, 그 밖의 이야기에서는 득도자인 도사의 모습으로 그려지고 있다.[24] 인천지역에서 구전되는 축지법과 관련된 ④

23　김현룡, 『한국문헌설화』 6(건국대학교출판부, 2000), 45~46쪽.
24　위의 책, 49쪽.

의 전설은 임진왜란 이후에 형성된 이야기를 바탕으로 한 것으로 볼 수 있다. 정희량의 이인적인 풍모는 구전보다 문헌설화에서 보다 잘 드러나며, 이야기 자체도 훨씬 다양하고 흥미로운 요소가 많이 내재되어 있는 편이다.

3) 구선복具善復

구선복은 조선 후기 영·정조 때의 무신으로, 본관은 능성綾城이며 자는 사초士初이다. 1786년(정조 10년)에 죄를 입어 아들 이겸以謙과 조카 명겸鳴謙과 함께 형사刑死하였다. 인천지역에서는 구선복이 용두산을 헐어 역적이 되었다고 하는 이야기가 전해진다.

> 구선복이 병조판서에 있을 때였다. 수사를 지낸 부친의 산소를 쓰는데, 명당을 찾느라 골몰했다. 그러다가 마침내 명당인 서곶 용두산에다 장사를 지냈다. …(중략)… 어느 날 풍수지리에 밝은 대사 한 분이 구선복을 찾아갔다. 그러자 구선복은 자랑삼아 자기 부친의 묘소를 그 대사에게 보여드렸다. "대사, 어떻소? 이만한 자리면 명당이라 할 수 있겠소?" "아 네, 여부가 있겠사옵니까? 하오나 명당은 분명한데, 아직 고물이 차지 못하였사옵니다." "아니, 대사 그게 무슨 말이오?" "이 혈이 용두혈이온데, 용의 머리가 어째 덜 된 듯 하옵니다. 저길 좀 보십시오." 구선복은 대사가 가리키는 곳을 바라보았다. "대사, 저 곳이 어떻단 말이오." "네, 저쪽을 더 헐어야 용머리의 형국이 완연하겠사옵니다. 저기를 헐면 틀림없이 장차 판서께서는 등극하실 것이옵니다."
>
> 이 말을 듣자 구선복은 회심의 미소를 지었다. 그리고 신하로서 감히 품을 수 없는 왕위를 욕심내어 많은 사람을 동원하여 대사가 가리키는 쪽을 헐어내었다. 그러자 구선복은 그 뒤 등극은커녕 세자 책봉 문제에 연루되어 역적으로 몰려, 아들과 조카와 함께 죽음을 당했다. 일설에는 그 대사가 다른 사람이 아닌 옛날의 자기 집의 종이었다고 한다. 그 대사가 종으로 있을 때, 몹시 시달림을 받아 그 집을 뛰쳐나와, 몇 십 년간 도를 닦아

대사가 되어, 옛날의 원수를 이렇게 하여 갚았다고 전해진다.[25]

위의 〈용두 헐어 역적이 된 구선복〉은 풍수설을 모티프로 한 이야기로, 설화 전승집단은 신하로서의 본분을 망각한 구선복의 행동을 비판적인 시각에서 바라보고 있다. 위의 전설처럼 풍수설을 통해 인간의 흥망성쇠를 이야기하는 설화는 전국적으로 분포되어 있다.

구선복은 무반벌족의 대표인 능성 구씨의 일원으로 무종武宗이라 불릴 정도로 막강한 군사 권력을 지닌 인물이었다.[26] 『정조실록』에는 구선복이 오만방자한 언행과 폭력으로 수차례 공개적으로 물의를 일으켰다는 기사가 나온다. 구선복은 성격이 교만방자하고 무례하여 그의 재관기간 중에 집안의 하인은 물론이고 조정의 고관 중에서 그에게 봉변을 당하지 않은 사람이 없을 정도였다. 구선복은 관직생활을 하면서 수많은 적을 만들었던 것이다. 더욱이 그는 사도세자의 죽음에 직간접적으로 관여된 인물로도 알려져 있다. 정조 10년 12월 5일 이담의 외할아버지인 송낙휴는 구선복과 이담이 역모를 꾸몄다고 고변한다.[27] 구선복은 심문을 받고 자신의 죄를 자복한 바로 다음날 능치처사의 극형을 받는다. 정조는 구선복의 제거를 통해 군권을 완전히 장악한다. 더 이상 정조에 맞설 무반 세력은 존재하지 않게 된다.[28] 구선복이 역적이 된 것은 당시의 정치적 역학관계와 밀접한 관련이 있는 것이다.

〈용두 헐어 역적이 된 구선복〉에서는 명당을 자랑하는 구선복에게 풍수지리에 능한 대사가 용두산의 일부를 헐어내어 "용머리의 형국이 완연하"게 되면 왕이 될 수 있다고 말한다. 구선복은 대사의 말을 믿고 산혈을 잘랐다가 오히려 역적이 되어 죽음을 당한다. 그런데 구선복으로 하여금 스스로 명당을 훼손하게 만든 대사가 실은 구선복 집안의 종으로, 구선복에게 복수하

25 인천직할시사편찬위원회, 〈용두 헐어 역적이 된 具善復〉, 『인천시사』 (하)(인천직할시, 1993), 743쪽.
26 『정조실록』 정조 22권, 10년 12월 21일(경신).
27 『정조실록』 정조 22권, 10년 12월 5일(갑진).
28 김준혁, 「正祖의 훈련대장 具善復제거와 壯勇大將임명」, 『역사와 실학』 44(역사실학회, 2011), 168쪽.

기 위해 거짓으로 이야기를 꾸며냈다는 것이다. 〈용두산 구성필具聖弼의 묘墓
〉에서는 구선복에게 용두산의 산혈을 자르게 한 대사가 15세에 구선복의 집
에서 도망간 남자종으로, 원수를 갚기 위해 20여 년 동안 도를 닦은 인물이
라고 한다.[29] 하지만 어떤 일을 당해서 원한을 품게 되었는지에 대해서는 구체
적인 언급이 없다. 이 전설에서는 구선복이 역적이 된 것을 개인적 차원의 복
수로 귀결시키고 있다. 권력을 남용하여 사람들에게 인심을 잃었던 구선복이
기에 그의 집안이 몰락한 것을 당연하게 받아들이고 있다.

4) 이구령李龜齡

『인천시사』 (하)에는 시詩를 잘 지어 관직에 등용된 이구령 이야기가 전해
지고 있다. 이 전설의 내용을 요약·정리하면 다음과 같다.

> 이구령은 조선 경종 때 부평 사람으로, 한미한 집안의 양반이다. 그는
> 어렸을 때부터 글을 많이 읽어 박식했으나 어느 당파에도 소속되지 못해
> 관계官界에 진출할 수 없었다. 출세하고 싶었던 이구령은 노론을 두둔하는
> "천지무신삼월변天地戊申三月變 일성신축사충신日星辛丑四忠臣"이라는 시를
> 지었다. 이 시가 주위 사람들에 의해 노론의 권문에까지 전달되어 관직에
> 등용되었다. 그는 현감으로 부임하는 날, 의기가 양양하여 "심항독서궁일
> 월深港讀書窮日月 평원기마홀춘풍平原騎馬忽春風"이란 시를 지었다. 시의 내
> 용은 '궁벽한 시골에서 평생동안 글만 읽다가 이제 넓은 들판에 말을 타고
> 관직을 얻어 부임하게 되니 마음에 봄바람이 홀연히 불어오는구나.'라는
> 뜻이다. 불우한 선비가 시 한 수로 출세의 길이 열리게 되었다고 하여 이
> 동리에서는 이구령의 이야기가 전해온다고 한다.[30]

---

29 이훈익, 〈용두산 구성필(具聖弼)의 묘(墓)〉, 『인천지방향토사담(역사이야기)』(인천지방향토문화연구소,
   1990), 339쪽.

30 〈詩로 出世한 老論 李龜齡〉, 『인천시사』 (하), 1973, 749~750쪽.

위의 〈시로 출세한 노론 이구령〉에서 이구령은 박식했음에도 불구하고 과거시험을 통해 관직에 진출하려고 하지 않는다. 이구령이 살았을 당시 과거시험은 제대로 시행되지 않았으며, 실제로 시험을 시행해도 여러 가지 부정이 자행되고 당파나 문벌 위주로 하여 중앙의 양반자제가 아니면 급제하기가 어려웠다. 지연·혈연·사제·학벌·당파 관계 등과 연결되지 않고서는 출세할 수가 없었던 것이다.[31] 이구령은 미천한 양반출신에 어느 당파에도 소속되지 못한 사람이었다. 그는 "항상 마음으로 노론에 의거하고 싶었으나 그렇게 할 길을 찾기도 힘들었다. 그는 늘 가슴 속에 깊이 간직하고 골똘히 생각하던 나머지 언젠가"[32] 소론에 의해 사사된 4대신을 칭송하는 시를 쓰게 된다.

이구령이 시를 쓴 시기는 소론 일파가 노론에 의해 쫓아나고 참살당할 무렵이다. 물론 그 이전에는 소론에 의해서 두 해에 걸쳐 사화가 일어나면서 노론의 4대신인 김창집·이건명·조태채·이이명 등 관련자 50여 인이 처단되고, 그 밖의 핵심인물들이 유배 또는 연좌되어 처벌된다. 전설에 등장하는 이구령에게서는 당시 살육이 자행되었던 비정한 정치 현실에 대한 비판 의식을 찾아볼 수 없다. 그는 오직 출세하고자 하는 욕구에서 집권층인 노론에 아부하는 시를 쓰고, 그로 인해 진사가 되고 참봉이 되며 나중에는 현감으로 승진하게 된다. 정국이 혼란한 시기에 있어서는 과거시험과 같은 정상적인 방법보다는 이구령의 예에서 보듯이 비정상적인 방법으로 출셋길에 오르는 것이 지름길인지도 모른다. 이 전설을 통해 출세하기 위해서는 실력도 중요하지만 시류를 읽을 줄 아는 안목과 현실과 적당히 타협할 줄 아는 자세가 필요함을 이야기하고 있다.

5) 효자 서씨孝子徐氏

우리나라에서 가장 많이 전승하는 설화가 효자와 관련된 이야기이다. 주

---

31 韓㳓劤, 『한국통사』(을유문화사, 1978), 327쪽.
32 〈詩로 出世한 老論 李龜齡〉, 『인천시사』 (하), 1973, 750쪽.

로 60대 이상의 효성을 바라는 입장에 있는 화자들이 구술한다.[33] 『향토인천』에는 부평에 살던 효자 서씨에 관한 이야기가 실려 있다. 이 전설의 내용을 요약·정리하면 다음과 같다.

옛날 부평에 항리航里라는 마을이 있었다. 이 동네는 왜정 때 군용지로 수용되어 폐동이 된 곳이다. 이 마을에 살던 서씨 문중의 천석꾼 부자의 아들은 효성이 지극하였다. 서부자가 큰 병에 걸려 오랫동안 고생을 했다. 하루는 이름난 의원이 호랑이의 생간을 먹으면 낫는다고 하자, 서효자는 그 길로 호랑이를 잡기 위해 산으로 갔다. 여러 날을 헤맨 끝에 결국 호랑이를 잡아 생간을 아버지께 바쳤더니 완쾌되었다. 전하는 말에 의하면, 서효자의 효성에 감동한 하느님이 천우신조를 내렸을 것이라고 한다. 어떤 사람이 서효자의 효행을 임금께 상소를 올렸고, 효성에 감동한 임금이 정문을 세우게 되었다. 이 정문은 약 30여 년 전까지도 있었다고 전해진다.[34]

위의 〈호랑이 잡아 병 구완한 효자 서씨〉와 같은 효행설화는 전국적인 분포양상을 보이고 있다. 효행설화는 효행전설과 효행민담으로 나눌 수 있는데, 위의 이야기는 전설에 해당한다. 효행설화에서 두드러지게 나타나는 사상은 효지상주의적 사고이고, 특이한 사건은 현실적으로 불가능한 이적들이 나타난다는 것이다.[35] 호랑이의 생간이 필요하다는 말에 서효자는 숙련된 포수도 두려움에 떠는 호랑이를 잡고자 산속을 헤맨다. 그러던 "어느날 서효자는 바라고 바라던 큰 호랑이 한 마리를 만났다. 그는 무서움을 참고 혼신의 힘을 다하여 기어코 호랑이를 잡아 눕"[36]힌다. 이를 사람들은 천우신조라고 말한다.

33 김대숙, 「효행담」, 『한국민속문학사전』 2(국립민속박물관, 2012), 819쪽.
34 〈호랑이 잡아 병 구완한 孝子 徐氏〉, 『鄕土仁川』, 312~313쪽.
35 최운식, 「효행설화에 나타난 전승집단의 의식」, 『한국설화연구』(집문당, 1994), 141쪽.
36 〈호랑이 잡아 병 구완한 孝子 徐氏〉, 『鄕土仁川』, 313쪽.

효행설화의 서사전개 과정을 보면 '보상'이라는 마지막 단락이 여타 다른 이야기에 비해 매우 두드러진 현상을 보인다.[37] 우리 속담에 "내리사랑은 있어도 치사랑은 없다"고 한다. 효를 행하는 것은 당연하지만 결코 당연히 지킬 수 없는, 너무도 어려운 일이기에 그에 따른 반대급부로 "효성에 감동한 임금이 정문"을 세워준다. 이러한 결말의 해피엔드는 효마저도 현세적인 공리주의로 각색해버리고 만다.[38] 이런 효행전설을 통해서 우리의 의식에 효사상이 넓고 깊게 자리하고 있음을 알 수 있다.

6) 이도명의 처李道明 妻

과거 우리 사회에서 재혼은 거의 남자에게 국한된 것으로 여겼으며, 여자는 '열녀불경이부'라 하여 수절할 것을 강요당했다. 본래 재가금제는 양반계층에 국한된 것이었으나 일반 평민층에게까지 확산되면서 여성을 억압하는 이데올로기로 정착하게 된다. 수절녀와 정절녀의 행적을 기린다는 명목 아래 정문을 세우고 표창을 하면서 여성의 실절을 막고자 했다. 이런 재가금제를 이익은 『성호사설』에서 "우리나라의 아름다운 풍속에 중국도 따르지 못할 것이 있는데, 바로 미천한 여자도 절개를 지켜 개가하지 않는 것"[39]이라고 하면서 아름다운 풍속으로 규정한다. 이러한 열녀에 관한 이야기가 『인천시사』(하)에 전해지고 있다. 이 전설의 내용을 요약·정리하면 다음과 같다.

심곡동에서 시천동으로 가는 길에 '이도명의 처 열녀비'가 있다. 이 비는 이도명의 처가 순사殉死한 것을 가상히 여겨 세운 것이다. 이도명은 자동차 운전수였는데, 경인가도에서 교통사고로 죽었다. 남편의 죽음을 비통해 하던 그의 처는 젖먹이를 키우고 남편의 삼년상을 치른 날 유서를 남기고 남편의 뒤를 따라 죽었다. 이 사실을 안 동네사람들이 그녀의 행동

37 김대숙, 「문헌소재 효행설화의 역사적 전개」, 『구비문학연구』 6집(한국구비문학회, 1998), 22쪽.
38 이어령, 『한국인의 신화』(서문당, 1996), 128쪽.
39 이익 저, 민족문화추진회 역, 『성호사설』(솔출판사, 1997), 240~241쪽.

이 열녀답다고 하여 열녀비를 세웠다. 그런데 세월이 흐르고 윤리관이 변하면서 그녀의 행동을 비난하는 목소리가 높아지면서 열녀비는 마침내 땅에 쓰러지고 말았다. 그 뿐만 아니라 비가 원상대로 서 있으면 이씨 집안에 우환이 생긴다고 하여 혹시 어떤 사람이 바로 세워 놓아도 다시 쓰러뜨리고 말았다.[40]

위의 〈이도명 열녀비〉에서 동네사람들은 이도명의 처의 행실을 기리기 위해서 자발적으로 열녀비를 세워준다. 『조선명륜록』에 의하면 열녀는 크게 세 가지 등급으로 구분된다. 첫째는 남편을 따라 죽는 것이요, 둘째는 이도명의 처와 같이 젖먹이를 키워놓고 남편을 따라가는 것이요, 셋째는 평생 수절하는 것이다. 1·2등 열녀의 경우는 나라에서 정문을 세워주고 이들 집안의 요역徭役을 면제해주었다. 따라서 가문에서 순사하지 않을 수 없게끔 압력을 가하는 사례가 비일비재하였다. 〈이도명 열녀비〉에 등장하는 이도명의 처는 자기 스스로 목숨을 끊은 것이기에 그 경우가 조금 다르기는 하다.

유교적 가치관에 의하면 이도명의 처의 행동은 아주 훌륭하다. 지아비를 위해 정절을 지켰으니, 정문을 세워 기리고 그 행적을 후대에 길이 전할 만하다.[41] 2002년에 발간된 『인천광역사사』 6의 〈이도명의 처 열녀비〉에서는 "남편에 대한 열녀로서 칭송보다는 어린 아이의 어머니로서 의무를 다하지 못했다는 비난이 높아지면서 열녀비는 땅에 쓰러지고 말았다."[42]고 하면서 이야기를 끝마친다. 시대가 변하고 윤리관이 바뀌면서 이도명의 처의 행동은 후대 사람들에게 비난의 대상이 되고 있다. 정절 이데올로기는 더 이상 사회를 지탱하는 가치관이 아닌 것이다. 그리고 이씨 집안에 후환이 생긴다는 단락이 탈락되어 있다.

〈이도명 열녀비〉에서 하나 주목할 것은 "비가 원상대로 서 있으면 이씨

---

40 〈李道明 烈女碑〉, 『인천시사』(하), 1973, 754~755쪽.

41 조동일, 앞의 책, 111쪽.

42 〈이도명의 처 열녀비〉, 『인천광역시사』 6, 448쪽.

집안에 우환이 생긴다고 하여 혹시 어떤 사람이 바로 세워 놓아도 다시 쓰러 뜨리고 말았다."고 하는 것이다. '이씨 집안의 우환'이 어떠한 것인지 구체적으로 언급되어 있지 않아서 정확한 내용을 알 수는 없다. 다만 인천지역에는 자연물 내지 인공물을 이용하여 여자들의 품행이 단정하지 못하게 된다는 이야기가 다양한 형태로 전승하고 있다.[43] 그 중의 하나가 비석형 설화로, 〈이도명 열녀비〉에 등장하는 열녀비와 같은 비석에 감응한 여자들이 바람이 난다는 것이다. 비석형 설화에 의하면, 비석이 원상대로 서 있으면 여자들이 바람이 나고, 쓰러지면 여자들의 바람기가 잠잠해진다. 〈이도명 열녀비〉에서 열녀비를 바로 세워놓아도 다시 쓰러뜨린다는 것으로 미루어 보아 여성의 바람기와 연관된 것으로 유추해 볼 수 있다. 이처럼 여성들의 바람기를 비석과 관련지어 설명하는 것은 다른 지역에서 찾아보기 어려운 것으로 인천지역만의 특징이라 하겠다.[44]

7) 박창보朴昌輔

인천지역에는 장사와 관련된 이야기들이 제법 많이 전승되고 있다. 이중에서 이름이 전하는 대표적인 인물 중의 하나가 박창보이다. 『인천시사』 (하)에 수록되어 있는 전설의 내용을 요약·정리하면 다음과 같다.

구한말 고종 때 간석동에 박창보라는 장사가 있었다. 그는 포수로서 힘이 세고 담이 컸다.

당시 이 일대에는 무서운 도적이 판을 치고 있었다. 관에서 도적의 두목을 잡아 사형언도를 했으나, 모두들 후환이 두려워 시행하지 못한 채 전전긍긍하였다. 이 소식을 들은 박창보가 자진해서 도적의 두목을 총살해

---

43 이영수, 「'풍기문란'형 설화 연구-인천 지역을 중심으로-」, 『비교민속학』 36집(비교민속학회, 2008), 425~455쪽. 이영수는 '어떤 대상에 감응한 여성들이 바람이 난다.'고 하는 이야기를 '풍기문란'형 설화로 명명하고 인천 지역에 전승하는 '풍기문란'형 설화를 크게 바위, 비석, 산세, 용천의 4가지 유형으로 나누어 고찰하였다.

44 위의 논문, 440쪽.

버렸다.

　　그러자 도적들이 야밤을 타서 박창보의 집에 대거 침입해 왔다. 박창보는 부인의 옷을 입고 여자로 변장하여 쇠도리깨를 가지고 대항하여 도적들을 물리쳤다. 도적들은 이놈의 집은 여편네까지도 장사라고 하면서 도망쳤다고 한다.

　　그 후 임오군란 때 일본인 하나부사 요시모토花房義質가 문학동으로 피란을 갈지음 장자골에 사는 최춘택이라는 사람이 왜병들의 총을 한 아름에 15정을 탈취해 간 일이 있었다. 이때 왜병들이 최춘택을 쫓는 것을 보고 박창보가 지붕에 올라가서 기와를 뚝뚝 떼어 왜병들의 머리를 맞춰 죽였는데, 그 명중률이 백발백중이었다. 지금도 샛골에는 박창보의 후손이 살고 있다고 한다.[45]

　　위의 〈장사 박창보의 무용담〉에 등장하는 박창보는 지금의 인천 남동구 간석동에 살았다고 전해지는 인물이다. 위의 전설에 나타난 박창보의 행적은 크게 인천지역을 근거지로 활동했던 도적을 물리쳤다는 이야기와 임오군란 때 인천도호부에 머물던 하나부사 일행을 공격하는데 일조했다는 이야기로 구분할 수 있다.

　　인천지역은 한 때 도적들의 소굴이 되어 백성들을 괴롭혔으나 관가에서는 힘이 부쳐 이들의 만행을 수수방관했던 것으로 보인다. 어느 날 도둑의 두목이 체포되자, 그의 목을 베어야함에도 불구하고 인천부사 이하 모든 사람들이 후환이 두려워 망설인다. 이때 박창보가 자진해서 도적의 두목을 처치한다. 박창보는 도적들이 보복하기 위해 자신의 집으로 쳐들어오자, 아내의 옷을 입고 이들과 대적한다. 인물전설은 지역적 증거물과 긴밀히 결합되지 않기 때문에 자연전설 등에 비해 전설적 정체성이 약한 편이며, 서사가 흥미 위주로 흘러갈 경우 민담적 변이가 일어나기도 한다. 그래서 인물전설의 경우에는

---

45 〈壯士 朴昌輔의 武勇談〉, 『인천시사』 (하), 1973, 746쪽.

전설과 민담에 두루 걸치는 양상을 보이게 된다.[46] 여자 옷을 입고 여편네로 변장해서 도적을 물리쳤다고 하는 박창보 이야기가 이에 해당한다.

1882년 임오군란이 발생하여 군인들이 일본 공사관을 공격하자, 당시 일본 공사였던 하나부사는 7월 20일 공사관원 28명과 함께 서울을 탈출하여 지금의 인천광역시 남구 문학동에 있었던 인천도호부 관아에 도착한다. 당시 인천부사였던 정지용은 서울에서 발생한 임오군란 소식을 미처 듣지 못해 하나부사 일행을 환대하여 맞아들인다. 그러나 곧이어 임오군란의 주동자 중의 한 사람인 무위영 군졸 정위영 등이 인천도호부에 도착해서 흥선 대원군의 밀지를 전달하자 인천도호부 병사들이 하나부사 요시모토 일행을 포위·습격한다.[47]

〈장사 박창보의 무용담〉에 따르면, 인천 관민들이 서울에서 쫓겨 온 하나부사 일행을 공격할 때 박창보가 어느 정도 공적을 세웠다는 것이다. 그러나 사실 여부는 확인할 수 없다. 이 일이 있은 후에 인천사람들은 박창보를 두려워하면서 피했으며, 관에서는 그런 그에게 일부의 권한을 주어 정책적으로 이용하였다고 한다.[48] 박창보가 의협심을 발휘하여 관민의 고민거리를 해결해 주지만, 그 역시 백성들에게 기피의 대상이 되고 만다. 현실에서 장사로서의 삶을 살아간다는 것이 결코 쉬운 일이 아님을 박창보 전설을 통해 확인할 수 있다.

8) 박천봉朴天奉

인천지역에서 박창보와 함께 대표적인 장사로 꼽히는 인물이 박천봉이다. 그는 타고난 힘을 주체하지 못한 인물로, 그의 행적이 『인천시사』(하)에 수록되어 있다. 박천봉과 관련된 전설의 내용을 요약·정리하면 다음과 같다.

---

46 신동흔, 「인물전설」, 『한국민속문학사전』 2(국립민속박물관, 2012), 620쪽.

47 「하나부사 일행 관민 피습 사건」, 『디지털인천남구문화대전』(incheonnamgu.grandculture.net).

48 이훈익, 〈인천 태생 장사 박창보(朴昌輔)〉, 『인천지방향토사담(역사이야기)』(인천지방향토문화연구소, 1990), 235쪽.

구한말에 서곶 시천동 농가에서 머슴살이를 하는 박천봉이라는 사람이 있었다. 그는 키가 단소한 편이었으나 힘은 장사여서 그를 당해내는 사람이 없었다. 그는 평소에 말이 없었으나 술만 먹으면 힘자랑을 하였다. 그의 술주정으로 인해 사람들이 피해를 입었다. 하루는 대취한 박천봉을 관가에서 나와 포박하였는데, 3일 동안을 먹지 않고도 견고한 옥벽을 발로 차서 무너뜨렸다. 탈옥하면서 관병들이 뒤쫓을 것을 걱정하여 바윗돌을 들고 다녔는데, 그 돌은 3~4인의 힘으로도 들 수 없었다. 그 길로 그는 시천동 외딴 곳에 있는 친구 집을 찾아가서 피 묻은 옷을 갈아입고 어디론가 사라졌다고 한다.[49]

위의 〈역사 박천봉〉에 등장하는 박천봉은 남의 집에서 머슴살이하는 미천한 신분이지만 선천적으로 굉장한 힘을 타고난 장사이다. 하루는 같은 동네 사람이 소가 없어 논을 갈 수 없다고 하자, 취중에 박천봉은 자기가 소 대신 쟁기를 끌겠다고 하면서 단숨에 여러 이랑을 갈아 치운다. 괴력의 소유자인 박찬봉은 자신의 힘을 주체하지 못한다. 그래서 술만 마시면 힘자랑을 하고 주정을 부려 동네 사람들로부터 손가락질을 당한다. 박천봉은 자신의 타고난 힘을 어떻게 사용해야 할지를 몰랐다. 그의 힘은 백성들을 위해 쓰이는 것이 아니라 오히려 그들을 괴롭히는데 사용하였던 것이다.

어느 날 관가에서 나와 대취한 박찬봉을 포박하여 옥에 가둔다. 그는 3일 동안 아무 것도 먹지 못한 채 옥에 갇혀 있었지만, 견고한 옥사의 벽을 발로 차서 무너뜨리고 탈옥한다. 그리고 관병이 쫓아올까봐 큰 바위 하나를 들고 십리나 되는 시천동으로 간다. 박천봉이 들고 갔다는 바위는 서너 명의 장정이 들기도 어려운 큰 돌이었다. 그는 친구 집에서 피묻은 옷을 갈아입고는 세상을 등지고 다시는 나타나지 않는다. 이처럼 박천봉은 영웅적인 면모를 지녔음에도 불구하고 종국에는 사회에 용납되지 못한 상태로 자취를 감추고 만

49 〈力士 朴天奉〉, 『인천시사』 (하), 1973, 755~756쪽.

다. 이러한 박천봉의 행적에서 아기장수 설화의 편린을 엿보게 된다. 아기장수는 시대적으로 혼란기에 출현하여 신분적인 제약 때문에 자신의 꿈을 펼쳐보지도 못한 채 죽거나 사라지게 된다. 박천봉은 시대를 잘못 타고난 인물이었던 셈이다.

9) 채동지蔡同知

인천지역에는 불가사의한 힘으로 병을 낫게 했다는 채동지라는 걸인에 대한 이야기가 전해오고 있다. 그는 인천항을 배회하던 인물로, 그의 행적이 『향토인천』에 수록되어 있다. 채동지와 관련된 전설의 내용을 요약·정리하면 다음과 같다.

> 일제강점기에 인천 항구에 살던 수백 명의 거지 중에서 가장 널리 알려진 인물이 채동지이다. 채동지 이름이 널리 알려진 것은 그가 불가사의한 점을 많이 지니고 있었기 때문이다. 인천 구시가지 사람들은 채동지가 개건너(서곶지방)에서 왔다고 하고, 서곶 사람들은 김포지방에서 왔다고 하며, 통진 사람들은 파주지방에서 건너 왔다고 한다. 그가 어디서 왔는지 확실하지 않다. 인천과 서곶, 통진에서 전해지는 바에 의하면 채동지는 부유한 양반 집안의 자제라고 하며 1910년 한일합방으로 나라가 없어지자, 처자식과 재산을 버리고 거지행세를 시작했다고 한다. 그는 사람이 주는 것 이외에는 절대로 훔치지 않았다. 채동지의 입침은 백병통치약이라는 소문이 돌아서 사람들은 과자를 사서 그의 침을 바른 과자를 병이 난 아이에게 주었다. 사람들은 채동지를 가까이 여기고 따뜻하게 대해 주었는데 일제강점기 중엽쯤부터는 그의 모습이 인천에서 사라졌다. 그가 어디서 죽었는지 또는 다른 지방으로 떠났는지 알 수 없었다.[50]

---

50 〈蔡同知〉, 『향토인천』, 325~326쪽.

채동지와 관련된 기록은 윤치호의 일기에서 처음으로 확인할 수 있다. 윤치호는 1920년 11월 11일자 일기에서 채동지를 언급하면서 그의 침을 바른 떡을 먹으면 치료효과를 볼 수 있다. 특히 불임 여성의 회임도 가능하다고 하여 돈과 장신구, 옷가지 등을 가져다주는 여성들로 연일 북새통을 이뤘다고 한다.[51] 채동지의 침을 만병통치약으로 생각했다는 점에서는 윤치호의 일기와 위의 〈채동지〉전설의 내용이 일치한다.

1924년 『개벽』 6월호 「경성의 미신굴」에 "蔡同知라는 妖物이 한번 나오매 長安 萬戶의 男女가 菓子를 사 가지고 先後를 다투어 그 놈의 침을 단꿀가티 바더 먹엇"[52]다거나, 1933년 『별건곤』 11월호 「뚱뚱보 哲學, 非모던 人物學(講座其五)」에 "소위 채동지蔡同知라는 괴물도 어지간이 뚱뚱하야 그 사람의 침만 먹어도 병이 낫는다고 악을 악을 쓰고 차저갓던 녀자들이 각금 경풍을 하얏섯다."[53]고 한다. 사람들은 채동지의 침을 신앙적인 측면에서 바라보았던 것이다.

일제강점기에는 채동지의 침에 의한 치료행위가 기독교의 이적과 비교된다. 1925년 『개벽』 7월호 「『에루살넴의 조선』을 바라보면서, 조선 기독교 현상에 대한 소감」에서 "奇蹟專賣特許者 金益斗를 보라! 그는 일즉이 菓子에 唾液을 발너줌으로써 병을 고친다고 하는 소위 蔡同知의 제2세가 되어 교회의 열광적 歡迎을 얼마나 만히 바덧는가. 신흥의 朝鮮을 위하야는 이와 가튼 鮮洋折衷의 開明한 미신은 재래 순 조선식 미신보다도 도로혀 위험성과 해독이 만흔 것이다."[54]고 하면서 채동지를 끌어들여 기독교를 비판한다. 당시 지식인들 사이에서 채동지는 미신적 행위를 일삼는 대표적인 인물로 인식되었던 것이다.

51 이영태, 앞의 책, 185~186쪽.

52 「京城의 迷信窟」, 『개벽』 48호, 1924, 101쪽.

53 觀相者, 「뚱뚱보 哲學, 非모던 人物學(講座其五)」, 『별건곤』 67호, 1933, 19쪽.

54 堅志洞人, 「『에루살넴의 朝鮮』을 바라보면서, 朝鮮 基督敎 現狀에 對한 所感」, 『개벽』 61호, 1925, 60쪽.

오늘날에도 채동지 이야기가 전승하고 있다. 『한국구전설화집』 11[55]에 3 편과 『경기북부구전자료집』 I[56]에 3편 등 모두 6편의 채동지 설화가 채록되어 있다. 그중의 한 편을 살펴보겠다.

채동지 이야기(1)

채동지라는 분이 구한말에 있었어요. 구한말에 있었는데, 우리 할머니, 우리 할머니가 시방 살아계시면 백이십 세 되셨을 거예요. 이렇게 되신 분인데 그 할머니가 나 어려서 자랄 때만해도 채동지 얘길 하시구, 그 후에도 시방 다들 돌아가셨지만 노인네들이 채동지 얘기들을 해요.

근데 일정 말엽부터 일정하에 들어와가지구 그 양반이 있었어요. 근데 그 양반의 행동반경이 어디냐면 광탄면, 조리면 그 일대야. 근데 이인이에요. 그렇게 천하장사야. 시방 요즘 씨름장사 그거 유가 아니에요. 그렇게 장대하구, 그런데 이 사람이 기운이 어떻게 좋은지 눈구녁에 드러누워자면 그 근처의 눈이 다 녹는다는 거야. 그리구 그냥 말을 떠듬거리고, 말을 하는데 그러니까 어디 가서허면, 그 어떤 부자가 밥을 해줬대. 한 말 밥을 해줬다는 거야. 그랬더니 이걸 다 먹드래는 거야. 그리구 그 사람이 나타나면 구경꾼들이 나타나고, 구경하느라고 뫼 당기고, 그리구 일정 때 일본 사람들이 들어와가지구 과자라는 게 처음 들어왔어요. 그걸 한국 사람들이 뭐라 그랬냐면 왜떡이라 그랬어요. 그래서 그 채동지가 나타나면 침을 질질 흘리더래는 거야. 그러면 그 침을 발러 먹으면, 아주 만병통치약으로 낫는대는 거야. 그래서 그 왜떡을 사가지구 그 채동지 그 침을 묻혀가지구 자식들 멕일려구, 그러게 했다는 걸 우리 할머니가 말씀해 주시더라구. 그런데 일본놈들이 요시찰 인물아냐? 이인이니까. 여기다 쇠사슬을 채운 거야. 발에다가. 그래가지구 돌아다닐 때 그 쇠사슬을 질질 끌고 댕겼대.[57]

---

55 이기형, 『한국구전설화집』, 11(고양·파주편), 민속원, 2005.

56 조희웅·노영근·임주영, 『경기북부구전자료집』 1, 박이정, 2011.

57 이기형, 앞의 책, 315~316쪽.

위의 〈채동지 이야기(1)〉에서 채동지의 침을 만병통치약으로 생각하는 것은 인천지역에 전해지는 전설과 큰 차이가 없다. 다만, "이 사람이 기운이 어떻게 좋은지 눈구녁에 드러누워 자면 그 근처의 눈이 다 녹는다"고 하여 이인적인 모습이 좀 더 부각되고 있다. 이처럼 채동지 주변에는 눈이 녹는다고 하는 것은 또 다른 설화에서도 찾아볼 수 있다. 〈채동지 이야기(2)〉에서는 "근데 그 사람은 노인네한테 들은 얘긴데, 암만 눈이 와두 말야. 그냥 앉아 있으믄 그 근방의 눈이 다 녹는대."[58]거나 〈채동지 이야기(2)〉에서는 "그 채동지가 이 엄동설한에두 엊그저께 모냥 날이 춥구 눈이 와 쌔두 거 잠자리에는 [이상무: 채동지가 앉았던 자리는 삼메타 눈이 녹는대요.] 삼메타 눈이 다 녹는대요. 엄동설한에두."[59]라고 한다. 여기서 눈은 채동지가 이인적인 인물임을 나타내주는 용도로 사용되고 있다.

일제강점기에 나온 인쇄매체에 등장하는 채동지는 부정적인 인물로 표현되는데 비해 구전설화에서는 채동지의 침은 사람들에게 만병통치약으로 각광받는다. 그리고 "일본경찰은 채동지를 사상가로 여기고 체포하여 취조 하였으나 말을 못하고 증거가 없으므로 그냥 석방시켰다"[60]거나 "일본놈들이 요시찰 인물아냐? 이인이니까. 여기다 쇠사슬을 채운거야. 발에다가. 그래가 지구 돌아다닐 때 그 쇠사슬을 질질 끌고 댕겼대"고 하여 일제에 의해 탄압받은 역사적 인물로 묘사하고 있다. 채동지 전설은 설화 전승집단의 관점과 사상이 직접적으로 작용하면서 새롭게 해석되고 있는 것이다.

4. 맺는말

지금까지 인천에서 출간된 자료집에 수록된 인물전설을 개관하고, 이들

---

58 위의 책, 97쪽.
59 위의 책, 317~318쪽.
60 〈채동지〉, 『향토인천』, 326쪽.

자료집에서 인천을 대표할 만하다고 여겨지는 9명의 인물을 선정하고 그들과 관련된 전설의 내용을 살펴보았다.

자료집에 수록된 인물전설의 주인공을 인천지역과 관련해서 정리하면, 인천지역 출신 인물은 '비류, 봉우, 이구령, 박창보, 박천봉, 오닭이의 정녀, 효자 서씨, 이도명의 처, 이병로, 하일, 최장사, 지池아기장사, 김상봉, 황장군, 송장군, 정광용' 등이며, 인천에 편입된 인물로는 '조헌, 정희량, 구선복, 임경업' 등을 들 수 있고, 인천을 다녀간 인물로는 '단군의 세 아들, 이여송, 원순제, 거타지' 등이 있다. 인천지역에 등장하는 인물은 위로는 왕으로부터 아래로는 일반 서민에 이르기까지 다양하다. 그런데 인천지역의 인물전설에서는 '조헌, 정희량, 구선복'과 같은 상층의 인물보다는 '박창보, 박천봉, 이도명의 처'와 같이 하층에 속하는 인물전설이 비교적 많은 편이다. 따라서 인천지역의 인물전설은 훌륭한 인물에 대한 소개가 아니며, 그렇다고 반드시 인천지역 출신에 국한된 이야기도 아니다.

조헌은 1920~1930년대에 구국의 인물로 부각되고, 문헌설화에서는 임진왜란을 예언하며 이에 대한 대비책을 국가적인 차원에서 강구하는 인물로 그려진다. 이에 비해 인천지역에서 전승하는 전설에서는 가족의 안전을 위해 율도 개발에 자신의 역량을 발휘함으로써 영웅적인 면모가 상당 부분 퇴색되어 지역적 인물로 안주하게 된다. 정희량과 관련된 '둔세遁世' 전설은 연산군의 화가 자신에게 미칠 것을 알고 고의로 죽음을 위장하여 인천지역에서 은둔해서 살았다는 것으로 역사적 사실에 근거한 것이다. 그리고 '축지법' 전설은 임진왜란 이후 문헌에 추가된 내용을 반영한 것으로, 도인적인 면모를 지닌 정희량의 모습을 보여준다. 조헌과 정희량 같이 문헌과 구전을 통해 이야기가 전승하는 경우는 구전전설에 나타난 인물의 행적은 문헌설화에 비해 상대적으로 이야기가 단순화되거나 개인의 관심사가 지엽적인 문제에 국한된다.

구선복의 경우는 역사적 사실에 근거한 일화적인 전기에서 탈피하여 인천지역에 전승하는 증거물을 활용하여 그가 역적이 된 상황을 설명하고 있다. 그런데 구선복이 역적이 된 것을 이름 모를 대사의 개인적인 원한을 해소하기 위한 것으로 풀이함으로써 구선복을 둘러쌓고 벌어졌던 당시의 시대적 상황을 제대로 읽어내지 못하고 있다. 이구령을 통해서 미천한 가문의 인물이 성공하기 위해서는 집권세력에 의탁할 수밖에 없음을 보여준다. 실력은 둘째 문제이고 시류를 읽을 줄 아는 안목과 현실과 적당히 타협할 줄 아는 자세가 필요하다는 것이다.

인천지역에도 다른 지역과 마찬가지로 효자와 열녀이야기가 전승하고 있다. 서효자의 행동은 효행전설의 일반적인 서사구조를 지니고 있다. 열녀로 인식되었던 이도명의 처는 시대가 변하고 가치관에 변화가 생김에 따라 남편을 따라 순사한 정절녀에서 어린 자식을 남기고 죽은 비정한 어머니로 위상이 바뀐다. 여성의 정절에 대한 사회적 변화를 수용한 설화 전승집단의 사고를 읽을 수 있다.

인천지역에는 장사와 관련된 전설이 많이 전승하고 있다. 그중에서 대표적인 인물이 박창보와 박천봉이다. 박창보는 도적의 괴수를 처단하고 임오군란 때 인천도호부에 머물던 하나부사 일행을 습격하는 과정에서 나름 공적을 세운다. 하지만 그의 거침없는 행동은 인천사람들에게 두려움을 주고 그를 기피하게 만든다. 박천봉은 자신이 가진 힘을 주체하지 못하고 무고한 사람들을 괴롭힌다. 그런 박천봉을 인천 관민들은 사회에서 격리시키고자 한다. 사회에서 용납될 수 없었던 박천봉은 그가 들고 다녔다는 커다란 바위 하나만을 남겨둔 채 세상에서 사라지고 만다. 박창보와 박천봉 두 인물을 통해 현실에서 장사로 살아간다는 것이 결코 쉬운 일이 아님을 확인할 수 있다.

인천항을 배회하던 인물인 채동지는 불가사의한 힘으로 병을 낫게 했다고 전해진다. 일제강점기에 나온 인쇄매체에서는 채동지를 부정적인 인물로 묘사되는데 비해 구전전설에서 등장하는 채동지는 이인적인 모습이 부각된다. 더욱이 그는 일제에 의해 탄압받는 역사적 인물로 그려지고 있다.

지금까지 살펴본 바에 의하면, 인천지역의 인물전설에 등장하는 주인공들은 전설을 떠나서도 알 수 있는 인물이거나 여러 전설에서 되풀이되어 등장하는 인물보다는 인천지역주민이 아니면 잘 알 수 없는 인물들이 대부분을 차지한다. 이것은 인천이 서해안지역의 중심에 위치하여 군사적 요충지로서의 역할을 담당했지만, 역사상 대부분의 시기는 평범한 농·어촌지역으로 자리하고 있었던 것과 무관하지 않은 듯하다.

부록

덕적도의 구전자료

1. 여는말

덕적도는 우리나라 도서 가운데서 기록상으로 가장 오랜 역사의 고장으로, 『삼국사기三國史記』나 『당서唐書』 등에 나당羅唐 교통로상 중요지점의 하나로 덕물도德物島 또는 득물도得物島의 이름으로 나타나 있다.

덕적도는 인천에서 서쪽으로 75.24km 떨어진 곳에 위치해 있으며, 주변의 8개의 대소 유인도와 31여 개의 무인도를 총칭하여 덕적군도라고 부른다. 이와 같은 많은 섬들이 덕적도를 모도母島로 하고 동서남쪽으로 집결되어 하나의 군도를 이루고 있다. 덕적도는 경기만에서는 가장 멀리 바다 깊숙이 위치하고 있으며 황해도와 충청남도를 바라보고 있을 뿐 아니라 양도의 연안도서들과 예부터 어업으로 인한 직간접의 연고관계가 있었다.

덕적도는 섬의 8할이 산지이고, 겨우 2할이 평지라고 한다. 이 지역의 농산물로는 섬사람들이 3~4개월을 버티기가 힘들었다고 한다. 그래서 사람들은 덕적도에서 생산된 수산물을 갖고 황해도와 충청도까지 가서 농산물과 교환하여 생계를 유지하였다.

조사자가 만난 제보자에 의하면, 덕적도에 사람이 살기 시작한 것은 200~300여 년 전이라고 한다. 이것은 국가에서 이주민을 다스리고 국방을 엄하게 할 필요를 느껴 300여 년 전부터 덕적도에 진을 두고 첨사僉使가 두었다는 역사적 기록과 일치하고 있다. 덕적도는 교동에 본영을 둔 수사水使의 관할하에 속하여 절제사가 와서 7척의 배와 100여 명의 군사를 거느렸다고 한다. 이 절제사가 살고 있던 곳이 바로 지금의 면사무소 소재인 진 1리라고 한다. 그래서 이 지역을 진촌이라고 부르게 되었다는 것이다. 이 진은 갑오경장이 단행되면서 폐지되었다고 한다.

덕적도에 이주한 주민들 중에서 10대가 넘는 집안으로는 달성 서씨, 인동 장씨, 남평 문씨, 연안 차씨, 전주 이씨(이상은 주로 서포리 일대에 거주), 의령 남씨, 청주 한씨, 은진 송씨, 경주 최씨(이상은 주로 진리 일대에 거주), 밀양 박씨, 안동 김씨, 김해 김씨(이상은 주로 북리 일대), 그리고 도내 각 리에 교동 인씨, 해주 오씨, 광주 조씨, 풍덕 장씨, 제주 고씨, 나주 임씨, 창원 황씨, 경주 정씨, 남양 홍씨들이 있으며, 유독 한산 이씨만은 이개에 입주하였다고 한다. 그래서 제보자 중에는 이개라는 유래를, 그 지역엔 이씨들만이 살았기 때문에 생긴 것이라고 구술하기도 한다.

현재 덕적도는 서해에서 이름난 피서지, 유원지로 손꼽히고 있다. 그래서 여름이면 많은 피서객들이 덕적도를 찾는다. 사람들이 덕적도를 많이 찾는다고 해서 도내 주민들의 생계에 도움을 주는 것은 아니다. 그것은 외지 사람들이 들어와서 장사를 하기 때문에, 도내 주민들에게는 별 소득이 없다. 교육이나 생계 면에서 어려워 덕적도를 떠나는 주민들이 많으며, 현재는 662가구에 1,413명의 주민들이 살고 있는데 대부분은 노인들이라고 한다.

2. 도서명의 유래

1) 덕적도德積島

덕적도는 인천에서 서쪽으로 75.24km 떨어진 지역에 위치하고 있는 면적이 20.66km²에 해안선의 길이가 36km에 이르는 덕적면의 중심 섬이다. 덕적도는 덕물도德物島 외에 덕물도德勿島, 득물도得物島 등으로도 표기하였는데 용비어천가龍飛御天歌에 보면 고려 말 왜구에 관한 기사가 실려 있는 중 '덕적德積'의 이름 아래에 '덕물'이라 표기하고 있는 것으로 미루어 볼 때 '덕적德積'으로 쓰고 읽기는 '덕물'로 한 것을 알 수 있다. 이것은 '큰물섬'이라는 우리말을 한자화한 것이라 생각된다. 즉 덕적도란 큰물, 깊은 물, 즉 크고 깊은 바다에 있는 섬이란 뜻으로 쓰인 것이라고 할 수 있다.[1]

조사자가 제보자에게 들은 바에 의하면, "옛날에는 덕물돈데, 덕물돈데 하도 덕을 많이 쌓아서 쌓을 적자해서 덕적도라고 했다는 그런 말도 있고"[2]고

---

1 『인천의 지명유래』(인천광역시, 1998), 892쪽.

2 제보자: 장문우(74세), 사는 곳: 덕적면 진리, 채록일시: 2001. 11. 24.

하여 한자로 쓰여진 대로 덕적도德積島를 풀이하고 있음을 알 수 있다.

덕적도에 대한 지명은 참 복잡해요. 김현기씨의 말을 들으면, 덕적도를 옛날에 뭐라고 했다더라. (조사자: 덕물도, 득물도라고 하던데요?) 응, 덕물도가 아니라 그 양반 얘기를 들으면, 응, 수심도水深島. 수심도라는 얘기는 큰- 바다에, 깊은 바다에 큰 바다에 있는 큰 섬이다, 이런 뜻이라는 거예요, 그 양반이. 그래가지구 그- 큰 바다니까 뭐 '대大'자도 썼겠지만 이 '큰 덕德'자, 큰 덕자를 써가지구서 덕적도라고 했는데.

옛날에 보며는 덕적도가 뭐어(종이에 쓰면서) 덕물, '큰 덕德'자, 덕적은 나중 얘기고. 득물이고 했잖아, 득물. 덕물, 득물이라고 또 뭐- 인물이라고 했어요. 이 '인仁'자도 큰 자라고 해서 인물이라고 했다는 거예요. 덕적, 득물, 인물 등 여러 가지 이름이 있는데… (자료를 찾아보면서 생각하다가) 그런 지명에 옛적부터 내려왔는데. 아까 얘기한 김현기라는 노인은 본래 이 섬의 이름이 수심도였다 하는데 그 양반의 얘기가 무슨 근거가 어디 있는지 모르지만, 아마 큰 바다에 있는 큰 섬이라서 수심도를 덕적도라고 하는 건데. 그 양반 이야기가 옳은지 그른지 모르겠어요.

옛날 문헌에 내려오는 것이 덕물도, 득물도 그렇게 계속해서 내려오니까 그렇게 알고 있는데. 아마도 시방도 덕적이라서, 시방 큰물이고도 하지. 큰물이, 큰물이, 옛날 시방 옛날 할머니들은 덕물이라고도 하고, 큰물이라고도 한단 말이야. 아마 옛-날에 내려오던 지명을 그래도 쓰고 있거든. 큰물이, 덕물이, 배를 타고 가다가도 '큰물이 간다거나 덕물이 간다'고도 하는 그런 얘기하는 것을 보면, 역시 옛날 지명이 덕물이, 큰물이라고 하는데. 근데 왜 덕적인데 왜 큰물이라고 하느냐, 뭐 서울대학교 박물관에서 교수들이 조사한 것을 보니까, 그 용비어천가? 용비어천가에 덕적도에 관한 사항이 나오는데, 거기다가 덕적이라고 쓰고 덕물이라고 했다구 썼더라구요. (웃음) 덕적이라고 한자로 쓰고, 이-, 괄호하고 덕물이라고 썼으니까. 덕적이라고 썼지만은 덕물이 맞는 것이 아니냐 이런 얘긴데.

이 뭐 그런 거 골치 아파서 내가 연구를 안 해서… 그래서 그 덕물이라고 한 것을 덕적이라고 써도 덕물이라고 그렇게 읽는다. 그런 전통이 시방도 내려오는 것이 아닌가. 현재 사람들이 덕적에도 덕물이라고 하는 것이 아닌가. 그런 거 덕적에 관한 설명은 상당히 복잡해요.[3]

2) 소야도蘇爺島

소야도蘇爺島는 덕적도 남방 약 500m 거리의 바다 갯골을 사이에 두고 있는 면적 3.03km²의 섬으로서 남북의 길이가 11.5km에 달하는 반면 폭은 길이에 비하여 협소한 편이며 섬 중간부분인 남쪽에 이른바 반도목에서 잘록하게 굽어졌다가 다시 넓어지면서 부채발 모양의 반도형을 이루며 남쪽으로 뻗어 나간 부위를 소야도내의 소야반도蘇爺半島라고 부르고 있으며 반도골까지 나가 그쳤다.[4] 이 섬은 그 생김새가 새의 나는 모양과 같은 곳이라 하여 '새곳섬', '사야곳섬' 등으로 불렀다는 설이 있다.[5]

한편, 이 섬이 소야도라고 불리게 된 것은 당나라의 소정방과 관련이 있다는 전설이 구전되고 있다.

이 덕적에서 떨어진 소야도란 섬이 있는데 소야도란 이름이 (소정방이) 여기 와서 남해로 들어갔댔지 그때? 어디 가다가 여기서 임시 진을 쳤다고 해서 거기 소야도라고 소정방 이름을 따서 소야도라고 지었다고 그래요.(김광태: 소씨 가진 할아버지라고 해서 소야도라고도 해요) 나당 연합군이 침투할 적에 아마 배를 가지고서 황해를 서해를 항해할 때 여기서 묵었다는 전설이 있어. 소정방이가, 그래서 그 동네를 소야도라고 해요.[6]

---

3 제보자: 이세희(74세), 사는 곳: 인천 남구 도화1동, 채록일시: 2001. 12. 24.

4 옹진군향리지편찬위원회, 『옹진군향리지』, 인천광역시 옹진군, 1996, 688쪽.

5 『인천의 지명유래』, 893쪽.

6 제보자: 김광태(80세)·장문우(74세), 사는 곳: 덕적면 진리, 채록일시: 2001. 11. 24.

소정방은? (조사자: 네) 소정방은 저 소야리라고 있어요. 소야도라고 소야리. 소야리에 에~ 중국서 소정방이가 여기를 거쳐갈 적에 거기서 이용해서 저 뱃길을(?) 건너갔다는 전설이 있어요. 그래서 소정방 소야리에 소정방이라는 소자하고 소야리라고 여기보다는 큰 섬인데 조금 적은 섬인데 소야리라고 불릅니다. 그쪽을. 소정방이 그쪽을 지나갔대요. 다른 뭐, 다른 전설은 없고. 여기 옛날에는 불과 고려 때에는 불과 몇 호 여러~. 그전에는 먼저 여기 사는 줄은 몰랐대요. 숲이 울창해서 그래가지구 그래서 여기 그전에 한말 이조 중엽일까 그때 여기 진이 있었드랬죠. 진이라고 누울 진鎭자 진. 저기 면사무소 소재지가 진리라고 진말이라고 있죠.⁷

이 소야도에 대해서는, 뭐, 소야도가 본래, 소야도가 아니라, 그 옛날 고문헌에 의하면, 뭐 사야도土也島 또는 사야도史也島 이렇게 되어 있거든요. 동국여지승람이나 세종실록지리니나 모두가 이렇게 되어 있어요. 중간에 이제 그- 소야도가 되었는데, 소야도는 그 뭐 아시다시피, 백제의 침공 적에, 나당연합 적에 소정방이가, 덕적도에 와서 진을 치고 그 서야도에 가서 소정방이 가서 머물면서, 섬이름을 그 소정방의 소자를 따가지고 할아버지 소, '늙은이 야爺'자죠. 그런 그런 따서 소야도라고 했는데, 덕적이라는 김현기 노인이라고, 지금은 원체 나이가 많아가지구, 뭐 말씀도 잘 못하시고 그러시는데, 이 양반이 그, 그렇지 않을 때 집에 가서 한 번 물어봤더니, 그 양반 말씀이 본래는 서야도였었는데, 덕적도에 진이 생기면서 진이 생기면서 숙종 몇 년에, 조선조 숙종조 대왕 몇 년에 어느 말하자면, 지식층 있는 사람이, 말하자면 사대주의 사상을 좀 더 고취시키기 위해서 소정방이 어떤 소정방이히고 소야도라고, 사야도에서 소야도로 바꿨나. 그러면서 그 양반은 이제라도 소야도는 그 소정방이 이름을 딴 것이고 사대주의적인 것을 쓴 것이기 때문에, 우리나라 본 그 지명으로 고쳐야한다고 사야도로 고치자고, 그 양반이 주장을 많이 하고 있는데. 그 양반의 주장

7 제보자: 문기석(87세), 사는 곳: 덕적면 회룡동(서포2리), 채록일시: 2001. 11. 24.

이 옳은 건지, 주장을 하는데 지금 그러고 있죠. 옛날에는 사야돈데 사야
돈데, 지금은 소야도로 되었다는 그런 얘기도 있고.[8]

3) 선갑도仙甲島

선갑도仙甲島는 문갑도 남쪽 약 7km 떨어진 곳이며, 덕적도에서는 남방
약 11km 떨어진 무인도이다. 선갑도는 덕적군도 중의 하나이다. 선갑도산의
높이는 해발 351m에 달하며 현옹진군 내에서는 제일 높은 산이다.(국수봉
313.8m, 대청 삼각산 343m) 본래가 예부터 덕적면 승봉리 관할 구역이었으나
영흥면 자월출장소가 자월면으로 승격되면서 승봉리와 함께 자월면으로 편
입되었다. 무인도이면서 면적이 2.155km²로서 승봉도와 거의 비슷한 큰 섬이
다. 평지라고는 서쪽에 만을 이룬 안에 뻘과 모래사장이 있고 모래사장 위쪽
산 밑에 약간의 평지가 있을 뿐이다.[9]

선갑도가 있는데 산갑도는 원래 선접인데, 거기 왜 선접이라고 허니 에
~ 가을이면 산이 높기 때문에 언제나 구름이 걸려요. 거기가요. 그러니까
선녀가 구름타고 내려와서, 거기 또 연못이 있어요. 뭐 걸루 내려온다는
그런 전설이 있구요.(김: 연못이 뭐 항상 물이 괴어있는 연못이 아니라) 음~(김:
산꼭대기가 있는데) 산꼭대기에 돌이 쪼끔 이렇게 파였어요. 그래서 물이
이렇게 비가 오면 물이 괴가지고(김: 가물면 마르고 그래요) 말르구 그래서
이 근처에서 가장 높은 산이라고 해서 선녀들이 내려와서 목욕했다, 그런
얘기들이 있어요. (웃음, 허허) 전해오는 근데 자꾸 말들이 와전이 돼갔고
이상하게 살을 붙이는 것도 있고 빼먹는 것도 있고, 그래서 지금 확실한
게 그게 전해내려 오는 말이 사실인지 아닌지 모르는 거예요.[10]

---

8 제보자: 이세희(74세).

9 옹진군향리지편찬위원회, 앞의 책, 795~796쪽.

10 제보자: 장문우(74세).

여기 선갑도라는 섬은요. 덕적군도의 한 섬이지만은요. 이것은 행정구역상 덕적면이 아니라 자월면에 속하는 섬이에요. 그런데 산이 상당히 높죠. 높아서 옹진군에서는 제일 높은 산인데, 섬의 전-설도 있다면(기침) 그 뭐-. 시방 뭐, 그런 게 있는지 모르지만은 그 선갑도에, 이 바위섬이 바위섬. 선갑도에 가며는 우선 수정과 같은 기둥이 99개가 그 섬 안에 있다 이거예요. 그건 왜 그러냐. 기둥이 섰냐하면, 원래 선갑도는 그 위치에 있지 않고, 저-어- 멀리 있다가, 서울 한양에 그 도읍할 적에 도읍할 적에 그 섬이 한양 앞에 남산을 차지하기 위해서, 남산 자리를 차지하기 위해서 서울 향해가다가 이 현 위치에 와 가지구, 서울 말하자면 한양, 서울의 상황을 상황을 알아보니까. 벌써 딴 섬이 와 가지구, 말하자면 남산을 차지했다. 가야 섬이 없다, 그래가지구, 이제 그 마귀할매가 끌고 가는데, 그 마귀할매가 얼마나 화가 나는지 주먹으루다가 그 끌고 가는 산을 쳤다. 쳐서 산 산조각이 무너지면서 덕적군도가 됐다 하는 그런 이야기가 있구요.(웃음) 아직도 그 섬은 기다리냐면, 아무 띠고 그 서울 남산을 시방 차지하겠다는 욕심을 가지구 기대리고 있다 하는 그런 얘기가 있어요.(조사자: 재미있는 이야기네요?) 엄청난 이야기죠. 엄청난 이야기죠, 그런 얘기는.(웃음)[11]

4) 백아도白牙島

백아도는 덕적도 남서북 14km 해상에 위치한 면적 1.76km²와 해안선의 길이 13km의 섬으로서 경기만에서는 남서쪽으로 가장 끝에 위치한 섬이다. 이와 같은 백아도는 원래 배알섬 또는 빼알 등으로 불리워졌는데 1861년경 김정호金正浩가 제작한 대동여지도大東興地圖에는 한자로 배알拜謁이라고 표기되어 있다. 그 유래에 대해서는 알 수 없으나 현재도 노인들은 흔히 '빼알'이라고 부른다. 1910년에 간행된 『조선지지자료朝鮮地誌資料』에 보면, 경기도 인천부 덕적면 백아리로 기록된 것으로 보아 1909, 1910년 양년에 행정구역

---

11 제보자: 이세희(74세).

개편을 하면서 섬이름을 배알도에서 백아도로 고친 것으로 보인다.[12]

> 백아도라는 섬에는 그-(지도를 보면서) 백아도 앞에 쪼그만 섬이, 백아
> 도라는 지명에는 말이에요. 으-응, 현재는.(종이에다가 백아도白牙島라고 씀)
> 그-, 대동여지도나, 으 그런데 보며는 본래가 백아도.(다시 종이에다가 배알
> 도拜謁島라고 씀) 원래 배알도, 배알도, 배알도라고 되어 있거든요. 배알도,
> 배알도로 되어 있거든요. 나중에 백아도로 바뀌었거든요. 이 이-섬이 보
> 며는 섬이 구부러져 있잖아요. 'ㄱ'자처럼 구부러져 있잖아요.(조사자: 에-.)
> 그래 내가 알기로는, 이 배알도라는 것이 항상 이 절하는 식으로 구부려있
> 거든요, 배알도라는게. 너무도 그-, 항상 그 지명이 꾸부려 있는 지명이 속
> 된 지명이라고 해 가지구. 내중에 그 백아도의 형태가 말하자면, 사람의 어
> 금니 형태로 생겼다고 해 가지구, 백아도로 지명을 고쳤다구. 지명 유래에
> 그런 이야기가 전해지고 있죠.[13]

5) 굴업도掘業島

굴업도掘業島는 덕적도 서남부 13km 거리에 있으며 인천항과는 82km가
떨어져 있다. 이 섬은 핵발전소를 건설하려는 계획이 발표되어 유명해진 섬
이다. 이 섬은 사질로 구성되어 있고 농경지가 전혀 없어 처음 이곳에 정착
해 온 사람들은 생계를 유지하기 위해 척박한 땅을 일구고 야산을 개간하였
다고 한다. 그래서 이 섬에 사는 사람들은 땅을 파는 일을 업으로 삼으며 살
아간다 하여 이 섬을 '굴업도掘業島'라 했다고 하기도 하고, 섬 모양이 사람이
구부리고 엎드린 형상이라 하여 '굴업도'라고 부르게 되었다고도 한다.[14]

> (지도를 보면서) 여기 굴업도라고 있죠, 굴업도. (조사자: 예에.) 이 굴업

12 옹진군향리지편찬위원회, 앞의 책, 712쪽.

13 제보자: 이세희(74세).

14 『인천의 지명유래』, 894쪽.

도는 옛날에 핵폐기물 때문에 말썽이 많았죠. 본래 우리가 이제, 우리나라가 핵폐기물 저장하려고 했던데 아닙니까. 그런데 덕적도에서 반대하는 바람에 못 대고 말았잖아요. 그래 나중에 뭐-, 지진탐사속에(?) 뭐- 정부에서 물러나고 말았는데, 이 굴업도가.(종이에다가 굴업도掘業島를 씀) 에-에, '팔 굴掘'자죠, 판다는, 판다는 자.(조사자: 예에.) 처음에는 이게 판다는 자가 아니라 그냥 이렇게 되었는데(종이에다가 글을 쓰려고 하다가 잠시 생각) 이 섬이 생김이 이렇게 생겼는데(지도를 가리키면서), 완전히 모래산이거든요, 모래. 모래 산이에요. 모래로만 되어 있어요. 산 중턱까지 모래로 되어 있기 때문에 그 무슨 작물이 되느냐 하면, 딴 작물은 안 되고. 말하자면, 땅콩. 네에-. 땅콩을 재배하던 섬이거든요. 이- 땅콩재배를 60, 70, 80년까지 계속 땅콩재배 했는데. 너무 오랫동안 그-, 한 작물만 재배했기 때문에 그-, 아마 그- 상당히 그- 자라지도 않고, 뭐 그래서 심지도 않는데. 땅콩 이외에는 딴 작물은 못 심어요. 그래서 땅콩 심을러면, 섬이 작아서 소를 대고 땅을 갈지도 못하고 사람이 항상 괭이나 쟁이로 파야 되거든요. 파서 일궈야 되거든요. 그래서 이 땅을 파는 뭐어 농사를 해서 굴업도라고 했다하는 이야기를 하죠. 그런데 그래서 굴업도라고 한다는 그런 얘기가 있고…[15]

6) 지도池島

지도池島는 백아리에 속하는 섬으로 덕적도 남방 약 14km 거리에 있는 섬으로 동북간에는 선갑도이고 서쪽에는 백아도가 있다. 지도의 면적은 0.45km²이며 섬의 길이는 남북으로 약 2km이며 폭은 500~800m 정도이고 해안선의 길이는 약 5.5km이다. 서쪽 큰 돌 밑과 아래 달뿌리 사이 해안에 서향하고 있는 마을 안쪽으로 옛날부터 작은 규모의 못이 있어 이 섬을 지도라고 불리워온다고 전하고 있으며, 이 못은 한발이 심할 때에는 바닥이 금

---

15 제보자: 이세희(74세).

이 가도록 마른다고 한다.[16]

지도에 연못이 생기게 된 유래를 제보자는 다음과 같이 설명하고 있다.

지도, 못지자 못이라는 지도하고, 굴업도라는 데에서는, 옛날, 지금이나 예전이나 간 내 조전하는 거. 조폐하는 것을 법으로 금지되었잖아요. 있는데- 거기서 몰래 조전을 하다가. 에-, 하느님이 벼락을 때려서 지금 못이 있어요. (조사자: 예-.) 못섬에 못이 있는데, 못이 다 미어 가지고 얕은데, 백아도에도 못이 있고 그런데. 백아도에도 있고 못섬두 있고 굴업도에도 그렇구만요. 백아도하고 그 못섬이라는 지도 하고는 못이 지금도 있어요. 근데 그게 조전을 하다가, 옛날에 예, 말하자면 옛날에 별 허가 없이 조전을 하다가 하느님이 벼락을 때렸다 그래 가지고 못이 되었다 그래 가지구.(조사자: 하느님이 법을 어겨서 벌을 내린 거네요.) 말하자면 천벌을 내린 거예요. 그것은 현재 답사해도 유적이 남아 있어요.[17]

제보자는 지도의 못은 "거기서 몰래 조전을 하다가. 에-, 하느님이 벼락을 때려서 지금 못이" 생긴 것이라고 하여, 법으로 금했던 행위에 하늘에서 벌을 내린 것으로 해석하고 있음을 볼 수 있다.

(지도를 보면서) 여기 보면, 지도 지도라는 섬이 있어요. 지도라는 지도라는 쪼그만 섬인데. 그 현재는 써 먹지 못하지만, 그 현재로 치면, 한 열 집사는데, 그 동네가운데로 들어가 보면, 옛날에 아주 쪼그만 쪼그만 연못 자리가 있어요, 연못 자리이-. 그게 연못 못이 됐다는, 지도. '못 지池'자 거든요.(종이에 지도池島를 씀) 으-응 지도, 그래 지도라고 하는 건데. 현재는 옛날에 '못 지'자로 지도라고 일러왔다해서 지도라고 하는 거고.[18]

16 옹진군향리지편찬위원회, 앞의 책, 723쪽.

17 제보자: 문기석(87세).

18 제보자: 이세희(74세).

7) 선미도善尾島

선미도는 덕적도 서북쪽 북 2리 끝인 능동 망재능선 해안에서 약 600m 거리에 있는 면적 0.8km²의 작은 섬으로 유인등대가 있다.

선미도는 본래 무인도였는데, 1937년에 등대가 설치되면서 등대를 관리하는 공직자 2~3명이 상주하게 되었고, 1·4후퇴 때에 피난민들이 몇 가구 들어와 살았다. 섬은 작지만 해발 233m와 156m의 높은 산봉이 솟아있어 산세가 대단히 험하다 하여 섬이름을 악험惡險으로 불렀다고 한다.

> 여기 그 선미도라고 있어요, 선미도. 선미도는 본래가 악험이라고 했어요, 악험. 모질 악惡자에, 험할 험險자, 악험, 학험했는데, 생긴 게 산이-, 아주 상당히- 덕적도 산도 높은게 아주 높은 산이거든요. 그래 배들이 이 골목 가다 가서는 항상 그-물길이 나쁘곤해서는 배들이 침몰되곤 해서 그 주위가 상당히 배가 닿을 수 없는 상황이라서 악험이라고 했는데, 일제 때 여기다가 그- 등대를 설치했거든요. 등대를 설치하면서 그- 악험을, 말하자면, 착할 선善자로 고쳐가지고, 선미도로 고쳤다고 내려와요. 선미도로 고쳤다고. 옛날에는 '악험'이지만, 지금은 선미도라고 부르는 섬이⋯.[19]

8) 문갑도文甲島

문갑도는 덕적도 남방 8km 거리에 위치하고 있으며, 면적은 3.49km²이고 43가구에 88명이 살고 있는 덕적면 문갑리이다. 마을은 문갑산(해발 276m) 동쪽 화류산花柳山 기슭의 언덕바지로부터 해안에 이르기까지 밀집주거를 이루고 있으나, 어업의 불황으로 많은 주민들이 육지로 이주를 하고 40여 가구가 남아 있다고 한다.

> 문갑도라 하는 섬은, 으응- 문갑은 이렇게 쓰죠.(종이에 문갑도文甲島를 씀) 옛날에는 문갑이라고 하지 않고, 독갑도라고 썼어요, 독갑도.(종이에 독

---

19 제보자: 이세희(74세).

갑도禿甲島라고 씀) 이- 독갑도의 독은 '대머리 독禿'자더라구요, 대머리 독자. 이 갑자는 뭐 갑옷 쓰는 갑잔데, 그 이 섬 자체가 으-, 이렇게 생겼는데,(지도를 보고 설명) 으- 그 옛날에 무슨, 장수의 투구같이 생겼다 해서 그래서 이 독자를 써서 독갑도라고 했다가 으- 조선조에 들어와가지구 문갑도로 고쳤는데. 이 문갑도로 고친 것은 옛날에 육지에서 학자들이 뭐 귀향도 왔을 뿐만 아니라 다, 세상이 시끄러우니까 아- 읍는(?) 것들도 다 피난을 와 가지구, 자녀들을 글을 가르치는데, 그 전부다 학자들이라 상당히 아마 학풍이 한문이 한문을 가르치는 학풍이 쎄가지구, 그래서 '글월 문文'자에, 처음에는 갑 갑 甲자가 아니라 뭐, 이게 책 넣어두는 갑匣자거든요,(제보자가 종이에 갑匣자를 써 보임) (조사자: 예-.) 이 갑자를 썼다는데요. 1910년에 와 가지구 이 '맞 갑甲'자로 썼다는데. 옛날에는 학자가 많아 가지구요, 문갑도에 학자가 많아서 문갑도에 가가지구 풍월을 읊지 말아라 하는 그런 얘기도 있었는데. 학자가 많아서 이제, 그 섬을 문갑도라고 했다 하는 전설이 전해지고 있죠.[20]

9) 울도蔚島

울도는 덕적도 남방 17km 거리에 위치하고 있는 덕적면의 가장 남쪽 끝 섬으로 면적은 2.06km²이고 주민수는 32가구에 70여 명으로 덕적면 울도리이다. 울도는 옛 새우어장으로 전국 어선들이 모여들어 새우잡이를 하던 곳으로 알려졌던 고장이다.

울도. 이 현재 울도는 (종이에 한자를 쓰면서) 이 울蔚자잖아요. 이게 옛날에는 에에-, 이 울鬱자를 썼어요. 울릉도라는 울자를 썼어요, 울릉도라는 울자. 이게 빽빽 울다죠, 빽빽 울다. 빽빽하다. 이게 뜻은 같은 건데. 이 그기 사람의 시방 얘기를 들어보면, 이게 너무 섬도 멀고, 살림 어려워서 그냥 울도라고 한다하는 얘기도 있지만은. 예에-, 그런 얘기가 아니고.

20 제보자: 이세희(74세).

이제- 어떤 양반의 얘기를 들어보면, 옛날에 먼- 데서 시집을 울도로 갔는데, 그래 사실 가면서도 배를 오래 갔겠지만은, 울도에 시집가서 보며는 남편이 뭐-어, 배타고 고기 잡으러 나가 가지구선, 한두 달 들어오지도 안잖아요.(조사자: 예.) 그 파도는 쎄지, 뭐어-, 그때 무슨 무선이 있었어요, 전화가 있었어요, 그러니까. (웃음) 남편이 나가 죽었는지 살았는지 알지를 못하니까, 응, 그 파도를 내려다보면서 울었다, 그래가지구 울도다 하는 얘기가 있고.

또-오, 또 한 얘기는 물건을 뭐 사러 장사들이 들어갈 적에, 사실 참 뱃길이 험하고 파도가 쎄고, 또 가는 동안에 상당히 힘들어서 울었지마는 그에 가서 그 물건을 흥정하면서 있는 동안에 그 섬사람들의 너무 인심이 아주 좋고, 또 심성이 착해서 나올 적에 너무 감동해서 울었다. 그래서 또 울섬이라고 한다는 이야기가 있고요.

또 하나는 울섬이라는 게, 아-, (지도를 가리키며) 요기 쪼그마는 섬들이 있죠. 쪼그만은 섬, 요기.(조사자: 예-) 요기 섬이름이 아랫 바다, 아랫 바다, 가운데 바다, 뭐 웃 바다 요런 섬들이 있거든요. 바다, 바다섬. 바지섬. 아랫 바지, 가운데 바지, 웃 바지로 되어 있는데, 근데 사실은 왜-, 그 우리 울타리, 뭐 저-, 참대라든가 무슨 나무를 엮은 것을 바다라고 하잖아요, 바다. 울타리 치는 것을 바다친다고 하지 않아요.(조사자: 예-) 여-어, 여기서 바지섬, 바지섬, 바지섬 하는 것이 바다섬, 바다섬이라는 거거든요. 그래서 울도를 이렇게 에워싸서(제보자가 울타리를 치는 시늉을 함) 바람을 막아주는 바다섬이다. 울도를 막아주는 바다섬이다. 그러니까 울타리와 마찬가지다, 울타리. 울타리와 같은 섬이다. 그래서 그-으-, 역시 또 울타리가 이렇게 쌓여 있는 섬이라고 해서 울도라고 한다. 이- 여러 가지 설이 있는데…[21]

---

21 제보자: 이세희(74세).

10) 승봉도昇鳳島

지금으로부터 약 370년 전 신씨申氏와 황씨黃氏가 함께 조업을 하던 중 심한 풍랑을 만나 표류한 곳이 승봉도이다. 굶주린 시장기를 면하기 위하여 섬 구석구석을 돌아다니다 보니 경관도 좋고 산세가 좋아 사람이 살만한 곳이라 판단하고 이곳에 정착을 했다. 처음에는 섬의 이름이 없었으나, 두 사람의 성을 따서 신황도申黃島라고 불렀다고 한다. 그러다가 이 섬의 지형이 마치 봉황새의 머리 모양을 하고 있다 하여 승봉도라 고치고 봉이 하늘로 오른다는 뜻으로 쓰이고 있다.[22]

승봉도도 덕적군도는 덕적군돈데, 자월도로 되어 있죠. 자월도로 되어 있어요. 네에-, 본래는 뭐-, 이 섬은 본래 뭐- 황씨하고, 황씨하고, 승씨하고(웃음) 섬에 들어와 살아- 살면서, 아 머- 두 성씨가 만나서, 우리 성이 들어와서 사니 지명을 냉겨야 할 것 아니야 하면서 두 성을 합해 가지고(종이에 승황도承黃島라고 씀) 승황도라고 하자. 뭐 그랬다는 본래는 여기가 승황도라고 했다구 하거든요.(구술 도중에 다른 사람이 들어와서 잠시 이야기가 그침) 이 승황도가 나중에 승봉도로 됐는데, 그 섬 모양이 봉이 하늘로 올라가는 모양 같다 그래서 승봉도라 하니까. 그런 것이 있고. 이 승황도는 처음에는 승황도라고 했다가 나중에는 또 뭐-(잠시 생각함), 승황도 됐다가 나중에 승봉도가 되고 말았는데….[23]

3. 마을과 관련된 명칭의 유래 _____

1) 진리鎭里

진리는 본래 남양부 덕적면의 지역으로, 300여 년 전부터 수군진이 설치

22 옹진군향리지편찬위원회, 앞의 책, 787쪽.

23 제보자: 이세희(74세).

되어 있어 진장鎭將인 수군첨사가 주재하고 있던 곳이라 하여 진리鎭里라고 불렀다고 한다. 『덕적도사德積島史』에 의하면, 당신의 진영청鎭營廳은 초창기에는 진리 1동 상곡에 위치하고 있었는데, 후에 현재 구관사지舊官舍地로 이전되었다고 한다. 진영청은 진마을 구 면사무소 뒤(313번지)로 이전하여 통치하다가 갑오경장 이후에 폐지되었다.[24]

조선시대 성종 시에 인천부로 편입되었고, 1914년 행정구역 통폐합에 따라 닝말, 도우, 밭지름, 샘골, 어루끄미, 이개를 병합하여 진리라 했으며, 부천군에 편입되었다가 1973년에 옹진군에 편입되었다.[25]

옛날에 첨사 때에 진이 앉았다고 해서 진리라고 한다.[26]

(조사자: 진리라는 지명에 대해 질문)

(김광태: 진리는 진터였다고 해서 진리라고 하고)

에~, 그전부터 관리들이 와서 주둔하고 있던 디가 이제 진 쳤다고 해서 진두라고 이저 많이 허죠. 에~그래서 흔희 도서, 섬에 가면 진촌이라는 말이 많아요. 진촌(헛기침, 에헴)(김광태: 백령도에도 진이라는) 아 많아요.(김광태: 그런 디서, 다 그런 디서 유래된 것 같아요) 그래서 여기를 진리라고 하는데 진촌이라고 해서, 진마을, 진촌이나 진마을이나 똑 같은 거지. 마을 촌 자村니까. 그래서 여기를 진촌이라고 한다 그런 얘기가 있고. 행정관이다 뭐다 해서 파견 나와서 있던 디가 바로 이 동네다 그렇죠.[27]

거기 진리라고 있는데, 진리는 면사무소, 역시 거기는 뭐-, 옛날에 그 덕적진이 효종 몇 년인가 1952년인가, 진이 설치되었기 때문에 진리라고

24 옹진군향리지편찬위원회, 앞의 책, 613쪽.

25 『인천의 지명유래』, 899쪽.

26 제보자: 문기석(87세).

27 제보자: 장문우(74세).

하구….[28]

2) 도우濤佑

도우란 한자지명으로서 '물결 도자'로 이곳은 소야도에서 덕적도를 건너
기 위한 나루가 있던 포구였다. 이곳은 예부터 선창마을이라고 부르던 곳이다.

그래 배 이렇게 닿는 곳을, 이제, 그리고 흔히 배 닿는 곳을 도우라고
하죠. (조사자: 예-.) 그래 배가 많이 닿는 곳을 도우라고 해서 그런 것도 있
는 거구. 선박이 자주 이렇게 정박할 수 있구 배가. 할 수 있는 곳을 도우라
고 하죠. (김광태: 이렇게 배 타는 데, 이렇게 오늘 내렸으면 내린 택슨(?) 부두
저 건너를 저쪽으로 나루께라고 하는데. 나루 진자, 진 포, 나루께라고 하
는데. 나루비를 하면서 조그마한 배를 타고서 이 쪽 저 쪽 왔다 갔다 했거
든요. 그렇죠.)[29]

(조사자: 여기 나루께라는 곳이 있던 데요?) 나루께라는 데는 저기 도우
라는데. 배에서 내려설 제에, 저 얕은 고개를 넘으시는데, 그 고개서 볼 때
저 건너편이 나루 진자 갖 꽤잔데. 거기가 나룻배가 있었거든요. 옛날에는
요. 목선이 있었거든요. 이쪽으로 건널려면 나루를, 나룻배가 있다고 해
서, 진 변이에요. 나룻재라는 데예요. 진변이에요. (조사자: 예, 진변이요?)
원래는 글자로는 진변이예요. 나루 진자, 진 변이예요. 거기가 서야리에 속
하는 곳이예요. 서야리.[30]

3) 밭지름

밭지름은 사람들이 많이 모여 살던 진리 부락에서 멀리 떨어진 곳에 위

---

28 제보자: 이세희(74세).

29 제보자: 김광태(80세)·장문우(74세).

30 제보자: 문기석(87세).

치하고 있어 부락에서 멀리 떨어진 밖에 있는 마을이란 뜻이라고 한다. 본래 '밖줄음'이라 하던 것이 변음되어 '밭지름'이라 불리게 되었다고 한다.[31] 다음 은 조사자가 밭지름 해수욕장의 유래를 묻자, 화자가 구술한 내용이다.

밭지름은 거기- 글자를 쓰자면 한자로 외주음이이라고, 외주음이에 요. (조사자: 외주음이요?) 예, 외주음이예요. 동구 바깥에 그전에 한 두 가 구 살던 데 있는데. 지금은 한 여나믄 집 살 것입니다. 호수가 그런데, 동네 바깥에 바깥에, 밖 외자하고 살 지자 하고, 이제 소리 음자. 이에 외주음이 라고 하는데, 밭지름이라고 했대요. (조사자: 옛날에는 동구바깥에 사람이 살 았다 해서 밭지름이라고 그랬군요.) 동구 바깥에 사람이 살았다고 해서 밭지 름이라구. 바깥에. 옛날에 거긴 지금 순환도로로 차도가 되서 그래서 그렇 지. 사람이 자주 안 다녔어요.[32]

덕적도에 쪼금 들어가며는 해수욕장이 있는 데가 있어요, 밭지름이라 고. 밭지름은 거기 마을사람들의 얘긴데, 마- 바깥이기 때문에. 진리 바깥 에 동네가 이기 때문에, 외진리, 외진리, 외진리라고 했다가 외진리가 되었 다가 그냥, 그 발음이 그 뭐 변형되면서 밭지름. 밭지름으로 부른다. 현재 는 그냥 그 동네를 으- 한자로는 이렇게 쓰더라고요. 본래는 외진리外鎭里 였다가 진리바깥 마을이었는데, 그게 밭진리가 되었다가 밭진리, 밭진리, 밭진리였다가 밭지름이 되었다고 하는데, 원래 이렇게 쓰는 건데. 현재 그 동네 노인들이 그렇게 얘기를 하는데, 확실한 것은 모르겠고. 그 노인들이 그렇게 얘기하니까 그렇게 생각하는 거죠.[33]

31 『인천의 지명유래』, 899~900쪽.

32 제보자: 문기석(87세).

33 제보자: 이세희(74세).

4) 이개

이개의 옛 지명은 '예개'로, 한자로 옛날 구舊자와 개포 포浦자를 써서 한자로 표기할 때는 구포舊浦라고 썼다. 이 마을을 이개라고 부르게 된 것은, 이곳이 이개李家들이 모여 사는 동네였기 때문이라는 설과 왜구의 근거지였기 때문이라는 설이 있다.

예개舊浦 외에 '왜개'라고도 불리웠는데, 이와 같은 지명은 '이개' 이전에 불리어진 것으로 고려 말부터 조선조 초기까지 덕적도 지역은 해적의 창궐로 사람이 살지 못하고 육지로 이주하게 되었다. 이에 이곳은 왜구의 근거지가 되었으며 이개 포구는 당시 해적들의 주요 거점이었던 것이다.[34]

> 이개라고 하는 것이 이제 얘기하는 것이 모냐면, 그 여러 사람들이 물론 많이 살았겠지마는 그 중에서도 이씨 성을 가진 사람들이 많이 살아서 그래서 원 이간데, 이가. 이 자李허구 집 가家허구 이 가라구 라고 됐는데 이씨 성을 가진 사람들이 많이 살아거 이가라고 하는 것이 자꾸 이개 이개 해서 됐다구 하는 그런 얘기도 있어요.[35]

> (조사자가 이개에 관해서 묻자.)
> 이개는 저 넘어 진리 2리 면사무소 이쪽에 이개가 있어요. 이- 개는 말하자면, 예 구자 하고 개포 포자인데. 예 구자 개포 포잔데. 구포라구. 구포라구 있어요. 거기도 진리로, 진리 2리. (조사자: 왜 이런 지명이 생겼나요?) 어-. 예전에, 그 전에 오래-, 아마- 수백 년 된 얘기죠. 그전에 왜놈들이 살았다구도 하고. 그런 그저-, 구포라구. 예 구자 하고 개포 포자 이- 이렇게 썼어요. (조사자: 이씨 성을 가진 사람들이 모여서 살아서 이개라구 한 것은 아니구요?) 아니예요. 이씨가 각 동네 살고 있는데. (조사자: 왜놈들이?) 그런

---

34 옹진군향리지편찬위원회, 앞의 책, 625쪽.
35 제보자: 장문우(74세).

전설이 있어요. 어느 땐가 살다 나갔다구 해서.[36]

덕적본도에는 덕적본도에는 여게, 면사무소 뒤에 가며는, 현재는 진2리라고 하는데, 진2리. 여기 시방 옛 이름이 그냥 예개라고 그래, 예개. 예개는 '옛날 구舊'자죠, 구포.(종이에 구포舊浦라는 글씨를 씀) 이 구포를 예개라고 했는데, (기침) 현재 전부 시방 논이 되고 감축되고 모르지마는 옛날에는 그, 국민학교 앞에 까지 물이 들어왔던 동넨데. 이 예개라고 하기-전에는 무슨 개라고 했냐면, 왜개라고 했대요, 왜포. 근데 왜 왜포냐면은 그 한참- 그, 말하자면 왜구들이 덕적도 서해, 그 서해에서 그냥 아주 날뛰구 그럴 적에. 덕적도에 둘어와서 못살게 굴어서 덕적도 사람들이 전부다 육지로 피난 나오고, 이- 포구에다가 왜놈들이 여기다가 아주 자리 잡고서, 덕적도를 왔다 갔다 하는 배들을 전부다 그냥 약탈하고 못살게 굴던 데라고 하거든요. (조사자: 예.) 그래 요거를 그 다음에 정부에서 그- 군대를 파견해가지구 전부다 잡았는데, 그쪽에서 왜포라는 데서 으-, 왜구의 포로를 80명, 80명이라고 했다는 얘기가 있어요. 그중에는 여자들도 그저 있다는 얘기도 있어요. 여자도 있다고 해서, 옛날에는 덕적도 그- 왜구들이 근거지로 삼았던 데가 왜포라는 데다. 고 다음에 고 다음에, 지명이 구포로 되어 있죠, 구포. 그 놈들이 모두 물러간 다음에 여기다가 이제- 에-, 선창을 만들어 놓고서 고기잡이, 배를 부리면서 생활했기 때문에 구포, 예개라 시방 그렇게 부르고 있고.

또 어떤 사람들은 뭐 그것을 이- 이개라고 부른다. 이개는 왜 이개냐 하면, 그 이家가 처음 와서 살았다고 해서 그래 이개라고 하는데. 충청도에서 섬에 들어와서 그 동네에 자리 잡은 사람이 무슨 한산 이씨 이가다 해서 이개라 한다. 그런데 그것은 확실한 이야기가 모르겠고. 그냥 왜포니 구포니 이런 이야기는 근거 있는 이야기죠.[37]

36 제보자: 문기석(87세).

37 제보자: 이세희(74세).

5) 능동陵洞

능동은 남쪽으로 국수봉과 가꼴산이 남동쪽에 높이 솟아 있고 마을 앞 북동쪽으로는 망재와 번더니산이 가로막혀 있어 산으로 둘려 쌓여 있는 산골 중의 산골마을이다. 이 마을은 분명하지는 않지만, 왕릉이 있다고 전해지는 곳이다. 그래서 마을 이름이 '능골' 또는 '능동'이라고 하게 되었다는 것이다.

(조사자가 신림동의 지명 유래를 이야기하자 그에 호응하여 말함.)

장: 그런 얘기가 되면은 우리 이제 능동이라고 있는데, 거기가면 산이 (헛기침, 음…)원 집 뒤에 뒷동산이 이렇게 능처럼 이렇게 돼있어요. 능처럼 그래서(헛기침, 엠…) 거기를 능동이라고 했는데, 능이라고 하는 것은 벼슬 높은 사람들 묻은 것이 능이야(김: 왕, 왕족)왕족을 능이라고 하는데, 추측으로 아마 에~(김: 그 말도 있구) 고려 때나 그렇지 않으면 이조 때에 에~ 역적으로 몰렸다든가 더는 이씨 조선 한때는, 그때는 자기 동생도 죽이고 하는 판이니까 (김: 피난을 와서) 피난을 왕족이 피난 와서 거기에서 거주했다는 그런 얘기도 있고. 거기를 능동이라고 해요, 그래서 능 같이 이렇게 생겼는데 왕족이 와서(김: 거 신라, 신라 왕릉 모냥으로 커요. 그 산이 더 커요) 그래서 거기 지명을 능동이라고 한다, 그런 얘기도 있어요.

또 하나는 능이 거기 와서 저 능이란다. 어느 왕이 거기 와서 죽어서 장사 지냈다고 해서(김: 어느 왕인데) 그저, 그 말이 있어. 저기 선미도 쪽으로(김: 응) 산이 이렇게 있는데 저기 보면은 도둠한 디가 있거든 이렇게 산이 뭐랄까(김: 골짜기?) 팔 모냥 뻗친 데 가운데가 거기가 묘 자리 하나있어.(김: 응)거기다 능을 썼다고 해서 능동이라는 말이 있는데 1.4 땐가 언젠가 그 뭐(1.4 후퇴 때?) 응. 저 그 왕을 모셨던 청지긴지 뭔지가 와서 거기서 피난했다가 간 일이 있다고 그런 말도 있던데(웃음, 헤헤). (김: 1.4 때는 근랜데 뭐)근, 근래 와서(1.4 후퇴는 50여 년 전 밖에 안 되니까…) 어떤 게 맞는지 모르죠.

예전에는 그 뭔가(김: 현기가 모를까?) 현기? 지금은 늙어서 뭐(김: 그래도 헐 건 허겠지. 우리보다 낫겠지) 그 양반은 소야도라고 하는 소야 자도 틀리게 말 한다구. 소자를 즉을 소자 쓰고 그렇, 그렇게 얘기하는 사람이 있어. 그 사람이 알기는 많이 알지(김: 알기는 우리보다 많이 알어) 그래도 젤 많이 알걸. 그 양반이 (김: 젤 낫지 뭐) 문기 성보다 날거야(김: 낫기만 해 그럼) 근데 그 사람도 두문불출 아냐. 꼼짝 못하잖아. (김: 꼼짝 못하지 뭐)하긴 거기 가보나지….[38]

(조사자: 닭 우리에 대해 질문)

저기 북리에 능동이라고 있어요. 능동이라고 거기 먼고허니 이조시대에 어느, 어느 임금인가 거기 가시다가 배에서 해산해가지고 태를 거기다 묻었다고 해서 능이라는. 태를 묻은 태릉이라고 돼있는데 능동이라는 동명을 그렇게 붙였다~ 그런 말은 있어요.[39]

덕적본도 북2리에 능동이라는 마을이 있는데에, 덕적도에서 가장 북쪽 마을이죠. 능동마을에 들어가면, 시방 응- 해군들이 들어가 있는 마을인데. 그 마을 뒤에 큰 산이 있는데, 아주 능같은 산이 있어요. 그래서 능동이라고 그러는데. 에- 그 얘기를 하면, 옛날에 우리나라가 내- 난리가 일어났을 적에 어느 황후가 그 서울을 탈출해가지구 배를 타고 피난을 오다가 그 들어간 데가 그 덕적도 어느 골짜기로 들어갔다는 거예요. 골짜기로 피해 들어갔다는 거예요. 그래 그 황후가 만삭이 되었다는 거예요. 만삭이 되었는데, 도착해서 그 다음날 애를 낳다는 거예요.(웃음) 사내애를, 왕자다. 근데 원체 피로하고 으- 그리고 다니면서 고생하면서 그 대구 대고서 애를 나서인지 애가 낳자마자, 왕자가 낳자마자 죽고 말았다는 거거든요. 그래서 그 말하자면 황후도 그냥 피로해서 죽고말고. 그래서 그- 왕자이기 때문에 묻었는데 그 동네 위에, 위에다가 묻어가지구. 그 말하자면 왕

38 제보자: 장문우(74세).
39 제보자: 문기석(87세).

자이기 때문에 뭐어 그- 능같이 크으게 무덤을 만들었다, 으응. 그래서 그
동네를 능동이라 한다. 근데 원체 산이 크니까 그- 너무 능같지가 너머 산
이 큰데. 능같으면 산이 너머 큰데. 산이 능같에서 그런 전설이 내려오는
것이 있어요. 그래서 능동, 능동 그렇게 부르고 있어요.[40]

6) 서포리西浦里

덕적면 서포리는 원래 남양부의 덕적면 지역으로 서면 또는 서포라 하였
는데 조선조 성종 때에 인천부에 편입되었고 1914년 행정구역 통폐합에 따
라 익포리益浦里와 우포리友浦里의 2개 리로 구분되어 부천군에 편입되었다가
1917년 행정구역 변경에 의하여 익포와 우포를 합쳐 서포리라 하고 1973년
옹진군에 편입되었다.[41]

여기 동네 이름을 요 산 넘어가면 서면이라고 있어요.(조사자: 네, 서면
요) 응. 이젠 그 한 부락을 면이라고 해서 서쪽에 있다고 해서 서면이라고
그런 것이 붙어 있어요. 그땐 그 때 당시는 면장이 따로따로 있던 모냥이
야. 촌장 모냥으로 그래서 거기에서 쪼그만 동네하나 갖구서, 지금처럼 행
정구역 그런 면이 아니라 하여튼 동네를 면이라고 그냥 불러서 그 이름이
그냥 서면이 되고 말았어요. 여기선 그냥 서포리라고 허는데 예전서부터
구전으로 내려오는 것이 서면이라고 하는 거예요. 역량도 역량이지만 우리
가 아는 건 이 정도야.[42]

이제 서포리 해욕장이-, 여기거던요.(지도를 보면서) 본래가 거기는 서
포리-가 아니라 익개라고 하는데요. 익포라고. 옛날에 익포라고 했는데,
에- 익포하고 저 면쪽하고 왜놈들이 행정구역을 아마 그- 서쪽에 있다고.

40 제보자: 이세희(74세).
41 『인천의 지명유래』, 902쪽.
42 제보자: 장문우(74세).

익포가 본래 덕적면이 덕적면이 본래가 덕적이 1910년 바로 전에 갑오경장 전에 이 덕적도를 면이 되게 만들었어요.

진리면, 북면, 서면 또 소야면. 소야도도 하나의 면을 만들어가지고. 섬 자체에서 면을 네 개를 만들어 뒀거든요. 그쪽에 서면 안에 가 서포리가 있었거든요. 서포리라는 서포리, 익개, 익개가 있었는데, 서쪽에 있다고 해서 서포리, 익포를 서포리라고 했다는 거죠. 여기 1910년에, 1910년 아니 1909년인가. 그쪽에 면을 합치면서 덕적면을, 본래 덕적도였는데, 덕적도가 갑오경장 후에, 머 진리면, 무슨 북면 서면 소야면 됐다가 1909년에 덕적면으로 통합했다.

본래는 4개의 면이 있었는데, 거기 내가 면사무소에 있는 옛날 공문을 보니까, 여기 인천시가 옛날에 무슨 감사던가 감-, 인천에 무슨 지방 감사관이 있어요. (조사자: 인천부산가요?) 거기 보며는 거기 덕적면 4개 면장이 전부다 공문이 왔다 갔다 하는 문서가 있거든요. 그런 것을 봐서 아주 확실한 근거가 있는 것이거든요. 1909년에 덕적면이 통합되었는데, 그래서 거- 현재 북리니, 서포리니 하는 것은 그쪽의 면 이름을 따서 현재 서포리라고 그러고. 북리라고 그런다….[43]

7) 회룡동回龍洞

덕적면 서포리에 있는 이 마을은 북리와 서포리를 연결하는 산세가 용이 꿈틀대고 있는 형상을 하고 있다고 해서 '회룡동回龍洞'이라고, 또는 '호룡골'이라고 부르기도 하였다 또한 옛날에는 이 동네가 너무 쓸쓸하고 적막하다고 하여 '차막동嗟寞洞'이라 부르기도 했다고 한다.[44]

서포리는 덕적에서는 서쪽에 있는데 (?) 그래서 서포리라고 불렀는데 동명은 저쪽은 이포라고 허구 여기는 오포라고 그렇게 돼있죠. 여기는 회

43 제보자: 이세희(74세).

44 인천광역시, 앞의 책, 902쪽.

룡동이라고 그랬고. 회룡동이라고 하는 건 도를 회回자, 용 용龍잔데, 요기가 요 도로가(?) 지금 도로포장하는데 거기는 그 지리학적으로서 청룡백호라는 것이 있습니다. 좌청룡 우백호라는 문구가 있는데 여기가 산맥이 이제 이렇게 되면은 여기 봐서 저기가 좌, 여기가 우로 용우물(?)이라고 해서 용 용龍자, 도를 회回자 용 용자 해서 회룡동이라고 그랬대요.[45]

8) 함박골의 유래

이- 동명으로는, 이- 북리에 속하지 아마. 함박골에 속하지 아마. 작약 꽃 이름으로는 작약이라고 하지요. 약, 약 이름도 되고. 함박골이라는 데가 함박꽃이 지금은 없어졌어요. 함박꽃이, 산이 있어 가지구 함박골이라구요 하고. 그- 그, 골자구니에 사람도 살구 그랬는데.[46]

4. 산천의 명칭 유래

1) 국수봉國壽峯

덕적면 북리와 서포리의 경계에 있는 해발 312m의 산으로 덕적도 내에서 제일 높은 산이다. 이 산 위에는 주위가 약 30m, 높이가 약 7~8m의 제천단이 있다. 전설에 의하면 옛날에 소정방이 이 섬에 주둔하고 있으면서 제천단을 쌓고 이곳에서 천신에게 제사를 올렸다고 한다. 그리고 또 다른 기록(여지승람)에 의하면, 임경업 장군이 이곳을 지나게 되었을 때에 이 섬의 국수봉에 올라 하늘에 제사를 지냈다고 기록되어 있다. 또한 『인천부사仁川府史』에는 진나라 시황제가 불로불사不老不死의 영약을 구하기 위하여 서시로 하여금 동남동녀童男童女 500인을 보내어 영약인 국로菊露를 발견했다고 하는 전

45 제보자: 문기석(87세).
46 제보자: 문기석(87세).

설이 있다고 적고 있다.[47]

(조사자가 국수봉에 대해서 질문을 하였다.)

그 그 지방에서 제일 높은 곳을, 항상 제일 높은 산을 국수봉이라고 그런다고. 그래서 국수봉 같은 것은 말이에요. (김광태: 덕적도에만 있는 것이 아니라 딴 데도 있다고. 그 섬에서 제일 높은 곳을 국수봉이라고 한다고.) 그 곳에서 제일 높은 곳을 국수봉이라고 허구. 지금 비조봉이라고 얘기하는 곳은, 비조봉이 에- 새가 날은다는 비조예요. (조사자: 예.) 산이 높으니까, 새들이 많이 거기서 에- 노닐구 하니까 비조봉이라고 이름 지은 거예요. 딴 거는(웃음) 특히, 무엇이 거시기가 있어서 그런 것이 아니라. 동네사람들이 그 산에서, 그 산에서 아- 새들이 빙글빙글 돌면서 난다구 해서, 아, 저게 비조봉이다. 새들이 날아다닌다고 해서 비조봉.[48]

(조사자: 국수봉 불로초에 대해 질문)

글쎄 여기 볼로초 그런 것은 없고 국수봉이나 국사봉, 국수봉이라해서 목숨 수壽 봉우리 봉峯 국수봉이라고도 하고 국사봉이라고, 국수봉이 그게 삼백 육십 미터가, 그 위에 올라가서 제단을 쌓기를 나라에 국사에 무슨 국상이 났다든지 국사에 대 거사가 나달 것 같으면 고 올라가서 배를 하면서 서울을 바라다보면서 기도를 하고 나라를 생각한다고 생각 사思자 봉우리 봉峯자, 그래서 국사봉이라고도 하고 국수봉이라고도 말하고 있죠. 뜻 있는 분들이 거기 올라가서 기도를 하고 서울을 향해서 배를 하면서 그렇게 그전에 그랬다고 그래요. 보통 여기서 말하기는 국수봉이라고 하죠. 나라 국國자, 목숨 수壽자, 봉우리 봉峯자.[49]

---

47 『인천의 지명유래』, 911쪽.

48 제보자: 장문우(74세).

49 제보자: 문기석(87세).

2) 비조봉飛鳥峯

덕적면 진리에 있는 이 산은 국수봉 다음으로 높은 산으로 바다 멀리에서 바라보아도 산봉우리가 뾰족하게 드러나 보인다. 그리고 그 형세가 마치 새가 날개를 치며 날아가려는 모습을 하고 있어 '비조봉飛鳥峯'이라고 한다는 것이다. 산 높이가 해발 292m에 달하는 이 섬에서 두 번째 높은 산으로 주변이 가장 잘 바라다 보이는 봉우리로도 유명하다. 이 섬의 유일한 전망대 역할을 하는 산이기도 하다.[50]

그래 여기 봉우리 또 하나가 있어요. 저기 서포 1리 유원지 해수욕장 있는데 비조봉이라고, 높은 산이 하나 있는데 날 비飛자 하고, 봉우리 봉峯자. 새가 나른다고 해서. 거기 사람은 잘 안 다니죠. 이 두 봉이 젤 여기서 높기도 하고 이름을 부르고 그러게 허죠. (조사자: 비조봉에도 무슨 전설이 없나요?) 전설은 거기는 별 전설은 없고 에~ 하여튼 사람은 잘 안 다니고 날짐승이나 나른다고 해서 날 비飛자 하고, 새 조鳥자 날조자 새 조鳥자 봉우리 봉峯자, 높구도 험하다고 해서 비조봉이라고 그랬죠.[51]

3) 선단여 바위 또는 선대암仙臺巖

덕적면 백아리에 있는 이 바위는 전하는 말에 의하면 덕적도에서 멀리 떨어진 백아도에 노부부와 남매가 살고 있었다고 한다. 그런데 어느 날 노부부가 하루 사이에 모두 죽게 되었다. 그러자 인근 외딴 섬에 홀로 외로이 살던 마귀할멈이 여동생을 납치하여 자기가 살고 있는 외딴 곳으로 데리고 갔다. 그 후 십여 년이 흘러 장성한 오빠는 홀로 조각배를 타고 낚시를 하다 풍랑을 만나 어떤 섬에 정박하게 되었다. 그런데 그 곳에서 어여쁜 처녀를 발견한 총각은 사랑을 느끼게 되고 둘은 마귀할멈이 없는 틈을 타서 사랑의 밀회를 즐기게 되었다. 서루 이루어질 수 없는 남매의 사랑을 개탄한 하늘은 선녀로 하

---

50 인천광역시, 앞의 책, 912쪽.

51 제보자: 문기석(87세).

여금 그들의 관계를 설명해 주게 하여 알려 주었다. 그러나 남매는 그의 말을 믿지 못하고 오히려 함께 죽는 편이 좋겠다고 고집함으로 하늘은 이들에게 천둥과 번개를 때리게 하여 불륜의 관계를 맺었던 남매와 그렇게 되도록 만들어 놓았던 마귀할멈을 모두 죽여버리고 만다. 그 후 그 곳에는 세 개의 바위가 우뚝 솟아올라 사람들은 이것을 '오빠 바위', '누이 바위' 그리고 '할미 바위'라 하고 또 다른 이름으로는 선녀의 말을 믿지 못하고 고집하다 벼락을 맞아 선녀들이 너무 안타까워 붉은 눈물을 흘리며 하늘로 올라간 곳이라 하여 '선녀단'이라 하던 것이 점차 변음되어 '선단 여 바위'로 불리게 되어 한자로는 '선대암仙臺巖'이라 하게 되었다고 한다.[52]

> (조사자: 위에 보니까 비조봉이던대요. 비조봉과 관련된 거는 없나요?)
> 그건 뭐, 몰르갔는데 뭐 (웃음, 허허) 우리 전에 무슨 이름이었는지 모르겠지마는 그것도 모르겠고…
> 음~선다녀(?)는 뭐 마귀할매가 통시 보따리였다고도 하고(조사자: 도시…?)
> 통시보또(김: 통시라는게 옛날 화장실을…) 옛날 화장실.[53]

우선, 덕적도에 대표적인 대적면의 대표적인 것은 뭐냐 하면, 백아도라고 있거든요. 덕적면에 백아도. (조사자: 예.) 백아도 앞에가, 어엉-. 에에-, (제보자가 잠시 생각하면서 자료를 찾음) 백아도 앞에 선단녀라는(제보자가 종이에 선단녀仙丹汝를 한자로 씀). 이 선단녀라는 바위섬이 있어요.
바위섬이.(조사자: 예- 예.) (제보자가 종이에 선단녀의 바위 모양을 그림) 응, 바위섬이 이렇게 세 가지로 되어 있지. 세 개가 되어 있는데, 응, 이게 전설로 되어 있는데, 응, 옛날에 백아도에서 어떤 노부부가 늦게 아들딸을 낳아가지고 살다가, 에-, 이 노부부가 이제 나이 먹어서 아주 뭐, 그렇잖아

---

52 『인천의 지명유래』, 909~910쪽.
53 제보자: 장문우(74세).

도 이 백아도라는 섬하고 이 섬하고는 상당히 떨어진 섬이거든요. 이 뭐 전설이니까 뭐 그렇지마는.

선단녀에는 뭐 옛날에는 마귀할머니가 살았다고 하거든요. 마귀할멈이 살았는데, 마귀할머니가 백아도에 왔다가 그 집에 들러보니까, 뭐 남매가 쪼그만 어린아이가 둘이 있는데, 그 마귀할머니가 그 중에서 그 여자 아이를, 여자 아이를 그냥 훔쳐가지고 선단녀로 도망왔다는거든요, 허허-, 그래가지구, 오-랜 세월이 지나는 동안에, 그 마귀가 다 칠~팔십이 되었든가 보죠.

응, 그래 그 백아도에 있던 그 말하자면, 오빠 되는 남자애가, 섬이니까 천상 낚시를 해야 하니까, 예- 낚시를 해야지 배를 타고, 그 선단녀라는 섬에 거기를 나왔다가, 그참 그 낚시를 나왔다가, 그이, 하루는 원-체 풍파도 쎄고 그 일기가 나빠가지고 그 선단녀를 쫓겨 들어갔는데. 쯔-음, 그 선단녀를 쫓겨 들어가 보니까, 그게 아주 아름다운 그- 나이 말하자면, 나이 먹은 처녀가 있으니까, 상당히 그 호기심에 처녀를 바라보고, 그 처녀도 그-. 역시 오랫동안 그 선녀의 쪼그마한 섬에 있다가 웬 남자가, 낯선 남자가 자기 집에 들어왔으니까, 서로 호기심에 바라보다가. 그이 으-, 이젠 이 남자가 매일 낚시 나가가지고, 또 이제 낚지는 않지만, 가다오다가 부딪쳐 가지고, 서로 정이 들었던가봐요.

그래서 이제, 어느-날 그 청년이 낚시를 갔다가 그 섬에 들러서 그 처녀를 이렇네 저렇네 하다가, 그 정말 넘지 못할 선까지 넘었나봐요. 근데 남매거든요, 그게. 그런데 그쪽에 아마(흐흐-웃음) 하느님이, 옥황상제가 막 내려다보다가, 이건 맺으면 안되는 그런 인연이다. 그래 (웃음) 벼락을 말하자면 내리 쳤다는, 벼락을 쳤다는 거거든요.

그래 그 남매도 죽고 그 마귀할머니도 죽고, 그 바위가 산산조각이 나서 남은 게 바위가 세 개가 남았는데, 그 가운데 마귀할멈 섬이고, 양짝은 에에- 처녀 섬이고 하나는 총각 섬이다, 남매 섬이다 그래서 선단녀라고

한다. 뭐 사실 엉터리 전설이지. (웃음)[54]

4) 망재

망재는 진 1리와 서포 1리 사이에 있는 고개이다. 이 고개는 진리에 수군 절제사가 상주한 이래로 군사들이 이 고개에서 서해 바다를 경계하기 위하여 망을 보았다고 하여 '망재'라 불리게 되었다고 한다. 지금은 걸어서 이 고개를 넘다가 이곳에 이르면 힘도 들고 서해 바다가 잘 바라다 보여 이곳에서 쉬어 가는 곳이기도 하다. 또한 외부인의 침입을 방지하기 위해 이곳에서 망을 보았다고 하여 '호망재'라고도 한다.[55]

이왕 얘기가 나왔으니까, 여기 고개를 망재라고 합니다. 망재. (조사자: 예) 근데 고개를 넘어가는 건데, 에-, 아마 예전에도 에 - 명나라던가 이 중국에서 많이 침범을 했던 모양이에요. (조사자: 예) 또 그외 물론 (기침) 에- 적이 침범하는 것도 있겠지마는 해적들이 이 거시기에서 많아서, 그래서 해적이 침범하나 그 고개에서 망을 보았다는 거야. 그러니까 이렇게 거기가 높으니까, 망을 보았다고 해서 그러니까 보초인 모양이지. 그래서 망재라고 이렇게 거기 이름을 망재라고 한다.[56]

5) 돗재

진마을에서 도우로 넘어가는 고개를 돗재라고 한다. 이 고개는 도로개발이 되기 전까지는 100여 m의 높은 고개로서 높고 급하기로 유명한 고개였다. 새마을 사업으로 고개를 낮추고 주민 숙원 사업으로 또 낮추고 하였다. 최종적으로 도로 개설 사업으로 낮게 낮추어서 이제는 고개가 아니라 언덕으로 보인다. 진마을 동쪽은 '돗재'이고 서쪽은 '망재'이다. 그래서 '동쪽으로 갈까

---

54 제보자: 이세희(74세).

55 『인천의 지명유래』, 907쪽.

56 제보자: 장문우(74세).

서쪽으로 갈까'라는 말은 '돗재로 갈까 망재로 갈까'라는 말이 전하여졌다.[57]

도우고개는 저기 지금 연락선 쾌속정 그 지금 그 배이름 뭐, 뭐라고 하냐 거기서 내려서 조금, 거기서 내려 가지고 뭘 타고 면사무사에 걸어서 얕은 고개를 넘으셨나.(조사자: 예, 걸어서 넘었습니다) 걸어서요.(조사자: 예, 예) 거기가 도우재라는 데에요. 도우잰데, 에~ 도우는 파도라는 도渡자하고 에, 그~ 파도 도우라고. 저쪽은 진변이라고 나룻가라고 나룻터라고 하고, 이쪽은 도우라고 하는데 파도가 항상 닿는다고 해서 이쪽은 오른쪽이 바로 파도가 닿는다고 그래서 도우라고 했대요. 늘 해변 위에 파도가 닿는다니까 도우재라고, 돗재라 하죠.[58]

6) 동고령東高嶺 또는 똥고개

동고령東高嶺은 덕적면 진 2리와 서포 2리 사이에 위치한 고개로 해발 200m가량이나 되는 높은 산을 넘어가는 고개이다. 그런데 이 고개를 서포리에서 바라보면, 항상 동쪽에 위치하고 있는 높은 봉우리라 하여 한자로는 '동고령東高嶺'이라 했고, 보통 사람들은 이 고개를 일러 '동고개'를 센 발음으로 하다 보니 '똥고개'가 되어 이를 별칭으로 '똥고개'라고 한다.[59]

이제에 그 그걸 보고 뭐라고 했죠. (조사자: 예, 세금요.) 현물로 세금 내잖아. (김광태: 세곡?) 세곡인가. 그것을 농사 짓는 사람이 이제 세곡을 내는데, 이 동네가지 가지고 와야 된단 말이야. (조사자: 예.) 가져야 하니까, 그 동네서 올라오는 고개가 높단 말이야. 거기가. 그래서 사람네들이 그 이제 곡식을 에-, 가마니에다 이렇게 해서 지구 넘어오는데, 하두 힘이 드니까 흥-. 똥이 나올 만큼 힘이 들더라는 말이야. 그래서 그 재 이름이 똥고개야.

57 옹진군향리지편찬위원회, 앞의 책, 615쪽.

58 제보자: 문기석(87세).

59 『인천의 지명유래』, 908쪽.

(좌중: 웃음) (김광태: 원이름은 동고령이구.) 동고령인데. (김광태: 동쪽으로 높은 령이라 해서 동고령인데.) 원, 동고령인데, 그게 똥고개라고 부른다구. 그렇게 짐을 지고 넘어오기가 힘이 드니까 그래서 똥고개라고 하는 얘기야. (웃음)[60]

7) 쑥개

현 북 1리, 북 2리인 쑥개마을은 옛날에는 마을 앞 축대 앞 갯벌에까지 쑥대와 갈대가 무성하였으며 서나무 덤불 등으로 이곳 지명을 쑥개라고 하였다. 6·25 전쟁 등으로 인해 사람들이 점점 많이 집결하여 살면서 쑥덤불도 갈대도 서나무 덤불도 없어졌다. 그러나 이곳 지명은 옛날 지명인 쑥개를 그대로 불리어 전해지고 있으며 큰 쑥개, 작은 쑥개 등으로 부른다. 섬의 쑥(약쑥)은 조선조말까지 진상품으로 뽑아 나라에 받쳤던 약초의 하나이기도 하다.[61]

저 북리는 쑥개라고 있어요. 북리라고 쑥개라는 동린데 산에 사철 쑥꽃이 많이 나서 쑥개라고 한다. (조사자: 사철 쑥꽃요?) 사철쑥이라고 있어요.[62]

덕적본도에 여기(지도를 보면서) 이- 북리, 북리를 옛날에는 현재 쑥개라고 하죠, 쑥개. 옛날에는 뭐- 애포艾浦, 애포라고 하나. '쑥 애艾'자 애포. 뭐 옛날에는 뭐- 쑥이 원체 많이 나가지고, 쑥과 갓과 전부 나가지고 쑥개라고 했다는데. 쑥개가 아주 크-은 어항이었댔어요. 시방은 전부 없어지고 말았지만. 지금은 애포라고 하죠, 애포. 애포라고 안하고 보통 쑥개, 쑥개하죠.[63]

---

60 제보자: 장문우(74세).

61 옹진군향리지편찬위원회, 앞의 책, 645쪽.

62 제보자: 문기석(87세).

63 제보자: 이세희(74세).

8) 서낭당재

덕적면 진리에 있는 이 고개는 이개에서 북리로 넘어가는 곳에 있다. 100m 이상 높은 고개였는데 도로개설공사로 고개를 낮추어 많이 낮아졌으며, 옛 서낭당나무와 돌무더기 등은 흔적이 없어졌다. 진 2리와 북리의 경계 지점이기도 하다.

(조사자 일행이 덕적도면 사무소에 들려 이 고장과 관련된 전설을 많이 알고 계신 제보자가 있느냐고 하자 장문우씨를 소개시켜 주었다. 이에 연락을 드리고 찾아갔더니 김광태씨가 잘 알고 있을 것이라고 하면서 김광태씨 댁으로 갔다.)

(조사자: 서낭제를 지냈습니까?)

에에-. 서낭제. (조사자: 예.) (김광태: 당이라고 있지, 당) 아니야. 서낭당 고개, 서낭당 고개. 그 예전에는 그게 에- 있었지. 그 명칭이 이젠 서낭제라고 하는데. (조사자: 예.) 그 예전부터 쑥재라고 하는 디가. 이제 어업을 많이 에예- 했단 말이야. 근데 그- 배를 타는 사람들이, 그 각 동네에서, 에-, 이렇게 재를 넘어서 댕겼다고. 그래서 (기침) 그 때 당시에-. 그, 에-. 좀, 풍어도 빌고 또 사람의 안정도 빌고 하는데, 저기 서낭제라 하는 것이 있어요, 명칭이. (조사자: 예.) 마찬가지죠. 그 가 가면서 돌이나 나무 밑에 다가 큰 나무 밑에 다가 돌이나 던져갔고, 이렇게 쯔으, 지나가면서 빌고 하는 것이 예전부터 그 서낭당제라고 하는 것이 하나 있어요.

(조사자: 정기적으로 제사를 지냈나요?) 에 그런 건 안고, 오고 가는 어부들이 오고 가고 하면서 또 (기침) 선주 이제 몇 집에서 오고 가고 하던 걸. 그 거시기 그 부인들이 그 선주의 부인들이 오고 가고 하면서 물론 사람의 건강도 안녕도 비는 그런 의미도 있겠지만 풍어도 비는 의미에서 돌을 하나씩 던져 놓고 하는 것이 있었어.[64]

김혜경씨가 자신의 어머니가 덕적과 관련된 이야기는 잘 아실 것이라

---

64 제보자: 장문우(74세).

고 하면서 어머니 댁으로 안내해 주었다. 김혜경씨의 어머니께서 친구 분인 고부연씨를 불러 3명이 이야기를 해 주었다.

(조사자: 서낭당재가 있던데요?)

서낭당재-. 저어 거시기 쑥개 가는데-. (김혜경: 서낭당?) 그것을 보고 옛날에는 서낭당재라고 했어. (조사자: 거기에 대해서 전해 내려오는 이야기는 없구요.) 그걸 몰라. (김혜경: 그걸 북리가면 아이 뭐라구 했나. 누가 그걸 생각했나.) 그걸 서낭당재를 옛날에는 서낭당재라구 했어. 거기다가 그걸 잊어버렸어.

(조사자: 서낭당에서 제사 같은 것은 안 지냈나요?) 안 지냈어요. (김혜경: 여기서는 그런 거 없어요.) 지사 안 지내요. 그전에 저어. 무-당은 댕기며 떡 해 놓고 빌데요. 무당은 그런 거 하는 거 우리가 그 떡을 다 갔다 먹었어요. (웃으며) 우리가 대산가 별주 가는데, 근방 이렇게 시류가 해 쏟아놓았더라구. 우리가 그걸을 갔다 기도하고 먹었다구. 그거는 그런 거를 알았지. 뭐 어디 가서 뭐 하는 것는 몰라요.

여기는 무당도 그런 게 없능게 그런 거 안 했어요. 들어온 사람들이 그런 거 들어온 사람네가 그러지 (조사자: 들어온 사람들이요?) 들어온 사람들이 그러지. (김혜경: 여기는 옛날부터 거 성당을 많이 다니지 그 미신을, 배 부릴 때 배가 쑥개라는 데가 배 많이, 어선이-, 이북에서 피난 온 사람들이 무척 많이, 배가 많았어요. 그래가지구 그 사람들이 인저. 깃 꽂고 굿하고 그랬지. 여기저기는, 별로 그런 거 안했어요.)

본토는 안했서.[65]

서낭당재와 관련해서는 다음과 같은 노래가 전해지고 있다.

예개지나 쑥개재는 영검하던 서낭당
오고가는 길손들 옷깃 여메고
서낭님께 돌 던지고 침 뱉으며

65 제보자: 신계희(82세), 사는 곳: 덕적면 진리, 채록일시: 2001. 11. 25.

고기풍년 농사풍년 빌던 서낭당
서낭님 덕분으로 장원한 고깃배들
징소리 북소리 쑥개바다 들썩였고
떡시루 술동이 이고지고서
뱃고사 당고사로 배부르고 동더웠네

6·25전쟁으로 흩어진 이산가족
파도 같이 밀려들어 쑥개골 메우고
불야성 이루던 조기 파시 치루면서
정처 없던 실향민의 십승지지十勝之地되었네

황금의 조기떼도 이산가족 되었는지
덕물어장 떠난 뒤에 돌아올 줄 모르네
고기잡이 안 된다고 고기 배들 떠나가고
풀벌레만 울어대니 옛님찾는 소린가봐
선성하던 서낭당재 낮게 깎아 길 넓히고
밤낮없이 달리는 자동차의 고함소리
참다못해 서낭님 간곳이 어디멘고
이제다시 서낭 모셔 쑥개 풍어빌고지고[66]

9) 장사 바위와 감투 바위

장사 바위는 소야도에서 약 500m 쯤 떨어진 곳에 우뚝 솟아 있다. 그런
데 그 생긴 모양이 장사와 같다 하여 붙여진 이름으로 구전에 의하면, 어느
날 이 마을에 사는 한 여인이 바닷가에서 굴을 따고 있는데 덕적도에서 제일
가는 장사가 육지로 가기 위해 물위를 걸어오고 있었다. 그런데 마침 이 여인

---

66 옹진군향리지편찬위원회, 앞의 책, 651쪽.

의 뱃속에 또 다른 장사가 하나 잉태되어 있었다. 물위를 걸어오던 그 장사는 그 여인의 뱃속에 있는 또 다른 장사를 보고 너무 놀라 그만 그 자리에서 선 채로 굳어져 돌이 되어 버렸다고 한다. 물론 이 여인의 뱃속에 있던 장사로 태어날 아기도 그만 그 장사가 굳어져 돌이 되는 것에 놀라 장사로 태어나지 못하고 보통 사람으로 태어나고 말았다. 그러므로 이 섬에서 태어날 장사들이 모두 사라지게 된 애석함을 지닌 바위가 장사가 굳어진 바위라 하기도 하고 또 그 모양이 장사같이 생겼다 하여 '장사 바위'라고 한다고 전해오고 있다.[67]

감투바위는 비조봉과 망재 중간에 있는 바위산으로 200~230m 높이이다. 옛적부터 이 바위산에 올라가 태극기를 세워 놓고 만세를 부르며 전쟁놀이도 하던 곳으로 정상이 넓고 서해 바다가 시원하게 보이는 곳이다.[68]

(조사자가 곰바위, 장사바위에 대해 묻자,)

모양이 그렇게 생겼기 때문에 그렇게 부르는 것이다. 다른 것이 없다. 돌아가다가 배를 타고 가면, 꼭 곰처럼 생긴 것이 있다구. 예전 장수가 이렇게 서 있는 뵈는 것, 그런 바위가 있어. 그냥. 유래도 없고, 그런 것은 유래도 없고. 보니께 그러니까, 사진 찍어서 '이건 곰바위다, 장사바위다, 감투바위다'고 모양대로 얘기하는 것이지. 별 예전부터 내려오는 구전이나 뭐, 이런 것은 천상 없어요.[69]

감투바위 저 외곽 쪽 얘긴데, 감투처럼 생겼다고 그래서 감투바위라고 하는데 장사바위 저 외곽 쪽에 있어. 외곽 쪽에 여기서는 멀리 그 섬에 가야 있죠. 여기 선갑도라고 문갑도 밑에 선갑도라고 있어요. 선갑도는 옛날에 에~ 여기다 도읍을 헐렸는데 아흔 아홉 굴에 한 굴이 부족 돼서 안 허구서는. 그냥 떠나버렸다고. 신선 선仙자에 갑이라는 갑甲자해서 선갑도

---

67 『인천의 지명유래』, 909쪽.

68 옹진군향리지편찬위원회, 앞의 책, 659쪽.

69 제보자: 장문우(74세).

라는 그런 전설이 있더군요. 여하튼 소형 폭포같이 돼 있어서 여기서 살면서 가보지는 않았지만.[70]

10) 광수굴의 유래

어언 또 진리 2리에 이 고개 넘어서 광수골이라고도 있어요. 그 도정림이. 이젠 피난처같이 그 고을이 있어요. 그 들어가보면, 억지로 문을 찾아가면 속으로 넓은데, 그런 고을이 하나 있는데, 광수굴이라고. (조사자: 이런 데는 예전에는 피난을 많이 갔겠네요.) 여기 우리 선조들께서 그렇고. 상황을 나서 그랬던지(?) 피난을 오셨던지, 아닌 말로 무슨 어-, 법에 저촉되어왔는지는 모르나. 왜정, 제2차 대전 때에도, 해방되던 해에도 그렇고 여기가 피난민이 수만 명이 있다가 경인간 도시로 많이 진출해 갔지만, 여기가 피난처라고 볼 수 있어요. 여기가 중국하고 가깝다지만 중부에서 가장 멀리 떨어지고 낙도이니까요.[71]

5. 덕적도의 구전 설화

1) 문갑도의 팔선녀굴

(조사자가 문갑도의 팔선녀굴에 대해 질문하자, 화자가 이런 전설이 있다고 하면서 구술하였다.)

에-. 그 분이 저어, 팔~구십년 백년 가까이 된 어느 해인지는 모르겠으나, 그 동네의 처녀들이 총각하고 그렇기 서로- 연애할까, 친구 삼아서 그렇게 해서 노래 부르고 춤추고 해서 그 문갑고을의 어느 고을이 있어요. 그 넘어서 어느 고을이 있어요. 사람이 안 사는 민간에서 그 넘어 고을이 사람이 아 사

---

70 제보자: 문기석(87세).

71 제보자: 문기석(87세).

는 고을이, 거기 가서 팔선녀라고. 여들 처녀 총각이 가서 거기서 그렇기 춤추고 놀았다 해서 팔선녀 고을이라고 한대요.[72]

(조사자: 팔선녀굴에 대해서 질문)

(김: 첨 듣는 얘긴데…?)

(?) 허는 건데. 그거 잘 모르겠어요. 그 문갑도에서 가장 높은 디가 하리산인데, 음~(김: 하리산) 응. 거기 올라가믄은 산인데 산꼭대기가(김: 평평하지) 분지가 돼있어.(김: 그렇지) 이렇게 평평해요 (김: 평야지, 평야) 그렇게 높은 데 분지가 있어서 농사를 뭐, 저~땅속으로 들어가는 농산물, 말하자면 무나 감자나 고구마나 마늘 같은 것은 거기가 잘 돼요. 땅속으로 들어가는 거. 그래서 하늘에서 선녀들이(헛기침, 흐음) 농사를 지었어요. 그런 얘기들이 들리기도 허는데 그게 사실… 아, 높은데 있으니까 사람들은 거기까지 가서 농사짓기가 어려운데, 그런 땅속으로 들어가는 그 곡물 겉은 것이 잘된다고 해서, 높은 데선 선녀들이 와서 농사를 지었을 것이다라고 허는 그런…(웃음, 허허) 거기에서 도는 얘긴데 지금들은 하나도 그런, 아는 사람 없어(김: 농사도 안 짓는 거지, 올라도 안가고) (헛기침, 음…) 근데 이제, 그게 60년돈가 70년도에는 사람들이 올라가서 거기 또 개간해서 살았어요.(김: 그전엔 그랬어요) 그랬어요. 거기. 거기 올라가서 거기 농사도 졌어요. (웃음, 허허허) 근데 지금들이야 다 포기하고 말았지. 한 참 배고플 시대에는 거기까지 사람들이 올라가서 농사를 졌어요.(헛기침, 에헴) 별 뭐, 별 이야기할 구전 같은 게….[73]

2) 선갑도의 아흔아홉 굴

(조사자가 묵고 있던 민박집 주인에게 이 지역에 관련된 전설을 잘 알고 있는 분이 있냐고 묻자, 어렸을 때 할머니께 들었던 이야기라면서 해준 이야기이다.)

그런데, 여기 덕적도에서 조금 나가면 선갑도라고 있어요, 선갑. (조사자:

72 제보자: 문기석(87세).

73 제보자: 장문우(74세).

예-) 거기에도 뭐 얘기가 내려오는 얘기가 많더라구요. 선갑도가. 굴이, 9십 9개래요. (조사자: 선갑도예요?) 예, 9십 9갠데, 하나가 더 있으면 거기가 수도가 되었을 텐데, 그런 얘기가 있더라구요. 그래서 하나가 모지라서 뭐 됐다구. 안 됐다구 그런 얘기도 있고.[74]

선접은 그거는 굴이 아흔 아홉 굴이래요. 그게 한 굴만 더 있으면 서울이 되었을 텐데, 아흔 아홉굴, 한 굴이 부족되어가지구. (김혜경: 누가 심술을 부렸나. 하나가 모자랐나.) 선접이 되었다구 그러더라구. 서울이 못 되었다구. 그래서 거기가 다 섬들이 다 쪼개져 나가구 그래서. 거기가 서울이 못 됐다구, 그런 소리를 하더라구 그전에 노인네들이.[75]

3) 소야리의 도둑놈의 절구

(김혜경씨의 안내를 받고 함께 강상월씨 댁을 방문하였는데, 식사를 준비하다가 이 야기를 들려주었다.)

소정방이 들어왔다는 소야지의 짐터 끝에 가니까 저기 옛날에 도둑, 노인네가 말이 도둑놈의 절구라고. 거기는 절구라는 것이 있고 그런대. 그것밖에는 아무것도 몰라. 그것도 학교 다닐 적에, 학생시절에 학생들하고 소풍가서 봤지. 선생님이 집게를 가지구 집어 그 속에 넣으니까. 한 일 미터가 넘는가봐. 그리구 만조 되었던가봐. 똥그랗게 물이 나가면 저거구, 그때는 물참이니까, 물 들어오면 물기고, 그러니, 동그랗게 절구 같은 것이 있더라구. 그거 뭐라나, 그거 한번 선생님하고 소풍가서 보고, (조사자: 위치는요?) 위치는 소야리 거기 보리쟁이예요. 옛날에는 저기 저거 짐터 끝이라고 하는데, 저 반도. (조사자: 짐터 끝요?) 짐터 끝이라고 하는데 반도골 옆이에요. 쭈욱 나가서 소야린데.[76]

---

74 제보자: 김혜경(57세), 사는 곳: 덕적도 진리, 채록일시: 2001. 11. 25.

75 제보자: 고부연(78세), 사는 곳: 덕적면 진리, 채록일시: 2001. 11. 25.

76 제보자: 강상월(70세), 사는 곳: 덕적면 진리, 채록일시: 2001. 11. 25.

4) 장구도의 아이장수전설

(조사자가 힘센 장사에 관해서 질문을 하자 구술하였다.)

장사 나왔다는 말은 못 들었어요. 저어-, 그런 말이 있더군요. 그 전설이지만은 백아도에. 저 백아리라는 백아돈데. 거기가, 아-, (제보자가 잘 생각이 나지 않는지 잠시 생각을 함) 그 옆에 섬이 하나 또 있는데. 백아도에 지저라는 옆에 하나 있는데. 거기서 옛날에 사람이 살았는데. 그게-. 에-, 어린애가 하나 어느 어머니가 낳는데. 어린애가 갓난애가 그냥 일어나더라. (웃음) 천장에 붙었다가 이이-, 벽에 붙었다 이러드래요. 그래서 돌을 지르러라서 그 애를 죽였다는 전설이 있더군요. (조사자: 백아도에요?) 장구도라고. 장구도가. 이제 옛날에 사람이 살 때, 그런 말이 있더라구요. 전설이니까. 오래된 일이니까 모르죠. (조사자: 이런 전설이 많거든요?) 어이-, 많구 말구요. 여기 저기. 어느 지방에 가든 유래와 전설이 있어요. (조사자: 네에, 선생님께서 말씀해 주신 전설이 우리나라에 꽤 많습니다.) 네. (조사자: 그래서 부모들이 죽인 이유가 역적이 될까봐?) 그렇죠. (조사자: 죽이는 이유가 역적이 될까봐 그렇지 않습니까?) 역적도 그렇고. 그 이상스럽게 별스런 사람이 생겼다고, 그래 가지고. 그런 그런 사람을 잘 기를 생각을 갖지 않고 그런 좋지 않은 일을 헌 때에는. 여기는 그렇게까지는, 그렇고. 장구도에서 어린애가 그렇다는 것은 전설로 내려왔어요.[77]

5) 소정방 전설

어느 왕 때는 없고, 그 삼국시대에. 그러니까 그 역사적으로 보면, 나오잖아요. 신라하고 당나라하고 연합해서 백제를 쳤잖아요. 그 때니까, 그 뭐, 어느 왕 때는 정확히 잘 모르고 그렇게만 알고 있으니까. 그러니까, 신라하고 연합해서 백제를 칠 때, 당나라, 중국이--, 이 덕적으로 해서 지나간대요. 여기가. 중국이 저기가 지나가는 요지래요, 덕적이. 그런데 소정방이 많은 군대를 거느리고 백제 치러가는 중간에 여기 덕적에서 쉬었을 거 아니예요. (조사

---

77 제보자: 문기석(87세).

자: 예-.) 여기 덕적에 처음에 이 소야리에 들어와 가지고. 들어와 가지고 소야리에 들어오고 군인들은 이제 요오- 고개 넘어 진리라는 곳에. 요 바로 넘어가 진리예요. 거기다가 진을 치고, 그 꼭대기 있어서 비조봉 가는데-, 거기 보고 망재라고 그러거든요. 근데 인제 거기, 거기서 망을 보고 진리에서 진을 쳤다해서 진리, 지금도 진리예요. 덕적면 진리가 그때 나온 얘기라고 그리고 망재는 망을 보고 인제, 말하자면 적군이. 백제군이 오나 그것을 봤겠지. 그때는 신라하고 연합이었으니까. 그래서 이제 망재구. 진을 쳤다고 해서 진리고, 소야리는 소정방이 처음에 들어가서 이름을 소야리라고. 붙였다고 하더라구. 소야리의 그러니까 소자가 그때 한문으로 써 줘서 얘기해 줘서 설명을 해주었는데, (조사자에게 소야리를 어떻게 쓰는지 물어 자료를 보여줌) 그런데 그 소자가 말하자면-, 여기 받침이 이쪽에도 요쪽에 두 개가 있는데, 요쪽에 써도 되고 요쪽에 써도 그게 소야리라고 써도 소자가 틀리지 않는 글씨래요. 그런 것은 밥상을-, 차려다 주었는데 수저가 잘못 놓여 있어서, 이건 이족이 아니고 이쪽이다. 그래 가지구 소자는 이렇게 써도 되고 저렇게 써도 맞는다구 하더라구요.

(자료를 보고 다시 이어 구술함) 이거를 이 앞에 것을 옆에 것과 바꿔서도 틀리는 글씨가 아니라고 그러더라구요. 그래서 그 글씨는 그래서 유래가 된 거래요. 소정방이가 밥상을 차려다 주었는데 수저를 잘못 놔서 소정방이가 이쪽이 아니고 저쪽이다 소야리는 한문을 그쪽으로 써도 틀리는 글씨가 아니라고 그렇게 얘기해요.[78]

6) 선갑도仙甲島의 산삼山蔘

전설 같은 얘기 하나 할까요? 선갑도에 그전에 산삼이 있었대요. (조사자: 네, 산삼요) 네. 근데 문갑도 사람들이 그리로 굴 주으러 가는데, 그때 다 어려울 때니까 어린애들을 다 업고 갔었어요. 근데 애들은 백사장에서 놀게 그

---

78 제보자: 김혜경(57세).

다 놔두고 있었는데, 점심을 먹을 때 돼서 점심을 먹는데 애가 오더니 "엄마 나 무 먹었어" 그리고 온단 말이지. 겨울에 무슨 무를 먹습니까? 그게 이놈아 실없는 소리하지 말라고 했단 말예요. 그랬는데. 아, 증말 먹었다고 그런다 말 예요. 그러니까 이 부인이 애기 어머니가 생각하기를 혹시나 허고 야 그럼 가 보자고 말이죠.

가보니깐 무 뽑은 자리는 있는데, 뭐 하나도 없드래요, 무는. 그런데 그 애 가 산삼을 먹은 모냥이에요. 산삼을 산삼이 신령이 옛날에 그러잖아요. 신령 이 전부 다 주는 사람은 주고 안주는 사람은 안 준다고. 신령이 아마 그 어린 네에게 주었던 모냥이죠. 그 나머지는 보통 사람 눈에 띄지 않고. 그 사람, 그 애기 자라 으른이 돼서 긴력이 항우였답니다. 아주 긴력이 쎄가지구 그 심술 이 나면 그 무밭 패버린 데서 한손닻(?) 이라고 해서 무지하게 큰 닻이거든요. 그놈을 밀어다가 저 산에다 올려놓고 그랬다는 말이 있어요. 그런 전설 같은 얘기가 좀 있죠.(웃음, 허허허허)

그러니까 뭐, 별로 읎어요.(장: 예전 사람들, 나이 잡수신 분덜이 있어야 그런 거 저런 것도 알지. 지금 사람들은 관심두 안 두구 그러니까 잘 몰라요) 예전 할머니들 이 자장가 삼아 얘기한 거지… 문갑도는.

(장문우: 문갑도는 책상 다리 인제 책상 같이 이렇게 거시기 생겼다고 문갑이라고 하지. 우리보고 얘기하는 것 보다 면에 가면 거시기가 있어) 향토지 맨든 거 뭐 있나?

조사자는 향토지 보다 직접 듣는 것이 더 가치가 있다고 함. 지금은 설문 지 방법을 쓰지 않는다 등의 설문지에 관한 이야기 나눔.

(장문우: 지금처럼 그런 구전으로 내려오는 무슨 그런 얘기를 해달라고 하면 막연 하단 말야. 뭐 어딜 뭐라고 얘기할 수도 없는 거고 우리가 또 박식해서 예전에 무슨(헛 기침, 에헴) 동에 이름을 짓데든가 또는 섬 이름을 짓는 다 그런, 다 일리가 있 어서 졌을 거란 말야 (조사자: 그럼요 이유가 있어서 지었죠)이유가 있어서 지었 을 텐데 잘 모른단 말야. 무슨 이유에서 그렇게 그 섬을 갖다가 그렇게 이름 을 졌는지. 뭐 여기야 섬이 많긴 많지만… 그 몰러 굴업도나 백아도(헛기침, 에 헴) 백아도 같은 왜 그렇게 졌는지…울섬이래든가 (김: 몰르지 뭐, 그런 것은) 그

게 다 뭔가 이유가 있어서 나왔을 텐데. 동네 이름도 다 달르잖어. (조사자: 동네 이름도 뭔가 이유가 있죠) 에유 왜 이개를 구포라고 이개라고 했는지 그런 거나 얘기 해봐요. (김: 뭘 아나? 몰라 난…)[79]

7) 철종의 6촌 누이 이야기

(조사자가 덕적도에 전설이 있느냐고 묻자)

그으 덕적도에 옛날에 그 말하자면 철종. 철종이 강화도, 강화도령아니에요. 강화도령의 6촌 누이가 덕적도로 이사를 왔다는 소리가 있더군요. 6촌 누이가 이사를 왔는데, 응- 철종도 역시 강화도에 가 있으니까, 살림에 도움이 못되니까 아마 그냥 누이가 덕적도로 시집을 왔던가 봐요. 시집을 왔는데, 그쪽에 뭐-, 덕적도의 그- 진장 뭐-어, 누구인지는 모르지만, 덕적도의 첨사가 와서 알아보니까 철종의 누이가 이제 여기서 산다하는 그런 소리를 듣고. 어- 밑에 그 졸병들에게서 이야기를 듣고 그런데 철종의 6촌 누나가 산다는데 조사 즘 해 봐라. 그래서 알아보니까, 그- 진마을 저 아래 동네에 산다는 보고를 받아가지구, 글세-, 그 냥반을 모셔다가 잘 대접을 하구, 아주 살림에 많은 그 첨사가 있는 동안, 그 냥반을 도와주고 잘 살았다. 아직 그 후손들이 덕적에 살고 있거든요. 그런 얘기가 아마 사실일지도 모르죠. 으- 그런 이야기도 있고….[80]

6. 기타

1) 풍어제

- 서낭당재 이야기와 연관되어서 -

그 저 어니 우리도 배 부릴 때는 이제 그날 돼지 잡고 그런 거해서 고사 지

79 제보자: 김광태(80세)·장문우(74세).
80 제보자: 이세희(74세).

낸다고 그냥 배에다가 돼지 다 잡고 그랬죠. 그래도 그러기 미신을 배, 있을 때만 했지. 배 없어지면 미신은 안 지켜지는 거지. 배 있을 때는 미신을 안 지킬 수가 없었어요. 바다로 고기 잡으러 댕기고 허 바다를 댕기니께, 위햔다고 뭐 또 위해가지고. (김혜경: 그때는 정월 초하룻날하고 보름날, 배에 이게 선주 집에다가 선장이랑 기- 쭈욱 다 달고 선원이랑 집집마다 이렇게 들고 다니면서.) 그냥 그 징치고 꽹과리 치고 새낫 불고 그리고 뺑뺑이 돌아다니고 그냥. 그게 집굿이라고 했죠.

우물에 가서도 우물굿이라고 가서 우물굿을 해야 물이 잘 나온다고 해가지구. (신계희: (웃으며) 요즘에는 안 해서 물이 안 나오나?) 요 근래에는 안하잖아. 그 예전에는 우리 배 덜 부릴 적에는. (김혜경: 나 조끄만을 때는 집집마다 기-, 이렇게 다 꽂고 다니면서 면장네, 선장네 다 집집마다 돌아요. 그게 정월 초하룬가, 보름인가 그럴 거야.) 새낫 불고 그냥 징 치고, 북 치고 뭐 신나게 하고 돌아다니죠. 고사 지내고 그리구는 바다로 고기 잡으러 나가고. 그리구 우물가서도 그래야 우물 잘 나온다구 그래 가지구 우물이 가서 그리구 그랬는데. 근래에는 안 해요. (조사자: 없어진 지 꽤 오래 됐어요?) 예. 오래됐어요. 오래됐죠. 우리들 젊을 때니까 언제요, 오래 됐어요. 근래는 배도 없어지구, 어선도 없어지구. 지금들 있다는 게 낚시배, 그런 거나 있지. (김: 옛날에는 중선이라구 그래가지구.) 어선. (김혜경: 고기 잡는 배들이 많았어요.)

밤에 인제 고사도 아무 때나 안 지내요, 물 들어올 때. 그 때 이제 지내며는, 전부 이제 애들도 저 떡허구 돼지고기허구, 그런 땐 떡 그런 게 귀하죠-. 지금이 다 흔하고 지금 쌀밥만 먹지만 그런 땐 보리밥만 먹고 헐 때라. 그러면 밤 중에도 그 추운데 다 가서 받아 먹는 거야. 애들은 인제-, 떡도 많이 주고 하며는, 서낭님이 애들을 많이 주고 하며는 고서 고기도 많이 잡는다고 해서 많이씩 해주구 그랬어. 어떤 사람은 쪼금 해주면 애들이 막 욕하구 그러지요. (웃음) 복아지나 한배씩이나 잡으라고.

근데 지금은 복아지도 다 돈이-잖아요. 옛날에는 복아지. (신계희: 지금은 복아지가 더 비싸잖아요.) 응. 저놈의 배는 복아지나 한 배 잡아오라구 그러구,

떡 쪼금씩 주고 그러면 애들이 그랬어요. 그래서 될 수 있으면 애들 위해 준다구, (조사자: 예.) 우리들도 떡을 많이 해서 많이 주라구 그랬다구요. (조사자: 고사는 언제 지냈습니까?) 으응, 배 나갈 때. (김혜경: 그러니까 명절 때는 정월 초하루하구, 보름 때. 그땐가?) (신계희: 명절 때는 섣달 그믐날 지냈어.) 응 섣달 그믐날 지내. (신계희: 섣달 그믐날 지내. 그것도 넘보다 먼저 지낼라구, 밤 새벽부터 떡 찌구.) 먼저 지내야 고기를 많이 잡는다구 해가지구.[81]

2) 덕적도의 결혼풍습

(장문우: 에-, 예전에는 그 사모관대하고서 했지만 근래에는 그런 사람이 하나도 없죠. 예전에는 5~60년 전에.) (김광태: 더 됐지. 그런데 여자가 가마를 타고 가면 덕적산의 산세가 세기 때문에 뒷끝이 좋지 않다고 합니다. 그래서 가마는 안 타요.) (장문우: 안 타요.) (조사자: 예전부터요?) (김광태: 안 타죠, 구식으로 하는데. 뭐여, 상 놓고 하는 결혼하실 때, 초례청 지내고서 신부도 걸어오고 신랑도 걸어오고 그랬어요. 나귀타는 것도 그런 것도 없고.) (장문우: 그 왜냐하면 산이 높아서.) (김광태: 산이 높으니까 나귀타고 다니기도 힘들어요.) (장문우: 나귀타고 다니기도 힘들다고 해서 도보로 다녔다고 하는 거지.) (김광태: 가마는?) (장문우: 그전에 여기는 가마도 나귀도 없었어요.)[82]

3) 덕적도의 생활상

여기에 사람이 살게 된 것이 (조사자: 예.) 그 유배된 사람들. 2~300년 전에 유배된 사람들 또는 피난 온 사람들이 선조가 된 것이 아닌가 하는 생각이 들어요. (조사자: 이 지역은 자체의 생산물로 먹고 살 수가 있습니까?) 안 돼요. 여기가 농토가 그리 많지 않아요. 이 지역이 8할이 산악이에요. 2할이 평지고, 그래서 농사 갖고서는 3~4개월분 밖에 유지가 못했어요. 그래서 다 여기 사람들은 어업을 해왔고 충청도나 황해도를 교역을 해서 무역을 해서 그래서 양식을 갔다 먹었어요. 여기서는 전부 해물을 해서 어업을 해 갖고 그것을 물

81 제보자: 고부연(78세).
82 제보자: 장문우(74세)·김광태(80세).

물교환으로 황해도나 충청도 기타 지방에 가서 곡물을 교환해 가지고 살았어요.

지금은 현세에서는 그래요. 간척지는 막아서 서포리, 저 벗개라고 하는데 간척지를 막아서 농사를 지어서 저 지금은 매상이 있어요. 근데 옛날에는 간척지도 없었고 인구도 예전에 제일 많을 때 6·25후로 이 섬에 한 만 명 가까이 있었어요, 이 섬에. 그리고 이 당시에 국민학교가 7개소가 있었어요. 그렇게 인구가 많았어요. 그런데 자꾸 이 어로저지선이 이제 남하하고 북한한테 어선들이 자꾸 납치당하고해서 어업이 부진했단 말이야. 그래서 어업을 하던 사람들이 자꾸 나가버리고 말았어요.

어업을 하던 사람들이 나가니까 그 종사하던 어부들이 쫓아서 나간다구요. 그래니까 배, 어선 하나 나가는데, 근 7~80명이 이동을 했어요, 가족 다. 그래 현재 다 이동하고 그리고 젊은 사람들이 여기서 생활이 유지가 안 되니까, 육지로 나가고 말았단 말이야. 그래 현재 덕적 인구가 1,400명밖에 안돼요. 그래 줄었단 말이예요. 그러니까 여기 있는 사람들이 이 식량이 지금은 걱정이 없어요. 개간해서 크게 이제 간척지를 막아서 농사를 짓고 인구는 줄고. 지금 현재로서는 농촌사람들 생계는 괜찮아요. 쯔- 금년에도, 한 6000포대, 6000포대가 매상을 해서 나갔어요. 그런데 쌀값이 자꾸 떨어지니까-, (웃음) 여기 사람들도 농사만 지어서는 안 되겠다 이거야. 그러니까 또 이거 생계유지 할려니까, 또 딴 데를 찾아나간단 말이야. 육지로 찾아 나간단 말이야. 그러니까 자꾸 인구만 줄게 되고 또 젊은 사람들만 다 나가니까, 인구가 생산, 생산이 안 된단 말이야. 어린애들 자꾸 나가서 낳으니까, 여기서 인구가 자꾸 줄어들 수밖에. 그래 지금 여기도 문제가 많아요. 그 많던 7개의 국민학교가 전부 합쳐서 지금은 중·고등학교도 하나로, 딱, 종합해 있어요. 그 유치원부터 중·고등학교가 한 곳에서 배워요. 그것도 100명도 안된다고.

그렇게 시세가 축소가 되고 여기서 지금 서해에서 가장 좋다고 해서 유원지, 피서지로 손꼽히고 있는 덕적도 사람들이 피서객들을 맞이하는 것이 아니라, 대부분 육지에서 와서, 거반이 육지 사람들이 와서, 자리 잡고 한 달 동안 와서 무슨 봉을 만난 것처럼 벌어갖고 나간단 말이야요. 그러니 덕적에서는 별 무- 소득이 없어요. 지금 생계유지가 곤란해. 전부 있는 사람이 노인네들이 살고 있어요. 이 집도(김광태씨를 가리키며) 80먹은 노인들만 살고 있고, 우리도 두 내외만 살고 있어요.[83]

4) 덕적도의 6·25이야기

6·25때는 뭐. 덕적이 제일 먼저 미군이-, 상륙작전 했잖아요. 인천 상륙하기 전에 덕적부터 했어요. (조사자: 네에.) 그래가지구 뭐, 그때 그땐 나두 기억나는데, 그 땐 아구리배라구 그랬어요. 미군이 이젠 상륙작전해서 배 다 들어오잖아요. 그러면 배가 이렇게, 저기 배가 딱 입이 벌어지잖아. 그러면 그 배보고서는 여기서는 아구리배라고 그랬어. 미군이 저기 통신 있는 데가 미군 부대였었거든요. 그러면 그 때 젊은 여자들을 다 잡아간다구, 미군이-.

처음 처음 봤잖아요. 우리네 어렸을 때, 그 6·25때. 그러면 진짜 키 크고, 코 큰 사람들이 이쁜 젊은 여자들 다 잡아간다구.(웃음) 명선네 거기 마루 마당에 가가지구 우리는 애들인데두, 다 숨구 그랬어요. 그 저기 젊은 그 여자들은 다 잡아간다구 그렇게, 그 정도로 무서워했지. 그 사람들이(조사자: 예-.) 옛날에는 그래 가지구 다 딴 동네루, 젊은 사람들이 집 말루두 막 가구 그랬잖아요.

여기는 미군 배가 직접 댄대잖아요. 모래사장에다가 배를 대며는 미군이 딱 나오고. 그래서 우리집은 나무 대문이 있었는데, 구멍이 다 뚫려졌잖아. 그- 저- 미군들이, 군인이 상륙작전해서 함포, 총구멍이 얼마나 많고 그랬는데. 미군이 지나가면, 우리는 그때 5살 때였거든요. 그러면 쪼코렛 준다고 오라구 하면 무서워서 막 도망가구 그랬어요. 그래서 막 도망가서 숨어서 보면 미군이 돌에다가 옆에 다가 숨어서 보면 뭐를 놓고 가니까 가면서 보면, 지금 보면 쪼코렛이야. 그런데 준다구 오라구 해두 무서워서 못 갔어. 도망가구 그

83 제보자: 장문우(74세).

랬어.[84]

7. 맺는말

본 조사보고서는 2001년 11월 24일에서 26일에 걸친 현지 조사와 문헌에 수록된 덕적도 관련 기록을 중심으로 한 것이다. 이 지역에서는 채록한 자료들의 면면을 살펴보면 주로 전설로 분류될 수 있는 것들이다. 이들 자료는 크게 지명유래담과 전설·기타로 분류할 수 있다. 이 중에서 지명유래담은 다시 1) 도서명의 유래, 2) 마을과 관련된 명칭의 유래, 3) 산천의 명칭 유래 등으로 구분하였다.

전설이 활발히 전승되기 위해서는 지역 주민들이 주변에 있는 증거물을 제시하면서 그것이 존재하기 때문에 전설의 내용이 진실되다고 믿어야 한다. 그런데 이번에 조사된 전설 자료와 문헌에 수록된 전설 자료를 비교 분석해 보면, 증거물에 대한 믿음이 상당히 약화된 것을 알 수 있다. 이러한 현상은 여러 가지 요인이 있을 수 있겠지만, 전승력의 약화에 기인하는 것으로 생각된다.

시대가 변하면서 전설을 받아들이는 전승자들의 태도에도 변화가 생긴 것은 사실이다. 그 지역에 어떠한 전승되는 전설과 역사적 사실이 일치하기 때문에 전설의 내용이 진실되다고 믿는 측과 그러한 이야기는 후세 사람들이 지어낸 허무맹랑한 이야기라고 하여 이를 믿지 않는 측이 존재할 수는 있다. 그래서 전설의 전승력이 약화되어 자연적으로 소멸되기도 한다.

한편, 전설은 시대적 변화에 따라 자연적으로 소멸되기도 하지만 청자가 존재하지 않음으로써 사라지기도 한다. 이번에 조사를 하면서 느낀 점은, 지역 사회의 노령화로 인하여, 제보자들은 자신이 알고 있는 덕적과 관련된 이야기를 구술할 기회를 잃고 있다는 것이다. 민요와 달리 설화는 청자가 존재

---

84 제보자: 김혜경(57세).

하지 않으면 전승될 수 없다. 화자가 청자에게 전설을 들려주면, 그 청자가 다음엔 화자의 입장이 되어 다른 사람에게 들려주어야 과정이 반복되어야 살아남을 수 있다. 이러한 과정이 생략되면, 전설은 내용의 변이에 머무르는 것이 아니라 생명력을 잃고 사라지고 말 것이다.

참고문헌

1. 자료

『조선왕조실록』

『동아일보』

『조선일보』

『개벽』

『삼천리』

『별건곤』

「조선인정풍속」

『CD-ROM인천광역시사』, 인천광역시, 2002.

『국역 신증동국여지승람』 Ⅰ·Ⅱ, 민족문화문고간행회, 1988.

『디지털인천남구문화대전』(incheonnamgu.grandculture.net).

『문학산의 역사와 문화유적』, 인천광역시 남구청·인하대학교 박물관, 2002.

『부평사』, 부평구청, 1997.

『성씨의 고향』, 중앙일보사, 1989.

『譯註 邵城陣中日誌』, 인천광역시 역사자료관 역사문화연구실, 2007.

『인천 역사의 자랑』, 인천광역시, 2001.

『인천의 설화』, 인천문화원, 2000.

『인천의 지명유래』, 인천광역시, 1998.

『증보문헌비고』 3, 세종대왕사업기념회, 1978.

『한국구비문학대계』 1-7·1-8·2-3·2-7·6-6·7-8·별책부록(Ⅰ), 한국정신문화연구
      원, 1981~1989.

국사편찬위원회 편,『輿地圖書』上, 탐구당, 1973.

김기빈,『한국의 지명유래』4, 지식산업사, 1993.

김용국,『황해도지』, 황해도, 1970.

김용국,『경기도 화성시 구비전승 및 민속자료 조사집』3, 화성시 화성문화원, 2006.

김포군지편찬위원회,『金浦郡誌』, 김포군, 1993.

김현룡,『한국문헌설화』1·6, 건국대학교출판부, 2000, 2009.

민족추진위원회 편,『신증 동국여지승람』5, 솔, 1996.

옹진군향리지편찬위원회 편,『옹진군향리지』, 옹진군향리지편찬위원회, 1996.

柳增善,『영남의 전설』, 형설출판사, 1974.

이경성 지음, 배성수 엮음,『인천고적조사보고서』, 인천문화재단, 2012.

이기형,『한국구전설화집』11(고양·파주편), 민속원, 2005.

이훈익,『인천지방향토사담(역사이야기)』, 인천지방향토문화연구소, 1990.

_____,『仁川地誌』, 대한노인회 인천직할시연합회, 1987.

인천광역시·인하대학교 한국학연구소,『강화군 역사자료 조사 보고서』, 2001.

인천광역시사편찬위원회,『인천광역시사』2·6, 인천광역시, 2002.

인천시사편찬위원회,『인천시사』(하), 인천시, 1973.

인천직할시사편찬위원회,『인천시사』(하), 인천직할시, 1993.

인천카톨릭대학교·김문태 편,『강화 구비문학 대관』, 인천카톨릭대학교출판부, 2001.

임석재,『한국구전설화』5, 평민사, 1991.

조희웅·노영근·임주영,『경기북북구전자료집』Ⅰ, 박이정, 2011.

최웅·김용구·함복희,『강원설화총람』Ⅱ·Ⅲ·Ⅵ·Ⅷ, 북스힐, 2006.

한국민속학회,『"심청전" 배경지 고증』, 인천광역시 옹진군청.

한국씨족사연구회 편,『한국족보대전』, 도서출판 청화, 1989.

향토인천편찬위원회,『鄕土仁川』, 인천직할시, 1988.

2. 논저

『한국민속문학사전』2, 국립민속박물관, 2012.

『한국민족문화대백과사전』, 한국정신문화연구원, 1995.

『한국사』16, 국사편찬위원회, 1994.

古典硏究室 編纂,『北譯 高麗史』第二冊, 신서원, 1992.

권태효,「거인설화적 관점에서 본 산이동설화의 성격과 변이」,『구비문학연구』4집,
　　　한국구비문학회, 1997.

金邁淳 외, 李錫浩 옮김,『朝鮮歲時記』, 東文選, 1991.

金烈圭,『韓國民俗과 文學硏究』, 일조각, 1988.

김갑동,「고려시대 순창의 지방세력과 성황신앙」,『한국사연구』97, 한국사연구회,
　　　1997.

김대성·윤열수,『한국의 性石』, 도서출판 푸른숲, 1997.

김대숙,「문헌소재 효행설화의 역사적 전개」,『구비문학연구』6집, 한국구비문학회,
　　　1998.

김동욱·최인학·최길성·최래옥,『한국민속학』, 새문사, 1988.

김부식, 김종권 역,『삼국사기』, 명문당, 1993.

　　　, 이강래 옮김,『삼국사기』Ⅱ, 한길사, 1998.

김상열,「미추홀에 대하여」,『인천역사』1호, 인천광역시 역사자료관 역사문화연구
　　　실, 2004.

　　　,「인천의 중심, 문학산의 역사와 문화」,『문학산 속으로 걸어가기』, 인천광역

시 남구학산문화원, 2005.

김선풍 외, 『한국의 민속사상』, 집문당, 1996.

김용덕, 『한국민속문화대사전』(상권), 도서출판 청솔, 2004.

김의숙, 「강원도 浮來說話의 구조와 의미」, 『강원도민속문화론』, 집문당, 1995.

김준혁, 「正祖의 훈련대장 具善復제거와 壯勇大將임명」, 『역사와 실학』44, 역사실
　　학회, 2011.

김형주, 『민초들의 지킴이 신앙』, 민속원, 2002.

미르치아 엘리아데, 이재실 옮김, 『이미지와 상징』, 까치, 2005.

민속학회, 『한국민속학의 이해』, 문학아카데미, 1994.

朴廣成, 「孫乭項에 대하여」, 『기전문화연구』9, 인천교대 기전문화연구소, 1978.

朴秉濠, 『韓國의 傳統社會와 法』, 서울대학교 출판부, 1985.

박지원, 「양반전」, 『한국고전문학전집』1, 희망출판사, 1965.

블라디미르 프로프, 박전열 역, 『구전문학과 현실』, 교문사, 1990.

서규환·박동진, 「인천 청소년의 비전(I)-인천 청소년 사회의식 조사연구-」, 『황해문
　　화』, 98년 겨울, 새얼문화재단, 1998.

徐永大, 「白翎島의 歷史」, 『西海島嶼民俗學』1, 인하대학교박물관, 1985.

서종원, 『그들은 왜 신이 되었을까-한국의 실존 인물신』, 채륜, 2013.

薛盛璟, 「손돌 傳說의 變異類型 硏究」, 『說話』, 민속학회 편, 敎文社, 1989.

成耆說, 『韓國口碑傳承의 硏究』, 一潮閣, 1982.

소인호, 「서해안지역 설화의 특징 연구-인천광역시의 구비전설을 중심으로-」, 『구비
　　문학연구』10집, 한국구비문학회, 2000.

시몬느 비에른느, 이재실 옮김, 『통과제의와 문학』, 문학동네, 1996.

申奭鎬, 「韓國姓氏의 槪說」, 『韓國姓氏大觀』, 창조사, 1971.

엘리아데, 이은봉 옮김, 『종교형태론』, 한길사, 1997.

오강원,「浮來山 유형 설화에 대한 역사고고학적 접근」,『강원민속학』12집, 강원도
　　　민속학회, 1996.

俞炳夏,「扶安 竹幕洞遺蹟의 海神과 祭祀」, 서울大學校 大學院 碩士學位論文,
　　　1996.

유증선,「岩石信仰傳說-慶北地方을 中心으로-」,『說話』, 교문사, 1989.

이　익, 민족문화추진회 역,『성호사설』, 솔출판사, 1997.

이규태,〈男人國〉,『눈물의 韓國學』, 기린원, 1992.

李丙燾,『韓國史(中世篇)』, 을유문화사, 1961.

李秀子,『설화 화자 연구』, 박이정, 1997.

이어령,『한국인의 신화』, 서문당, 1996.

이영민,「인천의 지형환경 특성과 문학산의 도시지리적 기능」,『문학산 속으로 걸어
　　　가기』, 인천광역시 남구학산문화원, 2005.

이영수, '아기장수 전설'의 일고찰,『仁荷語文硏究』創刊號, 仁荷語文硏究會, 1994.

_____,「뱃사공 손돌공의 원혼-'손돌바람'과 '손돌추위'에 대하여-」.『황해문화』8,
　　　1995년 가을호.

_____,「손돌목[孫乭項] 전설의 분석과 현장」,『比較民俗學』13, 比較民俗學會,
　　　1996.

_____,「河陰 奉氏 姓氏始祖說話 硏究」,『한국학연구』10집, 인하대학교 한국학연
　　　구소, 1999.

_____,「'궁예 설화'의 전승 양상에 관한 연구」,『한국민속학』43, 한국민속학회,
　　　2006.

_____,「전승 시기에 따른 설화의 변이 양상에 관한 연구」,『인하어문연구』7, 인하
　　　어문연구회, 2006.

_____,「극락설화 연구」,『한국민속학』45, 한국민속학회, 2007.

_____, 「인천 지역의 구전설화 연구」, 『인천역사-인천민속의 재발견』 4호, 인천광역시 역사자료관 역사문화연구실, 2007.

_____, 「'풍기문란'형 설화 연구-인천 지역을 중심으로-」, 『비교민속학』 36집, 비교민속학회, 2008.

_____, 「인천 문학산 설화 연구」, 『인천학연구』 20호, 인천대학교인천학연구원, 2014.

이영태, 「인천 채동지(蔡同知) 이야기를 이해하는 방법」, 『인천고전문학의 현재적 의미와 문화정체성』, 인천대학교 인천학연구원, 2014.

이종철, 「韓國 性崇拜 研究」, 영남대 대학원 박사학위논문, 2001.

이종철·김종대·황보명, 『性, 숭배와 금기의 문화』, 대원사, 1997.

李重煥, 李翼成 譯, 『擇里志』, 을유문화사, 1994.

이필영, 『마을신앙으로 보는 우리문화이야기』, 웅진닷컴, 2004.

이학주, 『아들낳은 이야기』, 민속원, 2004.

이현복, 「인천지방 전설고 I」, 『기전문화연구』, 인천교대 기전문화연구소, 1991.

一 然, 李丙燾 역, 「삼국유사」, 『韓國의 民俗·宗教思想』, 삼성출판사, 1979.

_____, 李民樹 譯, 『三國遺事』, 乙酉文化社, 1993.

任東權, 『韓國民俗文化論』, 집문당, 1989.

임재해, 『안동의 비보풍수 이야기』, 민속원, 2004.

임철호, 『설화와 민중의 역사의식-임진왜란 설화를 중심으로-』, 집문당, 1989.

장덕순 외, 『구비문학개설』, 一潮閣, 1985.

장장식, 〈궉씨 시조설화〉의 형성과 신화성, 『한국민속학보』 제9호, 한국민속학회, 1998.

鄭炅日, 「마리산 참성단 연구」, 『靑籃史學』 창간호, 한국교원대학교 청람사학회, 1997.

정인진,「〈목섬〉 설화의 전승 양상과 전승 의미」,『청람어문학』 9집, 청람어문학회, 1993.

조동일,『인물전설의 의미와 기능』, 영남대학교 민족문화연구소, 1994.

조석래,『韓國이야기文學研究』, 학문사, 1993.

최래옥,「산이동설화의 연구」,『관악어문연구』 3집, 서울대학교 국어국문학과, 1978.

최상수,『한국민간설화집』, 통문관, 1984.

_____,『韓國 民族 傳說의 研究』, 成文閣, 1988.

최운식,『沈淸傳研究』, 집문당, 1982.

_____,「재생설화의 재생양식」,『설화』, 민속학회 편, 교학사, 1989.

_____,「호행설화에 나타난 전승집단의 의식」,『한국설화연구』, 집문당, 1994.

_____,『韓國說話研究』, 집문당, 1994.

_____,「현지 조사 자료를 통한「심청전」배경이 된 곳 고증」,『"심청전" 배경지 고증-용역 결과 보고서-』, 인천광역시 옹진군청.

_____,『함께 떠나는 이야기 여행』, 민속원, 2004.

최원석,『한국의 풍수와 비보』, 민속원, 2004.

崔仁鶴,「白翎島 傳說」,『명칭과학』 5호, 명칭과학연구소, 1989.

_____,『구전설화연구』, 새문사, 1994.

학산문화총서 편집위원회,『문학산 속으로 걸어가기』, 인천광역시 남구학산문화원, 2005.

한국문화상징사전편찬위원회,『韓國文化상징사전』, 동아출판사, 1992.

한국민속사전 편찬위원회,『한국민속대사전』 1, 민족문화사, 1991.

한미옥,「'山 移動' 설화의 전승의식 고찰」,『남도민속연구』 8집, 남도민속학회, 2002.

韓㳂劤,『한국통사』, 을유문화사, 1978.

한정훈, 「설화에 나타난 실존 인물의 의미화와 전승 주체의 의식-김제 정평구 설화를 대상으로-」, 『구비문학연구』 제36집, 한국구비문학회, 2013.

황인덕, 「영월 '술샘(酒泉)' 전설의 장소성과 역사성」, 『구비문학연구』, 한국구비문학회, 2004.

3. 구술 자료

김보아(여, 75세), 1999년 8월 26일 필자 채록.

김정원(남, 58세), 1999년 8월 25일 필자 채록.

김종설(남, 70세), 1999년 8월 26일 필자 채록.

김현규(남, 51세), 1999년 8월 25일 필자 채록.

이두칠(남, 68세), 1999년 8월 25일 필자 채록.

장성녀(여, 69세), 1999년 8월 26일 필자 채록.

장옥신(여, 73세), 1999년 8월 26일 필자 채록.

장형수(남, 57세), 1999년 8월 25일 필자 채록.

강상월(70세), 2001년 11월 25일 필자 채록.

고부연(78세), 2001년 11월 25일 필자 채록.

김광태(80세), 2001년 11월 24일 필자 채록.

김혜경(57세), 2001년 11월 25일 필자 채록.

문기석(87세), 2001년 11월 24일 필자 채록.

신계희(82세), 2001년 11월 25일 필자 채록.

이세희(74세), 2001년 12월 24일 필자 채록.

장문우(74세), 2001년 11월 24일 필자 채록.